Sauerwasser und Jungfernpalme

Das Buch:
Langenschwalbach im Mai 1650. Zu den ersten Besuchern des
aufstrebenden Badeortes gehören der Landgraf samt Familie,
Hofstaat und Leibgarde ebenso wie die berühmt-berüchtigte
Kurtisane Athenais. Die Ankunft der Gäste sollte eigentlich ein
Grund zur Freude für die Gastwirtin Rosalie Mette sein, die
nach einer Jugend in den Feldlagern des Dreißigjährigen Krieges endlich ein eigenes Wirtshaus besitzt. Aber die Sorge um
ihren Sohn Jakob, der brutal überfallen wird, ruft alte Erinnerungen wach. Am landgräflichen Hof stirbt eine Dame kurz
nach ihrer Ankunft an einer Vergiftung durch Sadebaumtinktur. Ihr Tod soll als fehlgeschlagener Abtreibungsversuch ver-
tuscht werden. Simon Prätorius, der Arzt, der keine schweren
Krankheiten mehr behandeln will und nur widerwillig den Fall
übernommen hat, glaubt nicht an diese Erklärung und will der
Toten Gerechtigkeit widerfahren lassen. Bald fällt der Verdacht
auf die Dame Athenais. Aber war sie es wirklich oder liegen die
Wurzeln des Verbrechens tiefer in der Vergangenheit? Besteht
ein Zusammenhang mit dem Überfall auf Jakob? Gemeinsam
mit Rosalie versucht Prätorius den Fall aufzuklären, und auch
Jakob will wissen, was ihm passiert ist.

Der vorliegende Roman ist auch als e-Book erhältlich.

Die Autorin:
Kristina Ruprecht studierte Germanistik und Politik-
wissenschaft in Stuttgart und arbeitete als PR-Texterin und freie
Journalistin in den Bereichen Wirtschaft und IT.
2004 siedelte sie nach Bad Schwalbach um und fand dort eine
so interessante Ortsgeschichte vor, dass sie praktisch dazu ge-
zwungen war, einen Roman zu schreiben.
„Sauerwasser und Jungfernpalme" ist ihr erster historischer
Roman. Ihre Kurzgeschichten sind inzwischen in diversen
Anthologien zu finden. Weitere historische Romane, die auf
Rügen und in Bad Ems spielen, sind in Vorbereitung.

Sauerwasser

und

Jungfernpalme

Kristina Ruprecht

Bibliografische Information der Deutschen
Nationalbibliothek:
Die Deutsche Nationalbibliothek verzeichnet
diese Publikation in der Deutschen Nationalbibliografie;
detaillierte bibliografische Daten sind im Internet über
http://dnb.dnb.de abrufbar.

Herstellung und Verlag:
BoD - Books on Demand, Norderstedt
ISBN: 9783744821766

Dramatis Personae

Im Gasthaus ‚Vier Elstern':

Rosalie Mette – Wirtin
Jakob Mette – ihr Sohn
Anna – kochendes Küchenmädchen
Stefan – Stallknecht
Betti – Hausmagd
Franz – Bursche für alles, Annas Bruder
Die alte Grete – Nachbarin

Oswald Lieffenbruch – Frankfurter Tuchhändler
Ottilie Lieffenbruch – seine Frau
Balthasar – Koch der Lieffenbruchs
Peter – Küchenjunge der Lieffenbruchs
Baron von Gnekow – arm, aber verliebt
Friedrich – sein Knappe

Im Gasthaus ‚Zur Kette':

Isidorus von Eenvelde – reicher Holländer
Simon Prätorius – sein Leibarzt
Sebastian/Bast – Prätorius' Diener

Im Gasthaus ‚Zum Bären':

Marianna Wippel – die alte Wirtin
Georg Wippel – ihr Sohn, Wirt

Die Dame Athenais – erfolgreiche Kurtisane
Carolus/Karl – ihr falscher Mohrendiener
Clorinde – ihre Zofe
Heinrich Cuculus - Kurgast, Anatom, Forscher

Im Gasthaus ‚Zur Stadt Frankfurt':

Edvin Aelluen, Baron von Sønderham
– schwedischer Kurgast

Im Schloss:

Ernst von Hessen-Rheinfels – der Landgraf
Josephus Hirundulus – sein Leibarzt
Isabella von Hattenberg – Hofdame
Diana von Oberheim – Hofdame
Franziska von Beulwitz-Drusingen – Hofdame
Hubertus von Greiffenstein – Oberst der Leibwache
Bartholomäus von Niederschnitz – sein Stellvertreter

Im Wald:

Die lahme Liese – geheimnisvolle Kräuterfrau

Im Krieg / Rückblenden:

Bartel – Soldat der Katholischen Liga
Josefa – seine Frau
Flori – ihr Sohn

Claire von Felseney – glücklose Braut

Hannes Mette
– Rosalies Mann, Marketender und Pferdehändler

Wilhelm von Heimbach – dankbarer Offizier

Langenschwalbach, Mai 1650

Kapitel 1

„Die Dame Athenais ist da!", verkündete der Page mit dem schwarzen Gesicht. Er setzte einen Fuß nach vorne, klappte in der Hüfte zusammen und malte mit der rechten Hand einen großzügigen Schnörkel in die Luft. „Meine Herrin möchte, dass der Wirt dieses Gasthauses davon unverzüglich in Kenntnis gesetzt wird."

Rosalie Mette musste grinsen. Jedes Mal wenn der falsche Mohr mit den Pluderhosen und den Schuhen aus zerschlissenem roten Samtstoff eine seiner Verbeugungen vollführte, leuchtete ein erstaunlich hellhäutiger Nacken zwischen den dunklen Locken hervor.

„Meine Herrin wohnt im Gasthof ,Zum Bären' in der Unterstadt und empfängt dort den Besuch von edlen Kavalieren."

Rosalie kramte aus dem Beutel an ihrem Gürtel eine Kupfermünze und warf sie dem Jungen zu. „Meine Empfehlung an Athenais, ich werde sie nicht vergessen."

Der Junge machte einige Schritte rückwärts, so, als sei Rosalie eine hohe Dame, der man nicht den Rücken zuwenden dürfe, verbeugte sich noch einmal und rannte davon.

Rosalie konnte es nicht lassen, ihm nachzurufen: „Vergiss in Zukunft nicht, deinen Hals auch hinten mit Ruß einzureiben!"

7

Mit einem breiten Grinsen winkte ihr der Page noch einmal zu, dann verschwand er wie der Blitz um die Hausecke. Er musste die Botschaft seiner Herrin auch noch in den anderen Gast- und Logierhäusern der Straße verbreiten. Rosalie konnte sich vorstellen, dass er für diese Nachricht oft genug Beschimpfungen oder Ohrfeigen erntete.

Sie schloss die Hintertür und kehrte zu dem kalten Rinderbraten zurück, den sie in Scheiben geschnitten hatte, als der Besucher auftauchte. Anna, die Küchenmagd, die auf der anderen Seite des Küchentisches schwitzend einen Brotteig knetete, schaute Rosalie fragend an. „Es war ein Mohr mit einer frohen Botschaft für unsere männlichen Gäste."

Anna runzelte zuerst die Stirn, dann hatte sie die Anspielung verstanden. „Oha!" Sie nickte anerkennend. „Wenn sich die Dame einen Mohren leisten kann, dann scheinen die Geschäfte nicht schlecht zu laufen. Schade, dass ich nicht die Tür geöffnet habe", fügte sie hinzu. „Ich habe noch nie einen gesehen."

„Da hast du nichts verpasst", sagte Rosalie. „Es war kein richtiger. Stell dir einfach einen schwarz angemalten Lausebengel vor." Sie besaß bei diesem Thema eine gewisse Autorität, immerhin hatte sie einmal aus der Ferne einen Blick auf einen echten Schwarzen werfen können. Das war vor vielen Jahren gewesen, in einem der zahllosen Feldlager, die in ihrer Erinnerung in einem Nebel aus Staub, Weindunst und Pferdegeruch verschwammen. Dieser Mohr war der Leibdiener eines Herzogs gewesen. Rosalie erinnerte sich noch genau an das Leuchten seiner Haut, ein schimmerndes Braun, wie bei einer frisch aufgebrochenen Kastanie. Meilenweit entfernt von dem stumpfen Schwarz der Kohlenfarbe, die der Junge der Athenais im Gesicht gehabt hatte.

Im Hintergrund der großen Küche hatte der Koch von Rosalies Logiergästen hektisch in einer zischenden Pfanne gerührt. Jetzt löschte er das Hühnchenragout mit einem kräftigen Schluck Wein ab und meldete sich zu Wort: „In Frankfurt laufen sie zu Messezeiten scharenweise herum. Jeder hat dort einen Mohren.

Nicht nur Leute von Adel, auch reiche Bürger und Kaufleute. Das ist da nichts Besonderes."

Rosalie und ihre Küchenmagd tauschten einen Blick. Sie kannten den Koch kaum, er arbeitete erst seit drei Tagen hier. Und fast ebenso lange schon versuchte er, auf Rosalie Eindruck zu machen. Begonnen hatte er damit in dem Moment, in dem er in Erfahrung gebracht hatte, dass sie sowohl Witwe als auch die alleinige Besitzerin der ‚Vier Elstern' war.

„Dann kannst du ja von Glück sagen, dass dich die Lieffenbruchs noch nicht gegen einen Mohren ausgetauscht haben", meinte Anna.

Ohne überhaupt in die Richtung der vorlauten Küchenmagd zu schauen, schüttelte der Koch den Kopf. „Die Mohren kochen nicht so gut wie ich. Aber der Kammerdiener des Herrn sollte sich vorsehen!"

Anna bekam einen Hustenanfall und Rosalie begann, im Regal hektisch nach einem Wetzstahl für ihr Messer zu suchen. Der Koch schien nicht zu bemerken, dass die beiden kurz davorstanden, loszukichern. Er rührte weiter im Ragout und fügte verschwenderisch Pfeffer hinzu. Ottilie Lieffenbruch, seine Herrin, hatte eine Schwäche für seltene und teure Gewürze.

Obwohl die Saison jetzt im Frühsommer erst begann, wohnten in den ‚Vier Elstern' bereits zahlungskräftige Gäste: der Frankfurter Tuchhändler Lieffenbruch samt Gattin, Kammerdiener und Zofe. Dazu kamen noch sein Koch und ein Küchenjunge. Das Ehepaar wollte in Langenschwalbach die Sommermonate verbringen und mit dem berühmten Heilwasser seiner Kinderlosigkeit abhelfen.

Die schönen Räume im ersten Stockwerk, von deren Fenstern aus man das Treiben auf der Straße und am Brunnen beobachten konnte, ebenso wie ein großer Teil der Dienstbotenquartiere unter dem Dach waren damit schon belegt.

Für die Wirtin bedeutete das natürlich Grund zur Freude, aber gleichzeitig hatte sie wie jedes Jahr Schwierigkeiten, sich daran zu gewöhnen, dass Herd und Bratspieß, Tische und

Bänke in ihrer Küche jetzt auch dem Personal der Gäste zur Verfügung standen. Der Koch der Lieffenbruchs, Balthasar, und sein Gehilfe Peter hatten das Recht, den Raum zu nutzen, als sei es ihr eigener – und jede Unterstützung zu fordern, die sie benötigten.

Dieser Gedankengang brachte die Wirtin zu einem näherliegenden Problem zurück. „Wo ist eigentlich dein Küchenjunge?", fragte sie den Koch.

Balthasar kippte schwungvoll einen Löffel Fleischbrühe in den Topf, dann blickte er sich in dem niedrigen Raum um. „Der verschwindet bei jeder Gelegenheit."

„Du solltest ihn besser erziehen." Rosalie sah schon voraus, dass sie oder Anna wieder einmal die Arbeiten übernehmen mussten, die eigentlich Aufgabe des Küchenjungen waren.

Der Koch zuckte mit den Schultern. „Ich habe ihm oft genug gesagt, dass ihn eine Tracht Prügel erwartet, wenn er nicht bei der Hand ist."

„Ich hoffe, er erinnert sich beizeiten daran."

Anna sah von ihrem Teig auf, blies sich ein paar Haarsträhnen aus dem geröteten Gesicht und deutete mit dem Kinn auf den Braten. „Wir haben noch eingemachte Kirschen vom letzten Jahr, die sollten wir endlich aufbrauchen. Zu dem kalten Fleisch könnte ein Kirschkompott passen."

Rosalie nickte. „Gute Idee, das kannst du machen, solange der Brotteig gärt." Zwar hatte sie das Mädchen als Küchenmagd eingestellt, aber im Grunde konnte sie alle Aufgaben eines Kochs übernehmen. Als Kind hatte Anna ihrem Vater geholfen, der als Küchenmeister in einem der guten Gasthäuser in der Unterstadt arbeitete. Dabei hatte sie sich einiges abgeschaut. Über ihre eigenen Kochkünste machte sich Rosalie wenige Illusionen. Die hatten zwar jahrelang für eine Marketenderschenke ausgereicht, in der die Wirtin zähes Pferdegulasch und steinharten Käse zum Wein unbekannter Herkunft auf Strohbündeln servierte. Aber die Gäste der ‚Vier Elstern' waren anspruchsvoller.

Rosalie schnitt den Braten vollends in Scheiben. Dann teilte sie mit dem Messer den zerfaserten Anschnitt in zwei Hälften, kommandierte „Mund auf" und steckte eines der Stücke Anna zu. Das andere aß sie selbst. Ob der Koch der Lieffenbruchs etwas dazu zu sagen hatte, interessierte sie wenig.

Während die Küchenmagd ihren Braten kaute, spannte sich die Haut über einer längst verblassten Narbe auf ihrer rechten Wange. Rosalie hatte in den letzten Jahren weitaus Schlimmeres gesehen, aber Anna litt unter diesem Makel. Das wusste die Wirtin inzwischen – auch wenn die Küchenmagd nie darüber redete. Ihre Unsicherheit versteckte sie hinter ihrem frechen Benehmen. Dabei war Anna durchaus ansehnlich, fand Rosalie. Mit dem schweren honigfarbenen Zopf, der ihr bis zur Hüfte baumelte, und ihrer wohlgeformten Figur ließ sie das einfache Kleid aus grobem ungefärbtem Tuch aussehen, als käme es aus der Hand eines richtigen Schneiders. Und nicht aus jener der alten Grete von nebenan, der die Mieder stets zu eng oder zu weit gerieten und die die Röcke grundsätzlich immer so einsäumte, dass sie bereits nach wenigen Wochen ausfransten.

„Ich hätte ihn mit noch mehr Honig bestreichen sollen – dann wäre der Braten knuspriger geworden." Der Koch war unbemerkt an den Tisch getreten. Er stand sehr dicht neben Rosalie. „Ich glaube, euch Süßmäulchen würde es dann noch besser schmecken." Wenn er lächelte, dann sah man seine hervorstehenden Schneidezähne. Rosalie erinnerte er immer an ein Kaninchen. Allerdings an ein Kaninchen, das viel zu mager war, als dass sie es jemals in einen ihrer Kochtöpfe gelassen hätte.

„Ich finde den Braten gut so, wie er ist." Anna packte den Brotteig in den runden Korb, in dem er aufgehen sollte, und rieb sich die Teigreste von den Fingern.

Rosalie musterte die gebrauchten Töpfe und Pfannen, die sich an der Feuerstelle drängten. Um die eingebrannten Soßen- und Bratenreste sollte sich eigentlich der Küchenjunge kümmern. Aber der war weit und breit nicht zu sehen.

Das Bürschchen würde hart arbeiten müssen, wenn es endlich auftauchte. Und wenn er das, was er tun musste, mit einem schmerzenden Hinterteil tat, dann geschah es ihm nur recht, dachte die Wirtin. Während Anna den Krug mit den eingemachten Kirschen aus der Speisekammer holte, stapelte Rosalie schimpfend die schmutzigen Töpfe neben den Wassertrog, der zum Abwaschen diente.

Nachdem das Scheppern des Geschirrs verstummt war, konnte man in der mittäglichen Stille das schnelle Klappern von Hufen hören. Ohne seinen hastigen Galopp zu verlangsamen, bog ein Pferd in den Durchgang ein, der zu den Ställen des Wirtshauses führte.

War da ein neuer Gast angekommen? Warum hatte der es so eilig? Rosalie wischte die Hände an ihrer Schürze ab und ging zu dem breiten glaslosen Fenster hinüber, von dem aus man den Hof der ‚Vier Elstern‘ überblicken konnte. Im Winter wurde die Maueröffnung mit einem Holzladen verschlossen. Jetzt im Sommer verhinderte nur ein geschmiedetes Gitter, dass unerwünschte tierische oder menschliche Gäste in die Küche eindrangen. Von hier aus sah man den gegenüberliegenden Pferdestall, den Misthaufen und die Remise für die Wagen der Gäste. Die Scheune mit Schweine- und Hühnerstall, die rechtwinklig an das Haus angebaut war, sowie eine niedrige Steinmauer grenzten den Hof gegen die Nachbargrundstücke ab.

Die Wirtin warf nur einen kurzen Blick nach draußen, dann eilte sie mit klappernden Holzpantinen zur Hintertür hinaus. Vor der Stalltür stand mit hängendem Kopf Jakobs falbfarbenes Maultier. Rosalie sah, dass das Lederzeug zerrissen war. Als sie näher trat, bemerkte sie auch die großen Schweißflecken auf Hals und Flanken des Vierbeiners. Ihr Magen schien sich plötzlich in einen Stein zu verwandeln. Dieses Muli sollte doch mit ihrem Sohn auf dem Weg nach Mainz sein. Heute am frühen Morgen hatte Jakob den Vierbeiner am Brunnen mit zwei Fässern Sauerwasser beladen. Wie üblich wollte er das heilkräftige Wasser bei einem Händler abliefern, einige Einkäufe in der

Stadt erledigen und spätestens am übernächsten Tag wieder zurück sein.

Rosalie erinnerte sich, dass sie darauf bestanden hatte, dass dies die letzte Tour dieses Frühjahrs werden sollte, denn mit der beginnenden Kursaison wurde Jakobs Hilfe in Gasthaus und Stall dringend gebraucht. Jetzt wünschte sie sich nichts sehnlicher, als die Zeit noch einmal zurückdrehen zu können und ihm die Reise rundweg zu verbieten.

Auf der struppigen Flanke des Maultiers entdeckte sie einen Fleck getrockneten Blutes. Es stammte nicht von einer Verletzung des Vierbeiners, wie sie schnell feststellte. Rosalies Knie wollten nachgeben. Sie lehnte sich kurz gegen den warmen Körper des großen Tieres. War das die Rache des Schicksals, die sie insgeheim fürchtete? Die Rache dafür, dass der Wohlstand, in dem sie lebte, mit Blut erkauft war?

Das Maultier stupste die Frau mit der Schnauze an. Es wusste, dass es im Stall Heu und Hafer gab. Rosalie griff mechanisch nach den Zügeln und führte das Tier hinein. Sie hätte den alten Knecht Stefan rufen können, damit der das Muli versorgte, aber im Moment musste sie allein sein. Während sie die Handgriffe vollführte, die ihr schon ein halbes Leben lang vertraut waren, dem Tier die Reste von Packsattel und Zaumzeug abnahm, Wasser und Heu holte, waren ihre Gedanken immer noch bei Jakob.

Als das Maultier zufrieden sein Heu kaute, trat Rosalie durch das Hoftor hinaus auf die Straße. Sie klammerte sich an die Hoffnung, dass Jakob seinem Maultier folgte. Das war doch die wahrscheinlichste Möglichkeit, redete sie sich immer wieder ein: Das Muli war vor etwas erschrocken, hatte sich losgerissen und unterwegs die Fässer verloren. Jakob würde bald nach Hause kommen, erschöpft und wütend, aber wohlauf.

Das Städtchen lag wie ausgestorben in der Mittagssonne. Nur ein einsamer Lastenträger mit breitrandigem Hut und Kiepe war unterwegs. Selbst die Enten, Gänse und Schweine, die sonst die Ufer des Baches neben der Straße bevölkerten, hatten sich in den Schatten der Büsche zurückgezogen. Rosalie wusste, dass der verschlafene Eindruck täuschte. In wenigstens zwei Stunden würde auf den Straßen des Ortes und am Brunnen wieder der übliche Trubel herrschen.

Vor allem, nachdem gestern auch der Landesherr zu seiner alljährlichen Kur angekommen war. Mit seiner Ehefrau und den beiden kleinen Söhnen wollte Landgraf Ernst von Hessen-Rheinfels die nächsten Monate hier verbringen. Neben dem größten Teil seines Hofstaates aus Beratern, Sekretären und Edeldamen hatte er auch seine Leibgarden mitgebracht. Von den Bürgern Langenschwalbachs wurde diese Eskorte mit gemischten Gefühlen betrachtet. Über kurz oder lang würden die Gardisten in den Gasthäusern des Ortes ihren Sold in Wein, Frauen und Glücksspiel umsetzen. Wie sie sich dabei benahmen, das blieb abzuwarten. Rosalie war das gleichgültig, sie hatte viele Jahre damit verbracht, Soldaten Wein einzuschenken. Sie schüttelte den Kopf, um diese Erinnerungen zu verscheuchen.

Müde setzte sich die Elsterwirtin auf die Stufen, die zum Haupteingang ihres Gasthauses emporführten. Wenn sie daran dachte, was Jakob widerfahren sein könnte, dann fühlte sie sich ausgelaugt und alt. Es hatte ein halbes Leben lang gedauert, dorthin zu kommen, wo sie heute war. Und eine ihrer Triebfedern war der Gedanke an Jakobs Zukunft gewesen. Sie bedeckte das Gesicht mit den Händen.

Kapitel 2

Der Mann lag ausgestreckt auf dem Rücken, mitten auf der Landstraße. Die Söldner, die das Frachtgut des Grafen von Eenvelde gegen Wegelagerer schützen sollten, waren sofort ausgeschwärmt, als sie ihn entdeckt hatten, und durchsuchten das Gebüsch in der näheren Umgebung.

„Genauso lag er da, als wir ihn fanden", informierte einer der beiden Männer, die den Bewusstlosen bewachten, Simon Prätorius. Der andere griff nach den Zügeln des Pferdes und hielt es fest, während der Arzt abstieg und ein Stöhnen unterdrückte. Er war es einfach nicht mehr gewohnt, lange Strecken zu reiten. Als er neben dem Liegenden schwerfällig in die Hocke ging und nach dem Puls fühlte, sah er, dass es sich um einen jungen Burschen handelte, der lediglich ein grobes Hemd und eine vielfach geflickte Hose trug. Wahrscheinlich ein Handwerker- oder Bauernsohn, dachte Prätorius. Unter der rechten Schulter sickerte Blut hervor und vermischte sich mit dem Straßenstaub.

„Lebt er noch?", fragte der erste Söldner.

Prätorius nickte und ließ sich dann von ihm helfen, den Verletzten so weit auf die Seite zu drehen, dass er die Schulter inspizieren konnte. Offensichtlich hatte der Bursche einen Messer- oder Degenstich abbekommen.

„Wegelagerer?", der Haushofmeister des Grafen von Eenvelde war hinter Prätorius getreten und schaute fragend auf ihn hinunter.

„Ich kann mir nicht vorstellen, dass er irgendwelche Reichtümer dabeihatte." Der Arzt tastete mit routinierten Bewegungen den Schädel des Verletzten ab. Er hatte nicht so viel Blut verloren, dass die Schulterwunde die alleinige Ursache für seine Bewusstlosigkeit sein konnte.

„Wenn er etwas zum Essen dabeihatte, dann reicht das hierzulande schon als Grund für einen Überfall." Der Haushofmeister zwirbelte nervös seinen Schnurrbart. „Wir sollten sehen, dass wir weiterkommen."

Prätorius hatte eine kräftige Beule am Hinterkopf des Burschen entdeckt. Als er leicht darauf drückte, stöhnte der, schlug die Augen auf und murmelte etwas Unverständliches.

Der Arzt richtete sich auf. „Hole meinen Diener", befahl er dem Söldner.

„Sie wollen ihn verarzten?", der Haushofmeister zog die Brauen hoch. „Wir wissen doch gar nicht, wer er ist."

„Wir können ihn nicht hierlassen und in Langenschwalbach wird sich schon herausstellen, wohin er gehört."

„Dann verbinden Sie ihn meinetwegen und packen ihn auf einen der Wagen. Hauptsache, wir fahren bald weiter."

Prätorius nickte knapp. Er verstand, unter welchem Druck der Haushofmeister stand. Auf den drei Frachtwagen reisten der Hausrat und der Proviant des Grafen von Eenvelde, eines reichen holländischen Adligen, der mit seiner Familie die gesamte Sommersaison im Kurbad verbringen wollte. Die Einrichtungsgegenstände für die bestellten Zimmer sowie das Personal hatte er samt Haushofmeister und neuem Leibarzt vorausgeschickt. Auf diese Weise war sichergestellt, dass er bei seinem Eintreffen sein Quartier bereits so vorfand, dass es ihm an nichts mangelte.

Die schwerfälligen Wagen mit ihrer kostbaren Fracht wären eine erstrebenswerte Beute für jede Räuberbande. Und davon gab es zurzeit wahrlich genug. Zwar war der Krieg nach drei

Jahrzehnten endgültig zu Ende, aber die Soldaten der riesigen Heere, die plötzlich ohne Aufgabe und Einkünfte dastanden, verschwanden nicht von heute auf morgen von den Straßen. Wegelagerer würden noch auf Jahre hinaus die Gegend unsicher machen und das einzige Gewerbe treiben, das sie beherrschten: Rauben und Töten. Auch wenn der Besitz des Grafen von Eenvelde zu seinem Schutz von einer kleinen Söldnertruppe begleitet wurde – wie ein Kampf mit einer Bande von halb verhungerten, zu allem entschlossenen früheren Soldaten ausgehen würde, das wollte niemand wirklich herausfinden.

Nachdem der verletzte Bursche verarztet und auf einem der Wagen auf einen Teppichstapel gelegt worden war, kletterte Simon Prätorius wieder auf das Pferd. Sein Diener Sebastian folgte ihm mit dem Packpferd, als er voranritt und die langsamen Frachtwagen überholte. Zwischen den Bäumen konnte man bereits den Kirchturm von Langenschwalbach sehen. Das Risiko, hier noch überfallen zu werden, war gering. Der Arzt trieb sein Pferd an. Seit Mainz waren sie im Schlenderschritt hinter den langsamen Wagen hergeritten, aber nun reichte es ihm. Er wollte endlich ankommen.

Die Straße führte bergab. Auf der linken Seite war eine Art Parkanlage zu sehen, die von einem kleinen Bach durchflossen wurde. Rechts lagen Gärten, dann begann eine Häuserzeile. Bei den meisten dieser neu und wohlgepflegt aussehenden Fachwerkbauten handelte es sich, den Schildern nach zu urteilen, um Wirts- oder Logierhäuser. Es war kaum ein Mensch zu sehen. Ein ruhiges, verschlafenes Örtchen schien dieses Langenschwalbach zu sein. Genau das, was Prätorius brauchte, um sein Leben wieder in den Griff zu bekommen.

„He, Sie da!" Eine Frau war von der Eingangstreppe eines der Wirtshäuser aufgestanden und trat nun in die Mitte der Straße.

Dem Arzt fielen sofort alle Anekdoten ein, witzige und weniger lustige, die er über Damenbekanntschaften in Kurorten gehört hatte. Sie endeten üblicherweise damit, dass dem männlichen Opfer das Fell über die Ohren gezogen wurde. Er hatte keine Lust, bereits bei der Anreise zur Hauptperson einer solchen Geschichte zu werden. Also tat er so, als ob er nichts gehört hätte und ritt einfach weiter.

Leider hatte er seinem Diener nicht die entsprechenden Verhaltensmaßregeln mitgeteilt. Er hörte, wie das Hufgeklapper hinter ihm erstarb und sich stattdessen eine Diskussion zwischen Sebastian und dem Frauenzimmer entspann. Prätorius wandte sich um. Sein Diener stand bereits neben seinem Pferd und das Weib redete aufgeregt auf ihn ein. Um die Moral der hiesigen Frauenzimmer war es anscheinend noch schlimmer bestellt, als er gehört hatte.

„Was soll das denn bedeuten?", rief er ungehalten, „Bast, du bist noch im Dienst. Deine Geschäfte mit der hiesigen Damenwelt können warten, bis ich dich nicht mehr brauche."

Die Frau fuhr herum.

Jetzt sah Prätorius, dass er sich getäuscht hatte. Abgesehen davon, dass die Frau für eine Hure viel zu unfreundlich schaute, war ihr Gesicht nicht geschminkt und auch ihre Kleidung wies nicht den Flitterkram auf, mit dem sich die willfährigen Damen üblicherweise behängten. Die verschmierte Schürze und die sonnengebräunte Haut ließen vielmehr vermuten, dass es sich bei der Frau um das ehrbare Eheweib eines Handwerkers handelte.

„Ich habe Ihren Diener lediglich darauf hingewiesen, dass sein Pferd lahmt." Sie deutete auf das beanstandete Tier. Die Stute hatte das Hinterbein angezogen und stellte den Huf nur mit der Spitze auf den Boden.

„Und das womöglich schon den ganzen Tag." Die Frau klang so erbost, als sei es die Schuld des Herrn, wenn das Pferd seines Dieners lahm ging.

Vielleicht handelte es sich bei ihr um die Gattin des örtlichen Hufschmiedes, überlegte Prätorius, damit wäre ihr Interesse an dem Pferd erklärt. Möglicherweise lauerte sie hier auf Kundschaft, die sie gleich an ihren Mann verweisen würde. Wenn er zu ihm ginge, dann würde der ein Steinchen aus dem Huf des Pferdes popeln zu einem Preis, für den Prätorius anderswo goldene Hufeisen bekäme. Über die Geschäftstüchtigkeit der Einheimischen in Kurorten hatte er gleichfalls schon genügend Schauergeschichten gehört.

„Wir werden uns darum kümmern", knurrte er. Dann wendete er wieder sein Tier und ritt davon, ohne das Frauenzimmer noch eines Blickes zu würdigen.

Inzwischen hatte er das Schild des Gasthauses ‚Zur Kette' entdeckt. In diesem vornehmen und großen Logierhaus hatte der Graf von Eenvelde sämtliche Räume für sich und sein Gefolge vorbestellen lassen. Das Gebäude war nur durch die bergab zum Unterflecken führende Straße und den Bach vom landgräflichen Sommersitz getrennt.

Bevor Prätorius in den Hof einbog, warf er noch einen Blick über die Schulter. Sebastian hatte nicht mehr gewagt, aufs Pferd zu steigen. Unter dem strengen Blick der unbekannten Frau folgte er seinem Herrn zu Fuß und zog die beiden Tiere am Zügel hinter sich her.

Prätorius übergab sein Pferd an einen wartenden Stallknecht und ließ sich vom Wirt die Zimmer zeigen. Für ihn waren zwei winzige Kammern vorgesehen, deren Fenster zum Wirtschaftshof gingen. Hier würde er sich schnell eingerichtet haben. Er schaute sich nach Sebastian um, der gerade mit den Satteltaschen die Treppe heraufgepoltert kam. Das vordere Zimmer war bereits mit zwei Stühlen und einem Schreibtisch ausgestattet. Auf den Tisch stellte der Arzt die beiden Kästen, die seine Reiseapotheke und das Chirurgenbesteck enthielten. Das Bündel mit den Utensilien für den Aderlass legte er daneben. Die Blutegel, die er in einem kleinen Gefäß mitgeführt hatte, waren krepiert. Aber er hatte erfahren, dass es hier eine Apotheke gab, also konnte er neue bekommen – falls er sie brauchte.

Der andere Raum war ausschließlich zum Schlafen gedacht. Nachdem sich Sebastian in die ihm zugewiesene Dachkammer verzogen hatte, platzierte Prätorius das Miniaturbild von Frederika auf dem Nachttisch neben dem schmalen Bett.

Die beiden Hemden und die Hose hatte sein Diener in die Truhe unter dem Fenster gelegt, wie er mit einem Blick feststellte. Die Sachen nahmen sich in dem geräumigen Behältnis einfach lächerlich aus. Eine Motte, die in der Truhe auf Futtersuche ginge, würde verhungern, bevor sie Prätorius' Kleider gefunden hatte.

Der Arzt hoffte, dass seine Anwesenheit im Haushalt der van Eenveldes lediglich dazu diente, das Ansehen der Familie zu steigern. Bevor er wegen der Stelle des Leibarztes vorsprach, hatte er sich erkundigt: Sowohl der Graf als auch seine Frau und Tochter erfreuten sich einer sehr robusten Gesundheit. Das Kurbad suchten sie nur wegen der hier gebotenen Zerstreuungen in frischer Luft und angenehmer Gesellschaft auf.

Nach dem Lärm auf dem Hof zu urteilen, waren jetzt die Frachtwagen eingetroffen. Prätorius öffnete einen Fensterflügel und streckte den Kopf hinaus. Kaum dass die Knechte die Fuhrwerke zum Stehen gebracht hatten, begannen die Bediensteten des Gasthofes mit dem Abladen. Jedes einzelne Gepäckstück löste eine Diskussion darüber aus, wie damit zu verfahren sei. Was war darin? Kam es in die Küche, in die Wohnräume der Herrschaft, sollte es gelagert werden? Und wie: Im Stall? Im Keller? Der Haushofmeister des Grafen von Eenvelde rang die Hände und der Wirt des Logierhauses hatte genug damit zu tun, nur die wichtigsten der Fragen, die von allen Seiten auf ihn einprasselten, zu beantworten.

Ein Korb mit Kapaunen verlor seinen Deckel. Die Vögel flatterten gackernd durch den Hof und vergrößerten noch das allgemeine Durcheinander. Schimpfend und lachend fingen Mägde und Küchenjungen das Geflügel wieder ein. Weitere Körbe mit Perl- und Rebhühnern wurden vorsichtiger vom Wagen gehoben. Etliche in Leinwand gehüllte Schinken kamen ebenfalls zum Vorschein und strömten einen so würzigen Duft aus, dass alle Umstehenden Hunger bekamen. Der Wirt sorgte dafür, dass zwei kräftige Knechte die Schinken sofort in der Vorratskammer in Sicherheit brachten.

Ein Koch lüftete vorsichtig eine Plane, unter der schrille Schreie hervordrangen. Zum Vorschein kam ein großer Käfig, in dem ein Vogel saß. Er hatte buntes Gefieder und einen eigenartig geformten Schnabel. Als das Tier das Treiben im Hof beobachten konnte, stellte es sein Kreischen ein und begann noch unmelodischer als eine Krähe zu krächzen. Der Haushofmeister, der sich mit einem spitzengesäumten Tuch immer wieder den Schweiß von der Stirn tupfte, griff ein, als der Vogel gemeinsam mit den Hühnern in die Ställe geschafft werden sollte. Er vertraute den Käfig einem Lakaien an, der sich mit ihm in Richtung der Wohnräume entfernte. Zwei Fuhrleute wuchteten einen unhandlichen Gegenstand vom Wagen herunter. Als die Plane verrutschte, enthüllte sie ein mit Einlegearbeiten verziertes Cembalo. Einige bunt gekleidete Männer aus dem Gefolge des Grafen stürzten hin und trugen das Instrument vorsichtig ins Haus.

Von seinem Fenster aus sah Prätorius, dass das Weib, das ihn auf der Straße angesprochen hatte, ebenfalls in den Hof gekommen war. Sie redete mit dem Wirt und dem Haushofmeister, wobei sie immer wieder auf den Pritschenwagen zeigte, auf dem der Bursche lag, den der Arzt auf der Landstraße aufgesammelt hatte. Jetzt kletterte das freche Frauenzimmer auch noch auf den Wagen. Sie schlängelte sich zwischen Menschen und Gepäckstücken durch und kniete neben dem bewusstlosen Burschen nieder. Prätorius warf das Fenster zu und begab sich in den Hof. Das war sein Patient!

Unten angekommen, drängte er sich durch die hin- und herlaufenden Diener und schnauzte das Weib über die niedrige Seitenwand des Wagens hinweg an: „Was wollen Sie hier?"

„Was haben Sie mit meinem Sohn gemacht?", fauchte die Frau zurück. Sie hatte den Kopf des Burschen auf ihren Schoß gebettet, streichelte ihm zärtlich über die Stirn und funkelte Prätorius wütend mit goldbraunen Augen an. Die einfache weiße Haube war verrutscht und einige Locken ringelten sich über die Schultern, die viel zu mager waren, als dass sie dem herrschenden Schönheitsideal entsprochen hätten.

„Wir haben ihn auf der Straße aufgesammelt. Wurde wohl von einer Bande Wegelagerer überfallen."

Die Frau erbleichte.

„Er hat einen Schlag auf den Kopf und einen Messerstich in die Schulter bekommen", fuhr Prätorius fort. „Beides dürfte nicht tödlich sein. Er hat einen harten Schädel und nicht viel Blut verloren."

Die Frau musterte den Mann misstrauisch. „Woher wollen Sie das so genau wissen?"

„Ich bin der Leibarzt des Grafen von Eenvelde."

„Oh." Die Frau schien zu ahnen, dass sie sich auch vorstellen sollte. „Mein Name ist Rosalie Mette. Ich bin die Wirtin der ‚Vier Elstern'. Das ist das kleine Gasthaus am Ortseingang. Sie sind gerade daran vorbeigekommen." Sie beugte sich mit einem besorgten Gesichtsausdruck wieder über ihren Sohn.

Prätorius schämte sich ein wenig dafür, dass er die Wirtin für eine geldgierige Hure gehalten hatte. Um sein schlechtes Benehmen wiedergutzumachen, winkte er einige Knechte heran und befahl ihnen, den verletzten Burschen vom Wagen zu heben und dort hinzubringen, wohin die Frau es befahl. Nachdem diese Sache geregelt war, wollte Prätorius nur noch in sein Zimmer zurückkehren. Von der Reise schmerzte ihm jeder Knochen im Leibe.

An der Tür hielt ihn der Wirt des Logierhauses zurück. „Sie sind doch Arzt!"

Als Prätorius bejahte, zog ihn der Mann am Ärmel. „Ein Lakai des Landgrafen möchte Sie sprechen", sagte er. Der Wirt der ‚Kette' führte den Arzt in ein elegant eingerichtetes Zimmerchen, das vom Eingangsflur abging. Augenscheinlich war es dafür gedacht, dass hier Besucher der Logiergäste in angemessener Umgebung warten konnten, bis sie vorgelassen wurden.

Der Lakai hatte sich nicht hingesetzt. Die Hände auf dem Rücken verschränkt stand er mitten im Raum. Als Prätorius eintrat, räusperte er sich. „Eine Dame aus dem Hofstaat hat gesundheitliche Probleme und der Leibarzt des Landgrafen ist noch nicht eingetroffen. Aus diesem Grund möchte die betreffende Dame Sie zu sich bitten."

„Selbstverständlich." Eine andere Antwort gab es unter diesen Umständen nicht. Auch wenn Prätorius sich mehr als alles auf der Welt wünschte, es gäbe sie. Er wollte niemanden behandeln, der womöglich ernsthaft krank war. Und schon gar keine Dame. Das alles erinnerte ihn nur wieder an Frederika und sein Versagen. Er war doch hierhergekommen, um die Vergangenheit hinter sich zu lassen. Trotzdem saß er schon kurz darauf am Bett einer neuen Patientin.

Isabella von Hattenberg gehörte zu den Hofdamen der Landgräfin. Sie war bleich im Gesicht und saß halb in dem geschnitzten Bett aus dunklem Holz. Zusammen mit einem kleinen Tisch und einer Kleidertruhe bildete es die einzige Einrichtung des weiß getünchten Kämmerleins. Auf der anderen Seite des Bettes stand Isabellas Zofe, ein junges Mädchen, das verschreckter dreinschaute als seine Herrin.

„Die meisten Leute kommen hierher, um ihre Gesundheit wiederzuerlangen", sagte Isabella von Hattenberg mit einem verzerrten Lächeln. „Ich muss jedoch gestehen, ich habe mich besser gefühlt, bevor ich hierherkam."

Die Hofdame litt unter Leibschmerzen und Übelkeit. Ihre Beschreibung der Symptome war aber so ungenau, dass Prätorius keine konkrete Diagnose stellen konnte. Er hoffte im Stillen, dass es nicht die Seitenkrankheit wäre, bei der sich ein winzig kleiner Darmfortsatz entzündet und die meist zum Tode führte. Alles, nur das nicht, dachte er.

Er konnte der Patientin nur raten, im Bett zu bleiben, außer mit Wasser verdünntem Wein nichts zu sich zu nehmen und ihn rufen zu lassen, falls sich ihr Zustand verschlimmerte.

Isabella bedankte sich für seine Bemühungen.

Kapitel 3

Am nächsten Morgen waren Rosalie Mette und ihre Leute wie immer früh auf den Beinen. Zwar bereiteten Koch und Küchenjunge das Frühstück für ihre Herrschaft, aber die Wirtin musste trotzdem stets greifbar sein. Außerdem war die übliche Hauswirtschaft zu besorgen. Die Hühner, die Schweine und die Pferde brauchten Futter, die Eier mussten eingesammelt, der Gemüsegarten versorgt und das Mittagessen für die Schenke vorbereitet werden.

Rosalie sah zuallererst nach ihrem Sohn. Nachdem die Knechte ihn gestern in seine Kammer gebracht hatten, hatte sie selbst den Verband an seiner Schulter entfernt und die Wunde behandelt. Wer würde schon einem unbekannten Arzt trauen? Sie wusch den Stich mit Kamillen- und Schafgarbenabsud aus, danach fühlte sie sich besser. Heute Morgen wirkte Jakob schon wieder recht munter. Allerdings fühlte sich seine Stirn fiebrig an und deshalb lehnte Rosalie jede Diskussion zum Thema Aufstehen ab. Es bereitete ihr Sorgen, dass der Junge keinerlei Erinnerungen an den Überfall hatte.

„Ich war mit dem Maultier und den gefüllten Fässern auf dem Pfad, der am Ende des Kurparks den Berg hinaufführt. Danach weiß ich nichts mehr, bis mich dieser Herr auf seinen Wagen legen ließ."

„Der Arzt sagt, dass er dich auf der Poststraße nach Mainz aufgesammelt habe."

Jakob runzelte die Stirn. „Ich bin sicher, dass ich den Pfad durch den Wald entlanggegangen bin. Das mache ich immer so, das ist eine Abkürzung."

Rosalie wusste nicht, was sie davon halten sollte. Aber vorerst war sie einfach froh, dass sie ihren Sohn wiederhatte. Außer den beiden verlorenen Fässern waren keine Verluste zu beklagen, und damit konnte sie leben.

Balthasar musterte die Wirtin misstrauisch, als sie vor sich hin summte, während sie die frischen Eier in den Vorratsschrank räumte.

„Sie sind heute gut gelaunt", stellte er fest, „legen die Hühner gerade besonders viel?"

„Ich freue mich, dass Jakob wieder da ist."

„Ja, das ist verständlich", sagte Balthasar und legte den Kochlöffel zur Seite. „Hier sollte wirklich ständig ein Mann im Haus sein. Es ist nicht richtig, dass Sie alleine für alles verantwortlich sind." Er sah die Wirtin erwartungsvoll an.

„Ich komme zurecht." Rosalie wandte sich wieder dem Vorratsschrank zu.

Anna kam in die Küche, sie hatte die Gaststube ausgefegt und die Tische geputzt. Sie schnüffelte und trat zum Herd.

„Riecht gut. Was ist das?"

Balthasar nahm den Deckel von einem Kochtopf. „Das ist Reis mit Mandeln und Zimt."

„Mmh", sie schnappte sich einen Löffel und tauchte ihn in den weißen Brei. Nachdem sie probiert hatte, nickte sie Rosalie zu: „Kochen kann der Mann!"

„Natürlich kann ich kochen!", sagte Balthasar beleidigt. „Ich gehöre zu den besten Köchen Frankfurts und ich kann gar nicht zählen, wie oft schon versucht wurde, mich abzuwerben. Und das waren nicht nur Bürgerliche, da waren auch Barone und Grafen dabei. Aber ich bleibe bei meiner Herrschaft. Jedenfalls so lange, bis ich ein eigenes Wirtshaus eröffne."

„Schön für die Lieffenbruchs", meinte Rosalie.

„Holla Wirtschaft!" In der Gaststube ertönten schwere Schritte, Sporen klirrten.

Rosalie ging hinüber. Ein Mann schaute sich in dem niedrigen holzgetäfelten Raum um. Als er Rosalie hörte, wandte er sich ihr mit einer schnellen Bewegung zu, die so gar nicht zu seinem behäbigen Aussehen passte.

„Scheint hier gemütlich zu sein. Gibt es auch einen guten Wein?", er richtete die hellen Augen auf Rosalie.

„Natürlich", sagte diese, „weißen und roten vom Rhein und wir haben auch welschen und ungarischen."

Der Mann knurrte anerkennend und nickte. „Der wird auf jeden Fall verkostet."

Dann schien ihm wieder einzufallen, dass er nicht hier war, um sich nach den Getränken zu erkundigen. „Jetzt lauf los, Mädchen. Hol mir den Wirt her und auf dem Weg bringst du mir einen Schoppen von dem ungarischen." Er setzte sich auf eine der breiten Holzbänke, die an den Wänden der Stube angebracht waren, und legte seinen Hut vor sich auf den Tisch. Rosalie sah, dass die dunklen Locken, die, wie die Mode es verlangte, bis auf den breiten, weißen Kragen wallten, bereits von einigen silbrigen Strähnen durchzogen waren. Der Mann kam ihr vage bekannt vor.

„Den Wein bringe ich Ihnen gerne", sagte sie, „aber was den Wirt betrifft, müssen Sie schon mit mir vorliebnehmen. Dieses Gasthaus gehört mir."

„Oha!", der Mann betrachtete sie aufmerksam von oben bis unten. „Ich kann mir vorstellen, dass du viele Stammgäste hast."

„Mein Wein ist gut und das Essen ist auch nicht zu verachten", sagte Rosalie einfach.

Unter dem eindrucksvollen Schnurrbart hoben sich die Mundwinkel des Besuchers zu einem Grinsen. „Dann war das wohl dein Sohn, der gestern auf der Straße nach Mainz von Wegelagerern überfallen wurde?"

Rosalie nickte.

„Ich bin Hubertus von Greiffenstein und ich möchte deinem Sohn ein paar Fragen stellen", sagte der Gast.

„Seit wann interessiert sich die Leibgarde des Landgrafen für Überfälle auf einfache Bürger?" Rosalie war eingefallen, wo sie diesen Mann schon einmal gesehen hatte: Er führte die Soldaten des Ernst von Rheinfels bei seinem Einzug in Langenschwalbach an.

„Seit der Landgraf beschlossen hat, seinen Hof über die Sommermonate hierher zu verlegen."

Rosalie konnte sich vorstellen, dass es einen schlechten Eindruck machte, wenn die Gäste des Landgrafen bei Ausflügen oder auf der Jagd um ihr Leben fürchten mussten. „Jakob erinnert sich nicht, was passiert ist."

„Ich möchte ihn trotzdem sehen", sagte der Oberst.

Rosalie führte ihn in die Kammer, wo Jakob wach auf seinem Strohsack lag und an die Decke starrte. Als sich der vierschrötige Besucher in den kleinen Raum schob, versuchte der Bursche sich aufzurichten, sank jedoch mit einem schmerzverzerrten Gesicht wieder zurück.

„Bleib ruhig liegen." Der Mann zog den dreibeinigen Schemel heran und setzte sich darauf. Dann schaute er Rosalie an. „Jetzt wäre der Wein angebracht."

Es passte der Wirtin gar nicht, hinausgeschickt zu werden, aber mit dem Befehlshaber der gräflichen Leibgarde wollte sie sich nicht anlegen. Als sie mit einem Becher des ungarischen Weines zurückkehrte, wirkte Greiffenstein enttäuscht. Er nahm einen großen Schluck aus dem Becher, den Rosalie ihm reichte, und nickte anerkennend. „Dein Wein ist gut, aber dein Sohn ist nicht sehr hilfreich."

„Ich sagte ja bereits, dass er sich nicht erinnert", meinte Rosalie.

„Was sollen Wegelagerer an dem Pfad gemacht haben, den ich gegangen bin?", fragte Jakob, „da kommt außer ein paar Bauern sonst niemand vorbei – und bei denen ist nichts zu holen."

„Du bist aber an der Straße gefunden worden."

„Ich weiß nicht, wie ich dort hingekommen bin!"

Hubertus von Greiffenstein trank wieder einen großen Schluck Wein.

Da wurde die Tür der Kammer von außen geöffnet und Balthasar musterte misstrauisch die Gesellschaft, die sich um den Strohsack herum versammelt hatte. Besonders lange blieb sein Blick an dem untersetzten Oberst mit dem zinnernen Weinbecher in der Hand haften, der es sich auf dem Schemel gemütlich gemacht hatte und seinerseits den mageren Koch interessiert betrachtete.

„Du wirst in der Küche gebraucht", sagte Balthasar mit einem vorwurfsvollen Unterton zu Rosalie.

„Was ist denn los?"

„Die bestellten Gänse sind immer noch nicht da. Ich weiß nicht, was ich meiner Herrschaft heute Abend servieren soll!"

„Ich werde mich darum kümmern", sagte Rosalie. Als Balthasar immer noch stehen blieb und keine Anstalten machte, sich zurückzuziehen, fügte sie hinzu: „Später."

Balthasar schloss zögernd die Tür von außen.

Greiffenstein grinste. „Neugieriger Patron."

Rosalie wurde rot und ärgerte sich darüber.

„Wenn dein Sohn sich wieder erinnert, dann lass es mir ausrichten." Greiffenstein erhob sich mit einem leisen Ächzen und reichte Rosalie den leeren Becher. „Es hat mich sehr gefreut, dich und deinen Wein kennenzulernen", sagte er mit einem Blick in den Ausschnitt ihres Kleides.

Kapitel 4

Prätorius hatte eine unruhige Nacht verbracht. Die Tatsache, dass man ihm die Verantwortung für eine Patientin aufgeladen hatte, die womöglich wirklich krank war, zerrte an seinen Nerven. Um sich nicht noch länger mit den verschiedensten Erwägungen und Befürchtungen in den Laken zu wälzen, stand er früh auf. Er wollte sich in Ruhe im Ort umschauen, bevor seine neuen Herrschaften ankamen und Anspruch auf seine Zeit und seine Aufmerksamkeit erhoben.

Mit einem flüchtigen Nicken grüßte Prätorius den Haushofmeister der Eenveldes, der sich in der Hofeinfahrt mit dem Wirt unterhielt, und schlenderte dann davon. Trotz der frühen Stunde waren schon erstaunlich viele Menschen auf der Straße. Rüschengeschmückte Kavaliere, die sich mit oder ohne Pagen, mit Hunden oder ohne, hoch zu Ross oder zu Fuß zeigten. Juwelenbehängte Damen in ihren Morgenkleidern waren mit Gesellschafterinnen und Zofen unterwegs zu dem heilkräftigen Brunnen. Auch einzelne Mägde und Lakaien strebten mit Karaffen und Kannen zum Wasser. Sie holten das kostbare Nass für ihre Herrschaften, die zwar nicht aus dem Bett fanden, aber ihre Trinkkur trotzdem nicht vernachlässigen wollten.

Vor dem Tor, das in den Hof des landgräflichen Schlosses führte, standen etliche Gaffer. Seit das Schlösschen bewohnt wurde, bildete es die Hauptattraktion für die müßigen Kurgäste. Hier war immer etwas los. Lieferanten und Händler gingen mit ihren Waren ein und aus – vor allem Schneider, Goldschmiede und Zuckerbäcker. Kuriere oder Soldaten galoppierten aus dem Tor und man konnte spekulieren, in welchen wichtigen Aufträgen sie unterwegs waren. Mit etwas Glück konnte man einen Blick auf eine in Samt und Seide gekleidete Dame erhaschen oder sogar auf den Landgrafen selbst.

Prätorius beschloss, auf dem Rückweg von seinem Spaziergang ins Schloss hineinzugehen und seine Patientin zu besuchen. Vielleicht war sie über Nacht ja überraschend genesen. Wenn sie nur zu viel gegessen hatte, dann lag das durchaus im Bereich des Möglichen. Die Symptome, die sie ihm geschildert hatte, konnten auch von einer kräftigen Magenverstimmung herrühren.

Vor dieser Visite würde er jedoch bei dem Jungen vorbeischauen, den er gestern von der Straße gesammelt hatte. Das wäre nur recht und billig, denn schließlich musste er sich davon überzeugen, dass der Bursche auch die richtige Behandlung bekam.

In dem Moment, als Prätorius vor den ‚Vier Elstern' anlangte, wurde die Tür von innen geöffnet und ein militärisch aussehender Mann trat ins Freie. Mit einer knappen Bewegung setzte er den mit einer wallenden Straußenfeder geschmückten Hut auf und gab der Krempe einen leichten Klaps, damit sie sich unternehmungslustig wölbte. Auch wenn schon einige Jahre vergangen waren, seit sie sich zuletzt gesehen hatten, erkannte Prätorius den Herrn von Greiffenstein sofort. Der Oberst stutzte ebenfalls nur kurz, als der Arzt auf ihn zukam, dann breitete er die Arme aus und zerquetschte ihm fast den Brustkorb mit seiner Umarmung.

„Was machen Sie hier?", wollte er wissen, während er Prätorius auf den Rücken klopfte, als sei der ein braves Schlachtross.

„Bin Leibarzt des Grafen von Eenvelde", hustete der Arzt zwischen zwei Schlägen hervor.

„Und deswegen treiben Sie sich um diese Morgenstunde vor dem Gasthaus der reizenden Rosalie herum?" Der Oberst lachte dröhnend. „Was sagt denn Ihre bezaubernde Frederika dazu?"

Prätorius spürte, wie er erbleichte. Der Morgen hatte plötzlich seinen Glanz verloren. „Sie ist vor zwei Monaten gestorben."

Der Oberst machte ein betroffenes Gesicht. „Das tut mir leid."

Seine Hand war auf dem Rücken des Doktors liegen geblieben. „Sie müssen sich schrecklich fühlen", sagte er mit seiner üblichen Direktheit.

Prätorius nickte. Dann wechselte er das Thema: „Ich wollte nach Rosalies Sohn sehen."

„Viel Aufmerksamkeit für den jungen Dachs", meinte der Oberst, „ich war auch gerade bei ihm und habe ihn befragt. Leider scheint er das Gedächtnis verloren zu haben. Aber sonst wirkt er schon wieder recht munter und seine Mutter ist ein appetitlicher Happen."

„Was haben Sie denn mit der ganzen Sache zu tun?"

„Nachdem ich hörte, was gestern passiert ist, habe ich den hiesigen Amtmann unterrichtet, dass ich selbst die Sache in die Hand nehme. Solange der Landgraf in diesem Ort weilt, darf es solche Überfälle einfach nicht geben." Der Oberst grinste. „Außerdem brauchen meine Männer eine Beschäftigung. Wenn sie untätig herumsitzen, kommen sie nur auf dumme Gedanken. Wollen Sie sich uns morgen anschließen? Wird sicher eine hübsche Jagd, wenn wir die Wälder nach den Wegelagerern durchkämmen."

Prätorius schwieg. Greiffenstein wusste genau, dass es ihn wahrlich nicht lockte, über Stock und Stein zu galoppieren, stets in Gefahr, von einem tiefhängenden Ast aus dem Sattel gewischt zu werden oder durch einen unverhofften Hopser seines Reittieres Bekanntschaft mit dem nächsten Graben zu machen.

„Jetzt muss ich weiter", Greiffenstein klopfte seinem Freund zum Abschied noch einmal auf die Schulter. „Demnächst trinken wir etwas zusammen und reden. In diesem Gasthaus ist der Wein wirklich gut!" Er ging hinüber zu seinem schweren Schimmel, den ein Knecht festgehalten hatte, während der Oberst in den ,Vier Elstern' war. Greiffenstein warf dem Mann eine kleine Münze zu, stieg in den Sattel, winkte in Prätorius' Richtung, rief „Weidmannsheil!" und trabte davon. Die kurze Strecke bis zum Schloss zu Fuß zurückzulegen, war dem Oberst offensichtlich nicht in den Sinn gekommen.

Der Arzt sah ihm nach. Für seinen Geschmack lebten sie in viel zu verschiedenen Welten, um sich wirklich zu verstehen. Der alte Soldat, der nahezu sämtliche Feldzüge des Hauses Hessen-Kassel mitgemacht hatte, und der nicht mehr ganz junge Simon Prätorius, der erst nach dem Tod seiner Frau wieder die Niederlande und die Universität zu Leiden verlassen hatte.

Als er die ,Vier Elstern' betrat, hatte er kaum Zeit, sich in der leeren Gaststube umzuschauen. Bevor sich seine Augen an das Dämmerlicht, das die Butzenscheiben einließen, gewöhnt hatten, streckte die Wirtin schon ihren Kopf aus der Küchentür. „Was wünschen Sie?", ihre Stimme klang barsch.

„Ich möchte mich lediglich erkundigen, wie es Ihrem Sohn geht", sagte Prätorius steif.

„Da sind Sie heute nicht der Erste." Die Wirtin wandte sich um und sagte etwas zu jemandem in der Küche, das Prätorius nicht verstand.

Dann kam sie heraus und schloss die Küchentür hinter sich. Rosalie schaute den Arzt verlegen an. „Entschuldigen Sie bitte mein Verhalten, der Koch meiner Logiergäste treibt mich noch zur Weißglut."

Bevor Prätorius etwas dazu sagen konnte, redete sie weiter. „Ich möchte mich aufrichtig für das bedanken, was Sie für meinen Sohn getan haben."

„Wie fühlt er sich heute?"

Rosalie hob die Schultern. „Den Umständen entsprechend, möchte ich meinen. Allerdings kann er sich nicht erinnern, wie er dort hingekommen ist, wo Sie ihn fanden."

„Das kann nach einem kräftigen Schlag auf den Kopf passieren. Möglicherweise findet er sein Gedächtnis nach einigen Tagen oder Wochen wieder."

„So lange muss er aber nicht liegen bleiben?", fragte Rosalie alarmiert, „sonst sollte ich ihn schnell festbinden."

Prätorius lachte. „Ich denke, wenn Sie es fertigbekommen, dass er noch drei Tage das Lager hütet, dann reicht das. Er wird sich schonen, wenn ihm danach ist."

Rosalie atmete auf. „Sie wissen ja, wie Burschen sind."

Prätorius betrachtete die Wirtin von der Seite. Sie war nicht mehr ganz so jung, wie man angesichts ihrer schlanken Figur glauben konnte, das verrieten die Fältchen um die Augen und am Hals. Ebenso wie die Tatsache, dass sie einen fast erwachsenen Sohn hatte. Trotzdem strahlte sie eine Art von Kraft und Gesundheit aus, die anziehend war. Auch wenn man sie wahrhaftig nicht als schön bezeichnen konnte. Dafür war ihre Haut zu braun und ihre Figur nicht üppig genug. Sie erinnerte ihn an die Buche, die im Garten seines Leidener Stadthauses wuchs und die Frederika so gemocht hatte. Schlank und elegant.

Der Gedanke an seine verstorbene Frau machte ihn wieder traurig, aber anscheinend hatte sein Gesichtsausdruck nichts von seinen Gedanken verraten, denn Rosalie lächelte ihn an. Sie griff zu dem Weinkrug, der auf einem Tisch neben der Küchentür stand, und füllte einen Zinnbecher. „Hoffen wir, dass die Schuldigen an dem Überfall auf meinen Sohn gefasst werden." Sie reichte Prätorius den Becher.

„Immerhin will sich der Befehlshaber der Leibwache persönlich darum kümmern." Er nahm einen Schluck. Der Wein war stark. Die in vielen Gasthöfen geübte Praxis, den Wein gehörig mit Wasser zu strecken, schien hier nicht in Mode zu sein.

Rosalie wiegte den Kopf. „Mal sehen, was dabei herauskommt."

„Es waren doch Wegelagerer?"

„Das sagt der Oberst. Jakob hat berichtet, dass er sich nicht erinnern kann. Nach der Ansicht des Obersts ging es den Räubern um die Fässer. Er meint, dass sie wohl glaubten, es wäre Wein."

„Der Oberst interessiert sich eben sehr für Wein." Diese Bemerkung war Prätorius einfach herausgerutscht und die Vertraulichkeit, die darin steckte, war ihm sofort peinlich.

Rosalie kicherte. „Ich glaube, der interessiert sich auch für ganz andere Dinge." Dann schaute sie den Arzt neugierig an. „Ich habe den Eindruck, dass Sie den Oberst gut kennen?"

Eigentlich betrachtete sich Prätorius nicht als Klatschmaul, aber es war lange her, dass er sich mit einer Frau gemütlich unterhalten hatte. Rosalie lächelte ihm ermutigend zu und füllte seinen Becher auf. Sie schien es nicht eilig zu haben, in ihre Küche zurückzukommen.

„Greiffenstein habe ich vor ein paar Jahren in den Niederlanden kennengelernt, als er ärztliche Hilfe brauchte. Wie er mir erzählt hat, war er zuvor auf Besuch bei einem Bekannten und ist mit ihm zusammen auf die Jagd gegangen."

Rosalie nickte. „Da kann so allerlei passieren."

„Allerdings. In Greiffensteins Fall ging die Begegnung mit einem Wildschwein noch recht glimpflich für ihn aus. Er rückte dem Tier mit einer Saufeder zuleibe, aber der Keiler wollte sich wohl nicht widerstandslos mit der Lanze abstechen lassen. Er wehrte sich und brachte Greiffenstein mit seinen Hauern eine tiefe Risswunde am Oberschenkel bei."

„Puh!", Rosalie schenkte Wein nach.

„Greiffenstein ließ die Wunde durch den örtlichen Bader nähen und glaubte, damit sei die Sache erledigt. Aber das war sie nicht."

Prätorius trank den Becher leer und legte die Hand darüber, als Rosalie nachschenken wollte. Für heute Vormittag hatte er genug. „Die Wunde heilte nicht richtig und begann sich zu entzünden. Als der Oberst dann auch noch Fieber bekam, entschloss er sich, einen richtigen Arzt aufzusuchen, und landete bei mir. Ich steckte ihn in meinem eigenen Gästezimmer ins

Bett, öffnete die Naht wieder und sorgte dafür, dass der Eiter abfloss und alles richtig verheilte." Prätorius lächelte Rosalie an. „Greiffenstein ist der festen Überzeugung, dass ich sein Bein gerettet habe. Während seiner Genesungszeit haben wir öfter miteinander Schach gespielt und uns irgendwie angefreundet."

Er erwähnte nicht, dass Frederika oft bei den Gesprächen und Schachpartien zugegen gewesen war. Manchmal hatte sie sich mit einer Stickerei beschäftigt, oft saß sie aber auch einfach dabei und beteiligte sich an den Gesprächen. „Er ist ein alter Haudegen", pflegte sie immer zu Simon zu sagen, „aber ein netter."

Balthasar lugte aus der Küchentür und bedachte Prätorius mit einem ungnädigen Blick. Rosalie ignorierte ihn und er verzog sich wieder in die Küche. Die vertrauliche Stimmung war trotzdem zerstört.

„Wir haben beide noch zu tun", sagte Prätorius. „Ich werfe kurz einen Blick auf Ihren Sohn und dann muss ich mich noch um eine weitere Patientin kümmern."

Rosalie sah ihn fragend an.

„Einer Hofdame der Gräfin geht es nicht gut und der landgräfliche Leibarzt war gestern noch nicht angekommen. Da haben sie mich hinzugezogen."

„Das ist doch eine Ehre."

Prätorius hob die Schultern. „Das kann man so oder so sehen." Er schaute trübsinnig in seinen leeren Becher. Greiffenstein hatte er damals helfen können, Frederika nicht.

In diesem Moment wurde die Tür zur Gaststube aufgerissen und sein Diener Sebastian stürmte hinein. „Gottlob, der Herr Prätorius, hab ich doch geahnt, dass Sie hier sind", schnaufte er, „bitte, kommen Sie schnell, gerade war ein Lakai aus dem Schloss bei mir. Alle sind in Aufregung. Isabella von Hattenberg hat das Bewusstsein verloren!"

Der Arzt wurde noch bleicher, griff nach seinem Hut und stürzte hinaus, ohne sich zu verabschieden. Der Besuch bei Jakob musste warten.

Kapitel 5

Als Rosalie die Küche betrat, stand Anna am Herd und rührte in einer Suppe aus Rüben und Zwiebeln. Zusammen mit dem Koch hatte sie sich bereits an die Vorbereitungen für das Mittagessen gemacht. Was von dieser Mahlzeit übrig blieb, kam in veränderter Form und durch ein oder zwei weitere Gerichte ergänzt wieder am Abend oder dem nächsten Tag auf den Tisch. Die Gäste der Schenke bekamen ein Mahl, das nicht ganz so üppig ausfiel wie das Essen der Logiergäste.

„Die Gänse, die wir bestellt haben, wurden immer noch nicht geliefert", bemerkte die Küchenmagd. „Balthasar wollte die Vögel heute zum Abendessen servieren, aber jetzt muss er sich etwas anderes ausdenken." Sie blinzelte Rosalie zu und senkte die Stimme zu einem Flüstern: „Und das fällt ihm schwer."

Rosalie blinzelte zurück: „Ich werde mich darum kümmern."

Die Wirtin schaute möglichst unauffällig zu dem Koch hinüber. Der hatte die Tür zu der neben der Küche gelegenen Speisekammer geöffnet und schien eine Bestandsaufnahme zu machen.

Dann wandte Rosalie sich wieder zum Suppentopf. „Kein Speck in der Suppe?" Die Wirtin hielt das für eine gewagte Idee.

Anna streckte ihr den Kochlöffel entgegen. „Balthasars Rezept."

Rosalie probierte und hob die Augenbrauen. Kein Speck, aber Gewürze, die einen wesentlich feineren Geschmack erzeugten, als die billigen Zutaten vermuten ließen. Sie erkannte Thymian und Majoran. Die Kräuter wuchsen in ihrem Garten, aber auf diese Zusammenstellung wäre sie nie gekommen. Balthasar war vielleicht ein unangenehmer Zeitgenosse, aber vom Kochen verstand er wirklich etwas.

„Zu der Suppe bekommen die Gäste eine Pastete aus den Resten von gestern, dann dürften die Würste, die wir noch haben, reichen", sagte Anna. „Und für alle Fälle sind immer noch die Hammelkeulen da."

Rosalie nickte beifällig. Dann fiel ihr Blick auf das schmutzige Geschirr, das zum Abwasch bereitstand. „Wo ist eigentlich Balthasars Küchenjunge? Den bekommt man nie zu Gesicht."

Anna lachte. „Der ist im Pferdestall und fragt Stefan ein Loch in den Bauch – dort scheint es ihm besser zu gefallen als in der Küche."

„Er sollte lieber die Arbeit tun, die man ihm aufgetragen hat", sagte Rosalie, „das wäre gesünder für sein Hinterteil."

Sie überlegte, ob sie selbst in den Stall gehen und ihn holen sollte, aber sie entschied sich dagegen. Für den Koch könnte das so aussehen, als ob sie irgendein Interesse an seinen Angelegenheiten hätte. Das wollte Rosalie um jeden Preis vermeiden.

Balthasar kam aus der Speisekammer, warf der Wirtin noch einen vorwurfsvollen Blick zu und verschwand aus der Küche. Die beiden Frauen hörten, wie er auf der hölzernen Treppe nach oben trampelte.

„Was wollte der Arzt denn hier?" Obwohl Anna die Küche kaum verließ, war sie stets bestens informiert.

„Nachschauen, ob ich Jakob richtig behandle."

„Und dabei hat er ihn gar nicht zu Gesicht bekommen." Anna grinste. „Womöglich hat ihn die Mutter zu sehr abgelenkt."

„Unsinn, wir haben uns nur kurz unterhalten, dann wurde er ins Schloss gerufen."

„Ob Balthasar das auch so sieht?"

Rosalie schnaubte. „Ich wüsste nicht, was den das anginge."

Anna kicherte. „Der fühlt sich hier doch schon fast als Wirt."

„Dann sollte er sich lieber nach einer anderen Möglichkeit zur Einheirat umsehen." Rosalie war wieder an den Herd getreten und rührte die Suppe um. Dann nahm sie eine Schale aus dem Regal und füllte sie mit einigen Löffeln der dampfenden Flüssigkeit.

„Bring das zu Jakob, vielleicht hat er Hunger."

Die Wirtin griff zu Korb und Umschlagtuch. Es wurde Zeit, dem saumseligen Bauern, der die Gänse noch nicht geliefert hatte, einen Besuch abzustatten.

Kapitel 6

Der kleine Raum erhielt sein Licht nur durch eine winzige Fensterluke. Ein Strohsack und eine Wolldecke, ein Schemel und eine Truhe, das war die ganze Einrichtung. Als Anna mit der Suppe in die Kammer trat, öffnete Jakob die Augen und setzte sich vorsichtig auf. Ihm war immer noch schwindlig. Hunger hatte er nicht, aber er war froh, wenn er Gesellschaft bekam.

„Gibt's was Neues in der Küche?"

„Nur diese Suppe."

Jakobs Kopfschmerzen waren nahezu verschwunden, zumindest solange er sich nicht bewegte. Aber das Jucken in der Schulter machte ihn fast verrückt. Das und die Gedanken, die ihm in den letzten Stunden durch den Kopf gegangen waren. „Und sonst?"

„Deine Mutter ist in die Unterstadt gegangen, um sich bei dem Bauern zu beschweren, der die bestellten Gänse nicht geliefert hat. Der Arzt, der dich gestern versorgt hat, war auch kurz da." Anna grinste. „Er schien sich dann aber mehr für deine Mutter zu interessieren als für dich. Ist ja verständlich, die ist auch hübscher."

„Gleichfalls", sagte Jakob.

Anna zuckte zusammen und legte die Hand auf ihre Wange. Der Bursche bereute sofort, was er gesagt hatte. Auch wenn es nur ein Wort gewesen war. Er hatte einfach nicht mehr an die

Narbe gedacht. Aber Anna bezog alles auf dieses verblasste Ding an ihrer Backe. An den Bewegungen der Küchenmagd, die ihm das Kopfkissen so zurechtstopfte, dass er sich anlehnen konnte, merkte Jakob, dass Anna wütend war. „Habe es doch nicht so gemeint", knurrte er.

Anna streckte ihm die Schale mit der Suppe hin. „Iss lieber was und rede kein dummes Zeug."

Jakob schüttelte den Kopf. Er würde ja gern essen und die Suppe roch so verdammt gut, aber er war sich sicher, dass ein Löffel davon ausreichen würde, ihm den Magen umzudrehen.

Anna schaute ihn besorgt an.

„Alle sagen, es waren Wegelagerer, die mich überfallen haben", platzte Jakob heraus, „aber das stimmt nicht."

„Ich dachte, du kannst dich nicht erinnern." Die Küchenmagd setzte sich auf den Schemel und streckte die nackten Füße von sich.

„Es ist ja auch solch ein Durcheinander in meinem Kopf. Deshalb weiß ich nicht genau, ob ich den Duft nur geträumt habe oder ob er wirklich war."

„Was für ein Duft?"

Jakob wollte mit den Schultern zucken, verzog aber nur schmerzlich das Gesicht. „Irgendein Wohlgeruch. Das, was die feinen Herren und Damen an sich haben. Und deshalb kann es wohl kaum ein Wegelagerer gewesen sein. Die parfümieren sich nicht."

„Hast du das dem Oberst gesagt?"

„Er ließ mich gar nicht zu Wort kommen. Ich konnte nur ja oder nein sagen. Und später hat er nur noch meine Mutter angestarrt."

Anna nickte langsam. „Rosalie sagte mir, nachdem sie dich verbunden hatte, dass die Wunde an deiner Schulter aussähe wie ein Degenstich."

Jakob schloss kurz die Augen. Ein Wegelagerer hätte ein Messer oder einen Knüppel benutzt. Ein Degen war die Waffe eines feinen Herrn.

„Möchtest du wirklich nichts essen?"

Jakob winkte ab. „Iss die Suppe doch selbst." Er schloss die Augen. Es war nicht hell hier, aber Jakob fühlte sich, als ob er zu lange in die Sonne geschaut hätte. „Den Rest der Geschichte konnte ich dem Oberst ohnehin nicht erzählen", sagte er müde. „Ich glaube, die Waldleute haben mich gerettet."

Anna verschluckte sich fast. „Wie das?"

Die meisten Bürger Langenschwalbachs wussten, dass sich in den unzugänglichen, morastigen Waldtälern der Umgebung Menschen versteckt hielten. Diese Leute waren während des Krieges aus ihren Dörfern geflohen und existierten seither mehr schlecht als recht von dem, was der Wald hergab. In den letzten Jahren hatten sie Zulauf durch Invaliden und Deserteure erhalten und in den jetzigen Friedenszeiten kamen heimat- und soldlos gewordene Soldaten hinzu.

Jakob grinste verlegen. „Gelegentlich tut man jemandem einen Gefallen – und gelegentlich tut einem der andere einen."

„Wie lange hast du schon Kontakt zu ihnen?". Anna war fassungslos.

„Vor einem Jahr musste ich doch für diesen sonderbaren Vogel Wasser aus Bärstadt holen", begann Jakob.

Anna erinnerte sich. Der Gast wollte das Wasser aus den heilkräftigen Bärstadter Quellen mit dem hiesigen mischen und drin baden. Davon versprach er sich eine doppelt günstige Wirkung.

„Ich fand es eintönig, die Straße entlangzuwandern, die sich in Kurven und Serpentinen durch die Berge nach Bärstadt schlängelt, deshalb habe ich eine Abkürzung gesucht."

„Und dich dabei verirrt!", meinte Anna.

Jakob schaute sie beleidigt an. „Jedenfalls habe ich da diesen Jungen getroffen." Ein ungefähr zehnjähriges Kind, zerlumpt, dreckig und weit entfernt von jedem Dorf oder Hof. Der Junge hatte Reisig gesammelt und als er Jakob sah, ließ er das Holzbündel fallen und rannte davon, ohne ein Wort zu sagen. Kurz darauf war er mit zwei ebenfalls in Fetzen gekleideten Männern zurückgekehrt. Einer davon humpelte mit einem Holzbein, der andere hatte das Gesicht voller Narben und nur noch ein Auge.

Die beiden Männer führten Jakob auf den richtigen Weg nach Bärstadt und er gab ihnen dafür sein Leinenhemd und den Käse, den er als Proviant dabeihatte.

„Das hätte auch anders ausgehen können", sagte Anna. Jakob hörte an ihrer Stimme, dass sie nicht wusste, ob sie erleichtert sein oder ihn noch im Nachhinein ausschimpfen sollte, weil er nicht auf der Straße geblieben war.

„Deshalb habe ich niemandem etwas von der Sache erzählt", verteidigte sich Jakob. „Aber wenn ich danach wusste, dass ein Gang mich in die Nähe der Waldleute führt, dann habe ich immer etwas für sie mitgenommen."

Anna schaute ihn streng an.

„Nur Kleinigkeiten. Sachen, die sie im Wald nicht bekommen: Käse, ein Stück Schweinespeck oder eine alte Wolldecke. Mutter hat immer gedacht, es wären die Mäuse."

„Wir lassen sie besser in dem Glauben", seufzte Anna. Rosalie würde sich zu Tode sorgen, wenn sie jemals von Jakobs Hilfsleistungen erführe.

„Vorgestern haben sie mir ihre Dankbarkeit gezeigt", sagte Jakob. Er erinnerte sich daran, dass er kurz zu Bewusstsein gekommen war, als ihn zwei Männer zur Straße schleiften. Dorthin, wo kurz darauf der Arzt vorbeikam.

Jetzt war es Jakobs Aufgabe zu verhindern, dass seine Retter in die Hände der Leibgarden fielen.

Anna runzelte die Stirn.

„Ich muss sie benachrichtigen", sagte Jakob.

Die Obrigkeit war von der Existenz der Waldleute nicht begeistert. Sie zahlten keine Steuern und jagten das Wild, das dem Landesherrn zustand. Bisher hatte niemand Gelegenheit und Zeit gehabt, diese Leute zu verfolgen. Das konnte sich jetzt ändern. Der Oberst hatte angekündigt, dass er und seine Männer den Wald durchkämmen würden und alle festnehmen, die dort nichts zu suchen hatten. Für ihre Begriffe würde das auch die Waldleute einschließen.

„Kommt nicht infrage. Du musst im Bett bleiben." Anna schüttelte nachdrücklich den Kopf. „Wahrscheinlich ist es auch nicht notwendig, sie zu warnen. Die Gardisten trennen sich wohl kaum von ihren Pferden. Also werden sie gar nicht so weit in den Sumpf vordringen können, bis sie die Hütten erreichen."

„Aber es sollte auch niemand von den Waldleuten dort unterwegs sein, wo er Gefahr läuft, von den Leibgarden ertappt zu werden."

„Du wirst jedenfalls nicht gehen." Anna stand auf. Die Suppenschüssel hatte sie leer gegessen.

In Jakobs Kopf drehte sich schon wieder alles. „Bis morgen geht es mir besser." Er schluckte. „Wenn Mutter mich vermisst, dann sagst du ihr einfach, du hättest mich losgeschickt, um ein paar Kräuter für die Küche zu sammeln oder so was." Er schaute Anna bittend an. „Ich weiß, dass auch dir daran liegt, dass diese Leute unbehelligt bleiben."

Die Küchenmagd seufzte wieder. Jakob wusste, dass sich eine alte Tante von ihr unter den Waldleuten befand. Ein Nachbar hatte sie vor Jahren der Hexerei bezichtigt. Gute Freunde hatten der Frau von der Anklage erzählt, daraufhin war sie gerade noch rechtzeitig geflohen. Sie würde den Wald nicht mehr in ihrem Leben verlassen.

Das Knarren der Vordertür und schwere Schritte auf dem Dielenboden enthoben die Küchenmagd einer Antwort. Sie sollte nachsehen, ob Rosalie inzwischen wieder da war, und andernfalls den Gast selbst begrüßen und ihn nach seinen Wünschen fragen.

Jakob schloss die Augen. Er würde morgen zu den Waldleuten gehen, egal was Anna sagte. Nicht nur um sie vor den Gardisten zu warnen, er wollte sie auch nach seinem Angreifer ausfragen. Hatten seine Retter auch den Duft gerochen oder war es wirklich nur Einbildung?

Kapitel 7

Rosalie hatte gerade die Küche betreten, als sie den neuen Gast in der Schankstube hörte. Sie reichte Anna den Korb mit den beiden Gänsen, die sie jetzt persönlich abgeholt hatte, rückte ihre Haube zurecht und ging hinaus.

Es war nicht zu übersehen, dass hinter dem Mann eine längere Reise zu Pferd lag. Der Sattel hatte die Stiefelstulpen aus feinem Wildleder an den Innenseiten blank gerieben und die Hosen aus vielfach gebauschtem und gerafftem Stoff waren zerknautscht. Hinter dem intensiven Pferdegeruch war der Orangenblütenduft, mit dem sich der Mann parfümiert hatte, nur noch schwach wahrnehmbar. Die Ausstaffierung des Gastes war beeindruckend. Sowohl der Überrock als auch das Wams waren verschwenderisch mit Goldlitzen verziert und für die Brüsseler Spitzen, die den feinen weißen Kragen einfassten, könnte der Besitzer vermutlich einen kleinen Bauernhof eintauschen. Es ließ sich jedoch nicht leugnen, dass die ganze Pracht schon etwas fadenscheinig und abgenutzt war. Das Gold der Litzen war angelaufen und der Kragen sollte dringend gewaschen und frisch gestärkt werden. Sogar die Straußenfeder auf dem Hut des neuen Gastes wirkte, als hätten Spatzen daran herumgepickt.

„Eine Unterkunft für mich, meinen Knappen und unsere Pferde. Dazu einen Becher Wein." Der Baron von Gnekow ließ sich auf dieselbe Bank fallen, auf der zuvor der Oberst von

Greiffenstein gesessen hatte. Rosalie holte das verlangte Getränk und vergewisserte sich, dass Stefan und der Knappe des Herrn die Pferde im Stall der ‚Vier Elstern‘ unterbrachten.

Da der Mann ausgehungert wirkte, stellte sie auch einen Teller mit etwas Käse und dem von Anna frisch gebackenen Weißbrot auf den Tisch. „Zum Abendessen können wir Ihnen einen schönen Hammelbraten anbieten. Die Langenschwalbacher Schafe sind berühmt für ihren Wohlgeschmack."

Nach einem langen Schluck aus dem Zinnbecher nickte der Fremde. „Sind schon viele Kurgäste eingetroffen?"

Rosalie berichtete, dass der Landgraf von Hessen-Rheinfels mit seiner Frau und den beiden kleinen Söhnen bereits seit vorgestern hier sei. „Des Weiteren hat auch der alte Graf von Hessen-Darmstadt sein Kommen angekündigt, ebenso wie der Kurfürst von Mainz, die werden im Unterflecken, im Gasthof ‚Zum Weißen Schwan‘ …"

Der Fremde unterbrach sie mit einer Handbewegung. „Ich sehe schon, du bist gut informiert." Er warf ihr eine kleine Münze zu.

Als Rosalie sich umwandte, um wieder in die Küche zu gehen, hielt er sie auf. „Ist die Dame Athenais auch schon in Langenschwalbach angekommen?"

Rosalie nickte. Sie ahnte, dass der Mann nur deswegen nach den anderen Gästen gefragt hatte, um nicht gleich mit der Kurtisane zu beginnen.

„Wohnt sie hier in der Oberstadt?"

„Nein, sie ist im Gasthof ‚Zum Bären‘ abgestiegen, das ist in der Unterstadt." Rosalie wiederholte die Informationen, die sie dem falschen Mohren verdankte.

Nachdem das Essen für die Lieffenbruchs, die in ihren Räumen im ersten Stock speisten, serviert war, versammelten sich das Küchenpersonal und die übrigen Angehörigen von Rosalies Haushalt in der Küche. Nacheinander erschienen die kleine Hausmagd Betti und Stefan, der alte Stallknecht. Dazu kam Franz, ein Bruder von Anna, der die Kraft und die Statur eines jungen Ochsen hatte und in den ‚Vier Elstern' als Bursche für alles diente. Auch der Koch der Lieffenbruchs und sein Küchenjunge Peter setzten sich an den Tisch. Letzterer allerdings sehr vorsichtig, wie Rosalie sah. Also hatte Balthasar ihm wohl die angekündigte Tracht Prügel verabreicht.

Wie üblich erschien auch die alte Nachbarin Grete zum Essen. Die Besitzerin des geräumigen Nachbarhauses bewohnte nur ein Zimmer ihres Anwesens und vermietete die übrigen Räumlichkeiten an Dauergäste. Den Mittagstisch in Rosalies Küche betrachtete sie als zusätzliche Bezahlung für die Flick- und Näharbeiten, die sie für die Wirtin erledigte.

Heute brachte Franz noch jemanden mit. „Das ist Friedrich, der Knappe des Barons von Gnekow. Sein Herr ist ausgegangen und hat ihn nicht mitgenommen."

„Seit Frankfurt habe ich nichts Anständiges mehr zu essen bekommen", klagte der untersetzte Bursche.

Rosalie stellte sofort eine weitere Schüssel auf den Tisch und reichte Friedrich einen der holzgeschnitzten Löffel. Anna nahm den Kessel mit dem Eintopf vom Feuer und stellte ihn mitten auf den Tisch. In diesen Topf wanderten alle Essensreste, die nicht anderweitig weiterverwendet wurden. Ein dunkles Brot ergänzte das Essen. Ein wahrhaft fürstliches Mahl, das fremde Dienstboten oft in Staunen versetzte.

„Wo kommt ihr her?", wollte Anna von Friedrich wissen, der seinen Eintopf so geschwind löffelte, als würde er gar nicht kauen.

„Eigentlich von Kassel", quetschte er zwischen zwei Bissen hervor, „zuletzt waren wir aber in Heidelberg, dann in Frankfurt und in Mainz. Danach ging es durch die Wildnis bis hierher. Die halbe Strecke musste ich mein Pferd führen, weil der Sattelgurt gerissen war und mein Herr nirgends so lange rasten wollte, dass ich den Gurt flicken konnte." Ein großes Stück Brot wurde hinter der Suppe hergeschoben. „Zum Glück haben uns die Wegelagerer nicht erwischt." Während er darauf wartete, dass Anna seine Schale wieder füllte, redete er weiter, froh darüber, so mitfühlende Zuhörer gefunden zu haben. „An allem ist nur diese Athenais schuld. Mein Herr reist ihr überallhin nach." Er schob sich wieder einen Löffel Eintopf in den Mund. „Dabei hat er …", jetzt musste er erst einmal herunterschlucken, „… doch schon alles von ihr bekommen, was er wollte." Er schaute in die Runde und schien sich zu überlegen, ob ihn auch alle verstanden hatten. „Das geht schon seit Jahren so. Mal will sie ihn sehen und dann wieder nicht. Ich wäre wirklich froh, wenn sie sich endlich einmal entscheiden würde."

Anna füllte noch ein drittes Mal seine Schale auf. „So, wie es aussieht, bleibt Athenais für die nächsten Monate hier in Langenschwalbach", meinte sie.

Friedrich strich sich über den wohlgefüllten Bauch. „Das wäre schön."

Nach dem Essen gingen die Bediensteten wieder an ihre Arbeit. Stefan und Franz verzogen sich in den Stall. Rosalie wusste, dass zumindest Stefan sich jetzt im Stroh ein kleines Nickerchen gönnen würde. Betti hatte die Aufgabe, den Hühnerstall auszumisten, und Friedrich verschwand mit unbekanntem Ziel. Der Küchenjunge Peter machte sich daran, die benutzten Löffel und Schalen abzuspülen, und Anna wischte mit einem Tuch die Krümel vom Tisch. Balthasar bereitete am Herd eine Fleischbrühe vor.

Die alte Grete blieb am Tisch sitzen. Sie fand, dass nichts nach dem Essen so verdauungsfördernd war, wie der Austausch von Klatsch und Tratsch. „Geht es Jakob wieder besser?"

Rosalie nickte. „Aber er sollte sich noch etwas schonen."

„Schrecklich." Die alte Grete zog sich das grob gehäkelte Umschlagtuch enger um die Schultern. „Man kann sich wirklich kaum noch aus dem Haus wagen."

Anna warf ihr einen zweifelnden Blick zu. „Ich wüsste nicht, weswegen dich ein Wegelagerer überfallen sollte."

Grete schnaubte, dann wandte sie sich wieder an Rosalie. „Wenn man es richtig bedenkt, dann hatte Jakob wirklich Glück, dass er von dem Arzt gefunden wurde. Stellt euch nur vor, wenn der Junge immer noch irgendwo im Wald liegen würde."

Rosalie stand abrupt vom Tisch auf. An so etwas wollte sie gar nicht denken. Grete ignorierte die Reaktion der Wirtin, ebenso wie Annas betroffenes Gesicht. „Er scheint ja wirklich besorgt um Jakob zu sein – wenn er heute noch einmal hier war."

Es gab wirklich wenig, was den wässrigen Augen der alten Grete entging. „Und mit diesem eindrucksvollen Oberst ist er auch befreundet."

„Der Arzt arbeitet doch für diesen niederländischen Grafen", knurrte Balthasar vom Herd her, „warum kümmert er sich nicht um den?"

„Weil der noch gar nicht angekommen ist", meinte Anna und setzte sich ans Ende der Küchenbank.

Balthasar brummte etwas Unverständliches und hackte mit dem schweren Küchenbeil auf die Knochen ein, die die Grundlage seiner Brühe bilden sollten.

Rosalie half Peter, die gespülten Tonschalen auf dem Regal neben dem Esstisch aufzustapeln. Sie wusste nicht, warum ihr das Gerede über diesen Arzt so peinlich war.

Kapitel 8

Jakob war unterwegs. Bereits vor Sonnenaufgang hatte er sich aus dem Haus geschlichen und am Brunnen vorbei den Weg in den Wald eingeschlagen. Um diese Zeit war in der Oberstadt niemand auf der Straße und der Kurpark gehörte allein den Rehen und Wildschweinen. Am Brunnen schnüffelte ein Fuchs nach liegen gebliebenen Speiseresten und verschwand im Gebüsch, als er den Burschen sah.

Da Jakob nicht wusste, wann die gräflichen Leibgarden zu ihrer Jagd auf die Wegelagerer aufbrechen würden, beeilte er sich. Bald merkte er, dass er noch reichlich schwach auf den Beinen war. Übelkeit und Schwindel setzten ihm zu. Immerhin hatte er jetzt seit zwei Tagen nichts gegessen. Wenn er nur an Essen dachte, dann wurde es ihm so schlecht, dass er würgen musste. Als er den Wald erreicht hatte, ruhte er sich einige Minuten lang auf einem umgestürzten Baumstamm aus, während ihm der kalte Schweiß ausbrach. Das Gefühl, dass ihm die Leibgarden bereits im Nacken säßen, trieb ihn jedoch weiter.

Langsam wanderte er an dem schmalen Bachlauf aufwärts. Der Weg wurde zu einem Pfad und schließlich war es nur noch eine schwache Spur, die genauso gut ein Wildwechsel sein konnte. Wie schwach er war, merkte Jakob daran, dass er einfach hinfiel, als er über eine Baumwurzel stolperte. Dabei brach seine Schulterwunde wieder auf. Nachdem er sich aufgerappelt hatte, konnte er fühlen, wie der Rücken seines Hemdes feucht wurde. Aber das durfte ihn jetzt nicht aufhalten. Als etwas dicht hinter ihm durch das Unterholz brach, zuckte er zusammen und der Schmerz schoss wie ein Pfeil durch seine Schulter. Er sah sich um. Auf dem Pfad stand ein Rehbock, der den Jungen erschrocken beäugte und dann mit einem Sprung wieder in den Büschen verschwand.

Mit schlurfenden Schritten schleppte sich Jakob weiter. Es ging nicht mehr so steil bergauf und der Bach wurde zu einer Reihe von mehr oder weniger ausgedehnten Wasserlachen. Das Tal, das er jetzt durchquerte, hatte keine allzu hohen Wände, aber der brüchige Faulschiefer war zerklüftet und von wucherndem Gestrüpp bedeckt. Die Talsohle wurde immer sumpfiger, sodass er schließlich von einem Grasbüschel zum anderen hüpfen musste. Für Pferde war dieses Tal unpassierbar. In dieser Richtung lag nur das Moor mit seinem trügerischen Untergrund. Diesem Gebiet würden die berittenen Gardisten weiträumig ausweichen.

Die Hütten der Waldleute drängten sich auf einen schmalen Streifen trockenen Bodens. Sie bestanden aus dicken Ästen und waren mit Laub und Lehm oder mit Fetzen von Wagenplane abgedichtet. Als ob sie Schutz suchten, lehnten sich die Behausungen gegen eine Felswand, die Regen, Wind und Schnee wenigstens ein bisschen abhielt. An einem Feuer, das in einer flachen Erdkuhle mehr glimmte als brannte, hockten drei Frauen. Die älteste von ihnen balgte einen Hasen ab, eine putzte Kräuter und warf sie in einen Kessel, während die dritte einem viel zu mageren Säugling die Brust gab.

Als Jakob herantaumelte, richtete sich der Mann auf, der vor einer der Hütten gesessen und an einem Stein sein Messer geschärft hatte. „Was willst du hier?"

Es war der Holzbeinige.

„Ich komme, um euch zu warnen!" Jakob fiel auf die Knie.

Der Mann humpelte schnell auf den Burschen zu, um ihn wenigstens etwas zu stützen.

Nachdem Jakob ans Feuer geschleppt worden war und den erneuten Schwindelanfall niedergekämpft hatte, erzählte er von

Greiffenstein und dessen geplanter Jagd auf Wegelagerer. Der Holzbeinige sah die Frau an, die die Kräuter verarbeitet hatte. „Geh zu Hans und sage ihm, er soll sofort hierherkommen. Dann suchst du Vinzenz, er wollte Forellen fangen. Er muss ebenfalls auf dem schnellsten Wege heimkehren." Die Frau huschte davon.

Jakob merkte plötzlich, dass sich alles um ihn herum drehte. Als er seine Umgebung wieder einigermaßen klar erkennen konnte, lag er lang ausgestreckt auf dem Boden und die alte Frau kniete neben ihm. Gelblich-weiße Haarsträhnen hingen unter ihrem braunen speckigen Kopftuch hervor und sie summte eintönig vor sich hin, während sie sich an seiner Schulter zu schaffen machte. Jakob begriff, dass die Alte frische Kräuter auf die Wunde legte und den Verband erneuerte. Als sie damit fertig war, erhob sie sich ächzend und humpelte zu einer der Hütten. Mit einer grauen Keramikflasche kehrte sie zurück und flößte Jakob eine Art Schnaps ein. Die Flüssigkeit schmeckte grauenhaft, aber der hohe Alkoholgehalt verhinderte, dass er sie wieder ausspuckte.

Nach einigen Minuten stellte er fest, dass ihn das Getränk so weit gekräftigt hatte, dass er sich aufsetzen konnte.

„Vielen Dank", sagte er und bedauerte, dass er außer zwei in Schmalz gebackenen Krapfen nichts dabeihatte, was er den Leuten geben konnte.

„Du hast schon genug für uns getan", sagte die alte Frau mit ihrer knarrenden Stimme. „Du solltest hierbleiben und dich ausruhen. Meine Kräuter können zwar die Wunde heilen, aber ich kann nicht zaubern." Sie kicherte. „Wenn das auch manche zu glauben scheinen."

Jakob schüttelte den Kopf. „Ich muss gehen. Sonst machen sie sich zu Hause Sorgen."

„Dann geh schnell", meinte die alte Frau, „solange der Kräutertrunk, den ich dir gegeben habe, noch wirkt. Danach kommt das Fieber wieder zurück."

Der Mann mit dem Holzbein streckte Jakob eine Hand entgegen und half ihm beim Aufstehen. „Ich begleite dich, bis du aus dem Sumpf heraus bist", sagte er.

Jakob war schwach auf den Beinen und auch sein Begleiter kam mit Stock und Holzbein auf dem weichen Boden nicht sonderlich schnell voran. Als sie das unwegsame Tal hinter sich hatten, mussten beide verschnaufen. Der Junge sah den Mann von der Seite an. „Als ihr mich gefunden habt – was ist da eigentlich genau passiert?" Jakob setzte sich ins Moos und der Holzbeinige lehnte sich an einen Baum. „Der Vinzenz und ich, wir waren unterwegs, um die Hasenschlingen zu überprüfen", berichtete er. „Da hörten wir in der Nähe Menschen reden und das Stampfen von Pferdehufen. Da es uns nicht gleichgültig sein kann, wer sich abseits der Straßen im Wald herumtreibt, schlichen wir hin und sahen, dass ein Freund angegriffen wurde."

„Wo war das?"

„Da, wo der Pfad aus dem Langenschwalbacher Tal den Wald verlässt."

Jakob nickte befriedigt. „Wusste ich es doch!"

„Ein Ort, an dem man von der Poststraße aus nicht gesehen wird – obwohl sie nicht weit entfernt ist." Der Mann grinste Jakob durch seinen verwilderten Bart an. „Wie geschaffen für zwei, die allein sein wollen."

Der Bursche sah ihn überrascht an. „Was willst du damit sagen?"

„Es war nur ein Mann zu sehen, aber hinter einem Busch in der Nähe hatte sich eine Frau versteckt. Wir sahen sie noch verschwinden."

Jakob runzelte die Stirn. „Würde ein Mann, der beim Schäferstündchen gestört wird, gleich an Mord denken?"

„Es kommt darauf an", sagte der Holzbeinige, „der Kleidung nach zu urteilen war es ein Edelmann – vielleicht hat er eine eifersüchtige Ehefrau. Eine, die auf dem Geld sitzt, verstehst du?"

„Es war also wirklich ein Edelmann", sagte Jakob langsam, „kein Wegelagerer."

Der Mann aus dem Wald schüttelte nachdrücklich den Kopf. „Der Reiter benahm sich vielleicht wie ein Wegelagerer, aber er war so reich gekleidet, dass er mit Sicherheit keiner war."

Er überlegte kurz. „Die Art, wie er dich mit dem Degen vom Pferd herab angriff – das hat er nicht zum ersten Mal gemacht. Wenn sein Tier nicht gescheut hätte, dann wäre jede Hilfe zu spät gekommen." Er wurde wieder ernst. „Dein Muli wurde wild und erwischte dich mit seinem Huf am Kopf. Das hätte wirklich schlimm ausgehen können."

„Und was passierte dann?"

„Wir eilten zu dir, so schnell es ging. Der Herr sah uns und galoppierte davon."

Jakob nickte. „Habt ihr was gerochen?"

Der Mann dachte nach. „Mir war so, als ob ein Parfüm in der Luft hinge – war halt ein feiner Pinkel. Es kann aber auch von der Frau gewesen sein. Mit der haben wir uns nicht weiter befasst. Wir vergewisserten uns, dass du noch am Leben warst, und brachten dich dann zur Straße."

Als der Wildwechsel wieder in einen deutlich sichtbaren Pfad überging, verabschiedete sich Jakobs Begleiter. Der Bursche hätte sich am liebsten erst einmal zum Ausruhen auf eine Baumwurzel gesetzt, aber er wusste nicht, wie lange das belebende Gebräu der alten Kräuterfrau noch wirken würde. Es war besser weiterzugehen, solange er konnte.

Jetzt befand er sich bereits in dem Tal, das langsam in Richtung Langenschwalbach abfällt und zum Weinbrunnen hin immer breiter wird.

Bisher hatte Jakob von den berittenen Gardisten weder etwas gehört noch gesehen. Jetzt rechnete er aber jederzeit mit einer Begegnung. Also wäre es sinnvoll, eine gute Erklärung für sein Hiersein abgeben zu können. Jakob kletterte das Ufer des Baches hinab, stieg ins Wasser und begann, vorsichtig gegen die Strömung watend, Steine umzudrehen und darunterzugreifen.

Das kalte Wasser tat ihm gut. Erst jetzt wurde Jakob klar, dass er inzwischen wieder Fieber hatte.

Plötzlich fiel ein Schatten über ihn. Ein Gardist auf einem Pferd war zwischen Schilf und Gebüsch auf der anderen Seite des Wassers aufgetaucht. Das Tier beugte sofort den Kopf zum Wasser nieder und soff in tiefen Zügen.

„Was treibst du hier?"

Jakob hielt einen Bachkrebs empor. Der Krebs wand sich und winkte mit den Scheren. „Für die Küche der ‚Vier Elstern'."

„Nicht mein Geschmack", der Gardist verzog das Gesicht, „zu viele Schalen und zu wenig Inhalt."

Damit zog er sein Pferd wieder zurück und trabte davon. Jakob atmete auf, steckte den Bachkrebs in den Korb, den er zu diesem Zweck am Ufer versteckt hatte, und watete langsam weiter. Noch zwei Krebse wanderten in den Korb. Dann hörte er die Schritte eines zweiten Pferdes im Gras und den Ruf des Gardisten, der jemanden zum Anhalten aufforderte.

Ohne auf das Pochen in seinem Kopf zu achten, stellte Jakob den Korb mit den Krebsen in den feuchten Uferschlamm und kroch auf dem Bauch vorsichtig die Böschung hinauf. Das wuchernde Mädesüß und das hohe Gras verdeckten den Burschen vollständig. Den Wortfetzen nach zu urteilen, die Jakob aufschnappen konnte, fragte der Soldat den vornehmen Reiter nach seinem Woher und Wohin – allerdings in einem sehr höflichen Ton.

Der Fremde saß auf einem Goldfuchs, der ungeduldig mit dem Kopf schlug. Jakob bewunderte das Tier und bedauerte, dass er nicht hören konnte, was die beiden Männer redeten. Er hätte zu gern gewusst, wer sich solch ein Pferd leisten konnte. Die Kleidung des Reiters passte zu seinem Tier: ein goldbestickter, tannengrüner Rock, von dem die scharlachrote Schärpe abstach. Sicher war dieser Mann eine wichtige Persönlichkeit.

Das Gespräch zwischen den Reitern war beendet. Der Gardist wendete seinen Gaul und setzte seine Patrouille fort, der andere ließ sein Pferd leichtfüßig in Richtung des Dorfes davongaloppieren. Dabei kam er dicht an Jakobs Versteck vorbei.

Der Junge spürte, wie der Boden unter den Pferdehufen bebte. Dann stutzte er plötzlich und schnüffelte. Wie es unter vornehmen Leuten üblich war, hatte sich der Reiter stark parfümiert. Der Geruch nach Muskat, Nelken und Ambra wehte wie eine Fahne hinter ihm her, als er den Weg hinunterritt.

Jakob fröstelte plötzlich. Er kletterte ins Bachbett zurück und ließ sich auf einen der moosbedeckten Steine fallen, die am Ufer des Wasserlaufs lagen. Er hatte diesen Geruch wiedererkannt. Genau so hatte der Mann geduftet, der ihn überfallen hatte. In Jakobs Schulter pochte es und schwindlig war ihm auch. Ihm wurde abwechselnd heiß und kalt. Mit den Händen schöpfte er Wasser, trank durstig und ließ sich das kühlende Nass über Kopf und Nacken rinnen. Jakob wollte nur noch nach Hause.

Er richtete sich auf, dachte gerade noch daran, den Korb mit den Krebsen mitzunehmen, und krabbelte auf allen vieren die Böschung hinauf. Oben angekommen, fiel er schwer atmend ins Gras. Dann wurde es dunkel um ihn.

Er wusste nicht, wie lange er so gelegen hatte. Irgendwann hörte er schnelle Schritte näher kommen, aber er wollte sich nicht mehr bewegen. Nicht einmal die Augen öffnen. Jakob fühlte, wie er auf den Rücken gedreht wurde. Er stöhnte unwillig. Dann packte ihn jemand an den Schultern und schüttelte. Er winselte und schlug die Augen auf.

Über ihm schwebte ein schwarzes Gesicht. Das Weiß der Augäpfel trat unnatürlich deutlich daraus hervor. Erst erschrak er, aber dann erkannte er den Jungen. Es war der Mohr der Dame Athenais. Er hatte ihn vor drei Tagen gesehen, als seine Herrin beim Gasthof ‚Zum Bären' aus der Kutsche stieg.

Der Mohr ließ Jakob los und lehnte sich auf den Fersen zurück. „Gut, dass du wieder wach bist. Ich habe einen Heidenschrecken bekommen, als ich dich so liegen sah."

„Was machst du hier?", krächzte Jakob.

„So, wie es aussieht, versuche ich gerade, jemanden aufzuwecken, der einen ziemlich kranken Eindruck macht." Der Junge stand auf. „Und jetzt hole ich Hilfe, um dich nach Hause zu schaffen – wo immer das ist."

„Nein!" Jakob griff nach dem nackten Fußknöchel des Mohren. „Meine Mutter sollte nicht unbedingt erfahren, dass ich hier draußen bin." Er versuchte ein Grinsen. „Ich habe es im Bett einfach nicht mehr ausgehalten."

Der Mohr grinste zurück. „Kenne ich." Er band sein dreckiges Halstuch ab, kletterte zum Bach hinunter und tränkte es mit dem kalten Wasser. Dann legte er Jakob die Kompresse auf die Stirn. „Du hast ziemlich sicher Fieber."

Jakob rappelte sich in eine sitzende Position auf und hielt mit einer Hand das feuchte Tuch fest. „Wird schon gehen."

Er streckte dem schwarzen Jungen die andere Hand hin. „Ich heiße Jakob."

„Ich bin Carolus. Na ja, eigentlich Karl. Aber Carolus klingt besser."

Der Mohr half Jakob auf und holte auch den Korb mit den Krebsen. Der Wirtssohn stützte sich auf ihn und so schlurften sie langsam in Richtung der ‚Vier Elstern'.

Dort, wo der Weg zum Weinbrunnen in die Straße mündete, trafen sie auf einen weiteren Gardisten. Vom Pferderücken herab musterte er die beiden Jungen, sagte aber nichts.

Bei den ‚Vier Elstern' bogen sie in den Hof ein und Carolus trug Jakob fast die Hintertreppe hinauf.

Kapitel 9

Glücklicherweise befand sich nur Anna in der Küche. Die Wirtin hatte sich zu Besorgungen aufgemacht, der Koch Balthasar war zu seiner Herrschaft gerufen worden, um ihre Wünsche bezüglich der nächsten Mahlzeiten entgegenzunehmen, und der Küchenjunge Peter hatte die günstige Gelegenheit genutzt und sich in den Pferdestall abgesetzt. Die Küchenmagd genoss die Ruhe und beaufsichtigte eine am Bratspieß vor sich hin brutzelnde Hammelkeule. Als die beiden Burschen praktisch zur Tür hereinfielen, sprang sie erschrocken von ihrem Schemel vor dem Feuer auf. Sie war entsetzt über Jakobs Aussehen und so schluckte sie fürs Erste die vielen Fragen herunter, die ihr auf der Zunge lagen. Der Junge brauchte am nötigsten Ruhe. Gemeinsam mit Carolus bettete Anna Jakob auf den Strohsack in seiner Kammer.

„Jetzt lass dich einmal ansehen!"

Carolus war schon auf dem Weg zur Hintertür, als ihn Anna aufhielt. „Ich weiß ja, dass du kein Mohr bist, aber da ich wahrscheinlich noch lange warten kann, bis sich einmal ein echter hierherverirrt, muss ich doch wenigstens dich einmal ausgiebig besichtigen."

„Ich stehe zur Verfügung", Carolus machte wieder eine seiner übertriebenen Verbeugungen und rührte sich dann nicht mehr, während Anna langsam um ihn herumging und vom schwarz angemalten Gesicht über das kurze Jäckchen aus verschossenem Samt bis hin zu der knielangen Pluderhose alles aufs Sorgfältigste betrachtete.

„Die roten Schuhe mit den aufgebogenen Spitzen habe ich heute zu Hause gelassen", bemerkte der Mohr, „die muss ich schonen, sonst machen sie es nicht mehr lange."

„Wozu überhaupt diese Maskerade?", wollte Anna wissen.

„Nun ja", Carolus wirkte etwas verlegen, „meine Herrin ist der Meinung, dass ein Mohrenpage irgendwie etwas eleganter und exotischer wirkt als ein ganz normaler Diener."

Anna nickte. „Wird wohl so sein." Ihr Blick wanderte zum Herd. „Hast du Hunger?"

„Immer."

Die Küchenmagd füllte einen großen Teller aus dem Kessel mit dem Eintopf für die Bediensteten und legte einen Kanten Brot daneben. „Lass es dir schmecken."

Während Carolus den Löffel in die dicke Suppe tunkte, begoss Anna die Hammelkeule vorsichtig mit einem Gemisch aus Bier und Honig. Dann kam die Küchenmagd wieder an den Tisch. „Danke, dass du Jakob nach Hause gebracht hast."

Der Mohr zuckte mit den Schultern. „Gern geschehen, ich konnte ihn ja nicht liegen lassen. Und er ist wirklich nicht in dem Zustand, draußen spazieren zu gehen."

„Wenn er das nur einsehen würde", Anna seufzte. „Wo hast du ihn eigentlich gefunden?"

„Am Bach, oberhalb vom Brunnen – er hat Krebse gefangen." Carolus deutete mit dem Kopf auf den Korb, den er auf den Küchenboden gestellt hatte.

„Und was hat dich in den Wald getrieben?"

Der Mohr zuckte mit den Schultern. „Ich wollte einfach mal allein sein."

„Bevor du nach Hause gehst, solltest du die Farbe an deinen Füßen erneuern."

Carolus grinste, als er an sich herabsah. Das feuchte Gras hatte dafür gesorgt, dass seine Beine von den Waden abwärts verräterisch weiß schimmerten.

„Ruß ist genug da", sagte Anna und deutete auf den Herd.

Als Carolus gegangen war, steckte die Küchenmagd den Kopf in Jakobs Kammer. „Bist du wach?"

Der Bursche öffnete die Augen. Er konnte nicht schlafen, sein Schädel brummte wie ein Baumstamm voller wilder Bienen.

Anna trat näher und beugte sich über sein Lager. „Alles erledigt?"

Jakob nickte.

„Du hast Glück gehabt, dass dich dieser Carolus nach Hause gebracht hat. Wenn du irgendwo liegen geblieben wärst, dann hätte ich von deiner Mutter was zu hören bekommen." Und sie selbst hätte sich die allergrößten Vorwürfe gemacht, dachte Anna. Wenn sie Jakob so ansah, dann bereute sie zutiefst, dass sie ihn nicht von diesem blödsinnigen Plan abgebracht hatte.

„Es war richtig, dass ich die Waldleute gewarnt habe", sagte Jakob heiser. Dann fiel ihm wieder ein, was er im Kurpark erlebt hatte. „Ich weiß jetzt, wer mich überfallen hat!"

„Wer?"

„Ich kenne nicht seinen Namen, aber ich habe ihn gesehen und werde ihn überall wiedererkennen."

„Woher willst du wissen, dass es der Richtige ist?"

Jakob drehte den Kopf so, dass er Anna direkt ansehen konnte. „Ich habe dir doch gesagt, dass ich mich an seinen Geruch erinnere. Und den habe ich heute wieder in die Nase bekommen! Er stammte von einem feinen Herrn mit einem sehr schönen Pferd."

Anna runzelte die Stirn. „Was willst du jetzt machen?"

Jakob schloss die Augen. Er wusste genauso gut wie die Küchenmagd, was das Wort eines Bürgerlichen wert war, wenn es gegen das eines Adligen stand. Einen hochrangigen Kurgast zu verärgern, das wäre zudem das Allerletzte, was die Langenschwalbacher Obrigkeit dulden würde.

Es war also aussichtslos, den fremden Edelmann bei irgendeinem Amtmann oder Büttel zu verklagen. Bestenfalls würden sie über den Gastwirtsbalg lachen. Was schlimmstenfalls passieren konnte, daran mochte er nicht einmal denken.

„Warum sollte ein Edelmann dich überhaupt verletzen? Du hast ihm doch keinen Grund gegeben. Oder?"

„Natürlich nicht. Ich habe ihn ja kaum gesehen."

Anna kaute am Ende ihres Zopfes, wie immer, wenn sie scharf nachdachte. „Das gibt doch nur dann einen Sinn, wenn er glaubte, du hättest irgendetwas gesehen oder gehört, was er verbergen wollte."

„Das werde ich schon noch herausbekommen", sagte Jakob grimmig. „Dann hört mir vielleicht sogar dieser aufdringliche Oberst von Greiffenstein zu."

„Sei nur vorsichtig." Anna war es unwohl bei dem Gedanken, dass Jakob womöglich einem Edelmann bei seinen Geschäften in die Quere kam.

„Das Weib ist komplett übergeschnappt!" Balthasar kam in die Küche gepoltert. „Süße Kuchen und Konfekt will sie haben. Was glaubt sie denn, wo wir hier sind? In Frankfurt könnte man das alles kaufen. Aber nein, die Dame will es hier in der Wildnis – und ich kann mich jetzt nächtelang hinstellen und Zuckerbäckerei betreiben!" Der Koch schaute sich mit wildem Blick um. „Wo ist Peter?"

Anna hob die Schultern. Sie mochte den mageren Küchenjungen, der lieber Stallknecht geworden wäre. Eine Begegnung mit Balthasar in seiner momentanen Laune wünschte sie ihm wirklich nicht.

„Und dann habe ich auch noch dieses Tier am Hals", Balthasar fuchtelte mit einem der schweren Schlachtermesser herum. „Das will sie heute Abend. Ha!"

Anna wandte sich ihrem Bratspieß zu und pikste vorsichtig mit einer Küchengabel in das Fleisch, dann griff sie zu der Schüssel mit der Bier-Honig-Mischung und trug die Marinade

langsam und umständlich löffelchenweise auf die Hammelkeule auf. Balthasar brauchte nicht zu erwarten, dass sie ihm half.
Sie war schwer beschäftigt.

Kapitel 10

Rosalie ging zur Apotheke. Von den ‚Vier Elstern' war das nicht weit, denn die Apotheke lag mitten in der Oberstadt. Sie hatte jedoch nicht vor, dort Arzneien zu kaufen. Wenn sie oder Mitglieder ihres Haushaltes krank waren, dann kamen Kräuter zum Einsatz. Die wuchsen gratis in Wald und Feld. Die Apotheke war für die Kurgäste da. Der Vorgänger des jetzigen Landesherrn hatte schon vor sieben Jahren dafür gesorgt, dass sich hier ein Pharmazeut ansiedelte. Schließlich sollten auch jene Leiden der zahlungskräftigen Gäste, denen allein mit dem heilkräftigen Wasser nicht beizukommen war, angemessen versorgt werden. Außerdem bekamen die Wirte und Köche der Logierhäuser in der Apotheke die teuren Genussmittel und Gewürze, nach denen die verwöhnten Gaumen ihrer Gäste verlangten. Vanille, Pfeffer und Muskatnuss. Aus diesem Grund war auch Rosalie hier. Sie wollte Kakaobohnen für eine ganz besondere Veranstaltung kaufen. Ottilie Lieffenbruch hatte es sich in den Kopf gesetzt, ein Schokoladenfest zu veranstalten und einige Damen, die sie beeindrucken wollte, dazu eingeladen.

Streng genommen wäre der Einkauf von Kakaobohnen für seine Herrin Balthasars Aufgabe gewesen. Aber der schwitzte gerade über dem Zerlegen des Rehs, das die Tuchhändlersgattin von ihren adligen Verwandten zugesandt bekommen hatte. Da sich der Bote, der diesen seltenen Leckerbissen überbrachte, nicht sonderlich beeilt hatte, verlangte das Reh nun dringend nach der Pfanne und dem Bratspieß.

Die Zofe der Lieffenbruchs war ebenfalls nicht abkömmlich, denn die musste die Garderobe ihrer Herrin für das bevorstehende gesellschaftliche Ereignis aufputzen. Eine langwierige Tätigkeit, bei der Spitzen von einem Kleid an ein anderes genäht, Rüschen gestärkt, Bänder festgemacht und Schleifchen gebunden werden mussten.

„Am besten, du kaufst alle Kakaobohnen, die du bekommen kannst. Dann müssen die Leute, die solche Gesellschaften geben wollen, in Zukunft zu mir kommen", hatte Ottilie gelacht und Rosalie einen Beutel mit Goldstücken zugeworfen. Was so lässig aussah, war Berechnung. Die Tuchhändlersgattin wusste genau, wie viel Geld sich in dem Beutel befand, und Rosalie wusste, dass die Lieffenbruch über den Verbleib jedes einzelnen Goldstücks Rechenschaft verlangen würde. Sie hatte oft genug die Verhandlungen der Dame mit ihren Schneidern und Juwelieren angehört. Und dabei einiges gelernt. Es war ihr dennoch ein Rätsel, warum die Lieffenbruchs den Kakao nicht gleich von zu Hause mitgebracht hatten, denn in Frankfurt konnte man ihn mit Sicherheit billiger bekommen als im abgelegenen Langenschwalbach. Rosalie nahm jedoch an, dass das Tuchhändlerehepaar in seiner Heimatstadt nicht auf so großem Fuß wie hier lebte. Bei vielen Gästen verhielt es sich so, dass sie das ganze Jahr über sparten und sich kaum satt aßen, nur um in den Sommermonaten in einem Kurort das Geld mit vollen Händen ausgeben zu können.

Der Wirtin war das gleich. Für sie zählte nur, dass ihre Gäste bei der Abreise die Rechnung beglichen – und da erwartete sie bei den Lieffenbruchs keine Schwierigkeiten.

Von Weitem sah die Wirtin, dass bereits mehrere Kunden das große Fenster der Apotheke umlagerten. An dieses Fenster trat der Apotheker oder einer seiner Gehilfen, ließ sich das Anliegen des Kunden schildern und holte dann entweder die gewünschte Droge oder er bereitete die Salbe, den Sirup oder die Pillen frisch zu. Die Leute, die hier warteten, waren meist nicht die Kranken selbst, sondern Diener und Zofen oder Leib- und Badeärzte, die im Auftrag ihrer Herrschaften die Arzneien besorgten. Rosalie stellte sich hinten an und sah sich um.

Nicht alle Leute, die sich bei der Apotheke aufhielten, wollten auch etwas kaufen. Manche lehnten einfach an der Hauswand neben dem Fenster und beobachteten ungeniert die Kunden. Eine Gruppe Männer stand mitten auf der Straße und unterhielt sich. Ihren Gesten nach zu urteilen, ging es dabei um die beiden Windhunde, die sich spielerisch jagten, ankläfften und übereinanderkugelten.

Einige der Leute auf der Straße hatten Wasserkrüge dabei, an denen sie in kurzen Abständen nippten. Rosalie wusste, dass viele Badeärzte ihren Patienten empfahlen, so viel Heilwasser zu trinken, wie sie nur irgend schafften.

Ein Reiter trabte auf einem glänzenden Rappen die Straße entlang, zwei große Jagdhunde folgten ihm. Die Bracken stürzten sich ohne zu zögern auf die beiden Windhunde. Sofort entbrannte eine wilde Beißerei. Das Kläffen, Knurren und Jaulen lockte noch mehr Zuschauer an. Die ersten Wetten wurden abgeschlossen. Der Windhundbesitzer zeterte lauthals, aber der Eigentümer der Jagdhunde ritt einfach weiter.

Der Mann, der bisher am Apothekenschalter mit dem Pharmazeuten verhandelt hatte, drehte sich, abgelenkt durch den Lärm, kurz um. Rosalie erkannte ihn sofort. Simon Prätorius. Er blickte hinüber zu dem Besitzer der Windhunde, der unter dem Johlen seiner Kumpane den frisch gefüllten Wasserkrug über den kämpfenden Tieren ausleerte. Dann fiel sein Blick auf Rosalie und er lächelte. Allerdings hatte die Wirtin den Eindruck, dass irgendetwas dem Arzt Sorgen bereitete. Diese Falten auf der Stirn waren ihr gestern nicht aufgefallen. Der Apotheker händigte ihm eine Schachtel mit silberüberzogenen Pastillen aus. Rosalie hätte zu gerne gewusst, was diese Pillen, die so kostbar aussahen, bewirken sollten und für wen sie bestimmt waren.

Prätorius bezahlte und steckte die Pillenschachtel in seine Rocktasche. Dann trat er vom Fenster zurück, machte Platz für den nächsten Kunden und schlenderte zu Rosalie hinüber. „Ich hoffe, es gibt keine Komplikationen bei Ihrem Sohn."

Rosalie schüttelte den Kopf. Die Schulterwunde heilte ohne größere Entzündung ab. Jakob schien auch verstanden zu haben, dass er sich schonen musste, denn Rosalie hatte ihn heute noch nicht gesehen. Also schlief er sich wohl aus. Sie gönnte es ihm.

„Geht es Isabella von Hattenberg wieder besser?" Rosalie erinnerte sich daran, dass das Unwohlsein der Dame der Grund für Prätorius' überstürzten Aufbruch gestern gewesen war.

Das Lächeln verschwand schlagartig und machte einem gequälten Gesichtsausdruck Platz. „Leider nein, es muss doch mehr als eine Magenverstimmung dahinterstecken." Der Arzt schüttelte traurig den Kopf. „Ich habe ihr verboten, etwas anderes als Wasser zu sich zu nehmen – ich vermute, es handelt sich um eine Vergiftung. Aber für ein Brechmittel ist es zu spät."

„Womit kann sie sich vergiftet haben?"

„Ich weiß es nicht. Sie schwört, nur das Gleiche gegessen zu haben wie der Rest des Hofes. Und das ist es, was mir so große Sorgen bereitet."

„Ist der Leibarzt des Landgrafen immer noch nicht gekommen?", fragte die Wirtin.

Prätorius schüttelte den Kopf. „Er ist selbst erkrankt und kann vorerst nicht reisen", sagte er, „solange sich seine Ankunft verzögert, bin ich weiterhin für die Patientin zuständig."

Sie rückten einige Schritte vor, da wieder ein Kunde der Apotheke abgefertigt worden war.

„Darf ich fragen was Sie hier einkaufen?"

„Meine Gäste wollen Schokolade trinken und Kakaobohnen habe ich natürlich nicht vorrätig." Allein bei dem Gedanken musste Rosalie lächeln. Als ob in ihrem Haushalt gewohnheitsmäßig Schokolade konsumiert würde. Sie selbst gönnte sich, wenn die Arbeit es zuließ, nachmittags manchmal einen Lindenblütentee.

„Sieh da, die Frau Mette. Was wünschen Sie diesmal? Pfeffer aus dem fernen Arabien oder gar Vanille von den glücklichen Inseln, wo die Menschen das ganze Jahr über nackend herumlaufen?" Der breit grinsende Apothekergehilfe sah so aus, als hätte er nichts dagegen, Rosalie selbst einmal auf den glücklichen Inseln zu treffen.

„Aufdringlicher Mensch", knurrte Prätorius so leise, dass es nur Rosalie hörte.

Die Wirtin fragte den Gehilfen nach den Kakaobohnen.

Prätorius lüftete kurz den Hut vor Rosalie und stampfte davon. Sein Gemütszustand war offensichtlich so düster, dass er das Gerede des Apothekergehilfen nicht ertragen konnte.

„Wir haben zwei Sorten hereinbekommen", flüsterte der Gehilfe Rosalie vertraulich zu, „diese hier ist besser." Damit schob er eine Handvoll Bohnen über den Tresen. Die Wirtin schnüffelte daran und nickte. „Wie viel haben sie davon?"

Er runzelte die Stirn und rechnete. „Von dieser Sorte hat uns das Frankfurter Handelshaus sechs Krämerpfund geschickt, drei davon hat der Küchenmeister des Landgrafen gekauft und eines war vorbestellt – also sind noch zwei da. Von der anderen Sorte haben wir mehr, aber die verkauft sich nicht so gut."

„Kunststück, wenn Sie den Kunden sagen, welches die besseren Bohnen sind." Rosalie wusste, mehr als ein Pfund würde die Lieffenbruch nicht brauchen. Egal was sie sagte.

„Geben Sie mir ein Pfund von den Guten und nehmen Sie meinen Rat: Mischen Sie das restliche Pfund einfach mit den anderen und bieten Sie die Bohnen dann teurer an."

Der Gehilfe grinste verschwörerisch, als er ihr die gewünschte Menge abwog.

Rosalie zahlte und verstaute die Tüte mit den Kakaobohnen in ihrem Einkaufskorb. Als sie einen Schritt rückwärts trat, stieß sie die Frau an, die hinter ihr in der Schlange der Wartenden gestanden hatte. Das Gesicht mit dem Muttermal neben dem

Mundwinkel kam der Wirtin vage bekannt vor. Die junge Frau zeigte aber keinerlei Anzeichen eines Wiedererkennens. Sie nickte nur knapp zu Rosalies Entschuldigung und verlangte dann vom Apothekergehilfen getrocknete Lavendelblüten und Rosenöl.

Der Gehilfe grinste von einem Ohr bis zum anderen. „Unsere Wohlgerüche werden die schöne Athenais noch unwiderstehlicher machen – ach, wenn man sich ihre Gegenwart nur leisten könnte." Er seufzte.

Rosalie schloss aus seinen Worten, dass es sich bei der Frau um die Zofe der Kurtisane handelte. Auch wenn sie wahrhaftig nicht danach aussah. Die Wirtin wusste, dass die Kammerzofen vornehmer Damen oft als Teil ihres Lohnes die abgetragenen Kleider ihrer Herrin erhielten. Die Zofe der Athenais schien darauf keinen Wert zu legen. Sie steckte in einem hochgeschlossenen grauen Leinengewand und hatte die Haare so fest unter der schmucklosen Haube aufgesteckt, dass sich nicht einmal die kleinste Locke hervorwagte. Zu ihrem altjüngferlichen Erscheinungsbild trug auch der verhärmte Gesichtsausdruck bei, der sie um Jahre älter wirken ließ.

Rosalie war einige Schritte beiseitegetreten und stellte sich nun, als ob sie in ihrem Einkaufskorb etwas suchte. Dabei lauschte sie dem weiteren Gespräch zwischen der Zofe und dem Apothekergehilfen. Nach dem Rosenöl und dem Lavendel wanderten noch weitere Duftstoffe über den Tresen. Es entspann sich eine kurze Diskussion darüber, ob eine gute Apotheke Ambra in wachsartiger Form führen müsse oder ob auch eine Tinktur ausreiche. Dann hatte die Zofe ihre Geschäfte abgeschlossen, einen geradezu schwindelerregend hohen Betrag für die Düfte gezahlt und ging davon.

Rosalie machte sich ebenfalls auf den Heimweg, nicht schlauer als zuvor. Das Gesicht der Zofe kam ihr bekannt vor, aber es fühlte sich in ihrem Gedächtnis an wie bei einem bestimmten Wort, das man zwar genau umschreiben kann, aber einfach nicht herausbekommt.

Der Hundekampf auf der Straße war inzwischen beendet. Die schwer lädierten Windhunde drückten sich an die Beine ihres Besitzers, während ein anderer Mann ihre Wunden untersuchte. Rosalie erkannte ihn als den reisenden Bader, der gelegentlich in den ‚Vier Elstern' einen Schoppen Wein trank.

Die gefleckten Jagdhunde waren dem Reiter gefolgt, der ohne anzuhalten die Straße hinaufgetrabt war und in den Hof des Logierhauses einbog, in dem auch Prätorius wohnte. Damit war für Rosalie klar, dass es sich bei dem Mann auf dem prächtigen Ross um den Grafen von Eenvelde höchstpersönlich handeln musste, der endlich angekommen war. Also hatte der Arzt wohl gerade eine Besorgung für seinen Herrn gemacht.

Kapitel 11

Im Stall der ‚Vier Elstern' begutachteten Stefan, Franz und Peter der Küchenjunge das Pferd des neuen Gastes. Der Tigerscheck stand in seiner Box und döste vor sich hin. „Spanische Abstammung, darauf würde ich wetten", sagte Franz mit einem Blick auf die breite Brust und die runde Kruppe des Tieres. Stefan wiegte den Kopf und gab zu bedenken, dass die Farbe nicht typisch für spanische Pferde sei. „In Andalusien, da wo die edelsten Rösser herkommen, halten sie gar nichts von solchen Flecken."

Peter, der Küchenjunge der Lieffenbruchs, hörte ehrfürchtig zu.

„Ich sage Frederiksborg", fuhr Stefan fort. „Habe da so meine Erfahrungen. Kannte mal ein Pferd, das fast genauso aussah und das war ein hinterlistiges Vieh." Er spuckte aus.

„Der alte Mann hat gewonnen!" Aus einem Strohhaufen auf der anderen Seite der Stallgasse tauchte Friedrich auf, wie ein Gespenst, das bei seinem Namen gerufen wurde. Anscheinend hatte er sich hier eingebuddelt, um unbehelligt ein Nickerchen zu halten. „Ich war dabei, als der Herr den Hengst von einem dänischen Oberst kaufte, der dringend Geld brauchte. Aber das ist schon lange her. Inzwischen ist mein Baron auch pleite."

„Was machst du hier?", wollte Franz wissen.

„Der gnädige Herr will mich nie dabei haben, wenn er seine Liebste besuchen geht." Friedrich zog einen Strohhalm aus seinem Wams. „Er sagte, ich solle solange das Lederzeug putzen", er zog eine Grimasse.

„Na, dann mach mal." Stefan griff sich die Mistgabel.

Friedrich murmelte etwas Unverständliches und verließ den Stall. Stefan schüttelte den Kopf. Er hatte gesehen, dass Sattelzeug und Kandare des Tigerschimmels immer noch auf der Abtrennung der Box hingen. Genau dort, wo Friedrich sie gestern bei der Ankunft hingeworfen hatte. Wo immer er jetzt hingegangen war, Leder putzen war nicht sein Ziel.

Peter näherte sich dem Zaumzeug. „Soll ich vielleicht?"

Stefan spuckte in die Ecke. „Nee, lass, ich wette, du wirst in der Küche gebraucht."

Peter seufzte und schlich über den Hof zu seinem ungeliebten Arbeitsplatz.

Franz setzte sich auf einen umgestülpten Tränkeimer. „Das, was du da über den hinterlistigen Frederiksborger erzählt hast, bezog sich das auf den Tod des Ehemannes der Wirtin?"

„Jau. Das war auch ein Tigerscheck." Stefan spuckte wieder ins Stroh. Dann gabelte er einen Haufen Pferdeäpfel auf, den er mit Schwung auf den Mistkarren beförderte.

„Was ist damals passiert? Du warst doch dabei." Franz ließ nicht locker. „Jakob sagte, dass sein Vater von seinem eigenen Pferd zu Tode getrampelt wurde."

„Stimmt ja auch im Grunde." Stefan stützte sich auf die Mistgabel. „Rosalies Mann war nicht nur Marketender und Schankwirt beim schwedischen Heer, er war auch Pferdehändler. Und das war er am liebsten, um die Schenke hat sich hauptsächlich Rosalie gekümmert." Hannes Mette hatte mit allem gehandelt, auf das man einen Sattel legen konnte, und er glaubte, es würde ewig so weitergehen. Sogar als das Ende des Krieges schon absehbar war. Der Wirt und die Wirtin hatten sich damals oft gestritten und meistens hatte Hannes Mette seine Meinung mit den Fäusten durchgesetzt.

„Der Wirt hat den Tigerscheck nicht gekauft, er hat ihn beim Spiel gewonnen und derjenige, von dem er ihn gewonnen hat, war sicher nicht der Besitzer", sagte Stefan.

„Gestohlen?"

„Nicht direkt, wahrscheinlich eher gefunden."

Franz wusste, dass man nach einer Schlacht viele Dinge finden konnte, die niemandem gehörten – oder für die der bisherige Eigentümer keine Verwendung mehr hatte.

Stefan schloss die Augen, jetzt hatte er schon angefangen, in der Vergangenheit zu kramen, nun musste er auch sehen, wie er die Geschichte zu Ende brachte, ohne sich in Widersprüche zu verwickeln.

„Ein Mann, ein ziemlich abgerissener Musketier, kam eines Abends in das Zelt, in dem wir die Schenke betrieben, und bestellte Wein. Der Wirt war zufällig einmal selbst zugegen und fragte den Gast, ob er überhaupt die Zeche zahlen könne. Der Musketier schlug ein Spiel vor. Sein Einsatz sollte das Pferd sein, das er vor dem Zelt angebunden hatte. Hannes Mette ging hinaus und schaute sich das Tier an. Dann setzte er sich zu dem Musketier an den Tisch und hieß seine Frau Karten und Wein bringen." Stefan räusperte sich und schluckte. Ausspucken kam ihm gerade unangemessen vor.

„Ich weiß nicht mehr, was sie spielten, auf jeden Fall dauerte es ziemlich lange und Frau Mette musste mehrmals die Weinkanne nachfüllen. Schließlich konnte der Musketier kaum noch aufrecht sitzen und der Wirt war auch nicht mehr nüchtern.

Dann war das Spiel zu Ende. Hannes packte die Karten zusammen und erklärte, dass er gewonnen habe. Der Musketier nickte nur, dann rutschte er unter den Tisch. Der Wirt wollte gleich seinen Gewinn in Sicherheit bringen. Das war so ein Motto von ihm: ‚Alles, was du erworben hast, musst du dir sofort nehmen.' Guter Grundsatz, nebenbei gesagt, vermeidet einen Haufen Scherereien." Stefan räusperte sich erneut.

„Jedenfalls ging Hannes Mette hinaus, band das Pferd los und wollte es hinter das Zelt führen. Dort standen die beiden

Planwagen, die den Wirtsleuten gehörten, und die Pferde, mit denen der Mann handelte, waren auch dort."

Der Stallknecht kratzte mit den Zinken der Mistgabel an einem dunklen Fleck auf dem Steinboden herum. „Was dann geschah, weiß niemand so genau. Ich war bei der Frau im Zelt und stach gerade ein neues Weinfass an. Plötzlich hörten wir Tumult und Rufen und einige Leute brachten Hannes Mette herein, blutüberströmt und mehr tot als lebendig. Rosalie schickte mich los, um Hilfe zu holen, aber der Wirt starb, bevor irgendjemand etwas tun konnte. Der Feldscher stellte nur noch fest, dass Hannes' Schädel eingeschlagen war. Höchstwahrscheinlich durch einen Huftritt. Das Pferd fand man am nächsten Morgen ganz in der Nähe."

Franz schwieg.

„Die Wirtin hat den Gaul dann teuer verkauft", fügte Stefan hinzu. Er stieß die Mistgabel in das feuchte Stroh und beförderte es auf die Karre.

„Wegbringen", befahl er Franz.

Kapitel 12

Dieser Herr von Gnekow sitzt nun schon vor dem vierten Becher mit Branntwein", sagte Anna zu Rosalie, kaum dass diese die Küche betreten hatte. „Ich muss dauernd hin- und herlaufen und ihm nachschenken. So komme ich mit dem Kochen nicht voran."

Ein halb ausgenommenes Hühnchen auf dem Tisch legte davon Zeugnis ab. Die Hammelkeule war inzwischen gottlob fertig und ruhte auf einer Platte in der Speisekammer.

Rosalie stellte ihren Korb mit den Kakaobohnen auf die Küchenbank und ging hinüber in den Gastraum. Der Baron saß am gleichen Platz wie gestern, nur sah er heute noch wesentlich schlimmer aus. Er machte auf Rosalie den Eindruck, als hätte er überhaupt nicht geschlafen. Das Gesicht war ebenso zerknittert wie sein Hemd und die Spitzen an seiner Hose. Das Haar hing ihm strähnig um den Kopf.

„Athenais lässt mir ausrichten, ich könne sie nicht sehen", nuschelte er, als Rosalie in das Blickfeld seiner blutunterlaufenen Augen geriet, „aber jeder weiß, dass alle anderen Männer sie sehen können. Und nicht nur sehen …"

Rosalie fühlte sich nicht befugt, einem Baron irgendwelche Ratschläge über den Umgang mit einer Kurtisane zu geben.

Der Herr von Gnekow erwartete auch keine. Sein Kopf fiel auf die Tischplatte und er begann zu schnarchen.

Wenigstens musste Anna ihn jetzt nicht mehr bedienen.

Mit den Kakaobohnen und dem Rest des Geldes stieg Rosalie die Treppe hinauf, um sie bei Ottilie Lieffenbruch abzuliefern.

Das erste Stockwerk der ‚Vier Elstern' war eine andere Welt. Jedenfalls kam es der Wirtin immer so vor. Hier lagen die Zimmer der Gäste und hier hatte sie an Vergoldungen und Schnitzereien nicht gespart, als sie das Haus bauen ließ. Der Tod ihres Mannes vor fünf Jahren hatte ihr nicht nur die Freiheit wiedergeschenkt, sondern auch mehr Gold eingebracht, als sie jemals erwartet hätte. Zusammen mit dem Schriftstück, das ihr das Recht einräumte, in Langenschwalbach ein Gasthaus zu eröffnen, verfügte sie zum ersten Mal in ihrem Leben über die Möglichkeit, sich eine bürgerliche Existenz aufzubauen.

Trotzdem, es blieb das Gefühl, dass diese Räume nicht wirklich ihr gehörten. Eine Rosalie Mette besaß keine geschnitzten Türen und Deckenbalken und keine vertäfelten Wände. Wenn im Herbst das kostbare Mobiliar zusammen mit den Kurgästen wieder abgereist war, erschien es Rosalie fast wie eine Entweihung, wenn sie einen der roh gezimmerten Stühle aus dem Schankraum mit nach oben nahm, um die Spinnweben von den Deckenbalken zu putzen oder den Staub von den Türeinfassungen zu wedeln. Die Wirtin fühlte sich wie ein Eindringling, wenn sie durch ihre eigenen Räume ging und mit ihren Holzschuhen auf die Dielen trat, die wie Bernstein schimmerten, wenn die Sonne darauf schien.

Rosalie klopfte an eine der Türen und die Kammerzofe der Lieffenbruchs öffnete. Das beflissene Lächeln der adrett gekleideten Dienerin wich sehr schnell einem hochnäsigen Gesichtsausdruck, als sie die Wirtin erkannte. Rosalie übergab der Zofe die Einkäufe und den Geldbeutel.

„Weißt du denn, wie man die Schokolade kocht?", fragte die Zofe.

„Aber natürlich", sagte Rosalie. Dass sie sich die Geheimnisse der Schokoladenzubereitung erst vor einem Jahr vom Apotheker hatte erklären lassen, ging niemanden etwas an.

„Warte hier." Die Zofe drückte die Tür vor ihrer Nase zu.

Nach einem längeren Zwiegespräch mit ihrer Herrin kehrte sie zurück und reichte Rosalie den Beutel mit den Kakaobohnen. „Die kannst du in der Küche verwahren, bis wir die Schokolade benötigen."

Die Tür fiel ins Schloss und Rosalie zog eine Grimasse. Wenn eine edle Dame oder ein vornehmer Herr unhöflich zu ihr waren, dann störte sie das wenig. Das gehörte zum Geschäft. Aber das Benehmen der Zofe passte ihr nicht.

Aus der Gaststube drang Lärm herauf. Die Männer der landgräflichen Leibgarde strömten in den Raum, ließen sich auf die Holzbänke fallen und verlangten lautstark etwas zu trinken. Die Jagd nach den Wegelagerern war zu Ende. Ergebnislos. Die Gardisten hatten den größten Teil des Tages im Wald zugebracht und das Wild aufgestört. Sie waren mit ihren Pferden durch Unterholz und Gebüsch gestolpert, unverhoffte Böschungen hinuntergerutscht und hatten einen großen Bogen um die Moorgebiete geschlagen, in denen es den Gerüchten zufolge nicht ganz geheuer war. Jetzt plagten sie Hunger und Durst.

Rosalie eilte in die Küche und nahm die beiden großen Zinnkannen vom Regal. Wahrscheinlich würde sie die bei diesen trinkfesten Gästen in kürzester Zeit nachfüllen müssen.

Wie üblich streifte sie kurz der Gedanke, Anna zu bitten, in den Keller zu gehen und den Wein zu holen. Dann schalt sie sich selbst einen Feigling. Außerdem machte Anna gerade mit saurem Gesicht die Hühnchen bratfertig, die sie heute Abend noch brauchen würden. Es war besser, sie jetzt nicht zu stören. Am Herdfeuer zündete Rosalie eine Kerze an, fingerte den Kellerschlüssel aus dem Bund, den sie am Gürtel trug, und sperrte die Tür auf. Eine feuchte Steintreppe führte abwärts in die Dunkelheit. Sie raffte die Röcke, nahm den Stoff in die gleiche Hand wie die beiden Weinkannen und stieg in die Unterwelt hinab. Die Kerze hob sie abwechselnd nach oben, um sich nicht den Kopf an der niedrigen Decke zu stoßen, oder nach unten, damit sie die unregelmäßigen Stufen beleuchtete.

Gleichzeitig schnupperte die Wirtin misstrauisch in der kalten, modrigen Luft.

Rosalie erinnerte sich noch genau, wie entsetzt sie gewesen war, als die alte Grete ihr von den Gasen erzählt hatte, die hier in Langenschwalbach aus der Erde entweichen konnten: „Man riecht sie nicht und kippt ganz plötzlich um."

Mit einer Handbewegung hatte sie deutlich gemacht, wie sie sich das Umkippen vorstellte. Als Rosalie erwartungsgemäß erbleichte, hatte Grete noch hinzugefügt: „Manche denken, dass es von hier aus nicht mehr weit bis zur Hölle ist."

Inzwischen wusste Rosalie, dass sich die Kurgäste einen Spaß aus dieser Laune der Natur machten. Ein Haus in der Unterstadt besaß einen Keller, der ständig mit giftigen Gasen angefüllt war. Es war eine beliebte Unterhaltung, ein Huhn oder einen Hund in diesen Keller zu werfen. Das Tier wurde binnen Kurzem bewusstlos. Wenn man es rechtzeitig herauszog, dann erwachte es wieder nach einer Zeit, die gerade lang genug war, um Wetten darauf abzuschließen.

Rosalie hatte sich das einmal angeschaut und mit den anderen Frauen gekreischt, als sich das Huhn wieder aufrappelte und gackernd davonlief. Im Nachhinein hatte sie allerdings eine Gänsehaut bekommen, als ihr der Apotheker erzählte, was passierte, wenn man den richtigen Moment verpasste, um das Huhn aus dem Keller zu holen. Wer den Dämpfen zu lange ausgesetzt war, der wachte nicht mehr auf.

„Und das gilt nicht nur für Hühner oder Hunde, sondern auch für Menschen", hatte er noch hinzugefügt.

Seit sie das wusste, hatte die Wirtin eine Erklärung für die Beklemmungen, die sie immer befielen, wenn sie im Keller etwas zu erledigen hatte. Sie ließ die Tür hinter sich sperrangelweit offen und Anna bekam stets die strikte Anweisung, in der Nähe zu bleiben und auf jedes Geräusch zu achten, das von unten heraufdrang.

Kapitel 13

Nachdem Prätorius die Pillen für den Grafen von Eenvelde bei der Apotheke abgeholt hatte, machte er sich auf den Rückweg ins Gasthaus ‚Zur Kette'. Es war besser, den Herrn nicht warten zu lassen. Allerdings hatte der Arzt den Verdacht, dass der Graf nur deswegen auf den Pillen bestand, weil ihm die silberglänzenden Kugeln so gut gefielen. Das Medikament, das sie angeblich enthielten, eine Kräutermischung, die allgemein zur Kräftigung der Konstitution empfohlen wurde, benötigte er nicht. Aber es würde ihm auch nicht schaden.

Als Prätorius die knarrende Holztreppe hinaufstieg, die zu den herrschaftlichen Quartieren im Vorderhaus führte, traf er unverhofft auf den Grafen persönlich. Der reiche Adlige stand am offenen Fenster im Flur des ersten Stockes und untersuchte ein Gewehr, dessen Holzteile üppig mit Intarsien verziert waren.

„Gut, dass Sie vorbeikommen", sagte er knapp, ohne seine Aufmerksamkeit von dem kunstvoll geschmiedeten Steinschloss abzuwenden. Aus einem Horn streute er vorsichtig Pulver auf die Pfanne. Beiläufig erzählte er Prätorius, dass er den Landgrafen getroffen habe. „Er sagte mir, dass sein Leibarzt vorerst nicht kommen würde. Der Mann habe einen Boten geschickt, um mitzuteilen, dass er nicht reisen könne, da er selbst krank sei." Der Herr schlug das Gewehr an und richtete es auf einen der Bäume auf der anderen Straßenseite.

„Ein Fieberanfall, lässt er mitteilen, was immer das heißen soll." Er schwenkte den Lauf. „Man sollte doch glauben, dass ein Arzt Mittel und Wege kennt, sich seine Gesundheit zu erhalten."

Prätorius schwieg.

Die Gedanken des Grafen schweiften ab. „Ob ich dieses Eichhörnchen treffe?"

Der Schuss krachte, die Blicke der Menschen auf der Straße richteten sich nach oben. Der Herr von Eenvelde hatte das Gewehr gesenkt und starrte erwartungsvoll in den Baum gegenüber. Nichts passierte. Prätorius hätte schwören können, dass er sah, wie das Eichhörnchen kurz nach dem Schuss unverletzt weggesprungen war. Aber das würde er seinem Herrn nicht erzählen.

„Wahrscheinlich hat sich der Kadaver in den Zweigen verhakt", knurrte der Graf von Eenvelde. Dann wandte er sich wieder an Prätorius. „Ich habe dem Landgrafen gesagt, dass ich Sie für durchaus fähig halte, sich bis auf Weiteres um die Krankheitsfälle in seinem Haushalt zu kümmern. Bei mir haben Sie ja gottlob wenig zu tun."

Der Arzt hörte die Stimme seines Herrn wie aus weiter Ferne. Er hatte in den Leibarzt des Landgrafen, einen Verwandten des berühmten Georg Horstius aus Gießen, große Hoffnungen gesetzt. Immerhin hörte man wahre Wunderdinge über den Mann. Im Falle der erkrankten Edeldame war Prätorius inzwischen vollkommen ratlos. Es gab kaum Möglichkeiten, eine Vergiftung mit einer unbekannten Substanz zu behandeln, wenn es für ein Brechmittel zu spät war.

„Machen Sie doch nicht solch ein düsteres Gesicht", Eenvelde klopfte seinem Arzt auf die Schulter, „sehen Sie es lieber als Chance, sich die Protektion des Landgrafen zu sichern."

Darauf hätte Prätorius liebend gern verzichtet. Er wollte die Verantwortung abgeben und nicht noch eine neue aufgebürdet bekommen.

„Der Landgraf hat mir erzählt, Sie hätten in Rheinfels bereits eine Vertretung für den kranken Arzt in Marsch gesetzt", sagte der Herr, während er zur Treppe ging, „aber er scheint von diesem Josephus Hirundulus – wer immer das ist – nicht viel zu halten."

Prätorius verbeugte sich stumm. Die Pillen übergab er dem Kammerdiener des Grafen. Dann machte er sich mit einem unguten Gefühl im Magen auf den Weg ins landgräfliche Schloss.

Der Patientin ging es immer schlechter. Prätorius stellte fest, dass Isabella von Hattenberg wieder bewusstlos war. Sie atmete flach und schnell. Als er ihr Handgelenk betastete, fühlte er kaum noch einen Puls. Ratlos sah er in ihr bleiches Gesicht. Prätorius war sich inzwischen sicher, dass die Dame unter einer schweren Vergiftung litt. Aber was tun? Ein Aderlass erschien ihm wenig sinnvoll. Wahrscheinlich war es für alles zu spät.

Er fühlte sich hilflos. Genauso hilflos wie die Zofe, die neben dem Bett ihrer Herrin kniete, offensichtlich gebetet hatte und nun den Arzt aus großen Augen anstarrte, so, als erwarte sie von ihm mindestens eine Wunderheilung. Das Einzige, was er tun konnte, war jedoch sie anzuweisen, ihn von jeder Veränderung im Zustand der Edeldame sofort zu unterrichten.

Fast fluchtartig verließ Simon Prätorius das viel zu warme Zimmer, in dem die Zofe die Stirn ihrer sterbenden Herrin mit einem feuchten Spitzentuch abtupfte. Erst als er sich im Freien befand, konnte er wieder durchatmen.

Gleich hinter dem Schloss ragte der spitze Turm einer kleinen Kirche in den Himmel. Prätorius konnte sich jedoch nicht entschließen, hineinzugehen. Ohne auf seine Schritte zu achten ging er vorwärts. Seine Gedanken drehten sich im Kreis wie der Leopard im Käfig, den er in Leiden einmal in einer zoologischen Sammlung gesehen hatte.

Es war eine unbestreitbare Tatsache, dass er der Hofdame nicht helfen konnte. Gleichzeitig hatte er jedoch nicht den Mut, seinem Arbeitgeber zu sagen, was für ein schlechter Arzt er war. Obwohl das der einzige Ausweg war, der ihm offenstand:

Wenn er zugab, dass er die Verantwortung nicht länger tragen konnte, dann musste ihn der Graf von Eenvelde entlassen. Er blieb stehen. Gesetzt den Fall, er kehrte jetzt in sein Quartier zurück und spräche mit dem Herrn, dann würde er danach gleich Sebastian anweisen können zu packen und die Pferde zu satteln. Dann wäre er bereits morgen weit fort. Aber wer sollte sich dann um Isabella kümmern? Was, wenn noch jemand erkrankte? Prätorius seufzte und ging weiter. Er konnte sich nicht auf diese Art vor seinen Aufgaben davonstehlen – und seinen Erinnerungen würde er so auch nicht entkommen.

Er konnte kaum glauben, dass es schon zwei Monate her war, als ihn Aaltje aus der Bibliothek geholt hatte. „Kommen Sie schnell – die Herrin."

Er hatte nicht lange gefragt. Frederika war es, die ihn gedrängt hatte, seine Arbeit wieder aufzunehmen. „Es macht mich verrückt, wenn du nur hier sitzt und mich die ganze Zeit anstarrst", hatte sie gesagt.

Dann wurde sie wieder vom Husten geschüttelt und auf dem Tuch, das sie vor ihren Mund gepresst hatte, gab es ein paar neue Blutflecken.

„Genau das ist es", flüsterte sie, als sie wieder halbwegs zu Atem gekommen war. „Jetzt starrst du schon wieder, du zählst die Hustenanfälle und machst dich für jeden einzelnen verantwortlich – das ist für mich schwerer zu ertragen als alles andere."

Also war er in die Bibliothek gegangen, wo er nach Zitaten und Textstellen suchte, die er in seinem Buch über die verschiedenen Krankheiten des Ohres verwenden konnte.

Nicht, dass er davon ausging, damit reich und berühmt zu werden, aber es war eine Beschäftigung, die ihn neben seinen Vorlesungen an der Universität und seinem häuslichen Leben ausfüllte. Glücklicherweise war Frederikas Vater ein erfolgreicher Kaufmann, der nur zu gern seiner einzigen Tochter und ihrem gelehrten Gemahl ein standesgemäßes Leben finanzierte. Insgeheim hoffte er wohl auf einen Enkel, der seine Geschäfte dereinst fortführen würde. Aber auch diese Hoffnung hatte sich mit Frederikas Erkrankung zerschlagen.

Prätorius war damals so schnell nach Hause gelaufen, dass die kleine Magd kaum folgen konnte. Trotzdem war es schon fast zu spät gewesen, und bis heute wusste er nicht, ob Frederika noch so weit bei Bewusstsein gewesen war, dass sie wahrgenommen hatte, wer ihre Hand hielt und ihr Haar und ihre Wangen streichelte.

Direkt vom landgräflichen Schloss aus führte der Weg durch die Wiesen zuerst bergauf und dann über einen flachen Hügel zum Weinbrunnen hinab. Prätorius begegnete Männern und Frauen, die aus den unterschiedlichsten Gründen hier unterwegs waren. Eine ältere Dame, kurzatmig und sehr langsam, trippelte dahin und wurde von einer jüngeren Begleiterin am Arm gestützt. War es eine Gesellschafterin oder eine Tochter? Ein schwarz gekleidetes Ehepaar mittleren Alters wanderte nebeneinander her, ohne sich zu berühren, offensichtlich beide mit ihren eigenen Gedanken beschäftigt. Das Paar, das ihnen entgegenkam, wirkte weniger ernsthaft. Die junge Frau im schleifchenverzierten Kleid schlug spielerisch mit dem selbst gepflückten Blumenstrauß nach ihrem Partner. Eine Geliebte oder eine Verlobte, die der Anstandsdame entkommen war? Ihr helles Lachen fegte den Nebel hinweg, der Prätorius eingehüllt hatte. Er nahm nun auch die anderen Geräusche wieder wahr. Das Zwitschern der Vögel, das Hufklappern und Räderknirschen auf der Straße, Kindergeschrei und Hundegebell.

Der Wind brachte weitere Klänge mit. Prätorius identifizierte eine Flöte, eine Laute und eine Fiedel. Die Melodie verschmolz mit dem blauen Himmel und den schnell ziehenden weißen Wolken, den sanften Hügeln, den schattigen Baumgruppen und dem Glitzern des Baches, der das Tal durchfloss. Man könnte hier so glücklich sein, dachte der Arzt.

Inzwischen war er fast am Weinbrunnen angelangt. Der Weg führte über einen Steg und lief direkt auf den rund eingefassten Brunnen mit seinem Dach aus belaubten Zweigen zu. Neben der steinernen Bank, die ihn halbkreisförmig umgab, standen die Musikanten. Um sie herum flanierte, lachte und trank die Menschenmenge. Damen und Herren, kostbar gekleidet und mit Perlen und Juwelen übersät, dazwischen Diener, Brunnenburschen, zerlumpte Bettler und fliegende Händler. Und sicherlich auch ein gerüttelt Maß an Taschendieben, dachte Prätorius.

Zu der kreisrunden gemauerten Vertiefung, in der sich der Brunnen befand, führten an einer Seite Stufen hinunter. Dort unten hatten die Gäste jedoch nichts zu suchen. In zwei quadratischen Becken wurde hier das heilsame Wasser gesammelt, das aus einer Öffnung in der Wand hervorschoss. Es sprudelte und brauste, als wollte es von den Wundern im Erdinneren berichten. Am vorderen Becken füllten Männer irdene Krüge und Fässer, deren Stopfen mit Siegellack abgedichtet wurden. Dieses Wasser würde auf die Reise gehen. Entweder in ein öffentliches oder privates Badehaus oder auf dem Rücken eines Esels in eine ferne Stadt. Am rückwärtigen Becken schenkten die Brunnenburschen das kostbare Nass in Trinkgefäße ein und reichten sie den Gästen, die den Brunnen umdrängten.

Ein Junge bot Prätorius einen Becher mit Sauerwasser an. Der Arzt nahm das heilkräftige Getränk und zahlte seinen Obolus. Am Ende der Steinbank fand er noch einen Platz.

Die Zeit der Trinkkur war jetzt fast vorbei. Das Gewimmel löste sich allmählich auf in eine Prozession von Gästen, die teils auf dem zum Schloss führenden Fußweg und teils auf der Poststraße ihren Gasthäusern und dem Abendessen zustrebten.

Auch die Musikanten beendeten ihre Darbietung, verpackten ihre Instrumente und näherten sich dem Brunnen.

„Wenn hier wirklich kein Wein aus der Erde fließt, dann nehmen wir auch Wasser", sagte der ältere Mann im schwarzweiß gestreiften Rock, der den Sack mit seiner Laute über die Schulter gehängt hatte.

„Das Spielen macht wohl durstig", sagte der Bursche, der auf der Umrandung des Wasserbeckens saß und die Musikanten neugierig musterte.

„Kann man so sagen." Der Dunkelhaarige mit der pflaumen-farbenen Pluderhose, der die Fiedel gestrichen hatte, tauchte seinen Schnurrbart misstrauisch in das Getränk, das ihm ein zweiter Bursche gereicht hatte. „Puhh, das schmeckt ja, als ob jemand seine Sporen drin eingeweicht hätte!"

„An denen noch das halbe Pferd hing", fügte der Flötenspie-ler hinzu und tupfte sich die Lippen mit seinem gebauschten Hemdsärmel ab, der üppig aus der kurzen Jacke hervorquoll. „Und die Leute haben wirklich nichts anderes getrunken?", wandte sich der Älteste mit gespieltem Erstaunen wieder an den Burschen. „Die machten doch so einen heiteren Eindruck. Oder war da am Ende unsere Musik dran schuld?"

Es flogen noch ein paar Scherze hin und her, während die Musikanten an ihrem Wasser nippten und die Brunnenbur-schen die Becher einsammelten, die diejenigen Gäste stehen gelassen hatten, die ohne eigenes Trinkgeschirr gekommen waren. Schließlich verließen auch die drei Musiker den Brun-nen.

Die Kälte der Steinbank kroch langsam in Prätorius' Körper hoch.

Ein Mann, dessen graues Haar von einem schlichten braunen Filzhut beschattet wurde, trat an die Brunneneinfassung heran, beugte sich hinunter und bat einen der Burschen, seinen Becher nachzufüllen. Als sich der Alte wieder aufrichtete, konnte der Arzt sein Gesicht sehen. Voller Freude und Erstaunen erhob er sich von der Bank und tat einige Schritte vorwärts auf den rundlichen Herrn zu, der mit seinem dunkelblauen Rock und den Schnallenschuhen wie ein wohlhabender Bürger gekleidet war.

„Cuculus!"

Der Mann drehte sich um. Blaue Augen leuchteten aus einem sonnengebräunten runzligen Gesicht und schienen noch einmal extra aufzublitzen, als sie Prätorius erkannten.

„Das ist eine Freude!" Heinrich Cuculus schüttelte dem Arzt beide Hände, als wollte er sie gar nicht mehr loslassen.

„Was machen Sie hier?", fragte Prätorius.

„Seit meiner Erbschaft bin ich unabhängig. Die Plantage in Batavia habe ich verkauft", sagte der Mann. „Ich reise und widme mich meinen Liebhabereien – die Sie ja kennen."

„Allerdings." Prätorius lachte über das ganze Gesicht.

Heinrich Cuculus hatte an der Universität in Leiden Anatomievorlesungen gehalten. Ein Fach, das bei den meisten Studenten ein leichtes Gruseln auslöste. Denn alle wussten, dass man Kenntnisse über das Innenleben des menschlichen Körpers nur erwerben konnte, wenn man ihn aufschnitt. Ein sowohl unheimliches als auch sündhaftes Unterfangen. Aus diesem Grunde standen für Anatomiestudien nur die Körper hingerichteter Verbrecher oder im Gefängnis Gestorbener zur Verfügung.

Die eigentliche Liebe des Heinrich Cuculus galt jedoch den Pflanzen – insbesondere den essbaren. Er hatte bereits mehrere Schriften über die unterschiedlichen Apfel- und Birnensorten herausgebracht und widmete diesem Steckenpferd alle Zeit, die er erübrigen konnte. Es war vier Jahre her, dass Cuculus nach Ostindien aufgebrochen war. Ein Bruder von ihm war in Batavia gestorben und hatte ihn unverhofft als Alleinerben eingesetzt. Damals hatte Prätorius geglaubt, sie würden sich nie wiedersehen.

„Das Klima in Ostindien war alles andere als zuträglich für mich", sagte Cuculus, „und das Essen bekam mir auch nicht."

Er deutete auf den Wasserbecher, den er in der Hand hielt. „Ich dachte, ich versuche es einmal damit." Er nahm einen Schluck aus dem Becher. „Und welcher Wind hat Sie hierhergeweht? Hat Sie Ihre Frau endlich zu einer Kur überreden können? Das Wasser hier soll ja Wunder wirken, wenn man sich eine große Familie wünscht." Der Anatom kicherte. Nachdem er jedoch einen Blick auf Prätorius' Gesicht geworfen hatte, wurde er wieder ernst.

„Meine Frau ist tot", sagte der Arzt.

Um zu verhindern, dass Cuculus nun in Beileidsbekundungen ausbrach, redete er schnell weiter und erzählte von seiner Anstellung beim Grafen von Eenvelde.

„Ausgerechnet die Eenveldes", sagte Cuculus. „Bei der gesunden Familie hat ein Leibarzt nicht viel zu tun."

„Glücklicherweise", sagte Prätorius mit so viel Nachdruck, dass sein Freund ihn mit einem scharfen Blick musterte.

Um Cuculus auf andere Gedanken zu bringen, meinte er: „Verdauungsbeschwerden hin oder her, ich kenne hier ein Gasthaus, da soll das Essen sehr gut sein."

„Ich habe nicht behauptet, dass mich meine Beschwerden am Essen hindern würden", sagte Cuculus.

Die beiden Männer schlugen den Weg zu den ‚Vier Elstern' ein.

In der Schankstube war es schon dunkel. Die Kerzen, die auf den Tischen standen, tauchten die Gäste in ein trübes Dämmerlicht. Die Leibgardisten waren inzwischen teils gegangen und teils davongetaumelt. Eine Gruppe durchreisender Kaufleute hatte den Tisch unter den Fenstern in Beschlag genommen und steckte die Köpfe über verschiedenen Stoffmustern zusammen. In einer Ecke lag der Herr von Gnekow mit dem Oberkörper auf der Tischplatte und schnarchte zum Steinerweichen.

Anna bediente die Gäste, aber anscheinend hatte sie in der Küche Bescheid gesagt, dass Prätorius anwesend war, denn kurz darauf trat Rosalie an den Tisch und fragte nach seinen Wünschen. Auf ihre Empfehlung hin entschieden sich die Männer für gebackene Forellen, die zwar nicht mehr im Wasser, aber dafür in einer mit Bachkrebsen angereicherten Soße schwammen. Der kühle Weißwein, den Rosalie dazu kredenzte, vertrieb den Nachgeschmack des Mineralwassers.

Erst als die beiden Mediziner nach einem ausgedehnten Mahl auf die Straße hinaustraten, dachte Prätorius wieder an Isabella von Hattenberg. In aller Kürze berichtete er Cuculus von dem Fall.

„Ohne die Patientin gesehen zu haben, kann ich dazu nichts sagen."

„Ich hatte mir gewünscht, dass Sie mir diese Antwort geben, denn nun kann ich Sie bitten, mich ins Schloss zu begleiten."

„Sie wissen, mein Fachgebiet ist die Chirurgie, aber meine sonstigen bescheidenen Kenntnisse stehen Ihnen natürlich zur Verfügung."

Nach ihrem Besuch bei der kranken Dame wanderten die beiden Männer gemeinsam über die dunkle Straße zu Prätorius' Quartier. Cuculus wollte offensichtlich noch nicht über das reden, was sie gerade gesehen hatten. Stattdessen beklagte er sich lauthals über den Unrat, der den Bach verunzierte, der durch den Ort plätscherte.

Prätorius antwortete nicht. Alles deutete darauf hin, dass Isabella sterben würde. Das war nur noch eine Frage der Zeit. Es ging ihr schlechter als bei seinem Besuch am Nachmittag. Um das zu erkennen, musste man kein Arzt sein. Aber anscheinend war er der Einzige, dem der Tod der Edeldame naheging.

Nicht ganz der Einzige, korrigierte er sich in Gedanken, auch Isabellas Zofe schien um ihre Herrin zu trauern.

Prätorius ging voraus in sein Zimmer mit dem Schreibtisch, auf dem immer noch die medizinischen Utensilien lagen. Nur das Glas mit den toten Blutegeln hatte Sebastian inzwischen weggeräumt. Der Diener stand am offenen Fenster und bürstete mit langsamen Strichen einen Rock. Wichtiger als das Beseitigen des Staubes, der sich während der Reise auf dem Kleidungsstück angesammelt hatte, schien ihm der Blick aus dem Fenster zu sein. Auf dem Hof liefen immer wieder die Mägde und Zofen vorbei, die zum Gasthaus oder zu den Gästen gehörten, und wenn man pfiff, fand sich immer eine, die nach oben schaute. Als sein Herr mit dem Besucher eintrat, hängte Sebastian den Rock über die nächste Stuhllehne und ließ die Kleiderbürste in einer Hosentasche verschwinden.

„Lass uns alleine, Bast", sagte Prätorius und Sebastian verzog sich vor die Tür, wo er auf einem Schemel warten konnte, bis man ihn brauchte.

Der Arzt bat Cuculus, auf dem einzigen bequemen Sessel im Zimmer Platz zu nehmen und schloss das Fenster. Dann wandte er sich zu dem alten Anatomen. „Nun?"

Cuculus schüttelte den Kopf. „Sieht schlecht aus."

„Das weiß ich."

„Das Einzige, was wir für Isabella von Hattenberg noch tun können, ist den Mund zu halten."

„Was sagen Sie da?"

Cuculus schaute seinen Kollegen erstaunt an. „Sind Sie so naiv? Sie müssen die Ursache der Vergiftung doch auch erkannt haben!"

„Die Symptome deuten in diese Richtung", gab Prätorius zu, „aber wir können es nicht mit letzter Sicherheit sagen."

Cuculus seufzte. „Was sollte es sonst sein? Es ist ein geradezu klassischer Fall. Und eine Sadebaumvergiftung ist es. So wahr ich hier sitze."

Prätorius hatte es in Erwägung gezogen, aber nicht wahrhaben wollen.

„Ich habe so etwas leider Gottes schon viel zu oft gesehen", fuhr Cuculus fort. „Und immer bei diesen jungen, stillen Dingern, denen man das nicht zutraut."

Prätorius begann, im Zimmer auf und ab zu gehen. Die Tinktur aus den Zweigen des Sadebaums war ein bekanntes Abtreibungsmittel. Genauso bekannt war allerdings, wie gefährlich diese Pflanze ist. Schon eine geringfügige Überdosierung hatte nicht nur den Tod des Embryos, sondern auch den der Frau zur Folge. Prätorius konnte sich nicht vorstellen, dass eine Hofdame, der sicherlich auch andere Möglichkeiten zur Verfügung standen, zu so verzweifelten Mitteln greifen würde. „Und jetzt stirbt sie."

„Daran ist sie selbst nicht ganz unschuldig."

„Wenn sie das Gift freiwillig eingenommen hat."

„Das dürfte in der Natur der Sache liegen." Cuculus stand auf und legte Prätorius die Hand auf die Schulter. „Es gibt nichts, was wir tun könnten, wirklich nichts."

Prätorius schüttelte nur den Kopf.

Der Anatom ging zur Tür „Ich wohne im ‚Bären' in der Unterstadt, wenn Sie mich brauchen, bin ich da."

Kapitel 14

Erst am späten Abend kehrte in den ‚Vier Elstern' endgültig Ruhe ein. Unterbrochen wurde die Stille in der Gaststube lediglich durch das Schnarchen des Herrn von Gnekow.

In der Küche klapperten Rosalie, Anna, der Koch und sein gähnender Gehilfe noch mit Geschirr und Töpfen. Sie räumten auf und bereiteten die Mahlzeiten für den kommenden Tag sowie die Leckereien für das Schokoladenfest vor.

Oswald Lieffenbruch steckte den Kopf durch die Küchentür.

„Frau Mette, auf ein Wort." Er hatte noch nie eine Küche betreten und gedachte es auch fernerhin zu vermeiden.

„Sie sind doch eine verständnisvolle Person", sagte der Tuchhändler, als die Wirtin zu ihm gekommen war und die Tür hinter sich zugezogen hatte. Während er sprach, drehte er unauffällig auffällig ein kleines Goldstück zwischen den Fingern. Rosalie ahnte schon, was kam.

„Man macht hier so allerlei Bekanntschaften", begann Lieffenbruch im Flüsterton, „auf der Straße oder am Brunnen, aber wie ich gehört habe, lernt man die wirklichen Damen von Welt nicht auf diese Weise kennen."

Rosalie unterdrückte ein Grinsen. Sie konnte sich vorstellen, dass Ottilie Lieffenbruch ihren Mann auf dem Schokoladenfest nicht sehen wollte und nun hatte er die Absicht, sich woanders einen vergnüglichen Tag zu gönnen. Wahrscheinlich musste er immer verschwinden, wenn seine Frau ihre adligen Freundinnen einlud. Rosalie empfand wenig Mitleid, denn schließlich dürfte er gewusst haben, worauf er sich einließ, als er die Tochter des verarmten Barons von Wispelstein heiratete. Der reiche Tuchhändler war ein Schwiegersohn, dessen Geld man gerne nahm, der aber ansonsten möglichst unsichtbar zu bleiben hatte.

„Ich weiß, was Sie meinen", erklärte die Wirtin mit einem, wie sie hoffte, verständnisvollen Augenaufschlag.

Nachdem das Goldstück in ihre Schürzentasche übergewechselt war, erklärte sie Oswald Lieffenbruch, wo er die Dame Athenais antreffen konnte.

Wenig später zogen sich der Koch und sein Gehilfe zur Nacht zurück. Im Schein der beiden Talgfunzeln erledigten Rosalie und Anna in der Küche nun ihre Näharbeiten. Die alte Grete war ebenfalls herübergekommen, denn hier gab es Unterhaltung und sie musste nicht ihre eigenen Lichter abbrennen.

Rosalie summte einige unharmonische Töne, während sie den Dreiangel flickte, den Stefan bei der Stallarbeit in sein Hemd gerissen hatte. Sie betrachtete es als ihre Pflicht, die Sachen des alten Knechts in Ordnung zu halten. Anna stichelte lustlos an einem neu aussehenden Mieder herum und schimpfte leise vor sich hin.

„Was nähst du überhaupt noch an dem Kleid?", wollte Grete missmutig wissen, „ich habe es dir doch fertiggemacht."

Anna schnaubte und Rosalie ahnte, dass sich die beiden Frauen wieder einmal in die Haare geraten würden. Die Kleider, die die alte Grete herstellte, waren ein ewiger Streitpunkt. Die Nachbarin nähte zu einem günstigen Preis, aber um solche nachrangigen Dinge wie Größen und Maße scherte sie sich nicht. „Ein Mieder hat Bänder, damit man es passend machen kann", pflegte sie zu sagen. Als Anna erklärte, ihr Oberteil sei viel zu weit, da könnte man so viel schnüren wie man wollte, und ihr zum Beweis die unschön übereinandergezogenen Stoffränder unter die kurzsichtigen Augen hielt, meinte Grete nur:

„Dann sollte das Jüngferlein mehr essen. Dann würde es auch den Herren besser gefallen."

Daraufhin war Anna rot geworden und Grete hatte weiter genäht. Natürlich änderte sie nichts an ihren Produkten. Aus diesem Grund musste Anna die Abende nun mit Nadel und Schere verbringen. Eine Tätigkeit, die die Küchenmagd hasste.

Rosalie gähnte. Da die rußenden Funzeln nicht viel Licht spendeten, musste sie den Stoff dicht vor die Augen halten. Das ermüdete. „Wir sollten für heute Schluss machen", sagte sie.

Anna klemmte ihr Kleiderbündel unter den Arm und verschwand grußlos in der Dunkelheit. Sie brauchte keine Kerze, um hinauf zu der Dachkammer zu klettern, in der sie sich mit der kleinen Betti einen Strohsack teilte. Die alte Grete packte brummend ihren Korb zusammen, legte den süßen Kringel, den Rosalie ihr noch zusteckte, obenauf und humpelte davon. Die Wirtin vergewisserte sich noch einmal, dass Vorder- und Hintertür abgeschlossen waren, löschte eines der Lichter und zog sich mit dem anderen in ihre Kammer neben der Küche zurück. Sie konnte es immer noch nur schwer glauben, dass sie ihr eigenes Schlafzimmer hatte. Der kleine Raum lag so, dass er im Winter durch den Herd der Küche mitgeheizt wurde. Nur ein winziges Fenster, das meist mit einem Holzladen verschlossen war, ließ Luft herein. Den größten Teil ihres Lebens hatte Rosalie weit weniger bequem gewohnt. Als sie sich auf ihrem Strohsack in die Decke kuschelte, wanderten ihre Gedanken zwanzig Jahre zurück.

Leipzig 1631

Josefa, ihr Sohn Flori und Rosalie waren spät in Leipzig angekommen, weil das magere Pferd, das Josefas Wagen zog, seit Tagen lahmte. Josefa benutzte das als Vorwand, Rosalie zu Fuß gehen zu lassen und der war das nur zu recht. Wenn sie lief, musste sie nicht ständig an Marie denken. Josefas Tochter, bei deren Geburt vor fünf Jahren in St. Goar Rosalie geholfen hatte. Maries Tod lag erst wenige Wochen zurück und Rosalie brach immer noch in Tränen aus, wenn jemand den

Namen der Kleinen erwähnte. Josefa hatte sie deswegen schon mehrmals angefahren. Es war doch ein großes Glück, dass sich kein weiteres Familienmitglied mit dem Fieber, das Marie das Leben kostete, angesteckt hatte.

Die kleine Gruppe war immer weiter unter die Nachzügler des Trosses gerutscht, den das kaiserliche Heer unter dem Feldmarschall Johann Tserclaes Tilly wie einen Rattenschwanz hinter sich herschleppte. Ein Schwanz allerdings, der mit den Familien der Soldaten, den Marketendern, Huren, verschleppten Kindern, Knechten, Quacksalbern und Vagabunden größer war als die eigentliche Ratte. Die Quartiere innerhalb der Stadt waren schon längst belegt, als Josefa mit ihrem Anhang eintraf. Ein verlassener Bauernhof an der Landstraße war noch die beste Unterkunft, die sie finden konnten. Hier gab es sogar etwas Heu für das Pferd. Vom Hausrat war natürlich kaum noch etwas vorhanden. Plünderer waren vor ihnen da gewesen, hatten Speisekammern und Speicher geleert, Töpfe und Pfannen mitgenommen und das unbewegliche Mobiliar zerschlagen. Immer in der Hoffnung, ein Geheimfach mit Gold oder Geschmeide zu entdecken.

Leipzig war eine reiche Handelsstadt. Und sie sollte das Heer der Eroberer als Buße dafür, dass sie dem protestantischen Glauben huldigte, fürstlich verpflegen. Rosalie hoffte, dass das stimmte und Josefa von ihrem Erkundungsgang etwas zum Essen mitbrachte. Bei der Verteilung der Rationen gab es eine klare Hierarchie: Erst Bartel, der Soldat, dann Josefa, seine Frau, dann ihr Sohn Flori und falls noch etwas übrig blieb, bekam auch die Magd Rosalie ihren Anteil. Sie konnte sich kaum noch erinnern, wann sie das letzte Mal ein Stück fetten Schinken gegessen hatte. Aber sie träumte manchmal nachts davon.

In letzter Zeit hatte allerdings niemand mehr etwas zum Beißen. Das Heer hungerte seit Wochen. Seit Magdeburg, das gebrannt hatte, bevor man mit dem Plündern fertig geworden war. So viel gutes Essen, schöne Kleider und Goldmünzen – alles für die Flammen.

Als Josefa am Abend wiederkam, schleppte sie in einem schmutzigen zusammengeknoteten Tuch tatsächlich zwei Brote und ein Stück Speck. Bier hatte sie wohl auch gefunden, aber das hatte sie sich gleich einverleibt, wie aus ihrem schwankenden Gang und ihrer Fahne unschwer zu erkennen war. Die Nahrungsmittel wanderten sofort in den verschließbaren Wagenkasten.

„Jetzt könnt ihr euch etwas suchen", sagte Josefa mit schwerer Zunge und kroch in den Wagen, den sie vor dem Haus abgestellt hatten. Sie zog es vor, in der Nähe ihrer Wertsachen zu schlafen. Rosalie war es gleich, wo sie die Nacht verbrachte, denn sie besaß ohnehin nur das, was sie auf dem Leib trug.

Sie nahm den zehnjährigen Flori, der ebenfalls Hunger hatte, bei der Hand und machte sich auf den Weg. Die Tore der Stadt waren weit geöffnet und die Wachen nirgends zu sehen. Auf den gepflasterten Straßen lagen kaputte Möbelstücke und Lumpen, die die Plünderer verloren oder aus den Fenstern der Häuser geworfen hatten. Nichts von Wert, wie Rosalie im Vorübergehen mit geübtem Blick feststellte. Manche der Eingangstüren waren eingeschlagen. Die Bewohner hatten sie entweder nicht schnell genug geöffnet oder sie waren bereits geflohen. Rosalie wusste, dass es in diesen Häusern nichts mehr zu holen gab. In der Luft lag immer noch der Geruch von Rauch und Schießpulver.

Aus einer Seitenstraße drang Musik. Eine Fidel und ein Dudelsack wetteiferten um die durchdringenderen Töne. In einem der Gebäude wurde gefeiert. Die Fenster waren hell erleuchtet. Das Tor, das in den Hof führte, stand offen und es roch nach Braten. Rosalie hörte, wie Flori richtiggehend schnüffelte und auch ihr ging es nicht anders.

Vorsichtig näherten sich die beiden der Hofeinfahrt.

Über einem Feuer, das mit Holzstücken gespeist wurde, denen man ihre Vergangenheit als Möbel ansah, brutzelte ein fettes Schwein. Schmausende Menschen schnitten sich Stücke heraus, Bierkrüge machten die Runde. Auf einem Tisch, den man aus einem Türblatt improvisiert hatte, das über zwei Sägeböcken lag, war Brot und anderes Gebäck aufgestapelt.

Hinter Rosalie und Flori drängten sich weitere Männer und Frauen in den Hof, griffen zu Bierkrügen und Broten und stürzten sich auf das Schweinefleisch.

Rosalie schickte Flori los, um sich ein paar Brote zu sichern, zückte das Messer, das sie stets dabeihatte, und näherte sich dem Schwein. Aus der trunkenen Unterhaltung zweier Männer, die neben ihr an dem Braten herumsäbelten, schloss sie, dass im Inneren des Hauses die Hochzeit eines hohen Angehörigen des kaiserlichen Heeres gefeiert würde.

„Trifft sich natürlich gut, dass er die Rechnung für das Fest nie wird bezahlen müssen."

„Deswegen feiert er auch heute – wenn morgen die Vorräte aufgefressen sind, macht es ja keinen Spaß mehr."

Natürlich gehörte das Haus wohlhabenden Leipziger Bürgern, die geflohen oder eingeschüchtert waren, sodass man sich an ihrem Besitz bedenkenlos bedienen konnte.

Rosalie und Flori setzten sich auf die vom Feuer gerade noch beleuchteten Steinstufen, die zum Hofeingang des Hauses führten. Dort teilten sie Brot und Fleisch. Als der erste Hunger gestillt war, holte Flori einen Krug Bier.

Plötzlich wurde die Tür hinter ihnen aufgerissen und ein Soldat stolperte heraus. Nicht mehr ganz nüchtern.

„Die Schweden kommen!", brüllte er.

Panik brach im Hof aus, Männer schrien, Frauen kreischten und alle rannten oder torkelten durcheinander. Einer raffte die Reste des Schweins an sich und geriet sofort in Streit mit anderen, die die gleiche Idee gehabt hatten.

Dann flog die Tür hinter Rosalie und Flori wieder auf und weitere Soldaten stürmten hinaus. Sie begaben sich fast im Laufschritt zu den Pferdeställen, zogen ihre Tiere aus den Boxen und preschten davon.

Noch mehr Menschen quollen aus der Tür und redeten durcheinander. Rosalie hörte, „Pappenheim will sich doch nur wichtigmachen" und „wenigstens ist das Gesindel weg". Raues Gelächter folgte. Rosalie spitzte die Ohren. Irgendetwas war passiert.

Eine weitere Gruppe machte sich auf den Weg zum Stall. Wahrscheinlich Offiziere. Rosalie sah Goldstickereien blitzen, Degen klirrten, federgeschmückte Hüte wurden aufgesetzt.

Einer der Männer blieb auf der Treppe stehen und schaute sich suchend um. Sein Blick fiel auf Rosalie, obwohl die sich so eng an die Mauer gedrückt hatte, dass sie hoffte, unsichtbar zu sein.

„He, du da, such meine Braut Claire und sage ihr, dass ich bald wieder zurück bin. Und dass sie dann einen Helden ins Bett bekommt."

Er lachte laut und warf Rosalie eine Münze zu, bevor er seinen Kameraden folgte.

„Was willst du machen?", flüsterte Flori.

Rosalie schaute die Münze an. Es war Gold. Dafür konnte man schon eine Botschaft ausrichten, entschied sie. „Ich gehe ins Haus und du wartest hier."

Flori zog einen Flunsch.

Die schwere Tür war nur angelehnt. Rosalie drückte sie so weit auf, dass sie gerade hindurchpasste. Der glatt polierte Steinboden fühlte sich weich unter Rosalies nackten Füßen an. Die Wände waren bis zur Kopfhöhe mit dunklem Holz getäfelt. Kerzen in geschmiedeten Haltern beleuchteten den Gang. Rosalie blieb stehen und schaute sich mit offenem Mund um. In einem goldgerahmten hohen Spiegel sah sie sich selbst: Braune Augen, die aus einem hohlwangigen sonnengebräunten Gesicht leuchteten, umgeben von einer Mähne verfilzter Haare, die notdürftig durch ein um den Kopf geschlungenes Tuch gebändigt wurden. Ein viel zu weites Kleid, von dessen ursprünglicher Farbe vor lauter Flecken und Flicken nichts zu erkennen war, schlotterte um die knochige Figur.

Rosalie war fasziniert von dem Wandspiegel. Josefa besaß nur einen Handspiegel und der war auf einer Hälfte schon ganz blind. Trotzdem behandelte sie ihn wie eine Reliquie und ließ Rosalie nicht hineinschauen.

Da ging eine Tür am Ende des Ganges auf und ein Diener trat heraus. Als er Rosalie sah, machte er einige schnelle Schritte auf sie zu und hielt sie am Arm fest. „Pack dich wieder hinaus zu deinesgleichen."

„Ich soll der Braut eine Botschaft ausrichten."

Ohne seinen Griff zu lockern, marschierte der Mann mit Rosalie in den Saal, aus dem eine Musik kam, wie sie Rosalie noch nie gehört hatte. Wahrscheinlich musizierten so die Engel im Himmel. Sie konnte nur noch Kerzenleuchten und Goldgeflimmer sehen. Allerdings schienen auch hier die Menschen im Aufbruch begriffen zu sein.

Der Diener zerrte Rosalie an einem langen Tisch entlang. Schließlich blieb er stehen. Eine so kostbar ausstaffierte Dame hatte das Mädchen noch nie gesehen. Das Mieder, dessen Stoff unter den aufgestickten Perlen kaum zu erkennen war, wurde abgeschlossen durch ein Schultertuch aus glänzend weißer Seide. Eine schwere Goldbrosche hielt den Stoff so, dass man gerade die Rundung der Brüste erkennen konnte – fast ebenso weiß wie das Schultertuch.

„Was willst du?"

Rosalie riss ihren Blick von der glänzenden Brosche los und blickte in ein stark gepudertes Gesicht.

„Ihr Bräutigam lässt ausrichten, dass er bald wiederkommt – er will ein Held werden."

Die Dame schaute sie bewegungslos an. Rosalie erkannte eine Sommersprosse neben ihren rot geschminkten Lippen. War die echt oder aufgemalt? Wenn Josefa gute Laune hatte, dann putzte sie sich mit ihren schönsten Gewändern heraus, malte sich einen ähnlichen Fleck und stolzierte herum.

Ein älterer Mann, der neben der geschmückten Dame saß, wandte sich zu Rosalie. „Wo ist er?"

„Er war auf dem Weg zum Pferdestall."

Der Mann stieß einen Fluch aus. „Pack deine Sachen", sagte er zu der Braut, „wir müssen abreisen."

Angstvoll blickte ihn die junge Frau an. „Aber die unsrigen werden doch siegen?"

„Das ist alles andere als gewiss. Wenn wir hierblieben, könnten wir schnell in der Falle sitzen."

„Meine Dienerinnen", sie blickte sich suchend um.

„Die sind wahrscheinlich betrunken und liegen unter irgendwelchen Musketieren", sagte er, ohne auf das entsetzte Gesicht seiner Tochter zu achten. „Du da", er sah Rosalie an, „du hilfst ihr beim Packen."

Der Diener hielt sie fest. „Wenn du Ärger machst, breche ich dir den Hals wie einem Hühnchen", raunte er ihr zu.

Kapitel 15

Heute würde die große Schokoladen-Stunde der Ottilie Lieffenbruch schlagen. Bereits vor dem Frühstück stand die Zofe der Tuchhändlersgattin in der Küchentür und kündigte an: „Für heute Nachmittag benötigt unsere Herrin die Schokolade und die Süßigkeiten."

Rosalie wandte sich zum Koch, der am Herd in einem Rehragout rührte. Balthasar brummte nur „Weiberkram".

Die Aufgabe, das Reh möglichst schnell zu verarbeiten, hatte bewirkt, dass er seine leutselige Laune gründlich einbüßte. Glücklicherweise waren Rosalie und Anna bereits am Abend zuvor fleißig gewesen: Veilchen- und Rosenblüten hatten sie kandiert und Mandeltörtchen und Honigkuchen gebacken. Zusammen mit Nüssen und Rosinen brauchten sie diese schönen Dinge jetzt nur noch auf einer Servierplatte anrichten.

Als die Reste des Mittagsmahls der Lieffenbruchs entsorgt waren – in den Topf mit dem Essen für die Dienstboten –, machte sich Rosalie an die Zubereitung der Schokolade. Sie schüttete die Kakaobohnen in eine kleine Kupferpfanne und röstete sie auf dem Herd leicht an. Danach wanderten die braunen Bohnen in den Granitmörser. Rosalie setzte sich an den Küchentisch, zerrieb den Kakao und schnupperte dabei genüsslich den aufsteigenden Duft. Niemand störte sie dabei, denn Anna hatte sich in den Garten begeben, um frischen Löwenzahn und

Schnittlauch für das Abendessen zu holen, und Balthasar war schimpfend in den Stall gestürmt, um dem Küchenjungen wieder einmal seine Pflichten klarzumachen.

In der letzten Nacht waren Erinnerungen auferstanden, die Rosalie auf ewig begraben glaubte. Es hatte damals in Leipzig auch nach Schokolade gerochen, fiel ihr ein. Sie starrte in den Dampf, der von dem brodelnden Rehragout aufstieg.

Damals hatte Rosalie nur daran gedacht, wieder zu Bartel, Josefa und Flori zurückzukehren. Das war die einzige Familie, die sie kannte. Der Diener, der sie bedrohte, hatte mit Sicherheit Besseres zu tun, als sie ständig zu bewachen. Rosalie begleitete die Braut in ein Zimmer im ersten Stockwerk des Hauses. Der Raum war so vollgestopft mit Kleidungsstücken, Teppichen und Wohlgerüchen, dass sie kaum zu atmen wagte. Aus einem Nebenzimmer tauchte eine verhältnismäßig nüchterne Zofe auf. Die junge Braut setzte sich in den gepolsterten Sessel, der vor einer Frisierkommode stand, und ließ sich von der Zofe die Haare auflösen und bürsten. Die Dienerin ignorierte das Mädchen, das ihre Herrin mitgebracht hatte und das eher einer zerrupften Krähe als sonst irgendetwas glich. Nach einer Weile winkte die Dame Rosalie heran und befahl ihr, eine Karaffe Wasser zu holen. Als Rosalie mit dem zarten Glasgefäß die Treppe hinunterlief, war niemand zu sehen. Sie wusste, dass sie jetzt gehen konnte, wohin sie wollte. Ihre Füße fanden problemlos den Gang, der zur Hintertür führte. Die Pforte war verriegelt, aber Rosalie gelang es, sie lautlos zu öffnen.

Dann erstarrte sie. Flori war weg.

Rosalie setzte den Fuß auf die oberste Treppenstufe. Wo konnte der Junge sein? Wahrscheinlich war es ihm auf der Treppe zu langweilig geworden und er hatte sich auf den Heimweg gemacht. Aber wenn nicht? Sie hielt in der Bewegung inne.

Bartel würde sie erschlagen. Was Josefa tun würde, das wusste sie nicht, aber bei ihrem Mann war sie sich sicher. Wenn Flori etwas zugestoßen war, dann würde es Bartel nicht bei den üblichen Ohrfeigen oder Fausthieben belassen.

Ohne dass Rosalie es wollte, waren ihre nackten Füße schon wieder rückwärts über die Türschwelle getreten. Sie drückte die Tür von

innen ins Schloss. In dem großen Haus war es warm und hell und es
roch nach Essen. Es schien ein guter Platz zu sein. Das Mädchen
suchte die Küche und ließ die Karaffe mit Wasser füllen. Anschließend
ging sie wieder nach oben. Sie würde es mit einer neuen Herrschaft
versuchen.

Rosalie war so in ihre Erinnerungen versunken, dass sie über-
hörte, dass die Tür der Gaststube klappte. Kurz darauf wurde
die Küchentür von außen vorsichtig geöffnet und ein Mann
schaute herein.

„Was wünschen Sie?" Rosalie sprang auf und stellte den
Mörser mit einem Knall auf den Tisch. Was hatte der Arzt hier
zu suchen? Sie fühlte sich ertappt.

„Was machen Sie denn da?" Prätorius trat neugierig näher
und schnüffelte. „Schokolade?" Er lachte leise und zitierte:
„Durch den täglichen Genuss von Schokolade wird die Gesundheit wiederhergestellt und das Leben verlängert."

„Wo haben Sie das denn her?"

„Ein gewisser Doktor Béhérens, ein Leibarzt des französischen Kardinals Richelieu, schrieb das bereits vor zwanzig Jahren."

„Die Schokolade ist für Frau Lieffenbruch und ihre Gäste",
sagte Rosalie schnell. Sie nahm die abschließbare Schatulle aus
dem Regal, in der sie die Gewürze aufbewahrte, und suchte das
Papiertütchen mit der Vanilleschote und die trockenen Röll-
chen der Zimtrinde heraus. Dann setzte sie einen Kessel mit
Wasser auf den Herd.

„Was kann ich für Sie tun?", wiederholte die Wirtin zu Prätorius gewandt. Dieser gab keine Antwort, sondern stöberte
zwischen den Papiertütchen in der Gewürzschatulle herum.

„Pfeffer", sagte er plötzlich, „haben Sie keinen Pfeffer?"

Rosalie zog das gewünschte Tütchen heraus und überreichte
es dem Arzt.

„Eine kleine Prise davon sollten Sie in die Schokolade tun."

Rosalie entriss ihm den Pfeffer wieder. „Gott behüte! Ich möchte doch nicht, dass die Dame und ihre Gäste Feuer spucken."

„Das schmeckt gut, glauben Sie mir."

Rosalie sah ihn misstrauisch an.

„Wir machen zuerst für Sie eine Schokolade mit dem Pfeffer", sagte Prätorius versöhnlich, „und dann entscheiden Sie selbst, ob Sie die der Dame anbieten wollen."

„Unterstehen Sie sich", fauchte Rosalie, „diese Kakaobohnen gehören den Lieffenbruchs."

„Dann kaufe ich selbst ein paar Bohnen in der Apotheke und die bereiten wir dann gemeinsam zu."

„Aber ich kann doch nicht …"

Was der Arzt da vorschlug, erschien Rosalie einfach unmöglich. Sie sollte Schokolade trinken! Wie eine vornehme Dame! Was dachte sich der Mensch?

Jakob schlurfte in die Küche. Man sah ihm an, dass er noch keineswegs wieder gesund war. Rosalie befühlte sofort seine Stirn, auch wenn er die Augen verdrehte. Ihr war es egal, ob er sich in Gegenwart eines anderen Mannes bemuttert fühlte oder nicht. Erleichtert stellte sie fest, dass das Fieber gesunken war, und deshalb schickte sie ihn auch nicht sofort wieder ins Bett, sondern erlaubte ihm, sich auf die Küchenbank zu setzen.

„In der Gaststube steht ein Diener, der Sie sucht", sagte Jakob zu dem Arzt.

Prätorius eilte hinaus.

Anna kam zur Hintertür herein, stellte das Körbchen mit den Kräutern ab und füllte Jakob eine Schüssel mit dem Brei, der vom Frühstück übrig geblieben war. Rosalie schnüffelte noch einmal an den zerstoßenen Kakaobohnen und rührte sie dann zusammen mit Vanille, Zimt und Honig in das heiße Wasser. Der kleine Kupfertopf, in dem sie die Schokolade kochte, war ausschließlich für dieses süße Getränk reserviert. Allein schon bei dem Gedanken, Pfeffer hineinzutun, schüttelte es die Wirtin.

Inzwischen war die Zofe der Lieffenbruchs wieder erschienen. Sie stand in der Tür und trat von einem Fuß auf den anderen. „Die Damen warten."

Rosalie füllte die dampfende Schokolade in das Silberkännchen, das ihr die Zofe zuvor überreicht hatte und das mit seinem seitlichen Griff exotisch genug für dieses Getränk aussah. Mit einem hölzernen Quirl rührte sie die Flüssigkeit, bis der duftende Schaum den oberen Rand des Gefäßes erreichte. Dann stellte sie das Kännchen auf ein passendes Silbertablett und die Zofe trug die Schokolade feierlich die Treppe hinauf. Rosalie ergriff die Servierplatte, auf der Anna inzwischen die Süßigkeiten mit den kandierten Datteln und Nüssen sowie die kleinen Törtchen angerichtet und mit verzuckerten Rosen- und Veilchenblüten verziert hatte. Damit folgte sie der Zofe.

Im Appartement der Lieffenbruchs hatte es sich der Besuch gemütlich gemacht. Die Gastgeberin thronte in ihrem Bett. Es war die neueste Mode, seine Gäste auf diese Weise zu empfangen. Die kostbare Überdecke aus Samt hatte sie so arrangiert, dass man den Pelz sah, mit dem der Stoff gefüttert war. Auf der Bettkante saß eine Dame, die ungefähr im gleichen Alter war wie Ottilie Lieffenbruch. Gegen diese wirkte die Dame aber so unscheinbar wie ein Spatz neben einem Pfau. Rosalie nahm an, dass die Lieffenbruch genau wegen dieses Kontrastes die Besucherin auf den Ehrenplatz genötigt hatte. Denn die Dame, die gegenüber auf einem seidenbezogenen Sesselchen platziert war, hätte sie mühelos überstrahlt. Diana von Oberheim gehörte zu den Frauen, nach denen sich die Männer auf der Straße umsahen, und obwohl der landgräfliche Hof erst vor zwei Tagen angekommen war, redete man schon im ganzen Ort von ihrer Schönheit. Beide Damen, Franziska von Beulwitz-Drusingen auf der Bettkante ebenso wie die Baronin von Oberheim, gehörten zum Gefolge der Landgräfin.

Die Wirtin der ‚Vier Elstern' konnte sich beim besten Willen nicht vorstellen, durch welche Winkelzüge es Ottilie

100

Lieffenbruch geschafft hatte, die Edeldamen nicht nur kennen-zulernen, sondern auch noch einzuladen.

Nachdem Rosalie die Platte mit den Naschereien auf einem Tischchen abgesetzt hatte, knickste sie und wollte sich zurück-ziehen.

Ottilie Lieffenbruch hielt sie auf. „Weißt du, wo mein Gatte ist? Er sollte doch kommen und den Gästen seine Aufwartung machen."

Rosalie schüttelte den Kopf. Die Lieffenbruch entließ sie mit einer eleganten Handbewegung.

Kapitel 16

Für Simon Prätorius hatte dieser Tag gut begonnen. Sebastian hatte ihm gestern Abend erzählt, dass der neue Leibarzt des Landgrafen angekommen sei. Also konnte Prätorius davon ausgehen, dass die Verantwortung für die vergiftete Dame jetzt nicht mehr auf seinen Schultern lag. Er glaubte immer noch, dass jemand anderes der Hofdame helfen könnte. Der Diener, der den Arzt in den ,Vier Elstern' abgeholt hatte, führte ihn direkt ins Rothenburger Schlösschen und brachte ihn zur Kammer der Isabella von Hattenberg. Die Hofdame lag immer noch auf dem Bett. Allerdings nicht mehr bleich, blutleer und schwer atmend, sondern in ihr bestes Kleid gehüllt, sorgfältig geschminkt, frisiert und mit einem silbernen Kreuz zwischen den gefalteten Händen.

Sie war tot.

Prätorius hatte das Gefühl, als hätte man plötzlich alle Luft aus dem Raum gesaugt. So wie in den sonderbaren Experimenten, mit denen die modernen Physiker zu beweisen versuchten, dass es ein Vakuum gab. Er rang nach Atem.

Bevor er den Diener fragen konnte, was geschehen war, trat ein weiterer Besucher ins Zimmer. „Josephus Hirundulus, Leibarzt seiner landgräflichen Hoheit", stellte er sich vor.

Prätorius verbeugte sich.

„Sie sind Simon Prätorius?"

Der Fremde deutete eine Verbeugung an. „Ich wollte Sie eigentlich in meinem Quartier sprechen." Seine Stimme klang so quäkend und wichtigtuerisch wie die eines Erpels, der gerade in seinen Teich steigt. „Der Diener hat meine Anweisungen nicht befolgt", fuhr Hirundulus fort und warf einen wütenden Blick auf den Lakaien, an dem dieser Vorwurf abzuprallen schien.

„Wann ist sie gestorben?" Prätorius schaffte es nicht, in Gegenwart der toten Hofdame über solche Lappalien wie die Unzuverlässigkeit von Dienstboten zu plaudern. Hirundulus warf nur einen gleichgültigen Blick auf die Tote. „Ich nehme an, heute Nacht. Als ich sie gestern am späten Abend zu Gesicht bekam, wusste ich gleich, dass man nichts mehr für sie tun konnte."

Er hat es nicht einmal versucht, dachte Prätorius. Er erinnerte sich an die ungeschriebene Regel: Wenn du einen Kranken nicht heilen kannst, dann lasse besser ganz die Finger davon. Der Ruf eines Arztes wurde nur durch die genesenen Patienten besser.

„Ich habe erfahren, dass Sie bisher die Aufsicht über die Behandlung der Dame hatten", sagte Josephus Hirundulus. „Das ist sehr dankenswert." Er blickte sich um. „Der Geistliche wird gleich kommen und seine Gebete sprechen."

Prätorius warf noch einen letzten Blick auf das weiße, abgezehrte Gesicht der Isabella von Hattenberg. Dann ließ er sich von Hirundulus auf den Flur bugsieren. Nachdem er nicht mehr die Tote vor Augen hatte, konnte Prätorius den Arzt aus Rheinfels genauer betrachten. Josephus Hirundulus war klein und schmächtig, bemühte sich jedoch um ein gewichtiges Auftreten. Die dunkle Kleidung war so kostbar, wie es sich gerade noch mit seinem Stand vereinbaren ließ. Der schwarze Rock glänzte wie Seide und auch die Strümpfe schienen aus feiner Seide zu bestehen. Der üppig mit kostbaren Spitzen verzierte Hemdkragen war frisch gebleicht und am kleinen Finger der linken Hand trug Hirundulus einen auffälligen, mit funkelnden Steinen besetzten Goldring. Er begleitete Prätorius auf die Balustrade, die im ersten Stock den Innenhof des Schlösschens auf zwei Seiten umschloss. „Wie Sie sicherlich erfahren haben, bin ich in Vertretung des erkrankten Leibarztes des Landgrafen hier. Da sich dieser Kollege bereits in einem recht vorgerückten Alter befindet, werde ich voraussichtlich dauerhaft die Verantwortung für die Gesundheit des landgräflichen Haushalts tragen." Er räusperte sich. „Sie werden sicher froh sein, sich wieder voll und ganz Ihren Verpflichtungen gegenüber dem Grafen von Eenvelde widmen zu können."

Prätorius verstand, was Hirundulus damit sagen wollte. Er wurde hier nicht mehr gebraucht. Dagegen hatte er im Grunde nichts einzuwenden, aber er fragte sich, ob der neue Arzt die mögliche Tragweite dieses Vergiftungsfalls begriff.

„Was gedenken Sie in der Sache der Edeldame zu unternehmen? Planen Sie, sie zu obduzieren?"

Hirundulus machte eine abwehrende Bewegung. „Ich kann mir nicht vorstellen, wozu das gut sein sollte. Ich weiß, dass Sie von der Universität in Leiden kommen, da ist es vielleicht üblich, seine persönliche Neugier auch an hochgestellten Patienten zu befriedigen. Aber ich sehe hier wirklich keine Veranlassung ..."

„Die Todesursache ...", begann Prätorius.

Der neue Leibarzt unterbrach ihn sofort, „ist eine Vergiftung, welche die Dame sich selbst zugefügt hat. Und warum sie das getan hat, das ergibt sich ja geradezu zwingend aus der Art des verwendeten Giftes." Er senkte die Stimme zu einem Flüstern. „Es ist am besten, wenn wir diese ganze Geschichte auf sich beruhen lassen. Möge Gott ihrer armen Seele gnädig sein."

Damit ließ Hirundulus Prätorius stehen.

Der Lakai öffnete kurz darauf die Zimmertür der Dame für einen Messdiener, der eine Kerze und ein Gebetbuch trug.

Prätorius wartete nicht, bis er wieder herauskam. Langsam ging er die geschwungene Steintreppe des Schlösschens hinab.

So, wie es aussah, war er der Einzige, den der Tod der Hofdame in Besorgnis versetzte. Sämtliche Beteiligten würden sich bemühen, nichts über die Todesursache der Edeldame an die

Öffentlichkeit dringen zu lassen. Schließlich besaß Isabella eine Familie, die nicht kompromittiert werden sollte.

Prätorius musste zugeben: Alles deutete auf eine Vergiftung der Hofdame mit Sadebaum hin. Zwar waren Übelkeit, Erbrechen, Magenschmerzen und Durchfälle für sich betrachtet nicht selten und die Begleiterscheinungen einer ganzen Reihe von Krankheiten. Die nachfolgenden Bewusstseinsstörungen und Ohnmachten sowie der Blutverlust und der relativ schnell eintretende Tod machten jedoch jedem klar, dass es sich um etwas handelte, das schwerer wog als ein verdorbener Magen. Und da Sadebaum als Mittel für Abtreibungen weithin bekannt war, lag der Schluss natürlich nahe.

Prätorius bezweifelte das trotzdem. Er hatte Isabella kennengelernt. Sie wusste nicht, dass sie Gift geschluckt hatte, davon war er überzeugt. Selbst als sie schon sehr krank war, hatte sie noch mit ihm gescherzt. „Andere fahren hierher, um ihre Magenbeschwerden loszuwerden, und ich handle mir welche ein."

Der Arzt blieb auf der Treppe stehen und schlug mit der offenen Hand auf das Geländer. Es war ihm nicht möglich, die Sache einfach auf sich beruhen zu lassen. Obwohl er sich dabei fühlte wie jemand, der das Messer in seiner Wunde herumdreht. Er hieb noch einmal mit der Faust aufs Treppengeländer, dann wandte er sich um und stieg die Stufen wieder hinauf. Er würde mit dem Landgrafen sprechen.

„Nein", sagte Ernst von Hessen-Rheinfels. Er blickte von seinen Händen auf, die er über einem Stapel dicht beschriebener Pergamente gefaltet hatte, und fixierte Prätorius mit seinen dunklen Augen.

„Es ist mir klar, dass pietätlos ist, was ich vorschlage", beharrte Prätorius, „aber es würde uns Gewissheit verschaffen." Er hatte sich kurz entschlossen zu einer Audienz angemeldet und war überrascht, wie schnell er vorgelassen wurde. Einer der Schreiber hatte das herrschaftliche Arbeitszimmer verlassen, ein anderer war hineingeeilt und hatte kurz darauf den Arzt ins Zimmer gebeten.

Wie das ganze Schlösschen war auch der Arbeitsraum des Grafen schlicht eingerichtet. Der Blick des Besuchers fiel sofort auf ein hölzernes Kruzifix, das über dem Schreibtisch hing, und Prätorius fragte sich unwillkürlich, ob die Gerüchte zutrafen, dass der junge Landgraf mit dem Katholizismus sympathisiere.

„Ich werde eine Obduktion nicht genehmigen", wiederholte der Herr. Er griff nach der Glocke auf seinem Schreibtisch.

Die Unterredung war beendet und einer der Schreiber hielt die Tür auf. Prätorius verbeugte sich. Er hatte ohnehin wenig Hoffnung gehabt, dass der Landgraf ihm erlauben würde, die Leiche der Isabella von Hattenberg zu öffnen. Aber er wollte zumindest gefragt haben.

Eine Obduktion hätte klären können, ob die Hofdame wirklich schwanger war. Wenn sie es nicht war, dann gäbe es für sie keinen Grund, Sadebaumtinktur einzunehmen. Prätorius blieb mitten im Vorzimmer stehen. Wenn er die Sache bis zu diesem Punkt durchdachte, dann drängte sich der Schluss auf, dass jemand die Hofdame vergiftet hatte. Aber warum? Hier versagte seine Vorstellungskraft. Aus welchem Grund sollte jemand eine Hofdame umbringen, die weder über Vermögen noch über einen nennenswerten Einfluss verfügte. Nach allem was Prätorius wusste, stammte Isabella von Hattenberg aus einer unbedeutenden Familie, die außer einer halb verfallenen Burg in Nordhessen nichts besaß.

Neben der Küche des Schlosses lagen die Räume, in denen sich die Dienstboten versammelten, die gerade von den Herrschaften nicht gebraucht wurden, und hier hoffte Prätorius die Zofe der Isabella zu finden. Ein alter Lakai holte ihm das Mädchen.

Bei seinen Besuchen am Krankenbett hatte er immer nur ihre weit aufgerissenen und verweinten Augen wahrgenommen. Als er die Zofe nun bewusst anschaute, wurde ihm klar, wie kindlich sie noch war. Kaum älter als zwölf oder dreizehn

Jahre, schätzte der Arzt, als das rundliche Ding mit dem Trauerflor am Ärmel auf den Flur trat.

„War deine Herrin schwanger?" Er hatte sich dafür entschieden, gleich auf den Punkt zu kommen. Die üblichen Umschreibungen würden dieses unerfahrene Wesen nur verwirren. Das Mädchen wurde noch blasser und schüttelte heftig den Kopf.

„Isabella von Hattenberg muss während ihrer Krankheit starke Blutungen gehabt haben", sagte Prätorius, „hat sie darüber etwas gesagt?"

„Sie sagte, dass das nicht normal sei." Die Stimme der Kammerzofe war fast unhörbar. „Aber sie hatte ja auch Durchfall und Erbrechen und überall war Blut!", sie schluchzte.

Prätorius wartete, bis sie sich etwas beruhigt hatte, bevor er weiterfragte. „Hast du ihr in den letzten Tagen etwas zum Essen oder zum Trinken gebracht, das nicht aus der Küche kam?"

Die Zofe schüttelte heftig den Kopf.

„Aber die Dame hat sicher auch andere Dinge zu sich genommen. Was ist mit Elixieren, Schönheitstränken, Likören und so weiter?"

Das Mädchen kroch in sich zusammen. „Ich kenne mich mit solchen Sachen gar nicht aus. Ich bin erst seit drei Monaten in ihren Diensten."

„Hast du für deine Herrin in der letzten Zeit etwas aus der Apotheke besorgt?"

„Nein."

Prätorius ging zusammen mit der Zofe in Isabellas Zimmer. Der Geistliche war inzwischen wieder verschwunden, aber die Kerze brannte mit unbewegter Flamme neben dem Kopfende des Bettes. Die Zofe schluchzte auf. Es kam Prätorius plötzlich wie eine Entweihung vor, in Gegenwart der Toten in ihren Sachen herumzustöbern. Er musste sich immer wieder vor Augen halten, dass seine Nachforschungen berechtigt waren, da sie ja letzten Endes dazu dienen sollten, die wahren Gründe für den Tod der Dame herauszufinden. In dem winzigen Raum sah es erstaunlich ordentlich aus. Prätorius legte der Zofe die Hand auf die Schulter und versuchte behutsam, ihre Gedanken auf ein anderes Thema als ihre tote Herrin zu lenken. „Hast du nach Isabellas Tod aufgeräumt?"

Die Zofe nickte und schniefte.

Auf dem zierlichen Tisch waren Fläschchen und Tiegelchen in einer Reihe aufgestellt. Prätorius konnte sich gut daran erinnern, dass Frederika ein ähnliches Sortiment besessen hatte. Daneben stand eine Dose mit kandierten Mandeln.

„Woher hat sie das?"

Die Zofe zuckte mit den Schultern.

„Gab es einen Herrn, mit dem sich deine Herrin getroffen hat?" Die Zofe machte große Augen. „Aber nein, natürlich nicht."

Eine offene Kassette mit dem Schmuck der Isabella stand ebenfalls auf dem Tisch. Wenige und nicht besonders wertvolle Stücke. Nichts, was auf den ersten Blick herausstach oder für die Hofdame einer Landgräfin unpassend gewesen wäre. Prätorius fragte sich, wie wohl das Geschenk eines Liebhabers aussehen würde. Das hinge vom Liebhaber ab, dachte er dann und klappte das Kästchen entmutigt zu. Auch die Truhe mit den Kleidern verhalf ihm zu keinen weiteren Erkenntnissen. Als er das Zimmer verließ, war er um nichts klüger als zuvor.

Kapitel 17

Nach seinem Aufenthalt im Schloss brauchte Simon Prätorius dringend frische Luft. Er verließ den Hof, nickte den Wachen am Tor zu, wandte sich dann nach links und folgte der schmalen Straße, die an der Seite des Schlosses bergab führte. In diese Richtung war er bisher noch nie gegangen. Hier stand die kleine Kirche, die so weit in die Gasse hineinragte, dass ein voll beladenes Fuhrwerk sicherlich nur schwer an ihr vorbeikam. Hinter der Kirche wurde die Straße wieder breiter und traf im spitzen Winkel auf den Bach, der aus der Richtung des Brunnens kam. Die bemalten Balken der Fachwerkhäuser leuchteten im Sonnenlicht in Dunkelrot und Blau. Ein Knecht führte zwei gesattelte und gezäumte Pferde vorbei. Hinter einer offenen Tür hörte man eine Frauenstimme singen.

Die ganze friedliche und heitere Stimmung dieses Tages drang jedoch nicht zu Prätorius durch, er fühlte sich wie unter einer dicken grauen Wolke. Zwar sagte er sich immer wieder, dass er alles getan hatte, was möglich war – und bei einer Vergiftung mit Sadebaum gab es nicht viele Möglichkeiten –, aber das Schuldgefühl blieb. Er hatte wieder einmal eine Frau verloren, die auf sein medizinisches Können vertraute.

Hinter den letzten Häusern des Oberfleckens schlängelten sich Straße und Bach zwischen Obstgärten auf das eigentliche Dorf Langenschwalbach zu, den Unterflecken, an dessen Ende wie ein Ausrufezeichen ein unverhältnismäßig hoher Kirchturm aufragte. Anders als die Häuser im Oberflecken, denen man ansah, dass sie dazu gebaut waren, wohlhabende und anspruchsvolle Gäste zu beherbergen, wirkten die Gebäude in der Unterstadt schlichter. Ihre Dächer waren mehrheitlich mit Stroh und nicht mit dem teuren Schiefer gedeckt. Hier wohnten die Bauern, Wollweber und Schafzüchter, die dem Ort schon zu einem bescheidenen Wohlstand verholfen hatten, bevor sich die elegante Welt um das Sauerwasser riss.

Die Häuser auf der rechten Seite der Straße waren nur über mehr oder minder schmale Stege zu erreichen, die den Bach, der die Straße begleitete, überspannten. Bei vielen dieser Gebäude handelte es sich um Schenken. Prätorius konnte sich lebhaft vorstellen, was passierte, wenn ein bezechter Gast mitten in der Nacht versuchte, solch einen geländerlosen Steg zu überqueren.

Das Gasthaus ‚Zum Bären' lag auf der linken Straßenseite, hier würde man sich betrinken können, ohne Gefahr zu laufen, auf dem Heimweg im Bach zu landen. Das ‚Bären' gehörte zu den vornehmeren Gasthäusern dieses Ortsteils und beherbergte jene Gäste, die vor allem die nahe gelegenen Badehäuser am Brodelbrunnen nutzen wollten oder denen es in der Oberstadt zu neureich zuging.

Spontan beschloss Prätorius, sich nach seinem holländischen Freund zu erkundigen. Er trat in die Gaststube und fragte nach Heinrich Cuculus. Eine adrett gekleidete Magd schickte ihn in das oberste Stockwerk.

Hier gab es nicht so prunkvoll gestaltete Räume wie in der ersten Etage des Hauses. Die Decken waren niedrig und die schrägen Wände bedrohten jeden, der nicht aufpasste, mit Kopfnüssen.

„Dafür hat man hier oben seine Ruhe", sagte Cuculus.

Der Anatom zeichnete mit sorgfältigen Federstrichen die Blüten und Früchte von Apfelbäumen. Er arbeitete zurzeit daran, einen zuverlässigen Schlüssel zu entwickeln, wie man die einzelnen Sorten anhand der Blüten unterscheiden konnte.

Prätorius erinnerte sich, dass Cuculus von diesem Projekt bereits geredet hatte, als er noch in Leiden lehrte.

Bevor Cuculus vom Tisch aufstand, steckte er den Blütenzweig, den er abgezeichnet hatte, wieder sorgfältig in den Wasserkrug vor dem kleinen Fenster. Prätorius sah, dass hier noch mehr Zweige warteten. Jeder mit einem Zettel versehen, auf dem Sorte und Fundort vermerkt waren.

Cuculus begrüßte seinen Freund herzlich. Die kleine Meinungsverschiedenheit vom gestrigen Abend schien er vergessen zu haben.

„Isabella von Hattenberg ist heute Nacht gestorben", sagte Prätorius.

Cuculus runzelte mitfühlend die Stirn. Er ahnte, was das für den Freund bedeutete. Er legte Prätorius die Hand auf die Schulter. „Eine Patientin zu verlieren ist immer hart."

Einige Minuten schwiegen die beiden Männer.

„Es ist Zeit für mich, meine Trinkkur fortzusetzen", sagte Cuculus schließlich, „zu diesem Zweck wollte ich gerade zum Brunnen gehen."

Prätorius nickte. Ihm war es gleich, wo sie hingingen.

Als sie die Stiege in das erste Stockwerk hinuntergeklettert waren, deutete Cuculus mit dem Kopf auf eine der geschnitzten Türen, die hier von dem Gang aus in die Zimmer führten. „Wenn Sie einmal zu viele Goldstücke haben sollten, dort ist man Ihnen gerne beim Ausgeben behilflich."

Nachdem Prätorius ihn nur verständnislos ansah, fügte er hinzu: „Hier wohnt die Dame Athenais, über die sich ganz Langenschwalbach das Maul zerreißt – sagen Sie bloß, Sie haben noch nicht von ihr gehört?"

Prätorius zuckte mit den Schultern. „War wohl mit den Gedanken woanders."

Die warme Maisonne hatte den Tau, der in der Nacht gefallen war, längst verdunsten lassen und die Reiter und Fuhrwerke auf der Straße wirbelten leichte Staubfahnen auf. Wortlos wanderten die beiden Männer nebeneinander her. Prätorius war mit seinen Gedanken immer noch bei der vergifteten Edeldame und Cuculus genoss die Sonne und störte ihn nicht.

Am Weinbrunnen herrschte reger Betrieb. Die Musikanten des Grafen von Eenvelde spielten wieder auf und eine dichte Traube von Zuhörern hatte sich gebildet – einige tanzten sogar. Brunnenburschen waren mit Wasserbechern unterwegs und zu allem Überfluss drängte sich noch eine Gruppe von Kavalieren zu Pferd durch die Menge. Lärm und Heiterkeit sorgten dafür, dass Prätorius' Laune noch schlechter wurde. Einen Lakaien, der ihn versehentlich anrempelte, knurrte er an und eine Magd, die gerade eine Karaffe für ihre Herrin füllen wollte, wich vor seinem düsteren Gesichtsausdruck zurück. Cuculus marschierte zielsicher durch das Gewirr der schwatzenden, lachenden und flirtenden Kurgäste zum Brunnen. Prätorius sah keine Veranlassung, ihm dorthin zu folgen, und spazierte einige Schritte den Weg hinunter in Richtung Wald.

„Was ist denn vom ärztlichen Standpunkt aus über das Wasser zu sagen?"

Prätorius schaute sich um. Auf einer Steinbank saß ein Herr und prostete ihm mit einem Silberbecher zu. „Ich hoffe, es hilft wirklich, denn obwohl die Quelle Weinbrunnen genannt wird, schmeckt mir der richtige Wein doch wesentlich besser."

„Woher wissen Sie, dass ich Arzt bin?"

„Das spricht sich herum."

Prätorius verbeugte sich stumm.

„Sie gehen im Schloss des Landgrafen ein und aus."

Keine Frage, sondern eine Feststellung. „Ich hoffe, niemand ist dort ernsthaft erkrankt."

Prätorius verbeugte sich erneut. Er sah keine Veranlassung, sich aushorchen zu lassen.

„Setzen Sie sich doch."

Prätorius blieb stehen. Zwar herrschten in Kurorten allgemein lockere Sitten, doch bevor er sich zu ihm setzte, wollte er wissen, um wen es sich bei diesem gut informierten Herrn handelte. Vom Aussehen tippte der Arzt auf einen Stutzer.

Einen wohlhabenden adligen Stutzer, das sagten ihm die Schärpe aus roter Seide und der üppig mit Brüsseler Spitzen verzierte Kragen. Die silberblond glänzenden Locken des Herrn lagen in so regelmäßigen Wellen, dass man davon ausgehen konnte, dass sie heute schon einen Barbier gesehen hatten. Ebenso wie der sorgfältig gestutzte und gezwirbelte Schnurrbart.

„Ich vergaß, mich vorzustellen." Der Fremde verbeugte sich im Sitzen leicht vor dem Arzt. „Edvin Aelluen, Baron von Sønderham."

Prätorius stellte sich seinerseits vor als Leibarzt des Grafen von Eenvelde.

„Ich komme vom gräflichen Hof in Eschwege", erzählte der Baron. „Als Haushofmeister der nunmehrigen Landgräfin Eleonora Katharina bin ich vor einigen Jahren aus Schweden herübergekommen."

Prätorius wusste, dass die Schwester des schwedischen Königs ziemlich einsam in Eschwege sein musste, zumal ihr Ehegatte, Landgraf Friedrich, der Bruder des hiesigen Landgrafen, mehr Zeit auf diversen Kriegszügen verbrachte als zu Hause.

„Sie besuchen Ernst von Hessen-Rheinfels?"

Edvin Aelluen schüttelte lächelnd den Kopf. „Nein, das würde ich mir nicht anmaßen, ich bin ein ganz gewöhnlicher Kurgast." Er legte eine Hand in die Magengegend und erklärte, dass ihm vor Jahren bei einem Bankett Gift verabreicht worden sei. „Seither ist mein Magen nicht mehr der Alte."

Prätorius setzte sich neben den Baron auf die Steinbank. „Dann sind Sie hier am rechten Ort, nach allem, was man über die Heilerfolge dieses Brunnens hört."

„Ich hoffe, dass das Wasser auch bei mir seine Wirkung tut."

Aelluen nahm einen tiefen Schluck aus seinem Becher. „Sie sind kein Holländer?"

Prätorius nickte. „Aber ich habe viele Jahre in Leiden gelebt. Zuletzt hatte ich einen Lehrstuhl an der dortigen Universität."

„In Medizin natürlich."

Prätorius wusste nicht genau, warum ihm dieses Gespräch unangenehm war. Eigentlich hätte er sich durch die Aufmerksamkeit eines so hochstehenden Mannes geschmeichelt fühlen sollen, aber er fragte sich die ganze Zeit, wodurch er diese Aufmerksamkeit erregt haben mochte.

Neben Aelluen erschien ein Diener mit einem reich verzierten Silbertablett, auf dem ein weiterer Becher Brunnenwasser stand. Der Diener beugte sich so weit hinunter, dass der Baron bequem die beiden Becher austauschen konnte.

„Sie sprechen nicht dem Wasser zu?"

„Ich bin nicht hier, um eine Kur zu machen."

Aelluen nickte und schlürfte sein Wasser. Als der Becher leer war, beugte sich der Lakai wieder vor und sein Herr stellte das leere Gefäß auf das Tablett. Unvermittelt erhob sich Aelluen dann und verschwand im Gebüsch.

Prätorius blieb alleine auf der Bank sitzen. Die Zeit der Trinkkur war inzwischen vorbei, die Kurgäste hatten den Brunnen verlassen und gingen ihren anderweitigen Zerstreuungen nach. Statt der Musik hörte man das Zwitschern der Vögel, die Unterhaltungen der Brunnenburschen und das Knirschen des Kieses, als der Lakai des Barons von Sønderham davonging. Sein Herr war verschwunden. Offensichtlich wollte er die Unterhaltung, die er begonnen hatte, nicht fortsetzen.

Cuculus kam herbei und verabschiedete sich von Prätorius. Er wollte in der Apotheke Sepia kaufen, die er zum Zeichnen benötigte. Der Arzt streckte die Beine aus und schloss die Augen. Er öffnete sie erst wieder, als er laute Rufe am Brunnen hörte. Die Musikanten hießen jubelnd einen Burschen willkommen, den sie losgeschickt hatten, damit er ihnen einen Krug Wein holte. Offensichtlich konnten sie dem vielgerühmten Wasser nichts abgewinnen. Sie setzten sich im Schatten des Blätterdachs auf die halbkreisförmige Bank und ließen den Krug zwischen sich hin- und herwandern.

Plötzlich ertönten unbeholfene Schritte auf dem Kies. Jemand kam den breiten Weg von der Straße herabgestolpert und fiel fast über das Geländer in die kreisförmige Brunnenanlage.

Schwankend versuchte der Baron von Gnekow das Gleichgewicht wiederzugewinnen. „Treuloses Frauenzimmer. Sie hat mich weggeschickt."

Er blickte sich mit glasigen Augen um und steuerte dann auf die Bank zu, auf der Prätorius saß. Ohne um Erlaubnis zu fragen, ließ er sich neben ihn fallen und verströmte aus allen Poren Branntweindunst. Eine Weile saß der Herr von Gnekow bewegungslos, dann zog er mit einer langsamen Bewegung seinen Degen, drehte ihn um und setzte sich selbst die Spitze an die Kehle. Bevor er zustoßen konnte, schlug Prätorius den Stahl zur Seite und hielt das Handgelenk des Barons fest. „Was tun Sie da?"

Der Brunnenaufseher eilte herbei. Er hatte neben der Aufgabe, die Brunnenburschen zu überwachen und die Einnahmen abzurechnen auch die Pflicht, am Brunnen für Ordnung zu sorgen – und die nahm er ernst. „Er darf überhaupt nicht bewaffnet hierherkommen. Das ist ein klarer Verstoß gegen den Burgfrieden!" Der Brunnenaufseher war ganz rot im Gesicht.

„Jetzt muss ich den Büttel rufen."

Der Baron saß teilnahmslos mit gesenktem Kopf da.

„Kann man das nicht gütlich regeln?", fragte Prätorius. „Der Mann hat niemanden angegriffen und er ist schwer betrunken. Ich glaube nicht, dass er weiß, was er tut."

Der Aufseher schüttelte stur den Kopf. „Gesetze sind dazu da, dass man sie einhält."

Prätorius wusste, dass er hier in eine ernste Angelegenheit hineingeraten war. Dieser sogenannte Burgfrieden, ein Gesetz, das bereits der Vorgänger des jetzigen Landgrafen erlassen hatte, verbot den Gästen das Waffentragen im gesamten Kurbereich und bedrohte Unruhestifter mit dem Abschlagen der rechten Hand und mit hohen Geldstrafen. Eigentlich fand Prätorius dieses Gesetz in den heutigen Zeiten gut und richtig, aber in diesem speziellen Fall wollte er es doch nicht angewendet sehen. Er nahm zwei Goldstücke aus seinem Beutel. „Ich versichere Ihnen, niemand wird Ihnen einen Vorwurf machen, wenn Sie den Mann gehen lassen."

Der in grobe Leinwand gekleidete Brunnenaufseher starrte begehrlich die beiden Goldstücke an. Dann blickte er wieder auf den Baron von Gnekow, der kurz davorstand, von der Bank zu rutschen.

„Nun gut", er griff nach den Goldstücken, „dieser Herr ist nicht bei Sinnen, aber er sollte seinen Degen ganz weit wegpacken und bis zu seiner Abreise nicht wieder hervorholen."

„Ich werde dafür sorgen", versicherte Prätorius. Er klemmte den Degen unter den Arm und winkte den zechenden Musikern, die ohnehin gespannt dem Wortwechsel mit dem Brunnenaufseher gelauscht hatten. „Wenn Ihr mir helfen wollt, ihn in seine Unterkunft zu bringen, dann soll es euer Schaden nicht sein. Dort, wo er wohnt, haben sie einen guten Schoppen. Ich gebe euch einen aus."

Der alte Lautenspieler, der der Wortführer der Gruppe zu sein schien, schlürfte den Rest aus dem Krug und stellte ihn auf die Steinbank. „Das lässt sich hören", sagte er und stand auf.

„Wenn sich das nicht nur hören, sondern auch trinken lässt, dann bin ich dabei", sagte der Fiedelspieler in der pflaumenblauen Hose und folgte ihm. Der Dritte im Bunde trottete wortlos hinterher.

Als die vier Männer den nahezu besinnungslosen Grafen polternd durch den Eingang der ‚Vier Elstern' bugsierten, kam Rosalie aus der Küche. Durch die offene Tür sah man Friedrich am Tisch sitzen und Hafergrütze löffeln. Als er seinen Herrn erblickte, der wie ein nasser Sack von den Musikern hereingeschleppt wurde, blieb ihm der Mund offen stehen. Rosalie überredete die Männer, den Grafen die beiden Treppen hinauf in sein Zimmer zu schaffen.

Nachdem sich die Musikanten mit einem Krug von Rosalies starkem Rotwein in die Gaststube verzogen hatten, trat Prätorius auf die Wirtin zu und reichte ihr den Degen des Grafen. „Am besten, Sie schließen ihn irgendwo ein."

Rosalie wurde blass, als sie die Waffe sah. „Er hat doch nicht etwa …"

Prätorius nickte.

„Ich werde den Degen verwahren und ihn erst bei der Abreise des Barons wieder herausgeben", versprach Rosalie. Der Arzt wusste, dass sie damit auch gleichzeitig sichergestellt hatte, dass der Graf bei der Abreise seine Rechnung bezahlen würde. Falls er einfach verschwand, dann könnte sie den Degen als Pfand behalten. Griff und Stichblatt der Waffe waren mit feinen, goldeingelegten Ornamenten verziert. Ein wertvolles Familienstück, das niemand ohne Not hergab.

„Bleiben Sie doch zum Mittagessen", sagte sie und lächelte Prätorius an. „Wir haben einen schönen Gänsebraten."

Der Arzt schüttelte den Kopf. Er hatte keinen Appetit. Die Geschichte mit der toten Hofdame lag ihm immer noch im Magen und auf der Seele.

Kapitel 18

Der kleine Hund begann sofort seine Pfote zu lecken, nachdem Prätorius die Operation beendet hatte. Diana von Oberheim, die das Malteserhündchen auf dem Arm hielt, seufzte erleichtert auf. Sie hatte den Arzt, den sie von seinen Besuchen bei Isabella von Hattenberg kannte, kurz entschlossen auf der Straße angesprochen. Ein Zeichen dafür, wie verzweifelt sie gewesen war, als sie sich mit ihrer Zofe und dem humpelnden Hündchen auf dem Rückweg zum Schloss befand. Das Lieblingstier der Landgräfin war an der Pfote verletzt und die Hofdame fürchtete einen Verweis wegen ihrer Unaufmerksamkeit.

Prätorius hatte Diana von Oberheim zuerst ungläubig angesehen, als sie ihm von ihren Nöten erzählte. Sollte er jetzt etwa Tiere behandeln? Demnach war er im Ansehen des Hofes wirklich sehr tief gesunken.

Aber das Hündchen sollte nicht darunter leiden, entschied er. Daher führte der Arzt Diana von Oberheim und ihre Zofe in sein Quartier und untersuchte die Pfote. Offensichtlich hatte sich der Hund etwas in den Ballen getreten. Prätorius griff zu einer Pinzette und bat die Dame, das Tier festzuhalten.

„Ist der Dorn ganz herausgekommen?"

Prätorius hielt die Pinzette gegen das Licht.

„Das ist kein Dorn", meinte er. „Sieht eher aus wie ein Glassplitter."

„Oh, dann hat er sich den wohl in den Gemächern der Herrin eingetreten", sagte Diana und der Arzt sah sie fragend an.

„Es war ein dummer Unfall", erzählte sie. „Der Haushofmeister ließ uns vorgestern Abend, gleich nach unserer Ankunft, durch einen Diener Wasser vom Weinbrunnen bringen. Er hatte gehört, dass die Landgräfin schon ganz begierig darauf war, das vielgerühmte Sauerwasser endlich zu probieren. Leider wurde nichts daraus." Diana seufzte. „Der Diener stellte die Glaskaraffe auf ein niedriges Tischchen gleich neben der Tür. Franziska von Beulwitz-Drusingen – die Gute sieht schlecht – stieß kurz darauf just gegen dieses Tischchen. Die Karaffe ist heruntergefallen und auf dem Parkettboden in tausend Stücke zersprungen. Eine riesige Wasserlache gab es noch obendrein."

Prätorius nickte verständnisvoll.

„Unsere Mägde haben das Wasser zwar aufgeputzt, aber sie sind einfach zu faul, um richtig sauberzumachen – obwohl ich sie extra angewiesen habe, gründlich zu sein." Diana von Oberheim schaute den Arzt von der Seite an. „Besonders ärgerlich war, dass wir nicht das Wasser verkosten konnten, auf das wir so gespannt waren. Isabella von Hattenberg – Gott hab sie selig – machte sich noch lustig über uns, weil sie als Einzige Wasser bekommen hatte. Sie erzählte, dass sie dazugekommen sei, als der Diener die Karaffe aus dem Keramikkrug gefüllt hat, mit dem er beim Brunnen war. Der Krug fasste mehr Wasser, als in die Karaffe hineinging. Isabella schwatzte dem Diener den Rest aus dem Krug ab und hat ihn aus Neugier auch gleich getrunken. Wir anderen mussten uns gedulden, bis eine Zofe frisches Wasser geholt hatte." Diana von Oberheim lachte. „Aber das war es wert – ich hätte nicht gedacht, dass Wasser so eigenartig schmecken kann." Sie blinzelte Prätorius zu. „Glücklicherweise bin ich gesund und muss keine Kur machen."

Der kleine Hund auf dem Arm der Hofdame strampelte. Er wollte wieder auf den Boden gesetzt werden. „Bekommt er noch einen Verband?"

Prätorius schüttelte den Kopf. Das lohnte sich nicht. Die Wunde hatte nicht einmal geblutet und die kleine Entzündung würde, nachdem der Splitter entfernt war, von selbst verschwinden. Diana bedankte sich und Sebastian begleitete sie nebst Zofe hinaus.

Der Arzt lehnte sich in seinem Sessel zurück. Er fühlte sich ausgelaugt. Als ihm die Hofdame auf der Straße zugerufen hatte, sie hätte einen Patienten für ihn, da wäre er fast in Panik geraten. Er hatte geglaubt, es gäbe einen weiteren Vergiftungsfall.

„Soll ich das wegwerfen?" Sein Diener war wieder hereingekommen und deutete auf den winzigen Glassplitter, den Prätorius auf die polierte Schreibtischplatte gelegt hatte. Der Arzt nickte. Was sollte er mit einem Glassplitter anfangen?

Sebastian fegte den Splitter in den Ascheeimer, den er dann wieder neben den Kamin räumte. Schließlich blieb er mit hängenden Armen ratlos mitten im Zimmer stehen. Prätorius seufzte innerlich. Bast war nicht der Diener, den er sich ausgesucht hätte, aber Frederika hatte ihn eingestellt und damit gehörte Sebastian zu den Dingen, die ihn noch mit der Vergangenheit verbanden. Ebenso wie sein bestickter Hemdkragen und der Kasten für die medizinischen Instrumente, den Frederika hatte anfertigen lassen. Es war ausgeschlossen, etwas davon wegzugeben. „Raus mit der Sprache. Wo drückt der Schuh?"

Bast trat an den Schreibtisch heran und legte ein schweres Goldstück vor Prätorius hin. „Das hat mir gestern jemand gegeben."

„Wer und wofür?"

„Ich glaube nicht, dass es etwas Falsches war", sagte Bast schnell. „Ein Mann fragte mich, ob ich der Diener des Arztes wäre, der hier wohnt, und ob dieser Arzt gerade viel zu tun hätte."

„Was hast du geantwortet?"

„Ich habe nur die Wahrheit gesagt. Dass Sie der Leibarzt des Grafen von Eenvelde sind und sich auch um eine Hofdame des Landgrafen kümmern, die sehr krank ist."

Prätorius konnte sich nicht vorstellen, wie diese Auskünfte irgendeinem Menschen schaden könnten. Dass allerdings jemand dafür mit einem Goldstück bezahlte, war eigenartig. „Du hast das Geld verdient, also steck es ein", sagte er.

Als Bast seinem Dank Ausdruck verliehen hatte und sich umwandte, um zur Tür zu gehen, hielt Prätorius ihn auf.

„Wie sah der Mann aus, der dich gefragt hat?"

Sebastian verdrehte die Augen zur Decke, als könnte er dort den betreffenden Mann sehen. „Es war ein Diener. Ungefähr so groß wie ich, braunes Haar. Bei seiner Augenfarbe bin ich mir nicht sicher." Bast verstummte, dann fügte er hinzu: „Aber ich habe ihn später zusammen mit seinem Herrn gesehen."

Prätorius wartete.

Sebastian warf ihm einen verzweifelten Blick zu und fuhr fort, sein Gedächtnis auszuwringen. „Der Diener ist in den Hof des Logierhauses gekommen und hat dort mit mir gesprochen. Als er fort war, bin ich wenig später auch auf die Straße hinaus gegangen und da habe ich gesehen, wie sich der Mann mit einem Herrn unterhielt."

„Wie sah der aus?"

„Er stand im Schatten der Bäume, aber ich glaube, er hatte einen grünen Rock an. Eine rote Schärpe lief quer über seine Brust. Vom Gesicht konnte ich unter dem breitkrempigen Hut nicht viel sehen. Straußenfedern waren drauf – auf seinem Hut, meine ich."

Simon Prätorius nickte. Sebastian seufzte erlöst und verließ schnell das Zimmer. Jetzt wusste Prätorius zwar, woher der Baron von Sønderham die Informationen über ihn hatte, aber zu welchem Zweck er sie brauchte, das war ihm nach wie vor unklar.

Am Abend wollte er diese ganze verfahrene Geschichte mit vergifteten Hofdamen, hochnäsigen Leibärzten, mysteriösen Schweden und ergebnisloser Grübelei nur noch vergessen. Der schwere süffige Rotwein in den ‚Vier Elstern' schien Prätorius dafür bestens geeignet.

Die niedrige Gaststube des Wirtshauses war gut besucht. Die Ausdünstungen der Menschen machten die Luft schwer und das Stimmengewirr hatte eine betäubende Wirkung. In Prätorius' Augen ein idealer Ort, um seine Sorgen wegzuschieben. Es dürfte unmöglich sein, hier einen klaren Gedanken zu fassen.

Es gab noch einige wenige leere Plätze, aber man konnte sich vorstellen, dass im Hochsommer das Haus um diese Zeit berstend voll war. Im flackernden Licht der Kerzen sah der Arzt eine ganze Menge bekannter Gesichter. Schreiber und Wachen des Grafen von Eenvelde saßen an den Tischen und sprachen gemeinsam mit reisenden Händlern und Gefolgsleuten von Hessen-Rheinfels den Getränken zu. Zusammen mit dem Oberst von Greiffenstein hatte sich auch nahezu die Hälfte der landgräflichen Leibgarde eingefunden. Das sprach deutlicher als jede andere Empfehlung für den Wein, der hier ausgeschenkt wurde. Noch während Prätorius hinüberschaute, stand der Oberst auf, klatschte sich den Hut auf den Kopf, grüßte zu seinem Freund hinüber und spazierte schweren Schrittes von dannen. Der Arzt hatte zuerst geglaubt, Greiffenstein ginge nur hinaus, um sich zu erleichtern. Aber der Oberst kehrte nicht zurück.

Die Wirtin, ihr Sohn und ihre Küchenmagd waren schwer beschäftigt mit dem Auftragen und Nachfüllen von Weinkrügen und dem Servieren von Platten mit Brot und Speck, Käse und Nüssen.

Prätorius quetschte sich an einen Tisch, an dem es noch einige freie Plätze gab. In einer dunklen Ecke brütete der Graf von Gnekow über einem Becher Wein. Seinem glasigen Blick nach zu urteilen, war es an diesem Abend nicht der erste.

„Sie sollten nicht so viel trinken. Sie haben heute doch erlebt, in welche Schwierigkeiten Sie das bringen kann."

Der Blick des Grafen schlingerte von der Tischplatte aufwärts und blieb in der Gegend von Prätorius' Gesicht haften.

„Was soll ich denn sonst tun?", fragte er mit verwaschener Aussprache. „Die Frau, die ich mehr liebe als meine Seele, will mich nicht." Er nahm einen tiefen Schluck aus dem Becher und winkte dann nach Rosalie.

„Denken Sie nicht, dass es genug ist?", erkundigte sich die Wirtin.

Der Baron lief rot an. Die dauernden Einmischungen reichten ihm. „Ich sage, wann es genug ist", grollte er und deutete auf den Becher. „Weiberleute machen immer Vorschriften."

Seine Stimme war lauter geworden und anscheinend fand er daran Gefallen. „Und das Dumme ist, wir fallen drauf rein. Aber mit mir macht ihr das nicht mehr, ich habe die Nase voll." Inzwischen krakeelte er so laut, dass die Gardisten, die am übernächsten Tisch saßen, aufmerksam wurden.

„Jawoll!" Einer hob den Becher und prostete dem Grafen zu.

„Lassen Sie sich nur ja nichts gefallen!"

Rosalie warf ihm einen so kalten Blick zu, dass er verstummte. Dann wandte sie sich wieder zu dem Herrn von Gnekow.

„Den Gesichtsausdruck kenne ich", kicherte er. „Gleich sagt sie mir, dass ich mich verziehen soll. Aber damit wäre sie heute auch nicht die Erste!"

Am Tisch der Gardisten erscholl Gelächter.

Der Graf fasste Rosalie schwankend ins Auge. „Sie sind auch so eine, die den Männern gerne sagt, wo es langgeht. Was?"

Prätorius war nahe genug, um im schummrigen Kerzenlicht zu erkennen, dass die Wirtin bleich wurde. Sie füllte schweigend den Becher, den ihr der Graf immer noch hinhielt, und verschwand dann in der Küche. Der Arzt wurde kurz darauf von Anna bedient, die ihm einen guten starken Rotwein brachte und den Becher des Grafen ohne weitere Kommentare nachfüllte.

Als später einer der schon reichlich bezechten Gardisten versuchte, Rosalie um die Taille zu packen und auf seinen Schoß zu ziehen, verpasste sie ihm eine so schnelle und harte Ohrfeige, dass Prätorius mit seinen Blicken der Bewegung kaum folgen konnte. Der Soldat nahm die Ohrfeige nicht weiter krumm, fiel schwer auf die Bank zurück, schüttelte den Kopf, um den

Schwindel zu vertreiben, und griff zu seinem zinnernen Weinbecher.

Kapitel 19

Als die meisten Gäste die ‚Vier Elstern‘ verlassen hatten, kam Rosalie wieder an Prätorius‘ Tisch. Der Baron von Gnekow sagte nichts dazu, er war mit dem Kopf auf die Tischplatte gesunken. Er hatte bisher mehr Nächte in der Gaststube der ‚Vier Elstern‘ verbracht als in seinem Bett.

„Heute sind Sie weniger als gestern dem Wein abgeneigt?"

Rosalie wusste nicht, warum sie sich überhaupt um den Arzt kümmerte. Ging er sie mehr an als ihre übrigen Gäste? Eigentlich nicht, sagte sie sich, aber er hatte sich um Jakob gekümmert und den Brunnenaufseher beruhigt. Rosalie wusste, wenn man den Herrn von Gnekow festgenommen hätte, dann wäre seine Rechnung in den ‚Vier Elstern‘ bis zum Jüngsten Gericht unbezahlt geblieben.

„Setzen Sie sich doch", sagte Prätorius.

Die Wirtin hörte, dass dem Arzt seine Zunge nicht mehr so recht gehorchte. Sie ließ sich ihm gegenüber auf die Bank sinken. „Es tut gut, einmal zu sitzen nach dem anstrengenden Tag."

Der Baron von Gnekow begann zu schnarchen.

Simon Prätorius war von diesem Zustand ebenfalls nicht mehr allzu weit entfernt, wie Rosalie mit geübtem Blick feststellte. Momentan befand er sich jedoch noch im redseligen Stadium der Betrunkenheit. Natürlich war er nicht mit dem Vorsatz sich auszusprechen in die ‚Vier Elstern‘ gekommen.

Aber es brauchte nicht mehr als eine Frau, die ihm verständnisvoll zuhörte, damit er alles erzählte. Über Isabellas Tod, Doktor Hirundulus und darüber, dass sie der Hofdame möglicherweise allesamt Unrecht taten.

„Warum sollte jemand die Dame ermorden?", fragte Rosalie, „sie hat doch bestimmt keiner Fliege etwas zuleide getan."

„Vielleicht war sie jemandem im Wege."

Rosalie runzelte die Stirn. „Aber wem denn und wobei?"

„Das ist eben die Frage!"

Die Wirtin war nicht überzeugt. „Es gibt so viele Möglichkeiten für ein Mädchen, seinen guten Ruf zu verlieren und keinen anderen Ausweg als den Tod zu sehen", sagte sie düster.

Prätorius schüttelte nur den Kopf. Der Wein hatte zwar seine sprachlichen Ausdrucksfähigkeiten eingeschränkt, aber seine Überzeugungen blieben unverrückbar. Er nahm noch einen Schluck Wein. Rosalie dachte über das nach, was er erzählt hatte. War das Gift der Hofdame wirklich ohne ihr Wissen verabreicht worden? Sie selbst fand es einfacher, an die Verzweiflungstat einer jungen Frau zu glauben, die plötzlich feststellte, dass sie schwanger war, als an eine nebelhafte Verschwörung.

Ohne dass sie es wollte, wanderten ihre Gedanken wieder zurück in die Vergangenheit.

Sie hatten es damals gerade noch rechtzeitig geschafft, mit der Kutsche aus Leipzig herauszukommen. Aus irgendeiner Quelle hatte der Vater von Rosalies neuer Herrin erfahren, dass Tillys Armee die Schlacht bei dem Dörfchen Breitenfeld verloren hatte. Jetzt befanden sich die Schweden im Anmarsch auf Leipzig. In größter Eile hatten die Diener die Pferde angespannt und das Gepäck eingeladen. Dann stiegen die Dame und ihre Kammerzofe in den Wagen. Rosalie schloss sich ihnen so selbstverständlich wie möglich an. Sie hatte keine Ahnung, was sie tun sollte, wenn man sie hier zurückließe. Die Kammerzofe rümpfte zwar die Nase, aber die junge Herrin sagte nichts. Der Graf von Felseney, diesen Namen hatte Rosalie von einem der Diener gehört, bestieg ein Reitpferd und sie verließen Hals über Kopf ihre komfortable Unterkunft. Während die Kutsche über das holprige Pflaster der

Leipziger Straßen rumpelte, sah Rosalie auch in einigen anderen Häusern hektische Reisevorbereitungen.

Als sie die Stadt hinter sich gelassen hatten, umgab sie Dunkelheit. Der Graf hatte den Kutscher angewiesen, in Richtung Halberstadt zu fahren. Dort sollte sich das kaiserliche Heer sammeln, wenn es bei Breitenfeld versprengt würde. Die Kutsche bewegte sich im Schritttempo über die zerfurchte Straße. Jede höhere Geschwindigkeit wäre zu gefährlich gewesen, da nicht einmal der Mond schien, um den Weg zu beleuchten. Rosalie nickte ein.

Als sie wieder aufwachte, dämmerte es. Die Kammerzofe schlief, aber die Dame war wach. Rosalie wusste nicht, ob ihre neue Herrin überhaupt Schlaf gefunden hatte. Sie war bleich und in dem grauen Licht wirkte ihr Gesicht noch kindlicher. Rosalie wurde klar, dass die Braut um einiges jünger sein musste als sie selbst – und mit etwas Pech war sie schon Witwe, bevor sie Ehefrau gewesen war.

Der Kutscher trieb jetzt die Pferde stärker an, denn es war inzwischen so hell geworden, dass man den Weg erkennen konnte. Die Stöße und Sprünge der Kutsche auf dem unebenen Untergrund weckten die Kammerzofe auf. Sie streckte sich und hob dann die Lederblende, die auf ihrer Seite das Kutschenfenster verschloss. Mit einem Laut des Erschreckens schlug sie die Hände vor den Mund. Rosalie hatte sie beobachtet und krabbelte über ihre Knie, um ebenfalls hinausschauen zu können.

Ein Reitertrupp trabte parallel zur Straße über das Feld. Waren das Schweden?

Der Kutscher sah die Reiter ebenfalls und schlug auf die Pferde ein. Die Tiere galoppierten los und die Kutsche schlingerte über die unebene Straße wie ein Schiff im Sturm. Anscheinend hatte der Graf von Felseney den Reitertrupp angegriffen, denn die Frauen in der Kutsche hörten Schüsse. Die Reiter erwiderten das Feuer. Eine Kugel traf den Kutscher. Rosalie sah, wie der Körper vom Kutschbock fiel.

Die Pferde gingen durch und zerrten die Kutsche hinter sich her durch einen Graben. Rosalie, die immer noch halb auf den Knien der Kammerzofe lag, verlor den Halt und fiel schwer gegen die Tür. Diese öffnete sich und Rosalie plumpste aus der Kutsche. Kurzzeitig verlor sie das Bewusstsein. Als sie wieder zu sich kam, war die Kutsche verschwunden. Sie selbst lag im kalten schlammigen Wasser. Von den zertrampelten Brennnesseln am Rand des Grabens stieg ein scharfer Geruch auf. In der Ferne konnte sie Schüsse und das Schreien von Frauen hören.

Auf Händen und Knien kroch Rosalie an Land. Ihr ganzer Körper schmerzte und ihr Kopf fühlte sich schlimmer an als nach einer von Barthels Ohrfeigen. Sie musste sich unbedingt einen Moment lang ausruhen. Auf der Suche nach einem trockenen Plätzchen entdeckte sie eine überhängende Weide, die ihr genügend Deckung gab, um nach der Kutsche auszuspähen.

Was sie sah, vertrieb jeden Gedanken, zu ihrer neuen Herrschaft zurückzukehren.

Den schwedischen Reitern war die schwere, fahrerlose Kutsche nicht entkommen. Sie hatten den Wagen umringt. Die Dame und die Zofe waren nicht zu sehen, aber Rosalie ahnte, was mit ihnen geschehen würde. In diesem Punkt unterschieden sich die Leute des Kaisers und des schwedischen Königs garantiert nicht.

Eine Abteilung von mehreren Berittenen brach seitwärts von Rosalie durchs Gebüsch. Gehörten die zu den Ihrigen?

Sie stürmten auf die Schweden zu, Schüsse fielen, Degen klirrten.

Auf der Rosalie zugewandten Seite wurde die Tür der Kutsche aufgerissen. Eine weibliche Gestalt wollte davonrennen. Rosalie erkannte das helle Kleid der Zofe. Sie kam aber nicht weit. Einer der Reiter schoss und sie stürzte nieder. Rosalie musste die Faust in den Mund stecken und darauf beißen, um nicht loszuschreien. Sie drückte sich an den Stamm der Weide und schloss die Augen, als könnte sie sich auf diese Weise unsichtbar machen.

Das Schießen hörte auf. Den Geräuschen nach zu urteilen, galoppierte jemand davon. Rosalie lugte vorsichtig durch die Zweige. Reglose Körper lagen auf der Wiese. Ein Pferd rappelte sich auf und schüttelte sich, dann lief es zu den anderen Pferden und den Männern, die beim Wagen standen. Rosalie konnte aus der Entfernung nicht beurteilen, ob es Kaiserliche oder Schweden waren. Es war ihr auch gleich. Sie wollte nur noch weg von hier. Das Mädchen erhob sich vorsichtig und achtete beim Forthumpeln darauf, dass das Weidengebüsch zwischen ihr und der Kutsche blieb.

Ihr nasser Rock schleifte durchs hohe Gras und klebte an ihren Beinen. Sie raffte ihn hoch.

Plötzlich hörte sie hinter sich die Hufschläge eines Pferdes. Sie kamen immer näher. Ein zweiter Reiter näherte sich von der Seite. Ein Kaninchenbau, den Rosalie zu spät gesehen hatte, ließ sie straucheln. Irgendjemand brüllte über ihr Horrido. Dann fiel etwas Schweres auf ihren Rücken und drückte sie ins Gras. Der andere Reiter zügelte so dicht vor ihr sein Pferd, dass die wirbelnden Hufe nur knapp Rosalies Kopf verfehlten.

„Was haben wir denn da gefangen?" Der Mann, der vom Pferd herab auf sie gesprungen war, rollte sich herunter. Rosalie bekam wieder Luft.

„Puh", meinte er, „Sieht aus wie eine Bisamratte. Riecht auch so ähnlich!"

„Aber es ist keine", sagte der auf dem Pferd.

„Offensichtlich." Eine Hand nestelte an Rosalies Mieder herum. Als sie die wegschieben wollte, bemerkte sie, dass ihr rechter Arm sich kaum bewegen ließ. Hoffentlich war er nicht gebrochen.

„Jedenfalls ist sie ziemlich mager", sagte der Soldat, der auf sie draufgesprungen war. „Aber Zeit, sie rauszufüttern haben wir jetzt nicht."

Sein Kumpan lachte. „Soll ich sie festhalten?" Er sprang vom Pferd und trat näher.

Rosalie schloss die Augen, sie wusste, dass sie weder die Kraft hatte, sich zu wehren, noch die Möglichkeit davonzulaufen. Jemand zerrte ihre nassen Röcke nach oben.

Hufschläge kamen näher. So, wie es sich anhörte, war es eine ganze Gruppe von Reitern.

„Was ist hier los?" Eine befehlsgewohnte Stimme, die keine Antwort erwartete. „Ihr beiden, ihr solltet im Lager sein und euch nicht hier draußen rumtreiben."

Rosalie blinzelte. Auf einem unruhigen Pferd saß ein Mann, über dessen glänzendem Brustharnisch der sorgfältig gekräuselte Mühlsteinkragen wie eine Wolke schwebte. „Wenn ihr nicht sofort mitkommt, werde ich es eurem vorgesetzten Offizier mitteilen."

Rosalie streifte er nur mit einem angeekelten Blick, dann gab er seinem Hengst wieder die Sporen.

Die beiden Soldaten fingen ihre Pferde ein.

„Was machen wir jetzt mit ihr?", fragte der eine.

„Wir nehmen sie mit ins Lager, vielleicht finden wir ja jemanden, der uns für sie einen Schoppen Wein ausgibt."

Derjenige, der sie zuerst gepackt hatte, hob Rosalie auf die Kruppe seines Pferdes, stieg dann auf und galoppierte an. Rosalie hielt sich krampfhaft an dem vor ihr sitzenden Reiter fest. Als sie seitwärts eine Leiche im Gras liegen sah, erkannte sie den Herrn von Felseney an der purpurfarbenen Jacke mit den gelben Ärmeln.

„Jammerschade, dass wir die schönen Waffen und die Kleidung hierlassen müssen", rief der Kumpan des Soldaten. Der Mann warf einen Blick auf die Abteilung, die den Mann im Harnisch begleitete. Einer der Offiziere schaute sich immer wieder nach den Nachzüglern um.

„Geht leider nicht – aber wir können uns noch schnell seinen Gaul schnappen."

Das Pferd des Herrn von Felseney hatte sich nicht weit von seinem toten Herren entfernt. Der Reiter, der nicht durch die hinter ihm sitzende Rosalie behindert wurde, griff nach den Zügeln des weidenden Tieres. „Jetzt weiß ich, wo wir das, was wir gefunden haben, loswerden", brüllte er dem anderen zu.

„Balthasar und sein Küchenjunge sind nach oben gegangen – das werde ich jetzt auch tun."

Rosalie schreckte auf. Neben ihr stand Anna und gähnte. Ihr langer Zopf war zerzaust und an ihrer Haltung konnte Rosalie ablesen, wie müde das Mädchen war. „Mach das", sagte sie, „ich werde schon alleine zurechtkommen."

Anna gähnte noch einmal und verschwand dann in der Dunkelheit. Die Kerzen auf den leeren Tischen waren inzwischen heruntergebrannt. Abgesehen von Prätorius, Rosalie und dem immer noch schnarchenden Grafen von Gnekow befand sich niemand mehr in der Gaststube.

„Wir sollten jetzt auch Schluss machen", die Wirtin stemmte sich von der Bank hoch. Sie hatte zwar kaum etwas getrunken, aber sie fühlte sich ausgelaugt. Sie rüttelte den Mann neben sich leicht an der Schulter.

Prätorius antwortete nicht. Er hatte den Kampf gegen den Alkohol endgültig verloren. Wenn Rosalie nicht entschlossen zugefasst hätte, wäre er unter den Tisch gerutscht. Die Wirtin betrachtete ratlos den Mann in ihren Armen. Was sollte sie mit ihm anfangen? Ihn durch Jakob vor die Tür setzen lassen, so wie sie üblicherweise mit Betrunkenen verfuhr, die nicht im Haus wohnten? Das widerstrebte ihr in diesem Fall. Mit einiger Mühe schob sie den Arzt so zurecht, dass er lang ausgestreckt auf der Bank lag. Dann stopfte sie ihm den Mantel des Herrn von Gnekow, der zerknüllt neben seinem Besitzer lag, unter den Kopf. Damit hatte Prätorius es so gemütlich, wie es auf einer ungepolsterten Holzbank möglich ist.

Rosalie nahm die letzte brennende Kerze vom Tisch und ging in die Küche. Sie stellte erleichtert fest, dass alles aufgeräumt und für den morgigen Tag vorbereitet war. Anna war wirklich eine Perle. Die Wirtin schloss die Vordertür der ‚Vier Elstern' ab und begab sich zur Nachtruhe. Trotz ihrer Müdigkeit schlief sie schlecht. Sie war wieder auf dem Feld bei Leipzig.

Die beiden Soldaten hatten das Mädchen und das Pferd des Herrn von Felseney mit ins schwedische Lager genommen. Rosalie begriff, dass die Männer zu den sächsischen Truppen gehörten, die mit den Schweden gemeinsame Sache machten.

„Das gibt nicht nur einen Schoppen Wein", meinte der eine der Söldner, während er kennerhaft Rosalie und das Pferd musterte, „jetzt muss Hannes noch einen Beutel Goldstücke obendrauflegen."

Das Lager des schwedischen Trosses sah genauso aus, roch genauso und hörte sich genauso an wie alle Feldlager, die Rosalie kannte. Aus dem von unzähligen Pferdehufen und Menschenfüßen zerstampften Boden waren wie Pilze die grau-braunen Leinwandzelte gesprossen.

Dazu kamen die Karren von Soldatenfrauen und Huren sowie die Wagen der Marketender. Das alles durchtränkt mit Pferde-, Essens-, Schießpulver- und Uringeruch. Grölen von Männern, Zetern von Weibern und vereinzeltes Babygeschrei waren zu hören.

Vor einem Zelt, das von den anderen dreckigen Zelten nur durch seine Größe und den dahinterstehenden Planwagen abstach, hielten die Reiter an. Rosalie bekam einen Schubs, der sie vom Pferd hinabbeförderte. Sie landete auf allen vieren und hätte sich am liebsten auf der Stelle in den Schmutz gelegt. Ihr Körper war voller Prellungen und Schürfwunden und ihr rechtes Handgelenk schmerzte.

„Du passt auf die Gäule auf", befahl der größere der beiden Soldaten seinem Kumpan, packte Rosalie am Arm und schob sie durch den Zelteingang. Es war eine Art improvisierter Schenke. Trotz der frühen Stunde saßen auf den Kisten und Strohballen Männer in unterschiedlichen Stadien der Betrunkenheit mit Weinhumpen, Würfeln oder Karten in den Händen. Alle starrten die Ankömmlinge an.

„Hast du die aus einer Pfütze gezogen?", rief einer.

Ein Mann vertrat ihnen den Weg und stemmte die Hände in die Hüften. Rosalie sah nur schwarzes struppiges Haar, einen ebensolchen Bart und dazwischen eine unförmige rote Nase. Die Kleidung wurde verdeckt durch eine Lederschürze, so wie Schmiede sie zu tragen pflegten.

„Was soll das?", grollte es aus dem Bart hervor. „Willst du endlich deine Schulden bezahlen?"

Für den Soldaten, der Rosalie hereingebracht hatte, schien dies das Stichwort zu sein. „Genau." Er schubste das Mädchen auf den Schwarzhaarigen zu. Rosalie roch Schweiß, Pferd und Weindunst. „Du weißt ja, dass ich knapp bei Kasse bin, und ich weiß, dass du schon lange keine Frau mehr hattest." Er grinste schlau.

„Das soll eine Frau sein?", der Riese in der Schürze musterte Rosalie verächtlich von oben bis unten, „Ich hätte eher gedacht, es wäre eine halb verhungerte Sumpfratte. Wie kommst du auf die Idee, dass ich so was brauchen könnte?"

„Nun, sie kann sicher waschen, putzen, kochen – im Vertrauen gesagt, dein Fraß ist grässlich – und im Bett könntest du sie wohl auch zu etwas gebrauchen."

Der Riese brummte, trat näher an Rosalie heran, hob ihr Kinn hoch und schaute ihr in die Augen.

„Gleich prüft er Zähne und Hufe", rief einer der Zecher. Die anderen lachten.

„Deine Schulden sind damit aber nicht vollständig bezahlt", sagte der Wirt zu dem Reiter.

„Ich hätte auch noch ein Pferd für dich. Das konnte ich aber schlecht mit hereinbringen."

„Sag das doch gleich". Der Wirt schob Rosalie zur Seite und stürzte hinaus.

Kapitel 20

Als Prätorius aufwachte, brauchte er einige Minuten um sich zurechtzufinden. Das Dämmerlicht, das durch die kleinen Butzenfenster hereinfiel, zeigte ihm die Umrisse von Tischen und Bänken. Nach und nach erkannte er den Raum, in dem er den gestrigen Abend verbracht hatte. Vorsichtig setzte er sich auf. Jeder Knochen schmerzte, aber am schlimmsten hatte es seinen Kopf erwischt. Er hatte das Gefühl, sein Gehirn sei an der Innenseite des Schädels festgeklebt.

Es war schon eine Zeit lang her, dass Prätorius sich das letzte Mal so betrunken hatte. Er erinnerte sich im Moment nur an das Gelage zur Feier seines Doktortitels. Damals hatte er sich am Morgen darauf ähnlich gefühlt. Die Übelkeit kam und ging in Wellen, die Zunge klebte am Gaumen und im Kopf hämmerte es wie in einer Schmiedewerkstatt. Der Arzt stellte fest, dass er nicht allein hier genächtigt hatte. Der Baron von Gnekow schnarchte immer noch in einer höchst unbequemen Stellung zwischen Sitzbank und Tischkante verkeilt.

Frische Luft und etwas zu trinken, das war es, was Prätorius jetzt brauchte. Aber als Erstes musste er dringend einen Abort aufsuchen. Wacklig stand er von der Bank auf und tastete sich zur Vordertür des Gasthauses. Nur um festzustellen, dass hier abgeschlossen war. Nach einem letzten Rütteln an der Klinke drehte Prätorius um und tastete sich in der anderen Richtung voran – immer mit einer Hand festen Halt an der Wand suchend. Er fand die Tür, die von der Gaststube in die Küche führte. Gottlob, sie ließ sich öffnen. In dem weiß getünchten Raum mit seinem großen Fenster war es heller. Irgendjemand hatte hier auch bereits sein Tagwerk begonnen, denn das Feuer im Herd knisterte und flackerte und die Hintertür stand halb offen.

Prätorius atmete auf und wäre fast die beiden steilen Stufen hinuntergefallen, die in den Hof führten. Inzwischen duldete sein Bedürfnis keinen Aufschub mehr. Er wankte so schnell es ging in Richtung Misthaufen. Die frische Morgenluft tat seinem Kopf gut, das Hämmern wurde etwas leiser.

Als er sich erleichtert hatte, seine Beinkleider ordnete und sich gleichzeitig umdrehte, stand er Anna gegenüber. Die Küchenmagd war gerade aus dem Hühnerstall gekommen, in ihrer Schürze trug sie mindestens ein Dutzend frischer Eier.

„Guten Morgen", sagte Prätorius möglichst würdevoll. Ohne eine Antwort abzuwarten verließ er eilig den Hof durch das Tor zur Straße.

Am Weinbrunnen war um diese Zeit noch niemand zu sehen. Prätorius stieg leicht schwankend die Stufen hinunter und missbrauchte das Wasserbecken dazu, seinen Kopf einzutauchen und sich dann satt zu trinken. Danach fühlte er sich etwas besser. Immer noch unsicher auf den Beinen suchte er sein Quartier auf.

Kapitel 21

Während die Kurgäste sich zu ihrem allmorgendlichen Stelldichein am Brunnen begaben, bereiteten Küchenmagd und Wirtin in den ‚Vier Elstern' gemeinsam mit dem Koch Balthasar und seinem Gehilfen Peter das Frühmahl für ihre Gäste vor. Jakob war in Richtung Weinbrunnen verschwunden.

„Schade, dass es hier keinen Eiskeller gibt", sagte Balthasar unvermittelt, während er einen Kuchen aus verrührten Eiern in der Pfanne wendete.

„Wozu sollten wir so etwas brauchen?" Rosalie füllte das Pflaumenkompott für die Lieffenbruchs in eine elegant geformte silberne Schale.

„Es gibt da ein ganz vornehmes Essen." Balthasar war wie immer in seinem Element, wenn er von den Gerichten erzählen konnte, die man in der Stadt bekam. Auch wenn er selbst die betreffenden Genüsse nur vom Hörensagen kannte. Er wies Peter an, auf das Eiergericht aufzupassen. Dann räusperte er sich. „Der Koch des Mainzer Erzbischofs hat es beschrieben." Er hielt inne und kostete den feierlichen Moment aus. Rosalie wirkte beeindruckt und sogar Anna hatte es die Sprache verschlagen. „Das Gericht ist eigentlich ganz einfach, aber man braucht Schnee."

„Schnee?", wiederholte Anna ungläubig. „Den hatten wir letzten Winter hier in Massen."

„Wofür sollte es gut sein, den aufzuheben?", wollte Rosalie wissen.

Das interessierte Anna auch. Der Winter war doch eine schlimme Zeit: Den halben Tag war es dunkel und wer nicht genügend Holz zum Heizen hatte, musste elendiglich frieren. Wenn Schnee lag, dann vermehrten sich die Widrigkeiten noch, mit denen man zu kämpfen hatte. Das Gehen wurde mühsam und die wollenen Röcke sogen sich fast bis zu den Knien mit Nässe voll. Das einzig Gute am Schnee war, dass er im Frühjahr schmolz.

„Im Sommer", erklärte Balthasar feierlich, „da wollen die vornehmen Damen und Herren etwas Kaltes zum Essen …"

„Du meinst, die essen Schnee?" Anna konnte sich das nur schwer vorstellen.

„Natürlich nicht einfach so. Dieser Schnee wird mit zerkleinertem Obst, mit Honig oder mit Likör vermischt. Das soll ganz wunderbar schmecken."

„Möglich", sagte Rosalie knapp, „aber wir haben nun einmal keinen Eiskeller." Damit wandte sie sich wieder dem Tablett mit den Kompottschalen zu.

„Man könnte doch einen graben lassen."

Die Wirtin drehte sich wieder um. An ihrem Gesichtsausdruck war deutlich zu erkennen, dass ihr diese Unterhaltung auf die Nerven ging. „Sicher könnte man das, aber diesen Sommer gibt es keinen Schnee mehr."

„Das ist mir auch klar", Rosalies scheinbare Begriffsstutzigkeit machte Balthasar nervös, „aber wenn wir in diesem Sommer einen Eiskeller graben lassen, dann können wir im Winter Schnee einlagern und im kommenden Jahr dieses seltene Gericht unseren Gästen anbieten."

Anna hörte in der ganzen Tirade immer nur „wir" und „unser" – und sie wusste, wie die Wirtin darauf reagieren würde. Rosalie setzte den Topf, aus dem sie das Pflaumenkompott in die Schalen gelöffelt hatte, mit einem Scheppern auf die Tischplatte und drehte sich mit einer abrupten Bewegung zu dem Koch um.

„Meines Wissens", sagte sie sehr laut, „haben die Lieffenbruchs noch nicht entschieden, ob sie im nächsten Jahr wieder hier wohnen wollen. Also dürfte es fraglich sein, ob wir uns wiedersehen."

Balthasar wandte sich wieder der Pfanne mit dem Eiergericht zu und schob Peter rüde zur Seite.

Die alte Grete kam schwungvoll durch die Hintertür herein. Sie brachte so aufregende Neuigkeiten, dass sie darauf verzichtete, über die hohen Stufen zu jammern, wie sie es sonst immer tat. „Der halbe Ort ist auf den Beinen."

Alle wandten sich ihr zu. Ihre farblosen Äuglein blitzten.

„Das lose Frauenzimmer macht einen Ausflug zum Brunnen – und die Kurgäste sind ganz verrückt danach, sie zu sehen!"

„Wenn man sonst nichts zu tun hat." Rosalie schob das Tablett mit den Kompottschälchen beiseite und wandte sich dem Käse zu, der auf dem Tisch lag.

„Was gibt es denn Sehenswertes?" Anna war trotzdem neugierig.

„Sie ist aufgeputzt bis zum Gehtnichtmehr und hat einen Mohren dabei", sagte Grete.

Balthasar zeigte sich wenig beeindruckt. „In Frankfurt sind die allerschönsten Kurtisanen oft zu sehen, machen Ausfahrten und gehen spazieren, mit so vielen Mohren und Zofen und Leibwächtern, wie man nur will – da erregen sie überhaupt keine Aufmerksamkeit." Er ließ den Pfannkuchen mit einer eleganten Bewegung auf einen Teller gleiten und gab einen Schöpflöffel mit frischem Teig in die Pfanne.

„Dann ist es ja gut, dass Sie am Ende des Sommers nach Frankfurt zurückkehren", sagte Rosalie, die immer noch wütend auf den Koch war. „Wir sind hier solche Hinterwäldler, dass wir immer gleich alle zusammenlaufen, wenn es etwas zu sehen gibt." Sie wischte sich die Hände an der Schürze ab und ging hinaus. Anna folgte ihr sofort und auch die alte Grete humpelte begeistert hinterher.

Vom Eingang der ‚Vier Elstern' aus konnten sie über die Köpfe der Menschen, die sich auf der Straße versammelt hatten, hinwegblicken. Auch wenn keineswegs der halbe Ort auf den Beinen war, so hatte sich doch ein erklecklicher Auflauf gebildet, um dabei zuzusehen, wie ein Karren in den Weg zum Weinbrunnen einbog. Der Esel, der den zweirädrigen Wagen zog, war mit bunten Bändern aufgeputzt und wurde von seinem stolz dreinschauenden Besitzer geführt. Auf dem Karren thronte wie eine reich geschmückte Hochzeitstorte auf der Tafel die Dame Athenais, die unter ihrem mit Schleifchen und Straußenfedern beladenen Hut hervor die Umstehenden mit einem huldvollen Lächeln bedachte. Neben ihr saß Carolus, der Mohr, und hielt einen Sonnenschirm über seine Herrin.

„Das ist ja nicht zu glauben!" Rosalie starrte die Kurtisane mit fassungsloser Miene an. „Die kenne ich!"

Grete warf der Wirtin einen neugierigen Blick zu. „Die war aber noch nie hier in Langenschwalbach!"

„Es ist lange her, in einem anderen Leben." Rosalie drehte sich um und ging wieder ins Haus.

Gefolgt von einer ganzen Gruppe männlicher Kurgäste polterte der Wagen der Dame Athenais Richtung Brunnen.

Kapitel 22

Der Oberst der Leibwache fühlte sich gar nicht gut. Trotzdem hatte er darauf verzichtet, Josephus Hirundulus zu rufen. Stattdessen ließ Greiffenstein einen Diener losschicken, der Simon Prätorius suchen sollte. Die Nachricht von der Erkrankung seines Freundes trieb den Arzt sehr schnell aus dem Bett, wo er seinen Kater gehätschelt hatte.

„Furchtbar übel ist mir", erklärte Hubertus von Greiffenstein, als Prätorius das Zimmer betrat. Trotz seiner Leibesfülle sah der Oberst hohläugig aus wie ein Gespenst. Der Arzt erstarrte. Was war geschehen? Allein schon die Tatsache, dass Greiffenstein freiwillig im Bett lag, bewies, dass der Zustand des alten Haudegens ernst war.

„So schlecht habe ich mich noch nie gefühlt", ächzte der Oberst. „Nicht einmal anno '41, als das Pferd unter mir erschossen wurde und das halbe Regiment über mich hinweggaloppierte. Damals haben wir Dorsten verloren – Gott, war das ein Elend." Unter der Sonnenbräune war das Gesicht des Obersts grau, auf der Stirn stand ihm der Schweiß. „Einen Fuchs nach dem anderen habe ich heute geschossen."

Der Arzt verstand zuerst nicht, was der Oberst mit diesem Ausdruck sagen wollte. Das wurde ihm erst klar, als ihm der Kammerdiener einen Eimer mit dem Mageninhalt seines Herrn präsentierte. Prätorius zuckte zurück. Weniger vor dem Inhalt des Eimers als vor dem Gedanken, den dieser nahelegte: wieder eine Vergiftung! Und dieser Fall sah genauso aus wie jener des Fräuleins Isabella. Mit einem entscheidenden Unterschied – diesmal handelte es sich bei dem Kranken um einen Mann.

Der Arzt fühlte sich, als ob sein Kopf mit alten Lumpen ausgestopft wäre. Er wusste nicht recht, ob es sich dabei um die Nachwirkungen des gestrigen Abends oder um seine übliche Panik angesichts des neuen, bedrohlich kranken Patienten handelte. „Nichts essen, viel trinken", bestimmte er reflexartig. Ein Brechmittel dürfte sich erübrigen. Ein Klistier war seiner Meinung nach ebenso wenig sinnvoll. Wenn die Symptome der Vergiftung sich schon so weit wie bei dem Oberst entwickelt hatten, dann wäre das nur eine unnütze Quälerei. Damit hatte er im Grunde schon alle Möglichkeiten ausgeschöpft, die ihm zur Behandlung von Vergiftungen zur Verfügung standen. Er sah den begehrlichen Blick, den der Oberst in Richtung der Weinkanne warf, die auf dem Tischchen neben dem Bett stand. Der wohlerzogene Kammerdiener füllte seinem Herrn sofort einen Trunk in den daneben stehenden Becher.

„Wein nur mit Wasser verdünnt", sagte Prätorius, „mit viel Wasser!"

Der Kammerdiener, der den Becher schon dem Oberst reichen wollte, zog ihn wieder zurück und goss Wasser aus der Karaffe dazu. Prätorius nickte zufrieden. Greiffenstein wirkte weniger glücklich, aber er hatte nicht die Kraft, etwas dagegen zu sagen. „Wollen Sie mich zur Ader lassen?", krächzte er stattdessen.

Prätorius blickte den Oberst an. Vierschrötig war er, allerdings nicht mehr rotgesichtig, sondern sehr bleich. Er würde sein Blut noch brauchen. „Vorerst nicht."

Prätorius hatte das inzwischen vertraute Gefühl, dass das Ganze seine Kräfte überstieg. Er dachte an die ruhige Bibliothek in Leiden und fragte sich, warum er von dort fortgegangen war.

„Es sieht nach einer Vergiftung aus", sagte er zu Greiffenstein. „Was haben Sie gestern zu sich genommen?"

„Zu Mittag einen Wildschweinbraten, später Brot, Speck und Käse, dazu Wein in den ‚Vier Elstern'." Der Oberst würgte wieder und der Kammerdiener sprang mit dem Eimer hinzu.

„Sonst noch etwas?", fragte der Arzt, als sich der Oberst wieder in die Kissen sinken ließ. Hubertus von Greiffenstein schüttelte den Kopf und schloss entkräftet die Augen.

Vor der Zimmertür des Obersts traf Prätorius auf Hirundulus. Hatte der neue Leibarzt des Landgrafen etwa gelauscht?

„Ich habe gerade erst von der Krankheit des Herrn von Greiffenstein erfahren. Warum hat er mich nicht gerufen? Was ist mit ihm los?"

Prätorius schüttelte den Kopf. Er wollte das nicht auf dem Flur erörtern.

„Folgen Sie mir." Hirundulus ging voraus zu seiner Unterkunft. Die großen Räume grenzten an die Wohnung seiner gräflichen Herrschaften. Das vordere Zimmer war dazu gedacht, Patienten zu empfangen, Medikamente zusammenzustellen und Schreibarbeiten zu erledigen. Dieser Raum glich einer Apotheke. Hier waren die gängigsten Drogen zu finden, zusammen mit kostbar verzierten Waagen, Messbechern und Pipetten aus Glas, einem modernen Mikroskop und einer Sammlung Skalpelle und Pinzetten aus bestem Stahl. In Leder gebundene Bücher füllten die Nische auf der gegenüberliegenden Seite des Zimmers aus.

Prätorius fühlte, wie der Neid in ihm aufstieg. Außer dem üppig bemessenen Schreibtisch gab es in der Büchernische noch eine gemütliche Sitzecke. Josephus Hirundulus komplimentierte Prätorius auf einen der Sessel, die um ein kleines Tischchen gruppiert waren.

Der Leibarzt holte eine Likörkaraffe und setzte sich ebenfalls. Nachdem er zwei kleine Gläser gefüllt und eines davon vor Prätorius hingestellt hatte, lehnte er sich zurück und riskierte einen Schuss ins Dunkle: „Zu viel Branntwein?"

Prätorius schüttelte den Kopf. „Es sieht nach einer Vergiftung aus. Nach einer schweren Vergiftung."

„Wodurch?"

„Möglicherweise Sadebaum."

Hirundulus blickte Prätorius ausdruckslos an. „Sie scherzen."

„Erbrechen, blutiger Durchfall, Krämpfe", zählte Prätorius auf. „Natürlich gibt es noch ein Dutzend anderer Gifte, die dasselbe bewirken könnten, aber es lässt sich nicht leugnen: Die Symptome sind genau die gleichen wie bei Isabella von Hattenberg."

Der Leibarzt leerte sein Likörglas in einem Zug. „Und das ausgerechnet jetzt!"

Prätorius verspürte einen Anflug von Schadenfreude. Hirundulus entdeckte offensichtlich gerade, dass es für ein sicheres Fortkommen nicht ausreichte, aussichtslose Fälle anderen zu überlassen.

Der landgräfliche Leibarzt schenkte sich Likör nach und trank gleich einen großen Schluck. „Wollen Sie andeuten, dass Isabella von Hattenberg ihren Tod nicht selbst verschuldet hat?" Seine Stimme klang ungläubig. „Dass es womöglich eine Vergiftung war, die jemand in böswilliger Absicht herbeiführte?"

Prätorius nickte.

„Und dass die Erkrankung des Oberst von Greiffenstein die gleiche Ursache hat?" Hirundulus sah aus, als stünde er selbst kurz vor einem Kollaps. Er trank hastig seinen Likör aus und schenkte sich einen weiteren ein. „Immer vorausgesetzt, dass Sie keine Gespenster sehen. Das würde bedeuten, dass jemand hier herumläuft und Leute umbringen will." Es hielt ihn nicht mehr in seinem Sessel. Der Leibarzt sprang auf und starrte aus dem Fenster. „Das wäre entsetzlich! Welchen Zweck sollte er damit verfolgen? Ist womöglich der Landgraf in Gefahr?"

Der überforderte Hirundulus wirkte so verzweifelt, dass Prätorius gegen seine eigene Überzeugung einwarf: „Vielleicht irre ich mich auch."

„Das könnten wir klären."

Prätorius ahnte, was Hirundulus damit andeuten wollte. Es war die Möglichkeit, die ihm auch schon in den Sinn gekommen und die vom Landgrafen abgelehnt worden war. Mit einer Obduktion könnten sie herausfinden, ob Isabella von Hattenberg überhaupt schwanger gewesen war. Falls das nicht zutraf, konnten sie davon ausgehen, dass sie die Sadebaumtinktur unwissentlich zu sich genommen hatte. Dann wäre sie das erste Opfer eines unbekannten Giftmörders.

„Wir sollten es klären", sagte Prätorius.

„Das würde bedeuten, dass wir die Leiche öffnen müssen."

„Ich sehe keinen anderen Weg."

Hirundulus setzte sich wieder. „Wir bewegen uns da auf schwierigen Pfaden."

„Auch dem Landgrafen dürfte daran gelegen sein, Klarheit zu gewinnen."

„Zweifellos", der Leibarzt zupfte an seinem mageren Kinnbärtchen, „ich werde mit ihm darüber sprechen."

Prätorius verzichtete darauf, seinen eigenen Besuch beim Landgrafen zu erwähnen. Seitdem hatte sich die Situation geändert. Es gab ein weiteres Opfer. Er stand auf. „Wir könnten noch eine Kapazität auf diesem Gebiet hinzuziehen. Heinrich Cuculus, ein Anatom, der früher an der Universität Leiden lehrte, weilt hier zurzeit zur Kur."

Hirundulus' Augen leuchteten auf. Er hatte den Gedanken, die Obduktion selbst durchzuführen, anscheinend nicht sehr verlockend gefunden. „Auch das werde ich dem Landgrafen vorschlagen."

Cuculus blickte von dem ledergebundenen Wälzer auf, mit dem er dicht vor dem kleinen Fenster in der Gaststube des ‚Bären' saß. Vor ihm auf dem Tisch standen ein Becher mit Wein sowie ein Teller mit Brot und einer appetitlich duftenden Wurst. Prätorius ahnte, dass es in dem Buch, das der Anatom so fasziniert las, weniger um Medizin als vielmehr um Obstbäume ging.

Als sich der Arzt zu ihm an den Tisch setzte, legte der grauhaarige Mann das Buch beiseite und nahm den Kneifer von der Nase.

„Was halten Sie von der ganzen Geschichte?", fragte Prätorius, nachdem er Cuculus von den neuesten Entwicklungen in Kenntnis gesetzt hatte.

„Vielleicht hatten Sie von Anfang an recht." Der Anatom holte tief Luft. „In diesem Falle sollten wir aber auch weiterdenken: Wenn Isabella und der Oberst wirklich vergiftet wurden, was bedeutet das dann?"

„Dass hier ein Mörder sein Unwesen treibt."

„Ja, das dürfte offensichtlich sein." Cuculus trommelte mit den Fingerspitzen auf das zugeklappte Buch. „Aber was will der Mörder?"

„Wer unschuldige Menschen mit Sadebaumtinktur traktiert, ist wahnsinnig!", brach es aus Prätorius hervor.

„Möglich, aber wirklich wahnsinnige Mörder sind seltener, als man gemeinhin annimmt."

Prätorius starrte Cuculus an. „Sie wollen sagen, da steckt eine Absicht dahinter?"

„Das ist wahrscheinlich."

„Aber was könnte der Mörder bezwecken? Eine Hofdame ohne jeden Einfluss zu töten! Ihre Familie ist nicht einmal reich!"

„Eins nach dem anderen", sagte Cuculus. „Zuerst muss feststehen, dass Isabella von Hattenberg wirklich keinen Selbstmord begangen hat – oder meinetwegen der Fehldosierung eines Abortivums zum Opfer fiel."

„Genau." Prätorius war wieder eingefallen, weshalb er hier war. „Ich habe gegenüber dem Leibarzt des Landgrafen erwähnt, dass ich einen guten Anatomen kenne, der die Obduktion präzise und diskret durchführen kann. Ich denke, es genügt in diesem Falle festzustellen, ob Isabella schwanger war oder nicht."

Cuculus dachte kurz nach, dann schmunzelte er. „Vielleicht geht das Ganze auch viel einfacher."

„Wie?"

Der alte Anatom sah Prätorius prüfend an. „Also ich weiß ja, dass Sie verheiratet waren ..."

Der landgräfliche Leibarzt hatte keine Zeit verloren. Bereits nach einer Stunde erschien ein Diener aus dem Schloss mit der Botschaft, dass Prätorius und Cuculus zu Hirundulus gebeten würden.

Es sei ihm gelungen, die Einwilligung seines Herrn zur Anatomie der Hofdame zu bekommen, erklärte der Leibarzt stolz. „Allerdings nur unter der Auflage, strikteste Diskretion walten zu lassen." Hirundulus schaute von einem seiner Besucher zum anderen. „Außer uns darf niemand etwas von diesem Vorhaben erfahren."

Die drei Ärzte warteten die Mittagszeit ab. Die Bediensteten des Hofes saßen um diese Stunde entweder in der Küche beim Essen oder sie waren damit beschäftigt, ihren Herrschaften das Mittagsmahl zu servieren. Jetzt war das Risiko am geringsten, dass jemand sah, wie sie das Zimmer der Hofdame betraten. Es kam ihnen hierbei zugute, dass der Geistliche sich geweigert hatte, Isabella bis zum Begräbnis das Privileg einer Totenwache zu gewähren. Er behandelte sie als eine Selbst- und Kindsmörderin.

Die Fenster des Zimmers lagen nach Süden und als Hirundulus die Vorhänge zurückzog, um mehr Licht einzulassen, wurde es warm und der dumpfe Geruch, der in der Luft lag, verstärkte sich noch. Prätorius griff nach dem Riegel, um den Fensterflügel zu öffnen, aber Hirundulus schüttelte den Kopf. „Wenn das jemand sieht!"

Cuculus entledigte sich seines Rockes und seiner Weste und krempelte die Ärmel des Hemdes auf. Prätorius folgte seinem Beispiel. Lediglich Hirundulus dachte angesichts der Aufgabe, die vor ihnen lag, noch daran, seine Würde zu bewahren und behielt seine Seidenjacke an. Dann traten sie an das Bett, auf dem Isabellas Körper starr und grau lag.

Prätorius für seinen Teil hätte die Obduktion am liebsten an dieser Stelle beendet, denn dies hier war etwas anderes als die Anatomien, denen er in den Niederlanden beigewohnt hatte. Dort waren es anonyme Körper gewesen, Sträflinge, deren Namen niemand kannte und deren Leichname niemand beanspruchte. Aber dies war eine Frau, die er kannte, mit der er geredet und gescherzt hatte.

Hirundulus rümpfte die Nase und zündete die Holzkohlen in einem Räuchergefäß an, in dem er einige Körner Weihrauch verglimmen ließ. Dadurch wurde es zwar nicht luftiger im Zimmer, aber der Geruch war jetzt etwas erträglicher.

Mit einem unguten Gefühl betrachtete Prätorius den Kasten mit den chirurgischen Instrumenten, den der landgräfliche Leibarzt mitgebracht hatte.

„Wir sollten beginnen", sagte Hirundulus, machte aber seinerseits keine Bewegung, um nach einem Skalpell zu greifen.

Cuculus grinste ihn an. „Ich habe ja schon versucht, meine Theorie Ihrem Kollegen vorzutragen …"

„Bitte", Prätorius wollte jetzt nicht noch anfangen, Rätsel zu lösen, „sagen Sie uns einfach, was wir übersehen haben."

Der Anatom seufzte. „Hat jemand von euch Schlauköpfen eigentlich daran gedacht, dass Isabella noch Jungfrau sein könnte? Wenn ja, dann können wir uns das Aufschneiden sparen." Er schaute sich kampflustig um. „Es sei denn, die Herren legen es auf eine theologische Diskussion an."

Hirundulus schnappte nach Luft. „Warum hat man mir das nicht eher gesagt? Dann hätte ich darauf verzichten können, den Landgrafen zu einer Obduktion zu überreden und seinen Unwillen auf mich zu ziehen."

„Ich kann Sie vielleicht in Anatomie unterrichten, aber ich kann Ihnen keinen gesunden Menschenverstand beibringen." Der holländische Anatom schlug Isabellas kostbar bestickte Röcke nach oben. Sie bedeckten nun das Gesicht der Toten. Das machte alles etwas einfacher, fand Prätorius. Allerdings wurde der Leichengeruch intensiver.

Hirundulus wischte sich den Schweiß von der Stirn, sank auf einen Stuhl, der in der Ecke stand, und wurde grünlich im Gesicht. Er riss die Knöpfe seiner Weste auf und fächelte sich mit der Hand Luft zu. Zwar murmelte er etwas von Kreislaufbeschwerden, aber der alte Anatom würdigte ihn nur eines verachtungsvollen Blickes. Heinrich Cuculus war der einzige, dem der Geruch nichts auszumachen schien. Er beugte sich mit gerunzelter Stirn über den entblößten Unterleib der Hofdame.

„Wie ich es mir gedacht hatte, wir sparen uns eine Menge Arbeit", verkündete er nach wenigen Minuten triumphierend.

„Sie ist Jungfrau."

Hirundulus winkte hektisch ab, als Cuculus ihn heranbat, damit er die Diagnose bestätigte.

„Ich glaube Ihnen."

Auch Prätorius warf nur einen kurzen Blick auf Isabella, dann ordnete er die Röcke wieder an, wie es seinem Sinn für Schicklichkeit entsprach. Wenigstens hatte diese Aktion dazu beigetragen, die Hofdame einem standesgemäßen Begräbnis näher zu bringen. Vor ihnen lag keine Selbstmörderin, sondern ein Opfer. Getötet aus einem Grund, den sie nicht kannten. Dieser Gedanke mischte sich in die Erleichterung, die Prätorius empfand, als ihm klar wurde, dass es ihm erspart blieb, die Dame aufzuschneiden.

Kapitel 23

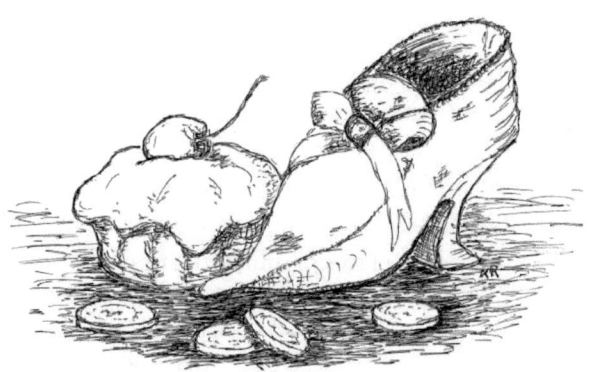

Ottilie Lieffenbruch war wütend.

Nicht nur, dass es ihr Mann versäumt hatte, sich zu ihrer Schokoladen-Stunde blicken zu lassen und ihren neuen Freundinnen seine Ehrerbietung zu erweisen. Er suchte das Ehebett erst mitten in der Nacht auf, ließ sich schwer in die Kissen fallen und der Weindunst, der von seinem Körper aufstieg, sagte Ottilie alles. Als die Vögel vor dem Fenster ohrenbetäubend zu zwitschern begannen, verkroch er sich noch tiefer unter der Decke. Ottilie war aber nicht gewillt, ihm das durchgehen zu lassen. Alle Welt traf sich zu dieser Stunde am Brunnen und seit der Landgraf und sein holländischer Freund angekommen waren, beide mit eigenen Musikern, da gab es noch etwas anderes zu hören als Klatsch und Tratsch. Und sie sollte nicht dabei sein? Ausgeschlossen!

Also rüttelte sie an der Schulter ihres Mannes.

Oswald Lieffenbruch drehte sich mit einem Stöhnen auf den Rücken. Dann sprang er unvermittelt aus dem Bett und verließ in höchster Eile das Zimmer. Die Tür des Aborts am Ende des Ganges wurde heftig zugeschlagen. Ottilie kletterte aus dem Bett. Wenn Oswald zurückkam, dann würde er etwas zu hören bekommen.

Sie rief nach ihrer Zofe, öffnete das Fenster einen Spaltbreit und warf einen Blick nach draußen. Für den Gang zum Brunnen würde ein Morgenkleid genügen. Die Straße war trocken, die Sonne blinzelte durch die Blätter der Bäume und der Tag versprach warm zu werden. Sie wusste, dass sie im Morgenkleid gut aussah. Der fließende Stoff würde ihre Rundungen betonen und gab ihr die Gelegenheit, mehr Dekolletee zu zeigen, als es sonst tagsüber schicklich war. Auch etwas Schmuck könnte sie anlegen. Nicht zu viel, aber kostbar. Die Tuchhändlersgattin klappte ihre mit Elfenbein-Einlegearbeiten verzierte Schatulle auf dem Nachttisch auf und wählte nach einigem Nachdenken einen perlenbesetzten Anhänger und ein Paar Ohrgehänge aus Perlen. Dazu eine schlichte Frisur. Sie musterte die verschiedenen Duftwässer, die auf dem Toilettentisch bereitstanden.

Als Ottilie fertig angekleidet, frisiert, gepudert und parfümiert war, hatte sich Oswald immer noch nicht gezeigt. Sie schickte die Zofe los, damit sie an die Aborttür klopfte. Plötzlich ertönte Stimmengewirr auf dem Flur. Oswalds Kammerdiener rief etwas und die Zofe kreischte, als stünde das Jüngste Gericht unmittelbar bevor.

Kapitel 24

Über die Ergebnisse der Leichenschau bei der Hofdame mussten die drei Ärzte dem Landgrafen schnellstmöglich Bericht erstatten. Ernst von Hessen-Rheinfels erwartete sie bereits im Arbeitszimmer und trommelte mit seinen schlanken Fingern auf einen Stapel Papiere, während die Mediziner ihre Verbeugungen vollführten.

Prätorius ertappte sich dabei, wie er zu dem Kruzifix über dem Schreibtisch schielte. Würde hier jemand für Gerechtigkeit sorgen können? Aber selbst wenn man den Mörder fasste, Isabella würde davon nicht mehr lebendig werden.

Josephus Hirundulus räusperte sich. Als landgräflicher Leibarzt stand es ihm zu, seinen Herrn über die Lage der Dinge zu informieren.

„Alle Anzeichen weisen auf eine Vergiftung hin!", begann er. Der Landgraf nickte ungeduldig, diese Tatsache war ihm bekannt.

Hirundulus räusperte sich wieder. „Wir nehmen an, dass Isabella von Hattenberg einem Giftanschlag zum Opfer fiel."

Ernst beugte sich vor. „Die Dame hat das Gift also nicht aus eigenem Antrieb eingenommen?"

„Es gab keinen Grund dafür", erklärte Hirundulus steif.

Der Landgraf musterte die drei Ärzte, die vor seinem Schreibtisch standen, aus dunklen, scharfen Augen.

Prätorius kam es in den Sinn, dass er um keinen Preis jetzt in dem geschnitzten Sessel des Herrn sitzen wollte.

„Wir nehmen weiterhin an, dass es sich um das gleiche Gift handelte, das auch beim Oberst von Greiffenstein zum Einsatz kam", sagte Hirundulus, räusperte sich erneut und trat von einem Fuß auf den anderen.

„Wie geht es dem Oberst?"

Hirundulus trat zur Seite und bedeutete Prätorius, dass er an der Reihe war.

„Ich habe den Herrn von Greiffenstein heute Morgen untersucht: Er leidet unter einer akuten Vergiftung. Es ist nicht sicher, ob er überlebt."

Landgraf Ernst schloss kurz die Augen und lehnte sich zurück.

Prätorius machte eine kurze Pause, um den Landgrafen in seiner Trauer nicht zu stören. Dann sagte er: „Ich bin der Ansicht, dass sowohl bei dem Oberst als auch bei Isabella von Hattenberg Sadebaumtinktur verwendet wurde."

Der Landgraf nickte langsam. „Ein ungewöhnliches Gift für Mord."

„Ein Gift, das stets mit der größtmöglichen Diskretion ge- und verkauft wird", sagte Cuculus. „Und das in der Geschichte durchaus schon zu Mordzwecken eingesetzt wurde. Dem französischen König Ludwig XI. sagt man in dieser Hinsicht so einiges nach."

„Die Tinktur ist leicht herzustellen, aber kein Apotheker würde zugeben, dass er damit handelt", fügte Prätorius hinzu. „Daher kann man üblicherweise nicht zurückverfolgen, aus welcher Quelle das Gift stammt."

„Besitzen Sie einen Anhaltspunkt, was der Grund für diese Anschläge sein könnte?", wollte Landgraf Ernst wissen.

Er blickte von einem zum anderen.

„Möglicherweise", Cuculus bemühte sich, dieses Wort besonders zu betonen, „möglicherweise waren beide bisherigen Opfer nicht das eigentliche Ziel der Anschläge."

Josephus Hirundulus schaute ihn erstaunt an.

Ernst von Hessen-Rheinfels nickte. „Also doch."

„Beide Opfer sind Angehörige des Hofstaates", sagte Cuculus. „Der Verdacht liegt nahe, dass Eure Exzellenz oder Eure Familie getroffen werden sollten."

Prätorius fiel das gestrige Gespräch mit Diana von Oberheim wieder ein. Der Glassplitter in der Pfote des Hündchens, die zerbrochene Karaffe. Es war dieses Gefühl, das einen beim Gang über eine Eisfläche beschleicht, wenn man erst einmal anfängt daran zu zweifeln, dass einen das Eis trägt. Ein Erlebnis, das der Arzt einmal in Holland hatte und das er nicht wiederholen wollte. Prätorius entschloss sich, seinen Verdacht zu erwähnen. „Ich erfuhr zufällig, dass Isabella von Hattenberg von dem Sauerwasser getrunken hat, das für die gräflichen Gemächer bestimmt war", begann Prätorius. „Dass weitere Personen aus derselben Karaffe tranken, wurde nur durch einen glücklichen Zufall verhindert."

„Wer hat das Wasser geholt?", die Stimme des Landgrafen klang scharf.

„Das lässt sich durch eine Befragung des Personals sicherlich klären."

Hirundulus platzte heraus: „Aber was ist mit Greiffenstein – dass der Sauerwasser getrunken hat, glaube ich im Leben nicht!"

Der Landgraf wandte sich an Prätorius. „Haben Sie dafür auch eine Erklärung?"

Prätorius schüttelte den Kopf. „Vielleicht wurde ihm das Gift auf eine andere Art und Weise verabreicht."

„Aber warum und wie?", beharrte Hirundulus.

Prätorius hob die Schultern.

„Ich werde die Wachen am Tor verstärken und auch die Küche noch sorgfältiger überwachen lassen, der Haushofmeister wird alle Speisen vorher verkosten", entschied Landgraf Ernst. „Auch das Sauerwasser." Er lehnte sich vor und sah den Ärzten nacheinander in die Augen. „Was wir hier besprochen haben, wird absolut vertraulich behandelt."

Die drei verbeugten sich.

Der Landgraf wandte sich direkt an Prätorius. „Sie wollten Isabella von Anfang an obduzieren. Sie scheinen ein heller Kopf zu sein."

Prätorius verbeugte sich nochmals und bemerkte dabei den giftigen Blick, den ihm Hirundulus zuwarf.

„Ich werde mit dem Grafen von Eenvelde über Sie sprechen", sagte Ernst von Hessen-Rheinfels. Dann entließ er die Besucher.

Prätorius suchte die Küche des Schlosses auf. Hier lungerten die Bediensteten des landgräflichen Hofes herum, wenn sie gerade nichts anderes zu tun hatten. Auch jetzt war in dem großen Raum wieder ein ganzes Sortiment Lakaien anzutreffen, die mit Würfeln und Karten spielten, aßen oder mit den Küchenmädchen schäkerten.

Als Prätorius eintrat, wandten sich ihm alle Blicke zu. Ein vornehmer Herr hatte nichts in einer Küche zu suchen. Dieses ungeschriebene Gesetz galt hier wie überall.

„Wer holte am Abend Ihrer Ankunft das Wasser für die Gräfin vom Brunnen?"

Ein rundlicher Lakai stand auf. Sein Haar lichtete sich schon etwas und er zwinkerte nervös mit den Augen. Mit einer Hand knöpfte er die Jacke seiner Livree zu. „Das war ich. Ich hatte in den Gemächern der Gräfin Dienst, und gleich nach ihrer Ankunft schickte mich der Haushofmeister los, um eine Probe des Sauerwassers zu besorgen. Auch wenn es schon recht spät am Tage war."

„Was hast du getan?"

„Ich bin zum Brunnen gegangen und habe das Wasser geholt."

„Wie ging das genau vor sich?"

Der Lakai glotzte ihn an. Wie holte man Wasser? Warum gab sich der Herr nicht einfach mit seiner Auskunft zufrieden? Der Lakai seufzte leise. „Ich bin in die Küche gegangen, habe einen sauberen Krug geholt und bin dann zum Brunnen. Dort habe ich den Krug mit dem Sauerwasser füllen lassen, bin wieder zurückgelaufen und habe das Wasser in die Glaskaraffe umge-schüttet, die ich in die Gemächer der Gräfin gebracht habe.

„Was war mit der Dame Isabella? Hast du sie unterwegs ge-troffen?"

Der Lakai nickte. „Sie begegnete mir auf dem Schlosshof, als ich mit dem gefüllten Krug zurückkehrte. Sie hatte einen Becher dabei und wollte zum Brunnen. Als sie mich sah, bat sie mich, ihr den Becher zu füllen, dann würde sie sich den Weg sparen."

„Tatest du das?"

Der Lakai nickte. „Der Dame Isabella konnte man nichts ab-schlagen. Und ich wusste ja, dass der Krug viel mehr Wasser fasste als die Karaffe."

„War noch Wasser übrig, nachdem du die Karaffe für die Gräfin gefüllt hattest?"

„Vielleicht ein Schluck", der Diener zuckte mit den Schul-tern, „ich habe ihn weggeschüttet. Dieses Sauerwasser habe ich schon im letzten Jahr probiert und es hat mir nicht geschmeckt. Nehme nicht an, dass es seither besser geworden ist."

„Hat der Gardeoberst Greiffenstein in den letzten Tagen Heilwasser verlangt?", fragte Prätorius.

Der Lakai prustete. Ein Küchenmädchen kicherte hysterisch und hielt sich schnell die Hand vor den Mund.

„Nein Herr, nicht dass ich wüsste", quetschte der Lakai her-vor.

Prätorius trat den Rückzug an. Als er die Tür schloss, ahnte er schon, was gleich in der Küche für ein Reden und Spekulie-ren losgehen würde. Diese Leute waren zwar ungebildet, aber sie sahen und hörten mehr, als ihren Herrschaften lieb war.

Der Oberst der Leibgardisten war kaum wiederzuerkennen. Er schien eingeschrumpft zu sein, wie er da mit grauem Gesicht in den Kissen lag.

„Er hat eine Menge Blut verloren", flüsterte der Kammerdie-ner, als Prätorius an das Bett trat. Wenn es tatsächlich eine Sa-debaumvergiftung war, dann müsste Greiffenstein die Tinktur gestern oder heute Nacht zu sich genommen haben.

Er erinnerte sich, dass er den Oberst mit einigen seiner Leute in den ‚Vier Elstern' gesehen hatte. Greiffenstein war zeitig fortgegangen.

„Wo war dein Herr gestern Abend?"

„Er kam irgendwann gegen Morgen nach Hause und begab sich, ohne meine Dienste zu beanspruchen, ins Bett."

Prätorius wusste, dass Diener normalerweise sehr gut über die Gewohnheiten ihrer Herrschaften orientiert waren. „Es ist wichtig", sagte er. „Das Leben deines Herrn könnte davon abhängen."

Der Kammerdiener sah den Arzt mit einem gequälten Gesichtsausdruck an. Seine Gedanken standen ihm förmlich auf der Stirn geschrieben: Falls Greiffenstein überlebte und herausbekam, dass man sein Privatleben diskutiert hatte, dann Gnade Gott ihnen allen.

„Die Abende, an denen er keinen Dienst hat", sagte der Mann langsam, denn er war zu dem Schluss gekommen, dass angesichts der Umstände Diskretion fehl am Platz war, „diese Abende verbringt der Oberst erfahrungsgemäß so, dass er zuerst eine Schenke aufsucht und danach eine gefällige Dame."

Kapitel 25

Rosalie war zutiefst besorgt. Ein Kranker unter dem Dach der ‚Vier Elstern'. Das konnte sich nachteilig auf den Ruf ihres Gasthauses auswirken. Am späten Morgen war die Kammerzofe der Lieffenbruchs in die Küche gestürmt. Diesmal nicht hochnäsig, sondern verzweifelt und zerzaust. „Der Herr ist schwer krank, wir brauchen den Apotheker." Danach war sie kraftlos auf der Küchenbank zusammengesunken. Anna reichte ihr einen kleinen Becher Schnaps, um sie wieder auf die Beine zu bringen.

Rosalie hatte Franz gerufen und ihn zur Apotheke geschickt. Wenn so wohlhabende Kurgäste erkrankten, dann würde der Apotheker sich selbst zu dem Patienten bemühen. Danach war die Wirtin die Treppe in den ersten Stock hinaufgelaufen und hatte gesehen, wie Ottilie Lieffenbruch händeringend in der Tür zu ihrem Appartement stand, während der Kammerdiener sich über den stöhnenden Oswald im Bett beugte.

Die Tuchhändlersgattin war offensichtlich zum Ausgehen aufgeputzt. Die nur locker mit Schleifen zusammengehaltenen Ärmel ihres Kleides rutschten bis auf die Schultern, als sie die Arme zum Himmel hob und schluchzend verkündete, dass sie schwer gestraft sei. Aus ihrem Jammern und Lamentieren entnahm Rosalie, dass Oswald die halbe Nacht außer Haus verbracht und seine Frau damit brüskiert hatte. Und jetzt setzte er sein Fehlverhalten fort, indem er sich weigere, sie zum Brunnen zu begleiten.

Der Kammerdiener warf Rosalie einen verzweifelten Blick zu. Die Wirtin verstand und führte die aufgebrachte Dame in das Nebenzimmer. Da sich die Kammerzofe noch immer nicht blicken ließ, rief Rosalie nach der Hausmagd Betti und trug ihr auf, den selbst angesetzten Johannisbeerlikör aus der Küche zu holen. Vielleicht bewirkte der, dass sich Frau Lieffenbruch etwas beruhigte.

Als endlich der Apotheker eintraf, hatte die Tuchhändlersgattin ihre Fassung so weit wiedererlangt, dass sie den Pharmazeuten ohne zu schluchzen empfangen konnte. „Wahrscheinlich hat er sich irgendwo übergessen und betrunken", sagte sie mit einem Seitenblick auf Rosalie.

Diese hob nur die Schultern. „Nicht bei mir, ich habe ihn seit gestern Nachmittag nicht mehr gesehen."

Der Apotheker fühlte den Puls des Kranken, besah seine Zunge und befragte den Kammerdiener.

„Sie geben ihm ein Klistier?", fragte Ottilie Lieffenbruch hoffnungsvoll. „Das wird ihn sicher aus dem Bett treiben."

„Ich wüsste nicht, was das hier nützen sollte."

Ottilie Lieffenbruch schnaufte. „Und was soll nun werden?"

„Lassen Sie ihn trinken, so viel er will – Wasser oder Wein, das ist egal. Essen ist erst einmal gestrichen. Aufregung jeder Art auch."

Nachdem er sein Honorar verlangt und bekommen hatte, wandte sich der Apotheker zum Gehen.

Die Wirtin war bereits vor ihm die Treppe hinuntergeeilt und erwartete ihn mit einem Becher Rotwein. Als der Apotheker sich in der Gaststube niedergelassen hatte, setzte sich Rosalie ihm gegenüber. „Woran leidet der Tuchhändler?"

„Durchfall und Erbrechen", sagte der Pharmazeut knapp und nahm einen genüsslichen Schluck Wein. „Es ist mit Sicherheit eine Vergiftung, wahrscheinlich sogar eine schwere, und ich glaube nicht, dass sie durch verdorbene Lebensmittel hervorgerufen wurde."

„Wodurch denn dann?"

Horstius hob die Schultern. „Da gibt es viele Möglichkeiten. Die Welt ist voller Dinge, die dem Menschen unzuträglich sind."

Rosalie tröstete es wenig, dass sich der Mann die Vergiftung nicht in ihrem Haus zugezogen hatte. Es war schlimm genug, dass überhaupt einem ihrer Gäste unwohl war. „Sollen wir für ihn Wasser aus dem Weinbrunnen holen?"

Der Apotheker schaute sie von oben herab an. „Gute Frau, das Wasser ist zwar gesund für den Magen, aber bei einer akuten Vergiftung nützt es wenig."

Rosalie nickte zerknirscht. Sie hätte gern etwas für den dicken Tuchhändler getan.

Der Koch der Lieffenbruchs konnte nicht arbeiten. Er saß am Küchentisch und wenn er nicht gerade in dumpfem Brüten versunken war, dann lamentierte er über das Schicksal, das es so gefügt hatte, dass ausgerechnet sein Herr vergiftet werden musste. Egal, ob es durch seine Schuld passiert war oder nicht. Der Makel würde sich nie wieder tilgen lassen. An diesem Punkt stützte er das Gesicht in die Hände und rührte sich nicht mehr. Rosalie stellte ihm einen großen Becher Schnaps in Reichweite. Keine Reaktion.

Anna rümpfte die Nase. In der Speisekammer stand immer noch eine große Schüssel des unverarbeiteten Rehfleisches. Mit einem Blick auf den handlungsunfähigen Koch schlug Rosalie ihrer Küchenmagd vor, das Fleisch zu Pastetchen zu verarbeiten. Die konnte man tüchtig würzen. Das würde den mittlerweile sehr kräftigen Wildgeschmack überdecken. Anna holte Mehl aus der Speisekammer, um den Pastetenteig vorzubereiten.

Als die Küchenmagd eine Schüssel auf den Tisch stellte, in der sie Schmalz, Wasser und Salz mit dem Mehl vermengte und den Teig zu kneten begann, stand der Koch auf, kippte den Schnaps hinunter und schlich davon.

Rosalie briet das Rehfleisch an und fügte großzügig Pfeffer, Salz, Muskat und Salbei hinzu. Sie bezweifelte, dass Ottilie Lieffenbruch heute Appetit auf Pasteten, Braten oder Geschmortes verspüren würde. Dennoch musste ein Mahl vorbereitet werden. Egal, ob der Koch ausfiel oder nicht. Sie schickte Anna in den Pferdestall, um den Küchenjungen Peter zu holen, und legte ein Huhn zusammen mit etwas Gemüse in einen wassergefüllten Topf. Vielleicht könnte man dem Kranken wenigstens eine Brühe einflößen.

Kapitel 26

Jakob wusste noch nichts von den jüngsten Ereignissen in den ,Vier Elstern'. Seine Mutter hatte ihn früh am Morgen in die Unterstadt geschickt, um bei einem Bauern drei frisch geschlachtete Kaninchen zu kaufen. Inzwischen war er wieder auf dem Heimweg, aber er hatte es nicht eilig. Rosalie behandelte ihn immer noch wie einen Kranken, also würde sie es ihm nachsehen, wenn er von diesem Gang nicht so schnell zurückkehrte.

Während er die Hauptstraße entlangschlenderte, überlegte der Bursche, ob er Anna die Eingeweide der Kaninchen abschwatzen sollte, wenn sie die Tiere zubereitete. Damit könnte er den Fuchs anlocken, der seit Tagen um den Hühnerstall schlich. Wenn er es richtig anstellte, dann gelang es ihm vielleicht, ihn zu erlegen. Als er am Gasthof ,Zum Bären' vorbeikam, hielt er Ausschau nach Carolus. Möglicherweise wollte der sich ja an der Fuchsjagd beteiligen. Aber Jakob konnte den Mohren nirgends sehen. Langsam ging er weiter. Der Bauer hatte die Kaninchen an den Hinterläufen zusammengebunden, sodass Jakob die Tiere über seine gesunde Schulter hängen konnte. Der Degenstich schmerzte kaum noch und der Bursche war stolz auf die Narbe, die es geben würde.

In der Unterstadt war die Straße belebter und bunter als in der Oberstadt. Da auch hier berühmte Gasthäuser standen, wie der ,Bären' oder der ,Weiße Schwan', gab es ebenfalls reiche

Kurgäste, vornehme und nicht ganz so vornehme Damen und bunt gekleidete Lakaien. Die eleganten Gasthäuser wurden umrahmt von den einfacheren Logierhäusern, in denen weniger wohlhabende Gäste wohnten, ältere Männer und Frauen aus dem Bürgerstand, die wegen ihrer gesundheitlichen Gebrechen hier waren. Meist in tiefes Schwarz gekleidet, schlichen sie die Straße entlang, standen müßig vor den Häusern oder betrachteten vom Fenster aus das bunte Treiben. Allgegenwärtig waren die braunen oder grauen Gestalten der Bauern, die eine Kuh durch das Gedränge trieben oder versuchten, eine Herde Schafe beisammenzuhalten. Schweine, Hühner und Enten waren meist ohne ihre Herren unterwegs. Dazu kamen Händler und Handwerker, die ihre Waren oder Dienste feilboten. Bürgersfrauen und Mägde mit Einkaufskörben unter dem Arm oder auf dem Kopf schoben sich durchs Gedränge. Nicht zu übersehen waren auch die Angehörigen des fahrenden Volkes, Gaukler und Spielleute, die in ihren bunten Lumpen genauso den Blick gefangen nahmen wie die aufgeputzten Adligen mit ihren Spitzenkrägen.

Jakob kannte viele der Einheimischen, er blieb oft stehen, um mit diesem oder jenem ein paar Worte oder wenigstens einen Gruß zu wechseln. Die Geschichte von dem Überfall auf den Wirtssohn hatte sich herumgesprochen und so konnte sich Jakob vor Beileidsbekundungen und neugierigen Fragen kaum retten.

Als der Junge die Häuser des Unterfleckens hinter sich gelassen hatte, sah er etwas, das ihm bekannt vorkam. Das goldfarbene Fell eines Pferdes schimmerte zwischen den dicken Stämmen der Bäume hindurch, die den Lindenbrunnen umstanden. Dieser Brunnen lag inmitten von Gärten zwischen dem Ober- und dem Unterflecken Langenschwalbachs. Er führte ebenfalls Heilwasser, wurde aber von den Gästen weniger besucht als der berühmte Weinbrunnen oder der fast ebenso bekannte Brodelbrunnen. Jakobs Jagdinstinkt richtete sich jetzt nicht mehr auf den Fuchs im Hühnerstall. Der Junge war sich sicher, dass der Mann, dem das goldene Pferd gehörte, den

Überfall auf ihn verübt hatte. Und wenn es schon nicht möglich war, den Herrn zur Rechenschaft zu ziehen, dann wollte Jakob wenigstens wissen, warum er ihn angegriffen hatte. Er hatte sich unter den Brunnenburschen umgehört und erfahren, dass es sich bei dem Besitzer des auffälligen Pferdes um einen schwedischen Edelmann mit Magenbeschwerden handelte.

Der breite Bachlauf trennte den von Linden eingerahmten Platz mit seinem kleinen Brunnenhäuschen von der Straße. Eine solide Brücke überquerte das Gewässer, aber wer sie benutzte, der wurde vom Brunnen aus gesehen. Das lag nicht in Jakobs Absicht. Er ging zurück bis zum letzten Haus des Unterfleckens, das durch einen schmalen Steg mit der Straße verbunden war. Dort überquerte er den Bach und schlug den Fußpfad ein, der am Ufer aufwärts führte. Die Giebelseite einer Scheune ragte so weit gegen den Bach vor, dass ihr Fundament vom Wasser bespült wurde. Hier war kein Durchkommen. Jakob überquerte den Hof, dankte im Stillen der Vorsehung, dass die Besitzer dieses Anwesens keinen Hund hielten, und kletterte über die brüchige Mauer hinter der Scheune. Seine verletzte Schulter schmerzte dabei und die toten Kaninchen waren hinderlich, aber das war ihm egal. Er folgte einer Fährte.

Hinter der Mauer lagen die teilweise verwilderten Gärten, die den Lindenbrunnen umgaben. Dichtes Gebüsch verbarg Jakob sowohl vor den Blicken derer, die auf der Straße spazierten, als auch vor den Personen am Brunnen. Vorsichtig kroch er zwischen den dicht stehenden Haselstämmen hindurch. Eine Ente hatte sich hier häuslich niedergelassen und watschelte laut quakend in Richtung Bach, als der Bursche fast auf sie trat.

Jakob hängte die toten Kaninchen über einen Ast. Hier würde sie niemand stehlen. Vorsichtig schob er sich weiter durch die Sträucher.

Schließlich hatte er den Rand des Platzes, in dessen Mitte das nach allen Seiten offene Brunnenhaus stand, erreicht. Er blickte hinüber. Auf einer Steinbank im Schatten des Gebäudes saß eine Frau, die ihm den Rücken zukehrte.

An ihrer Kleidung konnte man sehen, dass es sich um eine Dienstbotin handelte. Dafür sprach auch der irdene Krug, der neben ihr stand. Offensichtlich hatte sie Wasser geholt und verträumte nun die Zeit. Von dem Goldfuchs, den sein Besitzer an dem Wasserrinnsal tränkte, das vom Brunnen in den Bach lief, sah Jakob aus seiner Perspektive nur das Hinterteil. Der Reiter war vollständig hinter den dicken Baumstämmen verborgen. Jetzt bewegte sich das Pferd. Sein Besitzer führte es in den Schatten des Brunnenhauses und machte sich am Zaumzeug seines Tieres zu schaffen. Dabei redete er die Frau an. Sie blickte auf und ließ ein goldenes Medaillon im Ausschnitt ihres Kleides verschwinden.

Jakob kroch aus dem Gebüsch hervor und glitt hinter den Stamm der stattlichen Linde, die ihm am nächsten stand. Vorsichtig spähte er um den Baum herum. Jetzt konnte er den schwedischen Edelmann sehen.

Aelluen war mit seinem Pferd bis nahe an die Steinbank, auf der die Frau saß, herangetreten.

„Wie sieht es aus?", fragte er, ohne in die Richtung der Dienerin zu blicken.

„Es geht nicht so schnell", sagte sie, „meine Herrin bemerkt sonst etwas."

Aelluen brummte. Es klang wie „die sollte doch genug Beschäftigung haben". Er trat an die andere Seite des Pferdes. „Eine Hofdame ist bereits gestorben, das wird die anderen zur Vorsicht veranlassen."

Die Frau senkte den Kopf

„Sieh zu, dass keine Fehler mehr vorkommen – je länger es dauert, bis du den Plan umgesetzt hast, desto größer ist die Gefahr, dass uns jemand auf die Spur kommt. Dieser Arzt des Grafen von Eenvelde ist nicht dumm."

Die Frau seufzte. „Entweder meine Herrin kommandiert mich herum oder Männer, die meine Herrin kennenlernen wollen, bedrängen mich. Wie soll ich da meinen Auftrag ausführen?"

„Tu einfach, was nötig ist. Niemand wird dir einen Vorwurf machen. Noch eines: Von nun an sehen wir uns nur noch an unserem Treffpunkt außerhalb des Ortes, an dem Pfad der zur Straße nach Mainz führt." Aelluen stieg wieder in den Sattel und lenkte sein Pferd über den Steg zur Straße. Die Dienstbotin war aufgestanden und blickte ihm nach. Jetzt konnte Jakob endlich einen Blick auf das Gesicht der Frau werfen.

Es war die Zofe der Dame Athenais. Er hatte sie bei ihrer Ankunft im Gasthaus ‚Zum Bären' gesehen. Die strenge Haltung und der verkniffene Mund prägten sich ein, weil sie in so krassem Gegensatz zu der Profession ihrer Herrin standen.

Das Gesicht der Zofe zeigte einen entrückten Ausdruck, während sie dem Schweden nachschaute. Ihre Hand legte sich auf das Mieder, an der Stelle, an der Jakob das Medaillon vermutete. Dann griff die Frau zum Wasserkrug, setzte ihn mit einem Schwung auf den Kopf und überquerte ebenfalls den Bach. Auf der Straße wandte sie sich nach rechts, in Richtung Unterstadt. Als niemand mehr zu sehen war, kroch auch Jakob hinter dem Baum hervor und machte sich auf den Heimweg.

Als er schon fast das landgräfliche Schloss erreicht hatte, fiel ihm ein, dass die Kaninchen immer noch im Gebüsch am Lindenbrunnen hingen. Mit einem Seufzer machte er kehrt.

Als er mit den toten Tieren erneut auf dem Heimweg war, traf er doch noch auf Carolus. Der Mohr trug ein Paar zierlicher neuer Damenschuhe in der Hand. Seine Augen leuchteten auf. „Wie ich sehe, geht es dir wieder gut!"

Jakob grinste. „Und wie ich sehe, machst du weibliche Besorgungen."

„Wenn die Zofe nicht zur Verfügung steht, dann muss ich das eben machen." Er schenkte Jakob ein schiefes Grinsen. „Aber ich bin ja froh, dass ich mal raus komme. Bei mir zu Hause ist es nicht zum Aushalten. Clorinde, die Zofe, ist zu oft fort und wenn sie mal da ist, dann keifen Athenais und sie miteinander."

Jakob erwähnte nicht, dass er die fragliche Dienstbotin gerade gesehen hatte. Nachdem sich die beiden Burschen auf eine gemeinsame Fuchsjagd verständigt hatten, eilte Carolus davon, um die Schuhe der Dame Athenais abzuliefern.

In den ‚Vier Elstern' angekommen, legte Jakob die Kaninchen auf den Küchentisch und musste feststellen, dass die Tiere alles andere als willkommen waren. Der Koch der Lieffenbruchs, der sie zubereiten sollte, hatte sich verzogen und Oswald Lieffenbruch, der sie essen sollte, lag an einer schweren Vergiftung darnieder.

Rosalie wies ihren Sohn an, die Tiere erst einmal in die Vorratskammer zu hängen. Dort konnten sie bis morgen oder übermorgen bleiben. Es stand zu hoffen, dass sich der Koch bis dahin wieder auf seine Pflichten besinnen würde.

Kapitel 27

„Auf ein Wort, Herr Medicus."
Ein schlanker Herr mit keckem Schnauzbärtchen und militärischem Gehabe drängte sich in Prätorius' Zimmer. Er hatte es weder für nötig befunden, den Hut abzunehmen, noch sich durch Bast anmelden zu lassen. „Leutnant Bartholomäus von Niederschnitz, kommissarischer Befehlshaber der landgräflichen Leibgarde", stellte sich der Besucher vor.

Prätorius bot dem Leutnant den einzigen gepolsterten Sessel an, den es hier gab, und setzte sich selbst auf einen Stuhl. „Was führt Sie zu mir?"

Der Leutnant blickte den Arzt von oben herab an. „Ich vertrete den Oberst von Greiffenstein in seinen dienstlichen Pflichten, solange er indisponiert ist."

Prätorius konnte sehen, dass der Mann noch recht jung war, wahrscheinlich der Spross einer reichen Adelsfamilie, der sich zum ersten Mal in einer Situation befand, in der er eine gewisse Befehlsgewalt innehatte.

„Mir wurde gesagt", begann Niederschnitz, „dass Sie die Vergiftung des Obersts untersuchen?"

„Der Landgraf hat mich mit dieser Aufgabe betraut." Prätorius unterdrückte ein Seufzen. Er hatte bisher keinerlei Vorstellung, wie er in dieser Sache vorgehen sollte.

„Hat sich Seine Durchlaucht bei dieser Gelegenheit auch über die Frage der Hierarchie ausgesprochen?"

Jetzt begriff Prätorius, woher der Wind wehte. Der Leutnant wollte wissen, ob dieser hergelaufene Arzt berechtigt war, ihm Befehle zu erteilen. Er schüttelte den Kopf. „Ich nehme an, der Landgraf rechnet nicht damit, dass ich für die Suche nach einem Giftmörder militärische Unterstützung benötigen werde."

Er lehnte sich im Sessel zurück. „Falls sie sich dennoch als notwendig erweisen sollte, dann würde ich mich glücklich schätzen, wenn Sie mit mir kooperieren."

Der Leutnant entspannte sich sichtbar. Er nahm den Hut ab, knöpfte seine Weste auf und streckte die langen Beine aus.

Prätorius rief nach Bast und hieß ihn zum Wirt hinunterlaufen und eine Karaffe Wein holen.

Mit dieser gastlichen Behandlung ging es ihm weniger darum, den Leutnant freundlich zu stimmen – seine Meinung über ihn war Prätorius ziemlich gleichgültig. Aber möglicherweise konnte der junge Mann ihm helfen, Licht in die außerdienstlichen Aktivitäten des Obersts zu bringen. Immerhin war Niederschnitz das Mitglied der Leibgarde, das dem Oberst im Rang am nächsten stand.

Während die beiden Männer auf den Wein warteten, tauschten sie einige allgemeine Bemerkungen über den Aufenthalt in Langenschwalbach aus. Prätorius erfuhr bei dieser Gelegenheit, dass Niederschnitz das ganze Theater um die Kur und das Sauerwasser übertrieben fand, lieber auf die Jagd gehen würde, als aufgeputzte Damen zu bewachen und hoffte, dass sein Vater ihm bis zum Ende des Sommers einen aufregenderen Posten verschaffen konnte.

Als Bast den Wein brachte und das Getränk mit bedächtigen Bewegungen in zwei Pokale verteilte, ging Prätorius zu dem Thema über, das ihm eigentlich am Herzen lag. Unvermittelt stellte er dem Leutnant die Frage, die ihm schon die ganze Zeit im Kopf herumgeisterte.

Niederschnitz hatte gerade den ersten Schluck des Weins gekostet und bekam einen Hustenanfall. „Sie meinen, ich wüsste, bei welcher Hure der Oberst gestern gewesen ist?", fragte er, als er sich so weit erholt hatte, dass er wieder sprechen konnte.

Prätorius nickte.

„Ich wüsste nicht, was das Privatleben des Obersts ..."

Prätorius erklärte ihm, warum er so intime Details zu erfahren wünschte.

Das knappe „Bedaure" des Leutnants zeigte deutlich, dass er dieses Thema nicht mit dem Arzt erörtern wollte. „Ich lege keinerlei Wert darauf, solche Dinge über meinen Vorgesetzten zu wissen."

„Leider gibt es hier eine reiche Auswahl an möglichen Verdächtigen." Der Arzt lächelte dünn.

Leutnant von Niederschnitz blies die Backen auf. „Man sollte einfach alle Huren festnehmen und befragen. Meine Leute könnten das übernehmen. Irgendeine würde sich schon verplappern."

Prätorius schüttelte heftig den Kopf. „Auf Anweisung des Landgrafen sollen die Nachforschungen diskret vor sich gehen."

Von Niederschnitz schnaubte und nahm einen großen Schluck Wein. „Wie stehen die Überlebenschancen des Obersts?"

„Nicht sehr hoch", sagte Prätorius und gab sich Mühe, keine Regung zu zeigen. „Nur wenn man sich sofort nach Einnahme des Giftes erbricht, überlebt man. Wenn die ersten Symptome auftauchen, ist es meist schon zu spät."

Die Betroffenheit des Leutnants schien echt zu sein. „Ich hoffe, wir bekommen die Täterin zu fassen!"

„Es ist nicht gesagt, dass es wirklich eine Hure war", warf Prätorius ein.

„Unschuldig kann man die aber auch nicht nennen!" Der Leutnant brüllte vor Lachen über seinen eigenen Kalauer und schlug den Arzt auf die Schulter.

„Auf jeden Fall möchte ich so genau wie möglich erfahren, wo der Oberst gestern Abend gewesen ist." Prätorius rieb seinen Rockärmel, auf dem der Leutnant freigiebig Wein verspritzt hatte.

„Ich werde herumfragen, ob einer meiner Kameraden etwas Näheres weiß", sagte der Leutnant immer noch kichernd. Er leerte mit einem Zug den Weinbecher und stand auf. „Wenn ich etwas erfahre, dann werde ich es Ihnen mitteilen." Damit verließ er das Zimmer und polterte die Treppe hinunter.

Prätorius lehnte sich in seinem Sessel zurück und seufzte laut. Was hatte er sich da nur eingehandelt? Es war zwar schmeichelhaft, dass der Graf von Eenvelde große Stücke auf ihn zu halten schien und offensichtlich auch den Landgrafen zu dieser Meinung gebracht hatte, aber der Arzt hätte im Grunde liebend gern darauf verzichtet. Wo sollte er jetzt mit seinen Untersuchungen beginnen?

Prätorius beschloss, zuerst in der Apotheke nachzufragen. Wie er wusste, hatte Sadebaum bei Erkrankungen der Blase oder der Nieren einen gewissen medizinischen Nutzen. Vielleicht gab es ein Medikament, das bei Überdosierung die Vergiftungssymptome hervorrief. Möglicherweise hatten sowohl Isabella als auch der Oberst versucht, irgendein Leiden mit einer falsch zusammengestellten Medizin zu kurieren. Solche Unfälle waren selten, aber sie kamen vor. Er musste den Kopf über seine eigenen Gedanken schütteln. So, wie es aussah, suchte er immer noch nach einer Erklärung für die Todesfälle, die ohne einen böswilligen Mörder auskam.

Der Apothekergehilfe wollte gerade den hölzernen Laden vor das Verkaufsfenster legen, als Prätorius ankam. „Da haben Sie aber Glück gehabt, dass Sie mich noch antreffen. Es ist doch nicht etwa ein Notfall am gräflichen Hof zu beklagen?" Es klang nicht besorgt, sondern ziemlich neugierig.

Der Arzt stellte fest, dass er diesen Mann immer noch nicht mochte. Frederika hätte das Auftreten des Gehilfen als ‚schleimig' bezeichnet und ein besseres Wort fiel auch Simon Prätorius nicht ein. Ihm kam plötzlich ein Einkauf in den Sinn, den er schon längst hatte tätigen wollen. Der Einfall war ihm spontan gekommen, als er den Gesichtsausdruck gesehen hatte, mit dem die Elsterwirtin an dem Mörser mit den zerriebenen Kakaobohnen geschnüffelt hatte. Sie hatte ihn dabei an einen

Jagdhund erinnert, der eine Hirschfährte wittert, aber von seinem Herrn nicht von der Leine gelassen wird. Prätorius selbst hatte in den Niederlanden Bekanntschaft mit der Schokolade gemacht und er würde Rosalie schon noch davon überzeugen, dass man das Getränk mit Pfeffer genießen musste. Ohne dass er sich darüber Rechenschaft gab, warum ihm etwas an der Meinung einer Schankwirtin lag, verlangte er ein halbes Krämerpfund Kakaobohnen. Unter den neugierigen Blicken des Gehilfen steckte er das Tütchen in seine Rocktasche.

„Wünschen Sie noch etwas?"

„Eine Auskunft." Noch kürzer angebunden, als es sonst seine Art war, fragte Prätorius nach Sadebaumtinktur oder -zweigen.

„Damit kann ich leider nicht dienen. Diese Pflanze ist zu gefährlich und es wird oft Missbrauch damit getrieben." Der Gehilfe zwinkerte Prätorius verschwörerisch zu. „Wenn Sie ein wirksames Mittel gegen die Gicht oder die Kolik benötigen, dann kann ich Ihnen unsere Gichtpastillen oder den Magensirup empfehlen. Die enthalten geringe Mengen Sadebaum und eine Vielzahl anderer wirksamer Stoffe."

Prätorius schüttelte den Kopf. „Nein danke."

Der Apothekergehilfe legte mit einem schlauen Grinsen den Kopf zur Seite. „Falls Sie etwas für einen nicht genannten Zweck benötigen, dann kann ich Ihnen etwas zusammenstellen. Wirkt zuverlässiger und sanfter als die Jungfernpalme."

„Kein Bedarf."

Ein Türenklappen im hinteren Teil des Ladens zeigte an, dass der Apotheker selbst eingetroffen war. Der Gehilfe legte ihm Prätorius' Frage nach Sadebaum vor. Nicht ohne ihn geradezu unverschämt, wie der Arzt fand, zu mustern.

Horstius lehnte sich über die Theke. Er erkannte den Leibarzt des Grafen von Eenvelde. „Wir haben Sadebaumzweige vorrätig. Aber wir stellen keine Tinktur zum Verkauf her. Wir verwenden die Pflanzenteile lediglich für unsere eigenen Mixturen und Präparate."

Der Apothekengehilfe stand daneben und sperrte die Ohren auf.

„Hast du nichts zu tun?" fuhr ihn der Apotheker schließlich an. Daraufhin trollte sich der Bursche.

„Können wir ungestört reden?" Prätorius hatte sich entschlossen, den Apotheker einzuweihen.

Horstius bat den Arzt durch die Eingangstür hinein und führte ihn zu einer kleinen Sitzecke im hinteren Teil der Apotheke. Hier waren sie auf drei Seiten von Regalen umgeben, auf denen Gläser, Töpfe und Dosen mit den unterschiedlichsten Arzneigrundstoffen standen.

„Es gibt also zwei Vergiftungsfälle im Schloss, bei denen der Verdacht auf Sadebaum besteht." Der Apotheker runzelte die Stirn. „Und jetzt wollen Sie wahrscheinlich wissen, ob wir ein Präparat verkaufen, das stark genug ist, solche Symptome hervorzurufen?"

Prätorius nickte.

„Nein, das tun wir nicht. Von unserem Magensirup müsste ein Patient schon mehrere Flaschen auf einmal trinken, um eine Vergiftung zu bekommen, und wie viele Pfund er von den Pastillen essen müsste, das will ich mir nicht einmal vorstellen." Der Apotheker zögerte. „Aber es ist eigenartig, dass Sie mich nach etwas fragen, das solche Symptome hervorruft. Ich komme gerade von einem Patienten zurück, der unter den gleichen Beschwerden leidet, die Sie mir da schildern."

„Eine Frau oder ein Mann?"

„Ein Mann, ein Kurgast."

Der Apotheker fuhr sich mit den gespreizten Fingern über den Kopf. Es sah aus, als wollte er sich die Haare raufen. „Deswegen bin ich auch nicht auf Sadebaum verfallen – das ist doch absurd."

Prätorius betonte sein Interesse an dem Patienten und erfuhr nun, dass es in den ‚Vier Elstern' einen Vergiftungsfall gegeben hatte.

„Ist es möglich", fragte der Arzt, „dass eines der Präparate, die Sie mit Sadebaum mischen, versehentlich falsch zusammengestellt wurde?"

„Nicht bei uns. Ich mische die Arzneien, die stark giftig wirkende Ingredienzien enthalten, grundsätzlich selbst und bin dabei sehr aufmerksam. Außerdem habe ich den Kurgast aus den ‚Vier Elstern' noch nie gesehen – falls er an einer Medikamentenvergiftung leidet, dann hat er das betreffende Mittel nicht bei mir gekauft."

Nachdem er dem Apotheker eingeschärft hatte, sich bei ihm zu melden, wenn ihm zum Thema Sadebaum noch etwas einfiele, verließ Prätorius die Apotheke und machte sich auf den Weg in die ‚Vier Elstern'.

Kapitel 28

Das Essen der Hausgäste war bereits abgetragen und die abendlichen Zecher noch nicht eingetroffen. Da niemand in der Gaststube zu sehen war, ging Prätorius sofort in die Küche. Rosalie erhob sich, als sie ihn sah. Die Wirtin, ihr Sohn und ihr Gesinde sowie die alte Grete und der Küchenjunge saßen gerade beim Essen. Es gab den üblichen Eintopf. Aber da Ottilie Lieffenbruch und ihre Bediensteten heute wenig Appetit gehabt hatten, waren noch einige zusätzliche Köstlichkeiten für das Küchenpersonal da. In den Schüsseln und auf den Platten der Herrschaften, die Rosalie und Anna einfach auf den Tisch gestellt hatten, waren Reste von Gemüse zurückgeblieben, etwas Ragout und einige Pfannkuchen. Daneben stand eine Schale mit den Knochen einer gebratenen Gans, an denen noch reichlich Fleisch haftete. Trotz dieser außergewöhnlichen Mahlzeit war die Stimmung gedrückt. Ein Schwerkranker im Haus. Das bedeutete nichts Gutes. Der Einzige, der ordentlich zulangte, war Friedrich.

Als der Arzt die Küche betrat, starrten ihn alle an. Prätorius schluckte, ihm wurde beim Anblick der Speisen bewusst, dass er seit heute Morgen nichts mehr gegessen hatte. Er sollte sich trotzdem besser zurückziehen. Sich in die Gaststube setzen, einen Wein trinken, etwas zum Essen bestellen und anschließend mit Rosalie über den Vergiftungsfall in ihrem Hause reden.

„Setzen Sie sich zu uns?"

Prätorius sah den bittenden Blick der Wirtin. Ihm wurde bewusst, dass es für das Küchenpersonal bedeuten würde, das Essen sofort zu unterbrechen und wieder an die Arbeit zu gehen, wenn er auf sein gutes Recht als Gast pochte und etwas bestellte, wie es sich gehörte.

Rosalie bot ihm ihren Stuhl an. Während er noch überlegte, schob Anna für ihre Herrin einen Schemel heran und Betti brachte eine Keramikschüssel und einen Holzlöffel. Prätorius erkannte, dass ihm praktisch gar nichts anderes übrig blieb, als sich am Küchentisch niederzulassen und den Bediensteten zu helfen, die Reste des Essens der Gäste zu vertilgen. Es erinnerte ihn an seine Kindheit, als er sich des Öfteren in der Küche des elterlichen Hauses mit Leckereien hatte verwöhnen lassen.

Das Tischgespräch stockte. Die Leute fühlten sich durch die Gegenwart des Arztes gehemmt. Die alte Grete begann, ihren Eintopf geziert mit dem Löffel in den zahnlosen Mund zu befördern. Sonst schlürfte sie die Brühe immer geräuschvoll aus der Schüssel, aber in vornehmer Gesellschaft ziemte sich das ihrer Meinung nach nicht.

„Ich habe gehört, Sie kommen aus den Niederlanden", sagte Friedrich schließlich. „Haben Sie auch ein Vermögen mit Tulpenzwiebeln verdient?"

„Sehe ich so aus?"

„Vielleicht haben Sie es ja auch wieder verloren."

Rosalie bekam einen roten Kopf und Anna war kurz davor, loszukichern. Friedrich hatte sich einen Gänseflügel geschnappt und kaute nun genüsslich darauf herum.

„Dafür hatte ich nie genug Kapital." Prätorius verschwieg, dass Frederikas Vater mit der Tulpenspekulation in der Tat den einen oder anderen Gulden gemacht hatte.

„Sei nicht so aufdringlich." Rosalie war Friedrichs Neugier peinlich. „Geh lieber nach oben und schau nach deinem Herrn."

Friedrich schnappte sich noch eine Scheibe Braten, die er auf einen dicken Brotkanten legte, bevor er verschwand.

„Der isst für seinen Herrn mit", meinte Rosalie.

„Dafür säuft der Baron von Gnekow für vier", fügte Anna hinzu.

Erst als die Bediensteten wieder an ihre Arbeit gegangen waren und Anna aufstand, um Betti und Peter beim Reinigen des Geschirrs zu helfen, rückte Prätorius mit seinem Anliegen heraus. Er erzählte Rosalie, dass ihn der Landgraf mit den Nachforschungen über die Vergiftungsfälle betraut hatte, und berichtete, dass er durch den Apotheker von Oswald Lieffenbruchs Erkrankung erfahren hatte. „Womöglich ist es auch eine Sadebaumvergiftung. Ich würde ihn gerne besuchen und ihm wenn möglich einige Fragen stellen."

„Das ist gut", sagte Rosalie. „Vielleicht können Sie uns sagen, was wir für ihn tun können."

Prätorius fühlte sich zwar geschmeichelt durch das Vertrauen, das aus diesen Worten sprach, aber gleichzeitig wurde ihm wieder seine ganze Hilflosigkeit bewusst. „Bei Sadebaumvergiftung kann man nicht viel tun."

Der Kranke lag bleich in den Kissen, nur halb bei Bewusstsein. Sein Kammerdiener saß auf dem Stuhl neben dem Bett und brütete düster vor sich hin. Die Zofe der Ottilie Lieffenbruch beugte sich über ihren Herrn und hielt ein böhmisches Glas in der Hand, aus dem sie ihm tropfenweise den mit Wasser verdünnten Wein einflößte.

Die Zofe war es auch, an die Prätorius seine Fragen richtete, da der Kammerdiener ebenso wenig reagierte wie der Kranke. Ihre Antworten bestätigten seinen Verdacht. Die Krankheit nahm mit blutigem Erbrechen und Durchfall den gleichen Verlauf wie bei den Vergiftungsfällen im Schloss.

„Können Sie ihn gesund machen?" Die Kammerzofe sah mit verweinten Augen zu dem Arzt auf.

„Das liegt in Gottes Hand." Prätorius hasste sich für diese Antwort. Damit zog er sich zwar elegant aus der Affäre, aber es war auch das Eingeständnis seiner Hilflosigkeit: War er ein

Pfaffe oder ein Arzt? Der eine sollte nicht die Arbeit des anderen tun.

Die Kammerzofe nickte ergeben, schniefte und wandte sich wieder dem Kranken zu. Vor der Tür ertönten Stimmen. Schritte durchquerten das Nebenzimmer. Ottilie Lieffenbruch war nach Hause gekommen. Als die Zofe zu ihr hinüberging und die Tür einen Spaltbreit offen ließ, hörten die Besucher, wie die Dame Likör und süßes Gebäck für sich und die mitgekommene Franziska von Beulwitz-Drusingen bestellte. Nach dem Befinden ihres Mannes fragte sie nicht.

Rosalie schob Prätorius möglichst geräuschlos aus dem Zimmer und die Treppe hinunter. Wenn es irgend ging, dann wollte sie sich selbst und ihren Besucher nicht dem Redeschwall von Ottilie Lieffenbruch aussetzen. Im unteren Flur angekommen, verabschiedete Prätorius sich. Er wollte noch einmal nach dem Oberst sehen.

„Aber was hat mein Gast mit den Vergiftungsfällen im landgräflichen Schloss zu tun?", wollte Rosalie wissen, während sie die Tür öffnete.

„Das ist hier die Frage."

„Lieffenbruch hat zwar eine Frau, der nichts lieber wäre als Beziehungen zum Hof, aber ihr Mann scheint in dieser Richtung keinen Ehrgeiz zu haben", sagte Rosalie. Sie erzählte, dass er an Ottilies Schokoladenfest nicht teilgenommen hatte.

„Wissen Sie, wo er stattdessen war?"

Rosalie nickte. Sie berichtete von Oswald Lieffenbruchs Frage nach den willfährigen Damen.

„Und wo haben Sie ihn hingeschickt?" Mit einem Male war Prätorius klar geworden, dass dies die Adresse war, wo auch der Oberst hingegangen sein könnte.

Die Wirtin sah den Arzt entsetzt an. Was er da unterstellte, klang ja so, als beschuldigte er die Dame Athenais, den beiden Herren das Gift verabreicht zu haben. Und sie, Rosalie, hatte Lieffenbruch praktisch geraten, dorthin zu gehen. „Warum sollte Athenais ihre Kunden vergiften? Das ergibt doch keinen Sinn."

Prätorius hob die Schultern. „Wir wissen nicht, was dahintersteckt. Vielleicht handelte sie im Auftrag."

Rosalie war nicht überzeugt. „Und was ist mit Isabella von Hattenberg?", wollte sie wissen, „die wird wohl kaum die Dame Athenais aufgesucht haben."

Dafür hatte Prätorius auch keine Erklärung.

Nachdem er die ‚Vier Elstern' verlassen hatte, wanderte der Arzt ins Schloss hinüber. Er machte sich Sorgen um seinen Freund.

Greiffenstein war immer noch bewusstlos und atmete schwer. So schwer, dass man glauben konnte, dass jeder Atemzug der letzte wäre. Prätorius versuchte, den Oberst mittels eines Riechfläschchens wiederzubeleben, ohne großen Erfolg. Er schlug zwar kurz die Augen auf, aber der Arzt bezweifelte, dass Greiffenstein seine Umgebung erkannte.

Der Kammerdiener des Obersts stand mit hängendem Kopf dabei.

„Als der Oberst noch bei Bewusstsein war, hat er da etwas über seine Besuche am letzten Abend gesagt? Hat er die Dame Athenais erwähnt?", fragte Prätorius. Der Kammerdiener schüttelte nur den Kopf.

Ein Räuspern, das von der Tür her kam, ließ beide Männer zusammenzucken. Josephus Hirundulus stand im Türrahmen. Wahrscheinlich war er ursprünglich in der Absicht gekommen, seinerseits nach dem Kranken zu sehen. Jetzt hatte er Prätorius' Frage mit angehört und reimte sich offensichtlich zusammen, dass es eine Verdächtige gab. „Haben Sie Näheres über die Aktivitäten des Obersts herausgefunden?"

Prätorius, der sich über den Kranken gebeugt hatte, richtete sich auf und drehte sich zu Hirundulus um.

„Ich habe einen Hinweis bekommen, dem ich nachgehen werde", sagte er. „Möglicherweise stattete der Oberst gestern Abend einer Hure in der Unterstadt einen Besuch ab."

„Man sollte die betreffende Frau umgehend befragen."

„Das werde ich morgen tun."

„Aber es ist besser, wenn wir sie sofort festnehmen. Wer weiß, sonst verschwindet sie noch bei Nacht und Nebel."

Prätorius bezweifelte das. Schließlich wusste die fragliche Hure bisher nichts von dem Verdacht. Jedenfalls hoffte er das. Ein leises Misstrauen gegen Rosalie stieg in ihm auf. Die Wirtin war so überzeugt davon gewesen, dass die Anschuldigung gegen Athenais falsch war. Außerdem hatte sie erwähnt, dass sie die Frau von früher kannte. Möglicherweise würde sie der Kurtisane einen Hinweis zukommen lassen. Prätorius' Zweifel spiegelten sich auf seinem Gesicht.

„Wir suchen den Leutnant von Niederschnitz auf", entschied Hirundulus. „Wir dürfen ihn nicht übergehen."

Der Leutnant saß noch in seinem Arbeitszimmer im Vorderhaus des Schlosses, direkt neben der Toreinfahrt. Hier lagen auch die Unterkünfte der einfachen Soldaten und der Wachen. Als die beiden Männer eintraten, wandte sich Niederschnitz unwillig zu ihnen um.

„Was wünschen Sie?"

Er hatte gemütlich mit einem der Jäger des Landgrafen geplaudert und war davon ausgegangen, dass er heute Abend nichts mehr zu tun bekam. Tabakrauch hing in der Luft. Beide Männer hatten eine langstielige Tonpfeife im Mund und einen Schnapsbecher vor sich.

„Wir müssen Sie sprechen", sagte Hirundulus wichtig, „allein."

Auf einen Wink des Leutnants zog sich der Jäger zurück. Nicht ohne vorher mit einem Schluck seinen Becher zu leeren.

Hirundulus berichtete Niederschnitz von Prätorius' Verdacht gegen die Dame Athenais. „Wir sollten uns ihrer versichern. Vielleicht können wir dem Landgrafen dann schon morgen eine Schuldige präsentieren", sagte er eifrig.

Der Leutnant legte die Pfeife auf den Teller, der vor ihm auf dem Tisch stand.

„Wir sollten nichts überstürzen", mahnte Prätorius. „Wenn wir eine so bekannte Kurtisane einfach festnehmen, dann gibt das ein erhebliches Aufsehen."

„Gerade deshalb sollten wir das jetzt machen", meinte der Leutnant. „Um diese Nachtzeit sind kaum noch Leute auf der Straße, da lässt sich die Aktion ohne Aufsehen durchführen."

„Wir haben keinerlei Beweise", wiederholte Prätorius, „wenn sich herausstellen sollte, dass unser Verdacht falsch ist, dann machen wir uns zum Gespött des ganzen Ortes."

„Was genau wissen wir?", fragte Niederschnitz.

Prätorius erzählte, was er von Rosalie über die Eskapade des vergifteten Tuchhändlers erfahren hatte. Er nahm an, dass sowohl der Oberst als auch der Tuchhändler den Abend vor ihrer Erkrankung bei der Dame Athenais verbracht hatten.

„Nun", Niederschnitz klopfte die Pfeife auf dem Tellerchen aus. „Wir werden folgendermaßen vorgehen: Ich begebe mich mit einigen Reitern in das Gasthaus ‚Zum Bären' und erkundige mich, ob der Oberst gestern dort gesehen wurde. Falls ja, werde ich die Hure festnehmen."

Hirundulus nickte begeistert.

„So habe ich mir das auch vorgestellt."

Kapitel 29

Am späten Abend, als die meisten Gäste der Schenke bereits gegangen waren und Anna allein zurechtkommen würde, beschloss Rosalie, ein paar Erkundigungen einzuziehen. Die Wirtin wusste, wo sie alle Neuigkeiten über die Dame Athenais und ihre Kunden erfahren konnte. Sie packte eine der frisch gebackenen Rehfleischpasteten in ihren Korb und legte sich ein wollenes Tuch um die Schultern. So ausgerüstet machte sie sich auf den Weg in die Unterstadt.

Es war mehr als zehn Jahre her, dass Rosalie Athenais kennengelernt hatte. Damals, im Juni 1640, heiratete im Feldlager vor Saalfeld der schwedische Feldherr Carl Gustaf Wrangel. Ausgerechnet dort, wo sich schon seit Monaten die kaiserliche und die schwedische Armee belauerten und es außer Schlamm und Staub – je nach Wetterlage - rein gar nichts mehr gab. Trotzdem wurden in den letzten Maitagen Boten in alle Himmelsrichtungen ausgeschickt, um Delikatessen zu organisieren. Die Marketender des Heeres bekamen die Anweisung, Wein und Schnaps für die Hochzeitsfeier zu liefern.

Ein Geschäft, das sich auch Hannes Mette nicht entgehen ließ. Rosalie selbst begleitete den Leiterwagen, auf dem ein Knecht die beiden Weinfässer, die ihr Mann erübrigen konnte, zu Wrangels Quartier beförderte. Der Haushofmeister des Feldherrn überreichte ihr mit ernster Miene zwei schwere Goldmünzen. Sie hätte nicht geglaubt, dass der Wein so viel wert wäre – besonders, nachdem Hannes sich noch mit einem Eimer Wasser daran zu schaffen gemacht hatte.

Eine Gruppe Offiziere und ihre Damen hatten sich bereits vor dem offiziellen Beginn des Hochzeitsfestes versammelt, um das Paar hochleben zu lassen. Unter den Damen zog Athenais alle Blicke auf sich. Sie schien zu einem der Hauptleute zu gehören, die immer wieder donnernde Trinksprüche auf das Wohl des Brautpaares ausbrachten. Die goldenen Litzen, mit denen ihr meerblaues Seidenkleid besetzt war, glänzten mit ihrem blonden Haar um die Wette. Athenais lachte laut und schien sich prächtig zu amüsieren.

Der Haushofmeister sah Rosalies beeindruckten Blick und flüsterte ihr mit einem entrüsteten Unterton zu, dass ‚diese Dame' eine Kurtisane sei. „Wer weiß, aus welcher Gosse die stammt."

Rosalie hätte den prächtig gekleideten Herrschaften gerne noch länger zugeschaut, aber sie musste zurück und ihren Mann im Marketenderzelt ablösen. Wenn sie den Wein ausschenkte, dann tranken die Soldaten mehr, als wenn ein missmutiger Wirt ihnen die Becher füllte. Und missmutig war Hannes immer, wenn er sich nicht mit seinen geliebten Pferden beschäftigen konnte. Deshalb forderte er Rosalies Anwesenheit in der Schenke, wann immer es ging. Sie warf noch einen letzten Blick auf die glänzende, feiernde und schmausende Gesellschaft, dann kehrte sie wieder zu ihrem Pferdefleischeintopf zurück. Seit es sich herumgesprochen hatte, dass es in Hannes' Marketenderzelt allabendlich etwas Warmes gab, hatten sich die Anzahl der Besucher und folglich auch der Weinumsatz erheblich gesteigert.

So wenig sich Hannes um die Schenke kümmerte, dieser Umstand blieb ihm nicht verborgen. Um sich Rosalies Dienste – sowohl in der Schenke, als auch auf dem Strohsack – dauerhaft zu sichern, hatte er letzte Woche einen Feldgeistlichen herbeirufen lassen und seine Magd kurzerhand geheiratet. Ohne Feier, ohne Geschenke. Rosalie unterdrückte einen Seufzer.

„Wenn ich dich zu einer ehrlichen Frau mache, dann ist das doch Geschenk genug", hatte Hannes gesagt.

Einige Tage nach Wrangels Hochzeit war Athenais dann persönlich zu ihnen gekommen. Man hatte ihr den Pferdehändler Hannes Mette empfohlen, denn die Dame wollte ein vierbeiniges Geschenk für

einen ihrer Liebhaber kaufen. Als Athenais ins Zelt trat, putzte Rosa-
lie gerade die Bretter, aus denen die improvisierte Theke bestand. Sie
begrüßte die Kurtisane und holte ihren Mann. Hannes verschwand
mit der Kundin durch den hinteren Ausgang, um ihr die infrage
kommenden Pferde vorzuführen. Eine Stunde später war das Geschäft
abgeschlossen und wurde mit einem Branntwein begossen.

Während die Elsterwirtin in diesen Erinnerungen gekramt hatte, war sie im Unterflecken angelangt.

Der Bärenwirt war ein Spross jener Familie, der auch der
Grund und Boden gehörte, auf dem der Weinbrunnen lag. Die
Einnahmen aus den Wasserrechten hatten sie von allen materiellen Sorgen befreit. Innerhalb von zwei Generationen waren
die Wippels zu den reichsten Bürgern Langenschwalbachs auf-
gestiegen. Dem Gasthaus, dessen Fachwerk mit bunten Schnitzereien verziert war, sah man den Wohlstand ebenso an wie
seinem Besitzer, der meist einen sauberen Hemdkragen aus
feinem Leinen trug. Georg Wippel gab sich trotzdem nicht dem
Müßiggang hin. Über Gästemangel konnte er sich nicht beklagen, das Stimmengewirr aus der Schankstube war bis auf die
Straße zu hören. Er stand gerade hinter seiner Theke und füllte
Wein aus einem Keramikkrug in ein Dutzend Zinnbecher, als
Rosalie eintrat. Die Elsterwirtin nickte ihm zu und ging weiter
in die Küche.

Sie wollte mit Marianna, der Mutter des Wirts, einen kleinen
Plausch halten.

In der niedrigen Küche des ,Bären' herrschte schon abendli-
che Ruhe. Der Koch, der hier tagsüber das Essen zauberte, war
gegangen. Wer jetzt noch etwas Warmes wollte, der musste mit
den Kochkünsten von Marianna vorliebnehmen. Die meisten
Gäste hatten aber bereits zu Abend gegessen und förderten die
Verdauung nun durch einen mehr oder minder ausgiebigen
Weinkonsum.

Marianna hätte sich zwar mit Fug und Recht zur Ruhe setzen
können, denn ihr Sohn besaß längst eine eigene Familie, die im
Wirtshaus anpackte, aber sie brauchte die Beschäftigung. Sollte

sie etwa den ganzen Tag im Lehnstuhl sitzen und aus dem Fenster starren? Das wäre der alten Wirtin viel zu langweilig. Außerdem war sie neugierig. Den meisten Leuten fiel das gar nicht auf, denn wer fand es schon ungewöhnlich, wenn eine kleine weißhaarige Frau ein paar Fragen stellte? Marianna war darüber hinaus eine gute Beobachterin und wusste meist in kürzester Zeit besser über ihre Gäste Bescheid, als diese ahnten.

Als Rosalie hereinkam, saß die alte Wirtin gemeinsam mit einem Küchenmädchen am Tisch und putzte Rübchen. Rosalie zwinkerte Marianna zu und holte die Pastete hervor. „Ein Leckerbissen nur für die Küche." Die Rehpastete würde auch für die Mutter des wohlhabenden Bärenwirts ein seltener Genuss sein, denn Wildbret kam nur bei Adligen auf den Tisch.

Marianna nickte dem Küchenmädchen zu. „Du kannst für heute Feierabend machen." Das Mädchen ließ sich das nicht zweimal sagen und verschwand unverzüglich. Die Bärenwirtin schob die Schüssel mit den Rübchen beiseite und holte einen großen Teller von der Anrichte. Die Pastete würde den heutigen Abend nicht überleben. Rosalie setzte sich auf die Küchenbank, während Marianna geschickt das Backwerk zerteilte.

„Die Dame Athenais."

Marianna lachte. „Da gibt es wirklich genug zu erzählen. Kaum drei Tage ist sie hier und schon prügeln sich die Männer darum, bei ihr vorgelassen zu werden."

„Ich kann es mir vorstellen."

„Für uns ist das natürlich gut. Die einen trinken bei uns, weil sie glücklich sind, und die anderen spülen ihren Ärger hinunter, weil sie die Dame nicht zu sehen bekommen. Von ihnen profitieren dann die anderen Huren in der Unterstadt."

„Ich habe ihr gestern einen von meinen Gästen vorbeigeschickt. Wie ist der behandelt worden?"

„Der Tuchhändler aus Frankfurt oder der verrückte Baron? Die waren beide da." Natürlich wusste Marianna über Rosalies Gäste Bescheid. Wahrscheinlich hätte sie die Namen sämtlicher Kurgäste, die zurzeit in Langenschwalbach weilten, auswendig hersagen können.

An den Herrn von Gnekow hatte Rosalie gar nicht mehr gedacht. Er verbrachte die meiste Zeit damit, sich durch die Wein- und Schnapsvorräte der ‚Vier Elstern' zu trinken, über die Untreue seiner Geliebten zu schwadronieren oder zu schlafen. Ansonsten fiel er nicht weiter auf. Sie war neugierig, wie es beiden ergangen war.

Marianna legte das Messer beiseite, schleckte sich das Fett der Rehfleischpastete von den Fingern und füllte zwei Becher mit Wein. „Also, der Baron ist – wie immer in den letzten Tagen – von Athenais abgewiesen worden. Anscheinend hat er kein Geld mehr und dafür umso mehr Gefühle." Marianna lachte kurz auf. „Gestern wollte er sich mit Gewalt Eintritt in die Räume der Dame Athenais verschaffen. Da kam er aber bei meinem Sohn an den Falschen. Der hat ihn einfach hinausgeworfen. Schließlich müssen wir dafür sorgen, dass unsere Gäste nicht belästigt werden. Carolus hat ihm dabei geholfen, den Baron zu bändigen."

„Wer ist das denn?"

„Den hat die Dame Athenais mitgebracht. Ein Mohr! Ganz schwarz von oben bis unten. Wahrscheinlich ein Geschenk von einem reichen Liebhaber."

Rosalie erinnerte sich an den eingefärbten Lausbuben.

„Und was war mit dem Tuchhändler?"

„Der machte ebenfalls Ärger."

Rosalie runzelte die Stirn. „Kann ich mir gar nicht vorstellen. Auf mich hat der einen eher schüchternen Eindruck gemacht."

Marianna lachte. „Er hat auch erst nach einigen Bechern Likör so richtig losgelegt!"

„Erzähl!"

„Wann er in die Gaststube kam, weiß ich gar nicht. Er musste sich wohl erst Mut antrinken, um nach der Kurtisane zu fragen. Schließlich erkundigte er sich bei der Schankmagd. Die brachte ihm noch einen von diesen süßen Likören, die er anscheinend so liebt, und holte die Zofe. So haben wir es mit Athenais abgesprochen", erklärte Marianna. „Wir schicken die Kunden nicht einfach hoch. Sie müssen in der Schankstube warten, die Zofe erkundigt sich dann diskret nach ihrer Zahlungsfähigkeit und macht der Herrin Meldung. Erst wenn die mit allem einverstanden ist, führt die Zofe den Gast nach oben."

Die alte Bärenwirtin grinste. „Dieses Arrangement kommt uns sehr entgegen, denn natürlich konsumieren die Herren während sie warten noch den einen oder anderen Schoppen Wein und sonstige Spirituosen."

„Was hat der Tuchhändler angestellt?"

„Der wollte wohl noch eine andere Unterhaltung, während er wartete. Er umarmte die Zofe, wollte sie trotz ihrer Gegenwehr küssen und schaffte es tatsächlich, ihr das Mieder zu zerreißen. Mein Sohn trennte die beiden und besänftigte den Tuchhändler so weit, dass er sich wieder auf seinen Platz setzte."

Rosalie schüttelte ungläubig den Kopf. „Das hätte ich dem Lieffenbruch wirklich nicht zugetraut!"

„Was mich daran erschreckte", sagte Marianna langsam, „war nicht das Verhalten des Tuchhändlers. Es war der Blick, den die Zofe dem Mann zuwarf, als sie die Treppe hinaufeilte."

„Nun, ich würde sagen, kaum eine Frau freut sich darüber, dass man ihr ungebeten die Kleider zerreißt", sagte Rosalie.

„Sicher", Marianna nahm einen Schluck Wein, „aber ihr Blick ging mir durch Mark und Bein. Ich glaube, wenn sie eine Pistole dabeigehabt hätte, dann hätte sie den Tuchhändler ohne Zögern niedergestreckt."

„Wie ging es weiter?", fragte Rosalie gespannt. Die Bärenwirtin verstand es wirklich, eine gute Geschichte zu erzählen. Rosalie vergaß sogar ihren Wein darüber.

„Er musste noch eine ganze Weile warten. Dann kam die Dame Athenais persönlich herunter und entschuldigte sich für das Verhalten ihrer Zofe. Der Tuchhändler schmolz sichtbar dahin."

Marianna lachte leise. „Athenais flüsterte ihm etwas ins Ohr. Wahrscheinlich war das ihr Preis, denn einen Moment lang schaute er entsetzt. Dann überreichte er ihr einen Geldbeutel, den er aus der Rocktasche zog, nahm zögernd noch einen seiner goldenen Fingerringe ab und legte ihn dazu."

Rosalie prustete. „Ein teures Vergnügen!"

„Jedenfalls gingen sie dann Hand in Hand nach oben."

Rosalie lehnte sich vor. „Meinst du, er hat dort etwas gegessen oder getrunken?"

„Möglich. Athenais hat in ihrem Zimmer eine ganze Batterie Liköre, Sirups und Stärkungstränkchen." Marianna grinste wieder. „Wahrscheinlich ist die Dame für alle nur denkbaren Notfälle gerüstet."

Sie griff zum Weinkrug und schenkte Rosalie und sich selbst nach. „Der Tuchhändler blieb eine geraume Weile bei der Kurtisane. Als er wieder die Treppe hinunterkletterte, wirkte er so entkräftet, dass ich einen der Stallburschen holte, damit der den Mann sicher nach Hause geleitete."

„Danke", sagte Rosalie.

„Leider hat es wohl nicht viel genutzt. Nach allem, was ich so gehört habe, ist der Mann ernsthaft erkrankt."

Rosalie nickte bedrückt und Marianna legte ihr tröstend die Hand auf den Arm. „Als der Tuchhändler wieder weg war, wurde es so richtig interessant. Der Oberst der gräflichen Leibgarde erschien und erkundigte sich nach der Dame Athenais."

Marianna erzählte, wie die Zofe unverzüglich gekommen war, um den Oberst zu ihrer Herrin nach oben zu führen. „Anscheinend hatten sie über den Herrn von Greiffenstein schon vorab Informationen eingeholt."

„Oder er war nicht das erste Mal bei ihr."

Die alte Bärenwirtin griff zum Weinbecher und prostete Rosalie zu. „In diesem Moment griff der Baron von Gnekow, der sich wieder in die Gaststube geschmuggelt hatte, ins Geschehen ein und begann, den Oberst zu beschimpfen. Die Zofe floh und der Oberst wollte mit den Fäusten auf den Baron losgehen. Glücklicherweise warfen sich einige Gäste zwischen die Streithähne, denn mein Sohn war gerade im Keller, um die Weinbestände zu kontrollieren. Der Baron von Gnekow wurde ein zweites Mal vor die Tür gesetzt und der Oberst ging nach oben."

Marianna griff zum letzten Stück der Pastete. „Der Oberst blieb ziemlich lange und wurde dann vom Hausknecht mit einer Laterne zurück zum Schloss geleitet."

Als der Weinkrug, der vor den Frauen stand, leer und die Pastete aufgegessen war, verabschiedete Rosalie sich von der Bärenwirtin. Es war schon dunkel und sie stand nicht mehr ganz sicher auf den Beinen. Sie konnte sich gerade noch rechtzeitig in einen Hofeingang retten, als ihr auf der Hauptstraße eine Abteilung Soldaten entgegengaloppiert kam, die fast die gesamte Straßenbreite beanspruchte. Entgeistert blickte sie den schwer bewaffneten Reitern hinterher, die vor dem ‚Bären' von den Pferden sprangen und in das Gasthaus stürmten. Was ging da vor? Am liebsten wäre sie umgekehrt und hätte sich erkundigt, aber wenn sie eines in den letzten Jahren gelernt hatte, dann war es das, sich aus Aktionen, an denen Militär beteiligt war, herauszuhalten. Die Wirtin seufzte und ging langsam nach Hause.

Kapitel 30

Am nächsten Morgen erfuhr Simon Prätorius aus erster Hand von den neuesten Taten des Bartholomäus von Niederschnitz. Eigentlich wollte der Arzt nur nach Greiffenstein sehen, aber bereits am Tor trat der Leutnant auf ihn zu. Es machte den Eindruck, als hätte er eigens auf ihn gewartet. Der stellvertretende Befehlshaber der Leibgarde eröffnete dem Arzt, dass er die Dame Athenais noch in der Nacht verhaftet habe. Prätorius war alles andere als glücklich über diese Entwicklung der Dinge. Wenn sich die Aktion herumsprach – und sie würde sich in Windeseile herumsprechen –, dann müsste Niederschnitz Beweise vorlegen. Die Dame Athenais hatte zu viele einflussreiche Kunden, als dass man sie sang- und klanglos verschwinden lassen könnte. Und der ganze Wirbel würde den wirklichen Täter nur umso vorsichtiger handeln lassen. Diskretion sah anders aus. Aber jetzt zu schelten, wäre sinnlos und würde nur unnötig böses Blut machen. Deshalb schluckte Prätorius lieber hinunter, was er sagen wollte.

Niederschnitz musterte den Arzt: „Ich möchte, dass Sie mich bei der Befragung der Hure begleiten. Immerhin sind Sie es, den der Landgraf mit der Untersuchung der Vergiftungen beauftragt hat."

Sein überhebliches Lächeln verriet, dass er davon ausging, den Fall bereits selbst gelöst zu haben.

Das Schlösschen, das als Sommerfrische für die Landgrafen und ihre Familien erbaut worden war, besaß keine richtigen Kerker. Damit die Soldaten nicht von ihren Pflichten abgelenkt würden, hatte Niederschnitz es abgelehnt, die Kurtisane in die Disziplinarzelle neben den Quartieren der Leibgardisten zu sperren. Also war als einzige Möglichkeit geblieben, Athenais in einer ungenutzten Kammer im obersten Stockwerk des Schlösschens unterzubringen.

Der Leutnant und der Arzt kletterten die unzähligen engen und verwinkelten Dienstbotentreppen hinauf, bis sie den Wachtposten auf dem staubigen Flur erreicht hatten, dessen Anwesenheit verriet, dass sich die Insassin der Kammer hier nicht freiwillig aufhielt.

Als die beiden Männer eintraten, erhob sich Athenais von dem Schemel, auf dem sie gesessen hatte. Außer diesem Holzschemel, einem Eimer und einem alten Strohsack gab es keine weiteren Einrichtungsgegenstände.

„Warum bin ich hier? Sie können mir nichts vorwerfen!" Athenais' Stimme klang wütend, aber Prätorius ahnte, dass diese Selbstsicherheit nur Maske war. Die Kurtisane hatte ihre Hände in die grobe Wolldecke gekrampft, die sie bis zu den Füßen einhüllte, und ihr Gesicht war noch bleicher als sonst. Mit ungeschminkten Lippen und den zerzausten blonden Haaren, in denen unordentlich noch ein paar Papilloten hingen, wirkte sie farblos.

„Warum haben Sie den Oberst von Greiffenstein vergiftet?", brüllte Niederschnitz sie an.

Athenais wich zurück. „Warum sollte ich so etwas tun?"

„Wir wissen, dass Sie es waren!"

Prätorius verstand nicht ganz, was der Leutnant mit diesem Gebrüll bezweckte, aber er bezweifelte, dass Niederschnitz auf diese Weise etwas erfahren würde.

„Nein!" Die Kurtisane zitterte jetzt und stand mit dem Rücken an der Wand. Der Leutnant hob die Hand. „Ich habe ihn nicht vergiftet", kreischte sie.

Niederschnitz schlug ihr ins Gesicht. Athenais stürzte zu Boden und rührte sich nicht mehr. Die Decke war verrutscht und zeigte, dass die Kurtisane nur ein dünnes Hemd trug.

Prätorius kniete sich nieder und schob die Hand unter ihr Kinn. Er fühlte das regelmäßige Pochen der Halsschlagadern und atmete auf.

„Was ist mit ihr?" Der Leutnant klang beunruhigt. „Lebt sie noch?"

Prätorius nickte. „Sie ist ohnmächtig!" Er war sich nicht sicher, ob Athenais überhaupt bewusstlos war oder ob sie nur simulierte, um der weiteren Befragung zu entgehen. Aber er war überzeugt, dass Niederschnitz ohnehin nichts aus ihr herausbekommen würde.

„Können Sie sie wiederbeleben?"

„Es wäre nicht sinnvoll, sie weiter zu befragen", meinte Prätorius, „wenn wir Beweise hätten, dann könnten wir sie eher zwingen, uns etwas zu sagen."

Niederschnitz knurrte. „Ich will, dass Sie das Appartement dieser Hure von oben bis unten durchsuchen", sagte er, als die beiden Männer wieder auf den Flur traten. „Sie müssen die Sadebaumtinktur finden."

„Falls sie da ist."

Der Leutnant schaute den Arzt an. „Ich habe die Wirtsleute des ‚Bären' befragt und der Oberst ist am fraglichen Abend definitiv bei der Hure gewesen."

Prätorius verkniff sich eine Bemerkung darüber, dass es bei näherer Betrachtung doch widersinnig sei, anzunehmen, dass Athenais ihre Kunden umbrachte. Zumindest solange sie zahlten.

Zusammen mit einigen Soldaten suchte der Mediziner das Gasthaus ‚Zum Bären' auf. Carolus, der falsche Mohr, saß in der Schankstube, die um diese Zeit leer war. Er hatte den Kopf in die Hände gestützt. Das Küchenmädchen hockte neben ihm und redete ihm leise zu. Als die Soldaten die Treppe hinaufpolterten, sah ihnen Carolus hasserfüllt nach.

Im Zimmer der Dame Athenais herrschte das Chaos. Kleidungsstücke und Kissen lagen auf dem Fußboden, das Bett war zerwühlt, einige der Fläschchen auf dem Nachttisch waren umgeworfen und ausgelaufen. Ein penetranter Moschusgeruch hing in der Luft. Lavendel und Alkohol mischten sich darunter. Prätorius sah sich ratlos um. Wo sollte er hier anfangen? Er schickte einen der Soldaten los, um die Zofe der Dame Athenais zu holen. Er schnüffelte solange an den Flakons, um herauszufinden, was sie enthielten, aber aufgrund des im Zimmer herrschenden Geruchswirrwarrs war das unmöglich. Er würde alle Flaschen mitnehmen müssen.

Ein Gardist schob die Zofe ins Zimmer. Trotz des Schocks über die nächtliche Festnahme ihrer Herrin hatte sich die Dienerin sorgfältig angekleidet. Sie hielt sich gerade und schien durch die Soldaten, die in der Wäsche der Dame Athenais wühlten, nicht übermäßig eingeschüchtert zu sein.

„Ist dies der einzige Raum, in dem sich Sachen deiner Herrin befinden?"

„Ja."

„Hat sie dir irgendetwas zum Aufbewahren gegeben? Ein Fläschchen oder eine Dose?", forschte Prätorius weiter.

„Nein."

Anscheinend war die Zofe nicht gewillt, ausführlicher zu werden.

„Geh runter in die Gaststube und schicke uns den Mohren herauf."

Ohne ein weiteres Wort zu sagen, drehte die Zofe sich um und verschwand. Prätorius wies die Soldaten an, alle Behältnisse, in denen sich flüssige oder halbflüssige Substanzen befanden – ungeachtet der Aufschrift – für den Abtransport in Kisten zu packen. Er würde den Inhalt im Schloss untersuchen.

„Was machen Sie hier?" Der Mohr stand in der Tür und betrachtete mit wütenden Blicken das Durcheinander im Zimmer und die grinsenden Soldaten.

Prätorius stellte dem Mohren die gleichen Fragen wie der Zofe. Die unwillig herausgeknurrten Antworten liefen auf das hinaus, was er bereits wusste. Athenais besaß nur das, was sich in diesem Raum befand. Und nichts, das auch nur entfernt einem Fläschchen ähnelte, hatte ihn verlassen.

Als die Männer alles, was auf einen flüssigen Inhalt schließen ließ, ausgesondert hatten, war der bestellte Karren vorgefahren. Mit ihm wurde die Ausbeute der Durchsuchung ins Schloss gebracht.

„Wie wollen Sie herausbekommen, in welcher Flasche das Gift ist?" Der Leutnant von Niederschnitz betrachtete fassungslos die drei Kisten, in denen sich große und kleine Flaschen, Flakons, Gläser und Karaffen drängten. Es war nicht zu glauben, dass dies alles einer einzigen Person gehören sollte. Der Leutnant war unverheiratet und seine privaten Bestände an Flüssigkeiten beschränkten sich auf eine Flasche mit Obstschnaps und eine mit Haaröl.

„Mit Experimenten", erklärte Prätorius. Dass er noch nie derartige Versuche selbst gemacht hatte, verschwieg er lieber. Er hatte lediglich zugehört, wie ein Mediziner diese Vorgehensweise bei einer Vorlesung in Leiden beschrieb. Er schilderte dem Leutnant, was er vorhatte, und bat darum, die gräflichen Jagdhunde woanders unterzubringen.

„Ich sehe, die Sache ist bei Ihnen in guten Händen", sagte Niederschnitz. Der Leutnant sorgte dafür, dass die bisherigen Bewohner der Hundezwinger ausquartiert wurden.

Der Arzt schickte nun einige Diener mit Fleischabfällen aus, um streunende Hunde zu fangen und in den geräumten Zwingern einzusperren. Den Rest des Tages verbrachte Prätorius damit, an diesen Hunden die Wirkung der Tränke und Spirituosen der Dame Athenais zu testen. Sebastian und einer der Soldaten zerrten jeweils einen der Vierbeiner aus dem Zwinger und hielten ihn fest. Prätorius schüttete ihm einen kräftigen Schluck der zu untersuchenden Flüssigkeit ins Maul und massierte die Kehle des Hundes, damit der das Getränk auch herunterschluckte. Dann wurde abgewartet und beobachtet.

Die meisten der Köter trugen einen mehr oder weniger kräftigen Alkoholrausch davon. Zwei Hunde versuchten, alles zu bespringen, was ihnen in den Weg kam. Die Zusammensetzung dieser Tränke hätte nicht nur Prätorius brennend interessiert. Nur ein Tier starb an dem korrekt etikettierten Inhalt eines Fläschchens mit Belladonna. Eine Sadebaumvergiftung bekam keiner von ihnen.

Als Prätorius dieses Ergebnis am Abend dem Leutnant mitteilte, deutete er vorsichtig an, dass sie mit ihrem Verdacht gegen die Dame Athenais vielleicht doch falsch lagen. Niederschnitz lief in seiner Stube herum wie ein Tiger im Käfig.

„Wir dürfen nicht aus den Augen verlieren", fügte Prätorius hinzu, „dass es zwischen Athenais und Isabella von Hattenberg, die ebenfalls an einer Sadebaumvergiftung starb, keinerlei Verbindung gibt."

Niederschnitz blieb stehen und wippte auf seinen Zehenspitzen. Er versuchte zu verbergen, dass er beunruhigt war. Wenn es sich herausstellte, dass Athenais tatsächlich unschuldig war, dann hatte er für nichts und wieder nichts genau das Aufsehen gemacht, das der Landgraf vermeiden wollte. Das würde dem Herrn nicht gefallen. „Haben Sie auch die Unterkünfte der Zofe und des Mohren durchsucht?"

Prätorius nickte. In den Verschlägen der beiden Dienstboten hatte er nichts Verdächtiges gefunden. Der Mohr schlief auf einem Strohsack in einer Dachkammer und die Zofe hatte den Raum daneben. Unter ihren Sachen hatte er lediglich einen zierlichen Flakon gefunden, in dem sich ein fürchterlich riechender Schnaps befand. Die Zofe behauptete, das leere Fläschchen hätte die Herrin ihr geschenkt und sie bewahre darin einen Kräuterbrand gegen Verdauungsbeschwerden auf. Den hatte Prätorius an einem Hund getestet, der erwartungsgemäß benebelt herumtaumelte.

Der Oberst von Greiffenstein war immer noch bewusstlos. Trotzdem zeigte sich sein Diener zuversichtlicher als heute Morgen. „Er atmet leichter! Da bin ich ganz sicher! Er schafft es!"

Prätorius glaubte zwar, dass es für Prognosen noch zu früh sei, aber er betrachtete es als gutes Zeichen, dass Greiffenstein überhaupt noch lebte. Vielleicht hatte er dank seiner kräftigen Konstitution wirklich eine Überlebenschance – oder aufgrund seiner Sturheit, die es nicht zuließ, dass er, der so viele Schlachten überlebt hatte, nun am Gift eines Meuchelmörders starb.

Der Oberst hielt sich jedenfalls besser als der Frankfurter Tuchhändler. Am Nachmittag war Jakob am Schlosstor aufgetaucht und eine der Wachen hatte ihn zu Prätorius geführt.

„Meine Mutter lässt ausrichten, dass der Tuchhändler gestorben ist", sagte Jakob, während er fasziniert zuschaute, wie ein Hund, der gerade einen großen Schluck Likör verabreicht bekommen hatte, mit den Hinterbeinen einknickte, zur Seite rollte und im gleichen Moment vernehmlich zu schnarchen anfing.

Kapitel 31

Ottilie Lieffenbruch benahm sich, wie es einer trauernden Witwe zukam. Sie hieß ihre Zofe die zur Straße gelegenen Fenster des Appartements mit dunklen Tüchern verhängen und verlangte von Rosalie, dass sie Stroh auf der Straße verteilen ließe, um die Geräusche der vorüberrollenden Wagen zu dämpfen.

Die Wirtin gab dieses Ansinnen an Knecht Stefan weiter. Der murmelte Unverständliches und schickte schließlich Franz mit einer einzigen Schubkarre Stroh vor das Haus. Seiner Ansicht nach war Stroh für die Pferde da und nicht, um es wie Müll auf die Straße zu werfen. Der Knecht breitete die Halme vor dem Haus aus, wo sie schon nach einem halben Tag so zu Häcksel zertreten und zermahlen waren, dass man sie kaum noch sehen konnte.

Die Witwe Lieffenbruch hatte beschlossen, dass ihr toter Ehemann in Frankfurt beigesetzt werden sollte. Um die Überreste dorthin zu überführen, musste zuvor ein standesgemäßer Sarg herbeigeschafft werden. Vor Jahren war Ottilie einmal auf der Trauerfeier für einen auf Reisen verstorbenen Orienthändler gewesen. Den hatte man in einem luftdicht verlöteten Bleisarg in die Heimat gebracht. Etwas in dieser Art wollte sie auch für ihren Oswald haben. Es erwies sich jedoch schnell, dass man einen solchen Sarg am Ort nicht bekommen konnte. Rosalie beauftragte schließlich einen Fuhrmann damit, einen Bleisarg aus Mainz zu holen.

Inzwischen wurde der Tuchhändler, in seine besten Kleider gehüllt, im Salon der Ottilie Lieffenbruch aufgebahrt. Seine nunmehrige Witwe hatte ein Meer von Blumen nebst einer Wagenladung geweihter Kerzen bestellt. Einzig zu den Stunden, in denen die Schneiderin kam, um die Trauergewänder anzupassen, verließ Ottilie die Bahre des „armen Oswald". Eine andere Ausnahme machte sie nur noch für den Goldschmied, der die Treppen hinaufstieg um ihr eine Auswahl an Trauergeschmeiden – mit vielen Perlen, denn die bedeuteten Tränen – zur Begutachtung vorzulegen.

Der Appetit der Lieffenbruch hatte nicht dauerhaft gelitten. Obwohl sie ständig erklärte, krank vor Trauer zu sein, bestellte sie aufwendige Gerichte, deren Zubereitung Rosalie, Anna und den Küchenjungen Peter ins Schwitzen brachte.

„Du solltest Balthasar vor die Tür setzen", sagte Anna, während sie ein Täubchen rupfte, „der tut rein gar nichts mehr."

„Das geht nicht so einfach." Rosalie schmeckte die Brühe ab, die auf dem Herd brodelte. „Balthasar ist bei den Lieffenbruchs angestellt, daher muss ich ihn wie einen Gast behandeln". Sie streute eine Prise Salz in die Brühe und probierte wieder. „Aber natürlich muss Ottilie Lieffenbruch uns für die zusätzliche Arbeit extra entlohnen."

Anna nickte zustimmend.

Balthasar ließ sich den ganzen Tag über nicht an seinem Arbeitsplatz blicken. Er sperrte sich in seinem Verschlag unter dem Dach ein und schlich abends aus dem Haus, um sich in irgendeiner Schenke in der Unterstadt zu betrinken.

Offensichtlich hatte ihn der Tod seines Arbeitgebers völlig aus der Bahn geworfen. Eine Hoffnung hatte er allerdings noch nicht aufgegeben. Als Rosalie am späten Abend ihre Runde machte, die Türen zusperrte und nachschaute, ob auch im Küchenherd ordnungsgemäß das Feuer gelöscht worden war, fühlte sie sich plötzlich um die Taille gepackt. In der Annahme, sie hätte es mit einem Einbrecher zu tun, griff Rosalie nach der ersten Waffe, die ihr in die Hand kam – es war die schwere, schmiedeeiserne Pfanne – und schlug sie dem Angreifer über den Schädel. Mit einem Winseln ließ der die Wirtin los und fiel hinterrücks in die Holzscheite, die an der Wand aufgestapelt waren. Mit der Pfanne in der einen Hand und der Kerze in der anderen näherte sich Rosalie vorsichtig der Gestalt, die schwankend versuchte, sich wieder aufzurichten und dabei noch mehr vom Holzstapel einriss.

„Balthasar, was soll das?"

Sein Gesicht war aufgedunsen, die Augen verquollen und mit dem Geradeausschauen schien der Koch Probleme zu haben. Ob das auf seinen Alkoholpegel oder auf den Schlag mit der Bratpfanne zurückzuführen war, konnte Rosalie nicht sagen.

Balthasar versuchte, seinen Blick auf die Wirtin zu fixieren. „Sssssein Sie doch nicht immer so roh zu mir. Ichchcchch will doch nur ein bisschen Wärme." Seine Augen rollten zum Herd und dann wieder zu Rosalie. „Und deshalb bin ich in die Küche gegangen, weil ich wusssssste, da finde ich Wärme – menschliche Wärme." Er streckte die Arme nach Rosalie aus und diese wich einen Schritt zurück. Balthasar verlor das Gleichgewicht und fiel wieder zwischen die Holzscheite. „Aber wir sind doch füreinander bestimmmmmt."

Rosalie reichte es jetzt. Sie hämmerte an Jakobs Kammer und als ihr Sohn verschlafen im Türrahmen erschien, beauftragte sie ihn damit, Franz zu holen, den schwer betrunkenen Koch vor die Tür zu setzen und diese hinter ihm zu verriegeln.

Dann ging sie in ihr eigenes Zimmer. Während sie sich auf dem Strohsack in ihre Decke kuschelte, überlegte sie, wie der Koch nur zu der Meinung kam, dass sie freiwillig ihre Unabhängigkeit aufgeben würde.

1647

„Wir brauchen diesen Schrieb nicht, du hättest dir lieber Gold geben lassen sollen." Hannes warf das Pergament Rosalie vor die Füße. „Ich bin und bleibe Pferdehändler. Das Gästebedienen liegt mir nicht."

Er machte kehrt und stampfte aus dem Zelt. Rosalie hob das mit Siegeln und Unterschriften versehene Dokument wieder auf und verbarg es in ihrem Mieder. In ihren Ohren klang immer noch die Stimme des Oberst von Heimbach. „Der Krieg ist bald zu Ende, die Verhandlungen in Münster und Osnabrück sind auf einem guten Weg. Wenn Sie dann nicht wissen, wohin – mit diesem Dokument wird Ihnen im Herrschaftsbereich Hessen-Kassel niemand Schwierig-keiten bereiten, wenn Sie ein Wirtshaus eröffnen wollen."

Ein Privileg als Lohn dafür, dass sie Wilhelm von Heimbach ge-sund gepflegt hatte, das fand Rosalie durchaus angemessen.

Ursprünglich hatte Hannes es nicht gern gesehen, dass seine Frau gelegentlich Verbände erneuerte oder kleinere Verletzungen, die sich die chronisch überlasteten Feldscher nicht ansahen, in seiner Schenke mit Hausmitteln behandelte. Aber dann stellte er fest, dass die Män-ner, um die sich Rosalie kümmerte, sich zum Betäuben ihrer Schmer-zen Alkohol zuführten – auch in größeren Mengen als notwendig - und dass ihre Begleiter es ihnen meist gleichtaten. Manche Soldaten, die gerade knapp bei Kasse waren, gaben der Wirtin auch einen be-stickten Sattel oder eine silberbeschlagene Pistole. Das fand er noch besser. Auch das eine oder andere Pferd hatte Hannes Mette auf diese Weise schon eingehandelt. Das war für ihn das Allerbeste.

Als die Soldaten allerdings den bewusstlosen Oberst von Heimbach anschleppten, da ging ihm das zuerst zu weit. Der Mann war auf einem Patrouillenritt vom Pferd gefallen, im Steigbügel hängen ge-blieben und von dem durchgehenden Tier eine ganze Strecke mitge-schleift worden. Nachdem seine Kameraden das Pferd eingefangen und Wilhelm von Heimbach befreit hatten, war er schon bewusstlos. Da der Feldscher gerade unauffindbar war, brachten sie den Verletz-ten ins Marketenderzelt. Hannes protestierte, schließlich war das hier kein Lazarett. Nach Rosalie rief er erst, nachdem ihm der Knappe des Oberts ins Ohr geflüstert hatte, dass sich sein Herr mit Sicherheit von dem Pferd, das den Unfall verursacht hatte, trennen würde. Die

Soldaten, die den Ohnmächtigen hergebracht hatten, verzogen sich schnell. Auch Hannes verschwand und sah sich schon einmal das fragliche Pferd an.

Gemeinsam mit einem ihrer Knechte bettete Rosalie den Oberst auf ein paar Säcke in der Ecke des Zeltes. Da sie sich dachte, dass so ein feiner Herr nicht allen Blicken ausgesetzt sein wollte, teilte sie die Ecke mit einem Stück Zeltplane ab. Der Kopf des Mannes fühlte sich ziemlich zerbeult an, also legte Rosalie ihm eine kalte Kompresse auf. Mehr konnte sie im Moment nicht für ihn tun. Dass er den rechten Arm gebrochen und den Knöchel gezerrt hatte, das konnte er seiner Pflegerin erst am nächsten Tag sagen. Da war er wieder weit genug bei Verstand, um festzustellen, wo es ihm abgesehen vom Kopf noch schmerzte. Rosalie holte dann doch den Feldscher, denn im Schienen von Brüchen war er ganz gut. Allerdings weigerte sich Wilhelm von Heimbach standhaft, ins Lazarett überzusiedeln. Er behandelte seinen Brummschädel lieber im Marketenderzelt mit hohen Dosen spanischen Rotweins.

Da das Heer im Moment nicht weiterzog, hatte der Oberst genügend Muße, es sich in seiner Ecke gemütlich einzurichten. Sein Knappe besorgte ihm, was er benötigte: Tabak, Spielkarten und sein geliebtes Jagdhorn. Essen und Trinken bekam er von Rosalie. Im Gegenzug sorgte Heimbach für die musikalische Unterhaltung der Gäste, die allerdings am Anfang so ausfiel, dass Rosalie drohte, ihm das Jagdhorn wegzunehmen. Heimbach musste sich erst daran gewöhnen, das Instrument mit der linken Hand zu bedienen, danach klang es leidlich. Der Oberst verzog allerdings bei manchen Tönen immer noch das Gesicht. „Ich hoffe, dass ich meinen rechten Arm bald wieder gebrauchen kann."

„Aber sicher", sagte Rosalie, denn sie hielt viel davon, dass Kranke immer zuversichtlich blieben, „wahrscheinlich können Sie in ein paar Wochen schon wieder wacker mit dem Degen zuhauen."

Der Oberst lachte. „Mal sehen. Vielleicht ist das bis dahin gar nicht mehr nötig."

Rosalie sah ihn verblüfft an. Glaubte er wirklich, dass an den Gerüchten über Friedensverhandlungen etwas dran war? Sie konnte sich kaum noch daran erinnern, wie es sich anfühlte, in einem festen Haus zu leben. Nicht mehr im Planwagen oder zu Fuß durch verwüstetes Land zu ziehen. Nicht mehr darum zu bangen, dass man nach der nächsten Schlacht, wenn die siegreiche Armee über den Tross der Besiegten herfiel, alles verlieren konnte - inklusive dem Leben.

„Dann können Sie sich mit einem Gasthaus sesshaft machen."

Rosalie lächelte. „Das wäre ein schöner Traum."

„Das muss kein Traum bleiben", der Oberst schüttelte energisch den Kopf. „Ich kann Ihre Pflege nicht in Gold bezahlen – ganz einfach deshalb, weil ich keines mehr habe. Aber ich kann etwas anderes für Sie tun."

Rosalie hatte nicht gefragt, warum der Oberst die Möglichkeit besaß, solche Privilegien zu vergeben. Sie wusste nur, dass er ein enger Freund der Gräfin Amalie Elisabeth von Hanau-Münzenberg war. Diese Gräfin war die früh verwitwete Mutter und Vormund des noch minderjährigen Landgrafen Wilhelm von Hessen-Kassel. Seit mehr als einem halben Jahrzehnt zogen ihre Armeen durch Oberhessen.

„Und letztlich werden die Unsrigen gewinnen", sagte der Oberst von Heimbach. „Dann fällt auch die Niedergrafschaft Katzenelnbogen wieder an das Haus Hessen-Kassel."

Rosalie hatte aufgehorcht, als der Name der Niedergrafschaft fiel. „Ich bin in St. Goar geboren."

„Nun, dann sollten Sie nach dem Ende des Krieges in Ihre Heimat zurückgehen", sagte der Oberst und blies eine Fanfare auf seinem Jagdhorn. Rosalie musste lachen.

„Ich glaube, das würde ich gern tun."

Das Lachen verging ihr allerdings, wenn sie an ihren Mann dachte. Hannes konnte sie sich nicht als Gastwirt vorstellen. Er verstand es nicht, mit Menschen umzugehen, denn er erwartete von ihnen den gleichen bedingungslosen Gehorsam wie von seinen Pferden. Aber Gäste konnte man nicht mit der Peitsche traktieren wie einen aufsässigen Hengst oder mit den Fäusten wie eine widerspenstige Ehefrau. Rosalie seufzte. Das Privileg wollte sie trotzdem gut aufheben.

Kapitel 32

Das nächste Opfer war ein Einheimischer. Ein Tagelöhner, der das Laubdach, das den Kurgästen am Weinbrunnen Schatten spendete, ausgebessert hatte. Fast hätte man in der Oberstadt nichts von dem neuen Vergiftungsfall erfahren, aber einer der Brunnenburschen, der in der Nachbarschaft des Tagelöhners wohnte, erzählte es Jakob und dieser wiederum gab die Geschichte beim gemeinsamen Frühstück in der Küche der ‚Vier Elstern' zum Besten.

„Und dein Freund ist sich sicher, dass es eine Vergiftung ist?", fragte Rosalie.

„Hoffentlich ist es keine Seuche", sagte die alte Grete, „sonst können wir alle nur noch beten."

Betti, die kleine Hausmagd, wurde bleich. Der Knecht Franz legte ihr den Arm um die Schultern. „Das ist sicher keine Seuche, sonst wären mehr Leute krank."

„Aber wie kann er sich die Vergiftung zugezogen haben?", rätselte Rosalie.

Jakob zuckte mit den Schultern. „Das weiß niemand so genau. Der Mann hat gestern den ganzen Tag auf dem Laubdach am Brunnen gearbeitet. Alte Zweige heruntergeholt, frische aufgepackt und festgebunden."

„Wir sollten es Prätorius erzählen", meinte Rosalie, „auf diese Weise ist doch klar erwiesen, dass es die Dame Athenais nicht gewesen sein kann. Sie saß gestern ja schon hinter Schloss und Riegel."

Balthasar hatte sich am Morgen wieder ins Haus geschlichen. Jetzt schlief er in der Kammer seinen Rausch aus und hielt es nicht für nötig, sich an seinem Arbeitsplatz blicken zu lassen. Also würden Rosalie und ihre Angestellten auch heute seine Arbeit übernehmen müssen. Die Wirtin seufzte. Und dazu die unselige Geschichte mit den vergifteten Menschen. Sie schickte Jakob los, um Prätorius zu suchen und ihm von dem Kranken in der Unterstadt zu berichten. Dann machte sie sich daran, den Hefeteig für die feinen Weizenbrote anzusetzen, die Ottilie Lieffenbruch in Mengen vertilgte. Anna nahm das Küchenbeil und ging in den Hühnerstall, um ein Huhn für das Mittagessen zu schlachten.

Als Rosalie den Brotteig zu einer geschmeidigen Masse geknetet hatte und die Schüssel auf das Sims hinter dem Herd schob, damit der Teig in der Wärme aufgehen konnte, kam Friedrich durch die Küchentür getappt.

„Gibt's noch was zu essen?", der Knappe gähnte und streckte sich, sodass unter dem Hemd sein wohlgerundetes Bäuchlein sichtbar wurde.

Rosalie musterte ihn von oben bis unten. „Nur wenn du danach schnurstracks in den Stall gehst und dich um dein Pferd und um das Ross deines Herrn kümmerst. Stefan hat sich schon beschwert."

Friedrich versprach es hoch und heilig und bekam daraufhin den Rest des kalten Gerstenbreis. Als er aufgegessen hatte, ging er tatsächlich in den Pferdestall und erschien kurz darauf mit dem Reittier seines Herrn am Zügel. Der Tigerscheck war schon seit einer Weile nicht mehr bewegt worden. Er stampfte mit den Hufen und schlug ungeduldig mit dem Kopf, dass das Zaumzeug klirrte. Friedrich ließ sich jedoch nicht beirren und saß nach zwei Versuchen im Sattel. Rosalie nickte beifällig, als er vom Hof klapperte. Ein solches Ross brauchte Bewegung. Und Friedrich konnte es auch nicht schaden.

Der Besitzer des Pferdes, der Baron von Gnekow, saß bereits zu dieser Vormittagsstunde in der Gaststube und bestellte Wein. Als Rosalie ihm den Roten brachte, setzte sie sich dem Baron gegenüber an den Tisch. Obwohl sich der Mann pausenlos danebenbenahm, tat er ihr leid. „Müssen Sie sich denn schon wieder betrinken?"

Der Baron schaute sie aus geschwollenen Augen an und griff nach der Weinkanne, die die Wirtin auf den Tisch gestellt hatte. „Was soll ich sonst tun?" Er goss den Wein in seinen Zinnbecher. „Sie ist mein Leben."

Rosalie musste nicht erst fragen, wen er damit meinte.

„Athenais ist unschuldig", sagte sie, „bestimmt kommt sie bald frei."

„Mir wäre es lieber, wenn sie noch ein Weilchen hinter Schloss und Riegel sitzen würde. Dann könnte sie wenigstens nicht mit anderen Männern …". Der Baron nahm einen Schluck Wein.

„Warum will Athenais Sie eigentlich nicht sehen?"

Der Baron glotzte ins Leere. „Ich habe kein Geld mehr. Mein Schloss und meine Ländereien in Pommern sind zerstört und verödet. Ich weiß nicht, wie viele meiner Bauern überhaupt noch am Leben sind."

Rosalie seufzte. Die alte Geschichte. Also waren ihre Zweifel hinsichtlich der Zahlungsfähigkeit des Barons wohl gerechtfertigt. Und mit jedem Tropfen Wein, der durch seine Kehle rann, wurde die Rechnung länger. Zum Glück hatte sie noch seinen Degen. „Ihre Familie?"

Er zuckte mit den Schultern. „Das Einzige, was ich noch besitze, ist mein Pferd." Dann strahlte er plötzlich über das ganze Gesicht. „Und meine Liebe."

Rosalie verdrehte innerlich die Augen. „Wo haben Sie Athenais denn eigentlich kennengelernt?"

„Das ist schon einige Jahre her." Der Graf erzählte, dass er eine Kriegsverletzung in einem norddeutschen Bad auskurierte. Dort traf er Athenais. „Sie hatte gerade ihre Beziehung zu einem schwedischen Obristen beendet. Eine Zeit lang waren wir glücklich. Dann bekam ich schlechte Nachrichten aus der Heimat und musste fort." Der Herr von Gnekow seufzte und nahm noch einen großen Schluck Wein. „Nach meiner Rückkehr war Athenais nicht mehr da."

Trotzdem fand der Baron ihre Spur und verfolgte sie. Rosalie nahm an, dass mit der Anzahl der Meilen, die er auf der Suche nach Athenais zurücklegte, auch sein Weinkonsum gewachsen war.

„Was ist eigentlich mit der Zofe und dem Mohren? Wie lange hat Athenais die schon?" Das Gesicht der Zofe spukte der Wirtin immer noch im Kopf herum. Die Frau kam ihr bekannt vor, aber sie hatte keine Ahnung, warum.

Der Graf beugte sich verschwörerisch vor: „Der Mohr ist gar kein Mohr – der tut nur so. Alles Farbe. Aber Athenais hat ihn schon lange. Als ich sie kennenlernte, war er noch ein Mohrchen. Überaus putzig."

Rosalie nickte belustigt. Der Junge war höchstwahrscheinlich ein Sohn der Dame Athenais, den sie verkleidete, um ein doppeltes Ziel zu erreichen: den Fragen nach dem Vater auszuweichen und ihr persönliches Ansehen durch den Besitz eines Mohrendieners aufzupolieren.

„Die Zofe, Clorinde, ist noch nicht so lange bei ihr. Früher hatte sie ein anderes Mädchen. Das hat aber irgendwann angefangen, ihr Konkurrenz zu machen und die Kunden wegzuschnappen. Ich nehme an, deswegen hat sie sich nun eine Zofe eingestellt, bei der dieser Fall nicht eintreten kann."

Rosalie runzelte die Stirn. „Warum?"

Der Graf hatte schon genug getrunken, um deutlich zu werden.

„Die macht sich nichts aus Männern." Er schaute in seinen leeren Becher und goss wieder Wein hinein. „Außerdem", er nuschelte schon, „wollte sie sich unbedingt um Clorinde kümmern. Das hatte wohl etwas mit der Mutter des Mädchens zu tun – Athenais hat ein weicheres Herz, als man denkt."

Er trank den Becher leer und Rosalie stand auf. Sie wusste, dass sie nun nichts Nützliches mehr von ihm erfahren würde.

Kapitel 33

Jakob fand Prätorius im Schloss, wo der Arzt wieder einmal den Oberst von Greiffenstein besuchte. Mehr als ihm den Puls fühlen, seine Gesichtsfarbe begutachten und auf seinen Atem lauschen konnte der Medicus allerdings nicht tun. Aber er war langsam geneigt, die Meinung des Kammerdieners zu teilen: Der alte Haudegen war noch einmal davongekommen.

Als der Arzt seinen Patienten verließ, erhob sich Jakob von dem Schemel des Dieners, auf dem er vor der Tür gewartet hatte.

„Ich habe Sie gesucht", sagte er statt einer Begrüßung.

„Was gibt es?"

„Sie interessieren sich doch für Vergiftungen", sagte Jakob.

„Meine Mutter hat mir aufgetragen, Ihnen mitzuteilen, dass in der Unterstadt ein Tagelöhner erkrankt ist."

Prätorius wusste nicht genau, was er dazu sagen sollte. Es war höchst unwahrscheinlich, dass sich dieser Mann eine Sadebaumvergiftung zugezogen hatte. Schließlich hatte er mit keinem der bisherigen Opfer etwas gemein. Eine kräftige Lebensmittelvergiftung, schlechter Alkohol oder verdorbenes Fleisch waren in dieser Gesellschaftsschicht sehr viel wahrscheinlicher.

Jakob konnte an Prätorius' Gesicht dessen Zweifel ablesen, er zuckte mit den Schultern. „Ich habe jedenfalls die Nachricht überbracht. Was Sie damit anfangen, ist Ihre Sache." Er wollte gehen.

Prätorius hielt ihn auf. Er war zu dem Schluss gekommen, dass es nicht schaden konnte, der Sache nachzugehen, auch wenn sich das Ganze als Gerücht herausstellte. „Kannst du mich hinbringen?"

Der Wirtssohn nickte widerwillig. „Es ist in der Unterstadt, in einer Seitenstraße."

Als die beiden am Gasthaus ‚Zum Bären' vorbeikamen, bedeutete Prätorius Jakob kurz zu warten. Er wollte Cuculus dabeihaben.

Der Anatom war soeben erst von einer seiner Expeditionen in die Obstgärten der Umgebung zurückgekehrt. Gerade war er dabei, seine Beute auf verschiedene Gefäße zu verteilen. Mit einem Federmesser schnitt er die Enden der blühenden Zweige schräg an und ordnete sie dann in Keramikbechern auf der Fensterbank. Unter die Becher klemmte er jeweils einen Papierfetzen, auf dem er den Fundort des betreffenden Zweiges vermerkt hatte. „Du hast einen ganz schönen Wirbel verursacht", sagte er zu Prätorius. „In der Schankstube haben sie sich gestern Abend die Köpfe heißgeredet, ob Athenais etwas ausgefressen hat." Er grinste. „Und ich habe mir überlegt, ob die Festnahme mit den Vergiftungen zusammenhängt."

„Ich habe sie nicht angeordnet."

Cuculus griff zu dem Krug, der sein Waschwasser für die morgendliche Toilette enthielt. „Ich wollte dir damit auch keine Vorwürfe machen. Obwohl es natürlich sehr unangenehm ist, die zweite Nacht hintereinander aus dem Schlaf gerissen zu werden." Er füllte das Wasser in die Keramikbecher.

„Was war denn heute Nacht los?"

„Die Zofe der Athenais hatte einen Albtraum. Das ganze Haus hat sie mit ihren Schreien aufgeweckt. Klang schrecklich. Hätte nicht geglaubt, dass ihr ihre Herrin dermaßen fehlt."

Prätorius drückte dem Anatomen sein Bedauern aus und erzählte ihm dann, was ihn in die Unterstadt geführt hatte.

„Ein vergifteter Tagelöhner." Cuculus hob die Augenbrauen. „Wie soll das zu den anderen Opfern passen?"

„Begleite mich", sagte Prätorius, „vier Augen sehen mehr als zwei."

Die Familie des neuesten Giftopfers wohnte in einer der ärmlichen Katen, die sich hinter dem Brodelbrunnen an den Hang schmiegten. Hier hausten hauptsächlich Dienstboten, Fuhrknechte und Tagelöhner. Die ganze Wirtschaft dieser Leute bestand aus einem oder zwei Schweinen, einer mageren Ziege und einigen zerzausten Hühnern, die mit ihnen unter demselben Dach lebten. Da niemand öffnete, als Jakob anklopfte, drückte er die altersschwache Brettertür einfach auf. Nachdem sich die Augen der drei Besucher an das Dämmerlicht gewöhnt hatten, das durch zwei winzige Luken in der gegenüberliegenden Wand ins Zimmer sickerte, konnten sie sich umsehen.

Der gesamte Innenraum der Hütte lag vor ihnen, er diente gleichzeitig als Küche, als Stall und als Schlafzimmer. Dabei waren diese Bereiche keineswegs klar getrennt. Entsprechend vielfältig war der Geruch. Zwei Hühner pickten nach vergessenen Körnern auf dem kalten Herd und ein kleiner Junge balgte sich in der Mitte des Raumes mit einem Ferkel.

In einer Ecke lag der Kranke auf einem Haufen Stroh unter einer fleckigen Wolldecke. Ein halbwüchsiges Mädchen, das ihr ungefähr einjähriges Geschwisterchen auf dem Arm hielt, hockte daneben auf dem Boden und schaute die drei Besucher mit großen Augen an.

„Wo ist deine Mutter?", fragte Cuculus.

Das Mädchen senkte den Kopf und steckte den Daumen in den Mund. Sie war es nicht gewohnt, von Leuten angesprochen zu werden, die so vornehme Kleider trugen. Außerdem redete der Mann komisch. Das Kleinkind verbarg sein schmutziges Gesichtchen an ihrer Schulter und begann zu weinen. Das Mädchen schniefte.

„Du musst keine Angst haben." Jakob kniete sich neben ihr auf den Boden. „Wir wollen nur nach deinem Vater sehen und deiner Mutter ein paar Fragen stellen."

„Mama ist tot", sagte das Mädchen leise. „Sie ist gestorben, als Marie auf die Welt kam." Sie tätschelte das Kind, das sie auf dem Arm hielt.

Währenddessen waren Prätorius und Cuculus an das Lager getreten und begutachteten den Kranken so genau, wie das in diesem unzureichenden Licht möglich war.

„Was denkst du?", Prätorius schaute auf die bewusstlose Gestalt hinunter, die auf dem schmutzigen Stroh lag. Ein recht junger Mann, der wahrscheinlich noch nicht einmal sein dreißigstes Jahr hinter sich hatte. Trotzdem war das Gesicht bleich und eingefallen wie das eines Greises. Sein Atem war kaum wahrnehmbar und setzte manchmal ganz aus.

„Es geht mit ihm zu Ende", sagte Cuculus.

Jakob übernahm es, mit dem Mädchen zu reden, denn vor ihm hatte es am wenigsten Angst. Aber sie wusste nicht viel zu berichten. In der Nacht hatte es gehört, wie sich sein Vater im Hof erbrach. Seitdem lag er hier und war nicht mehr bei sich. Cuculus ging zur Hintertür hinaus. Als er zurückkam, sagte sein Gesicht alles.

„Blut?" fragte Prätorius.

Der Anatom nickte.

„Ist dein Vater auf dem Heimweg von seiner Arbeit noch in einer Schenke eingekehrt?", wollte Jakob wissen.

Das Mädchen schüttelte den Kopf. „Ich habe ihn abgeholt, mit Marie und Johannes", sie deutete auf den Jungen, der immer noch mit dem Ferkel spielte. „Wir haben uns die feinen Leute am Brunnen angeschaut, bis Vater mit uns nach Hause gehen konnte."

Sie senkte den Kopf. „Ich weiß, warum er nirgends eingekehrt ist. Er hatte keinen Durst."

„Warum nicht? Es war doch gestern so warm."

„Während er an dem Laubdach arbeitete hat ihm eine Frau zu trinken gebracht. Wasser vom Brunnen."

Prätorius, der gerade den Puls des Kranken gefühlt hatte, fuhr herum. „Wie war das?"

Das Mädchen verstummte erschrocken. Jakob strich ihm übers Haar.

Prätorius kniete sich ebenfalls auf den Boden. „Ich wollte dich nicht erschrecken, aber das, was du erzählst, ist sehr, sehr wichtig für uns."

Die Kleine nickte tapfer.

„An was kannst du dich erinnern? Wie sah die Frau aus?"

Das Mädchen schniefte wieder. „Es war keine richtig feine Dame. Sie hatte keinen Schmuck und keine bunten Kleider. Aber mir hat sie trotzdem Angst gemacht."

„Warum?"

„Sie hatte so kalte Augen." Das Mädchen begann wieder zu schluchzen.

„Ich glaube nicht, dass wir es genauer erfahren", sagte Jakob zu Prätorius.

Cuculus ging nun ebenfalls in die Hocke, fischte eine glänzende Silbermünze aus der Rocktasche und zeigte sie dem Mädchen. „Möchtest du die gerne haben?"

Die Kleine nickte.

„Aber ja", sagte Cuculus gedehnt, „du hast es dir auch verdient." Er strich mit der anderen Hand über die Münze, und das Geldstück war verschwunden. Noch bevor das Kind enttäuscht schauen konnte, zog Cuculus die Münze hinter dem Ohr des Mädchens wieder hervor.

„Na siehst du, du hast sie ja schon." Er drückte das Geldstück der Kleinen in die Hand. „Pass gut darauf auf!"

Er tat so, als ob er sich wieder aufrichten wollte. „Hast du zufällig gehört, was die Frau, die das Wasser brachte, zu deinem Vater sagte?", fragte er beiläufig.

Das Mädchen schaute zu ihm auf. Anscheinend machte sein holländischer Akzent ihr keine Angst mehr. „Sie sagte, dass es sicher heiß sei bei dieser Arbeit und dass sie ihm eine Erfrischung bringen wollte. Dann ging sie zum Brunnen und ich habe sie aus den Augen verloren, weil da so viele Leute waren. Als sie wiederkam, hatte sie einen Becher Wasser und reichte ihn Vater aufs Dach."

Für den Tagelöhner konnten sie nichts mehr tun. Prätorius nahm an, dass hier die Dosis des Giftes wesentlich größer gewesen sein musste als beim Oberst. Er wandte sich zur Tür und winkte Cuculus und Jakob, ihm zu folgen. „Wir werden den Pfarrer herschicken", sagte der Arzt zu dem Mädchen. „Der wird sich um alles kümmern."

Cuculus blieb stehen. Er hatte den hilflosen Blick des Kindes gesehen. „Ich werde hierbleiben und mit dir auf den Pfarrer warten." Leise sagte er: „Vielleicht will der Geistliche Geld, bevor er dem Mann die Letzte Ölung gibt und jemanden sucht, der für die Kinder sorgt. Außerdem möchte ich ihn darum bitten, mich zu benachrichtigen, wenn der Mann gestorben ist. Dann werde ich ihn obduzieren und wenn ich die typischen Blutungen im Magen und im Darm finde, dann können wir definitiv von einer Sadebaumvergiftung ausgehen."

„Das dürfte die Sache dann vollends undurchsichtig machen", sagte Prätorius. „Wir haben jetzt vier Vergiftungsopfer und sie scheinen absolut nichts miteinander gemeinsam zu haben."

Cuculus grinste. „Immerhin ist die Dame Athenais aus dem Schneider."

Kapitel 34

Als Jakob aus der Unterstadt heimkehrte, befanden sich die Bewohner der ‚Vier Elstern' in heller Aufregung. Friedrich war verbeult und zerkratzt zu Fuß von seinem Ausritt zurückgekommen und hatte daraufhin noch eine Abreibung von seinem Herrn erhalten. Was das Pferd natürlich auch nicht nach Hause brachte. Rosalie schickte Franz los, damit er das Tier suchte.

„Ich kann da nichts für", sagte Friedrich und wischte sich mit dem Hemdsärmel über die Augen. „Dieser Herr mit der Pistole war schuld."

„Na klar, wenn man vom Pferd fällt, ist immer jemand anderes schuld." Anna saß auf den Stufen, die von der Küchentür in den Hof hinunterführten, und rupfte mit energischen Bewegungen ein Huhn.

„Ein bewaffneter Herr", Rosalie runzelte die Stirn, „Waffentragen ist hier doch verboten."

„Es war nicht im Ort. Ich bin eine ganze Strecke die Straße hinaufgeritten, die wir gekommen sind." Friedrich zeigte in die Richtung, in der die große Straße nach Mainz den Berg hinaufführte und schließlich im Wald verschwand. „Auf der Anhöhe geht der Wald in Buschwerk über und danach kommen ein paar Felder, auf denen kaum etwas wächst. Jedenfalls waren weder Wagen noch Fußgänger zu sehen, die Straße war frei und ich konnte das Pferd ausgiebig galoppieren lassen", erzählte er. „Irgendwann wurde der Hengst müde, fiel in Trab, blieb schließlich stehen und interessierte sich für das Gras am Straßenrand. Als es mir zu langweilig wurde, wendete ich und ritt im Schritt heimwärts."

Jakob tat, als ob er gähnen müsste. „Komm endlich zur Sache."

„Auf dem Rückweg hatte ich genügend Zeit, mich umzuschauen. Da sah ich am Waldrand einen Reiter und eine Frau zu Fuß, die miteinander redeten. Der Reiter schien über irgendetwas, das die Frau gemacht hatte, sehr wütend zu sein."

„Hast du verstanden, was er sagte?", wollte Jakob wissen.

„Nein, dazu war ich zu weit entfernt. Aber ich hörte am Tonfall, dass er schimpfte. Und ich sah, wie die Frau sich duckte, so als fürchte sie, dass er sie schlagen würde." Friedrich bemühte sich um ein schiefes Grinsen. „Ich war natürlich neugierig und deshalb ließ ich den Hengst wieder am Straßenrand grasen. Dabei habe ich wohl zu oft zu den beiden hinübergesehen."

„Vielleicht war es einfach ein Liebespaar, das eine Meinungsverschiedenheit hatte", mutmaßte Anna.

Friedrich hob die Schultern.

„Erzähl weiter", drängte Jakob.

„Der Mann riss plötzlich sein Pferd herum und galoppierte quer über das Feld auf mich zu. Ich wollte Reißaus nehmen – der Mann sah wirklich wütend aus - und drückte dem Tigerscheck die Fersen in die Flanken. Er galoppierte widerwillig an. Ich habe es nicht gesehen, aber der Mann, der mich verfolgte, musste eine Pistole gezogen haben, denn plötzlich zuckte der Tigerscheck zusammen. Dann hörte ich den Schuss. Mein Pferd ging durch. Ich wäre fast hinuntergefallen, aber ich hatte so viel Angst vor dem Mann mit der Pistole, dass ich mich, so fest ich konnte, an die Mähne klammerte. Irgendwie waren wir auf einen Pfad geraten, der von der Straße abzweigt und in den Wald führt. Dort erwischte mich dann ein Ast und fegte mich aus dem Sattel – mitten in ein Brombeergestrüpp."

Anna kicherte, aber Friedrich ignorierte sie. „Anscheinend hatte der fremde Reiter nicht vor, die gleiche Erfahrung wie ich zu machen", fuhr er fort. „Er stoppte vor den ersten Bäumen, wendete sein Pferd und trabte davon."

Jakob runzelte die Stirn.

„Hast du den Herrn oder die Dame schon einmal hier gesehen?"

„Nein, den Kleidern nach war die Frau auch keine feine Dame. Sie war zu Fuß unterwegs und sie war, so wie es aussah, allein. Keine Kutsche oder Gesellschafterin weit und breit. Also ich hätte sie für eine Dienerin gehalten. Für eine Bäuerin sah sie zu sauber aus."

„Der Reiter der dich angegriffen hat: Was für ein Pferd hatte er?"

„Ein dunkler Goldfuchs, ein schönes Pferd, und schnell ...".

Jakob schlug mit der Faust auf den Tisch. „Der Schwede! Irgendetwas hat der Mann doch zu verbergen."

Rosalie schaute von den Kupfer- und Silberstücken auf, die sie gerade gezählt hatte. „Du handelst dir noch Ärger ein, wenn du überall erzählst, dass du den Herrn verdächtigst." Sie strich das Geld in ihren Beutel und zog ihn zu. Die Barschaft reichte noch für den anstehenden Einkauf.

„Aber es ist doch offensichtlich, dass etwas mit ihm nicht stimmt. Diese Frau, mit der er sich heimlich trifft, das war sicher diese Clorinde."

Rosalie war dabei, sich den Geldbeutel an den Gürtel zu binden, aber nun hielt sie in der Bewegung inne.

„Du meinst die Zofe der Athenais?"

Jakob nickte.

Kapitel 35

Der Oberst der gräflichen Leibgarde war eindeutig auf dem Wege der Genesung. Er fühlte sich zwar immer noch sehr schwach und mochte nichts essen, aber dafür konnte er wieder trinken. Trotz aller Verwünschungen bestand sein Kammerdiener darauf, den Wein weiterhin mit Wasser zu verdünnen. Zwar konnte sich der Oberst in dieser Sache nicht durchsetzen, aber er konnte den Diener dazu bringen, ihm einen Rapport über die Ereignisse der letzten Tage zu geben. Als er hörte, dass man die Dame Athenais unter dem Verdacht, eine Giftmörderin zu sein, festgenommen hatte, regte er sich dermaßen auf, dass der Kammerdiener schon befürchtete, der Schlag könnte seinen Herrn treffen.

Erst nach einigen Minuten war der Hauptmann in der Lage, verständlich und nachdrücklich darauf zu bestehen, dass die Dame Athenais schnellstmöglich wieder auf freien Fuß gesetzt wurde. Der Diener ließ sofort Prätorius sowie den Leutnant von Niederschnitz rufen und gab seinem Herrn zur Beruhigung einen unverdünnten Wein.

Der Arzt und der stellvertretende Befehlshaber der Leibwache traten fast gleichzeitig in das Zimmer des Oberst. Prätorius war zwar erleichtert darüber, dass es seinem Freund besser ging, aber die geröteten Wangen und der schnell gehende Atem gefielen ihm gar nicht. Über irgendetwas hatte sich der Oberst schauderhaft aufgeregt.

Niederschnitz ahnte, dass es ihm an den Kragen gehen würde.

„Was haben Sie sich dabei gedacht?" Greiffenstein wollte brüllen, aber dazu fehlte ihm die Kraft. Sein Flüstern klang allerdings noch bedrohlicher. Als Prätorius seine Hand ergriff, um den Puls zu fühlen, rollte er mit den Augen.

„Wir versuchen, einen Giftmörder zu fassen", sagte Niederschnitz.

„Und da fällt euch nichts Besseres ein, als Athenais festzunehmen?"

Der Leutnant wollte sich rechtfertigen, doch Prätorius fiel ihm ins Wort. Er musste erreichen, dass sich der Oberst so schnell wie möglich wieder beruhigte. Dafür konnte er keinen Streit zwischen den beiden Militärs gebrauchen.

„Wir hatten Grund zu der Annahme, dass Athenais etwas mit den Vergiftungen zu tun hat. Die neuesten Ereignisse haben diesen Verdacht jedoch zerstreut." Der Arzt erzählte von dem vergifteten Tagelöhner.

„Nun, dann ist ja die Unschuld der Athenais klar erwiesen." Der Oberst kämpfte gegen seine Schwäche und bemühte sich die Augen offen zu halten. Er fixierte den Leutnant. „Sorgen Sie gefälligst dafür, dass die Dame auf freien Fuß gesetzt wird."

Dann sank er zurück in die Kissen.

Prätorius stand auf und legte dem Leutnant, der nun ebenfalls rot angelaufen war, die Hand auf die Schulter. „Der Oberst braucht Ruhe."

Damit schob er ihn aus dem Zimmer.

Nachdem er die Tür von außen zugezogen hatte, sagte er zum Leutnant: „Je weniger Aufsehen wir bei der Freilassung der Dame machen, desto besser."

Niederschnitz knurrte. Er befahl, dass die Kurtisane über einen Seiteneingang aus dem Schloss geschleust werden sollte.

Durch das Fenster des Ganges vor Greiffensteins Zimmer beobachtete Simon Prätorius die Vorgänge draußen. In der abschüssigen Straße zwischen dem Schlösschen, den gegenüberliegenden Häusern und der kleinen Kirche bildete sich sofort ein Menschenauflauf, als eine Frau mit zerzausten blonden Locken und einer Filzdecke um die Schultern aus einem Pförtchen in der Mauer des Schlosses geschubst wurde. Ungeschminkt und ungepudert wie sie war, sah man die Fältchen unter den legendären saphirblauen Augen. Ebenso wie den Bluterguss auf der linken Wange der Dame. Die Decke verbarg zwar die Details ihrer sonstigen Kleidung, aber die dreckigen Füße waren nackt. Einer der umstehenden Männer trat vor, verbeugte sich und bot Athenais an, sie nach Hause zu geleiten. Die Kurtisane neigte hoheitsvoll den Kopf und nahm seinen Arm. Allerdings musste sie nicht weit laufen.

Ein anderer Verehrer hatte eine Sänfte kommen lassen und sorgte nun dafür, dass die frühere Gefangene in dieses Gefährt stieg. Die übrigen Zuschauer liefen hinterher. Sie hatten ohnehin nichts zu tun und der Vormittag war lang, wenn man keine Verpflichtungen hatte.

Während Prätorius noch hinausschaute, erblickte er eine andere Frau, die gerade in die Straße eingebogen war und hinter den Kurgästen herlief. Es war Rosalie mit einem großen Korb unter dem Arm. Wahrscheinlich auf dem Weg zum Einkaufen.

Der Beobachter am Fenster musste grinsen. Rosalies emsige Bewegungen erinnerten ihn an die Dachsmutter, die ihm bei einem Ausritt einmal unversehens über den Weg gelaufen war. Auch sie war so geschäftig durch das Unterholz geeilt, immer auf der Suche nach schmackhaften Bissen. Plötzlich dachte er an das Tütchen mit den Kakaobohnen, das immer noch in seiner Rocktasche steckte.

„Sollen wir den Fall jetzt auf sich beruhen lassen?", fragte von Niederschnitz ungehalten. „Fest steht doch, dass sowohl der Oberst als auch Isabella von Hattenberg vergiftet worden sind, und wir wissen immer noch nicht, wer dahintersteckt."

Prätorius unterdrückte ein Seufzen. „Ich werde mich der Sache annehmen, aber wir sollten im Verborgenen handeln, damit der Täter nicht gewarnt wird. Falls das nicht ohnehin schon passiert ist." Er schaute den Leutnant eindringlich an: „Keine Alleingänge mehr."

Der Leutnant drehte sich auf dem Absatz herum und marschierte davon. Prätorius konnte hören, wie Niederschnitz seine Wut an den Soldaten ausließ, die im Hof herumgelungert hatten.

Kapitel 36

Kaum war Rosalie mit den Täubchen, die sie gekauft hatte, zu Hause angekommen, musste sie sich mit Anna über die Zubereitung der Tiere einigen. Die Küchenmagd hatte weitgehend Balthasars Aufgaben übernommen und zeigte dabei Geschick und Geschmack. Allerdings war der Umgang mit ihr nicht einfacher geworden.

„Wenn wir sie in Speck einwickeln, dann schmeckt auch die Soße nur nach Speck", sagte Anna starrköpfig. „Dann könnten wir genauso gut Hühnerfleisch nehmen. Das ist billiger und den Unterschied würde niemand bemerken."

„Was machen wir dann?"

„Wir kochen sie in der Brühe und geben Kräuter und Pilze dazu. Als Beilage können wir Guten Heinrich oder Mairübchen servieren. Alles leicht und gesund und für trauernde Witwen geeignet."

Rosalie wiegte den Kopf.

Anna bemerkte, dass die Überzeugung der Wirtin wankte und setzte nach: „Wenn ein Gast Täubchen bestellt, dann will er auch Täubchen, die nach Täubchen schmecken."

Hufeklappern im Hof ersparte es Rosalie, darauf eine Antwort zu geben. Sie warf einen Blick aus dem vergitterten Fenster und atmete erleichtert auf. Der Tigerscheck des Herrn von Gnekow war wieder da. Stefan und Jakob ließen sich von Franz berichten, wo er das Pferd gefunden hatte.

„Es war nicht weit von der Stelle, an der Friedrich abgeworfen wurde. Die Zügel hatten sich im Gebüsch verfangen."

Er strich dem Hengst über die Nase. Stefan hatte inzwischen das Hinterteil des Pferdes in Augenschein genommen.

„Jetzt wissen wir auch, warum das Tier plötzlich durchgegangen ist."

Der Knecht zeigte auf eine kleine Wunde an der Kruppe des Pferdes. Der Kratzer wirkte nicht gefährlich, aber das Blut hatte einen hässlichen Streifen auf dem weißen Fell hinterlassen.

„Ein Streifschuss."

Rosalie wurde blass. Dann war es reines Glück gewesen, dass Friedrich mit Kratzern und blauen Flecken davongekommen war.

Kapitel 37

Cuculus hatte den toten Tagelöhner obduziert. Als Prätorius den Anatomen im Gasthaus ‚Zum Bären' besuchte, bestätigte der seine Befürchtungen. „Es war Sadebaum. Eine hohe Dosis."

Er hatte eine Zeichenfeder von seinem Arbeitstisch aufgenommen, jetzt warf er sie wieder hin. „Und warum das Ganze? Damit es drei elternlose Kinder mehr gibt?"

Prätorius verstand die Wut und Hilflosigkeit des Anatomen, er fühlte genauso. Allerdings, so stellte er zynisch fest, bei ihm kam noch eine gehörige Portion Selbstmitleid dazu: Er war es schließlich, den der Landgraf damit beauftragt hatte, den Mörder zu finden. Und damit war er momentan nicht sehr erfolgreich.

„Ich nehme an, das Gift war in dem Wasser, das die geheimnisvolle Frau dem Tagelöhner gegeben hat", sagte Prätorius.

„Dann sollten wir verdammt noch mal diese Frau suchen!", Cuculus schlug mit der Faust gegen die schräge Wand seines Zimmers.

„Ich fürchte nur, die Beschreibung, die uns die Tochter des Tagelöhners gegeben hat, hilft uns dabei nicht sonderlich weiter."

Unauffällig gekleidete Frauen waren hier nicht gerade selten. Von einer Bürgerin über die Gesellschafterin einer großen Dame bis hin zu einer Zofe oder Dienerin konnte sie nach der

Beschreibung des Mädchens alles sein. Und was den kalten Blick betraf – das lag nun vollends im Ermessen des Betrachters.

„Vielleicht hat einer der anderen Leute, die sich am Brunnen aufhielten, beobachtet, wer dem Tagelöhner das Wasser brachte", meinte Cuculus, „beispielsweise einer der Brunnenburschen."

„Das ist möglich." Prätorius' Gedanken schweiften ab. Auch bei der vergifteten Hofdame hatte die Spur zum Brunnen geführt. Wenn man davon ausging, dass das Wasser, das der Lakai der Landgräfin in seinem Krug zum Schloss gebracht hatte, vergiftet gewesen war, dann musste das am Brunnen passiert sein.

Der Arzt erschien wieder einmal unangemeldet in der Küche der ‚Vier Elstern'. Anna zog die Augenbrauen hoch. Ein Gast hatte sich ihrer Meinung nach in der Gaststube aufzuhalten – daher der Name – und nicht das Personal in der Küche zu belästigen. Nachdem sie demonstrativ geseufzt hatte, wandte sie sich wieder den gerupften und ausgenommenen Täubchen zu. In einer Pfanne zerließ sie Butter, gab dann die kleinen Vögel dazu und briet sie vorsichtig an.

Rosalie legte das Messer, mit dem sie gerade die Rübchen schälte, aus der Hand und trat auf Prätorius zu. „Was wünschen Sie denn so dringend, dass Sie nicht in der Gaststube bleiben können?" Ihr Ton war vorwurfsvoll, aber das leichte Lächeln zeigte, dass sie es nicht ganz ernst meinte.

Prätorius wusste nicht, was er darauf antworten sollte. Er hatte gar nicht daran gedacht, sich draußen an einen Tisch zu setzen und zu gedulden, bis jemand kam, um ihn nach seinen Wünschen zu fragen – nicht in den ‚Vier Elstern'.

Der Arzt warf einen Blick auf Anna, die gerade großzügig Wein in der Pfanne verteilte. „Es ist ungewöhnlich, dass eine Frau in einem Gasthaus am Herd steht, aber dem Duft nach zu urteilen, scheint sie ihr Geschäft zu verstehen."

„Einen männlichen Koch, der so gut ist wie Anna, hätten mir meine Gäste schon zehnmal abgeworben", sagte Rosalie in dem Moment, in dem das Prasseln in der Pfanne so laut war, dass Anna unmöglich verstehen konnte, was die Wirtin sagte. Das Mädchen nahm sich schon genug Freiheiten heraus. „Aber was wünschen Sie denn nun eigentlich?" Schließlich war Prätorius bestimmt nicht hierhergekommen, um mit ihr über Anna zu plaudern.

„Ich suche Jakob!"

„Hat er was ausgefressen?" Die Frage kam so reflexartig, dass der Arzt grinsen musste. Er fühlte sich an seine eigene Mutter erinnert, die sich so viele Beschwerden von Haushälterinnen und Lehrern anhören musste, dass sie schließlich genauso reagierte, wenn sie auf ihre Söhne angesprochen wurde.

Prätorius schüttelte den Kopf. „Ich wollte Jakob lediglich darum bitten, für mich einige Erkundigungen unter den Brunnenburschen einzuziehen."

Rosalie atmete auf. „Ich befürchtete schon, er hätte jemanden belästigt. Er ist so in den Gedanken verrannt, dass ein vornehmer Kurgast den Überfall auf ihn verübt hat."

Mit einer Handbewegung lud die Wirtin Prätorius ein, sich an den Küchentisch zu setzen.

Anna kam herüber und griff sich die Schüssel, in der sie die getrockneten Pilze eingeweicht hatte. Warum musste sich die Wirtin ausgerechnet in ihrer Küche mit diesem Mann unterhalten? Der gehörte doch eindeutig nicht hierher. Prätorius konnte den missbilligenden Blick der Küchenmagd fast spüren. „Erinnert sich Jakob denn wieder, wer ihn überfallen und verletzt hat?"

„Er glaubt es zumindest."

Rosalie erzählte ihm von Jakobs Verdacht gegen den geheimnisvollen Schweden. „Und so langsam glaube ich auch, dass da etwas dran ist."

„Warum?"

Die Wirtin berichtete Prätorius vom Treffen des schwedischen Barons mit der Zofe der Athenais am Lindenbrunnen, das Jakob beobachtet hatte. „Es ist ja nicht ungewöhnlich, wenn ein Mann und eine Frau, die gesellschaftlich weit unter ihm steht, heimlich miteinander verkehren." Rosalie hatte in dieser Beziehung schon so einiges erlebt. Trotzdem errötete sie leicht. „Wenn diese Frau aber offenkundig nicht seine Geliebte ist, dann frage ich mich, was sie miteinander zu schaffen haben."

Prätorius nickte langsam. Er verstand, worauf Rosalie hinauswollte. Die Wirtin erzählte dem Arzt von Friedrichs Erlebnis bei seinem heutigen Ausritt und von dem, was sie durch den Baron von Gnekow über die Zofe der Athenais erfahren hatte.

„Dass der Schwede eine heimliche Liebschaft mit der Zofe hat, ist also eher unwahrscheinlich."

Der Arzt starrte Rosalie mit abwesendem Gesichtsausdruck an, bis Jakob durch die Hintertür hereinkam und Peter sowie einen Schwall Stall- und Pferdegeruch mitbrachte. Der Sohn der Wirtin verbeugte sich stumm in Prätorius' Richtung. Der Küchenjunge schlich zum Wassertrog, in dem sich schon wieder Geschirr stapelte, das darauf wartete, gereinigt zu werden.

„Er will mit dir reden", sagte Rosalie, stand vom Tisch auf und drückte Jakob auf ihren Platz. Als er hörte, dass es darum ging, den Mörder des Tagelöhners zu finden, versprach er, Prätorius zu helfen.

„Allerdings glaube ich nicht, dass die Brunnenburschen etwas gesehen haben. Wenn sich die Sache mit dem Wasser um die Zeit zutrug, als alle Gäste zur abendlichen Trinkkur strömten, dann hatten die Burschen viel zu viel zu tun, als dass sie sich großartig hätten umschauen können."

Prätorius bedankte sich trotzdem. Er hatte sie alle lange genug von der Arbeit abgehalten. Besonders die Blicke der Küchenmagd wurden immer durchbohrender.

Jakob sprang von seinem Sitz auf. „Ich wollte jetzt ohnehin zum Brunnen gehen. Kommen Sie doch mit."

Der Weinbrunnen war um diese Tageszeit verwaist. Nur ein Bursche befand sich in dem gemauerten Rund und ordnete auf einem schmalen Bord die Keramikbecher. Ein anderer kehrte mit seinem Reisigbesen den gepflasterten Boden, auf dem sich sonst die Kurgäste drängten.

Jakob begrüßte den Brunnenburschen und fragte ihn, ob er am gestrigen Abend hier war. Der Junge nickte und warf einen neugierigen Blick auf Prätorius.

„Das ist der Arzt, der wissen möchte, ob ihr den Tagelöhner, der gestern hier am Laubdach arbeitete, gesehen habt", erklärte Jakob.

„Ist das der, der jetzt tot ist?", wollte der Brunnenbursche wissen. Prätorius ging in die Hocke, um dem Jungen ins Gesicht sehen zu können. „Wir versuchen herauszubekommen, wie er sich so vergiften konnte."

Der Bursche überlegte.

„Um die Mittagszeit ist er vom Dach runtergestiegen. Er hat sich ein Weilchen dort auf die Mauer gesetzt." Er deutete auf das Ende der halbrunden Umfassungsmauer. Hier stand eine steinerne Säule, auf der die Balken auflagen, welche die Unterkonstruktion für das Laubdach bildeten. „Er hat etwas Brot gegessen, dann ist er wieder aufs Dach geklettert."

Inzwischen war der zweite Bursche, der den Boden gefegt hatte, neugierig geworden und näherte sich dem Grüppchen. Seinen Besen zog er nachlässig hinter sich her. Jakob wandte sich zu ihm und erklärte ihm, was sie wissen wollten.

„Ob ich den Tagelöhner nachmittags gesehen habe?" Der Bursche kratzte sich hinter dem Ohr. „Da war hier ziemlich viel los. Eine Dame wäre fast in den Brunnen gestürzt, sie begann daraufhin mit einer anderen zu streiten, weil sie behauptete, die hätte sie geschubst. Zwei Lakaien gerieten sich in die Haare, weil sie sich nicht einigen konnten, wer den Vortritt hatte." Er kratzte sich jetzt am Hals. „Als die weg waren, wurde es etwas ruhiger."

Prätorius bedankte sich für die Auskünfte und gab jedem der Burschen eine kleine Kupfermünze.

Jetzt hatte der Brunnenaufseher mitbekommen, dass seine Burschen mit Gästen plauderten anstatt zu arbeiten. Er steckte den Kopf aus seinem Häuschen und als er den Beschützer des betrunkenen Barons, der den Burgfrieden missachtet hatte, erkannte, kam er misstrauisch näher. „Kann ich Ihnen helfen?"

Prätorius fragte ihn nach dem Tagelöhner, aber der Aufseher zuckte nur mit den Schultern. „Die meiste Zeit war er wohl auf dem Dach und hat seine Arbeit getan." Mehr wusste er über den Mann nicht zu sagen. „Sonst noch etwas?"

Dem Arzt fiel ein, dass er hier auch die Aussage des Lakaien aus dem Schloss überprüfen konnte. „Es geht um den Abend, an dem der Landgraf in Langenschwalbach eingetroffen ist", begann der Arzt, „waren Sie an diesem Abend hier?"

„Ich bin immer hier."

„Erinnern Sie sich noch an einen Lakaien des Landgrafen, der Wasser geholt hat?"

Der Brunnenaufseher legte seine Stirn in Falten. „Es gibt so viele Adlige, die ihre Lakaien das Wasser holen lassen", sagte er widerwillig.

„Es muss spät gewesen sein. Nach der regulären Stunde für die Trinkkur."

Der Brunnenaufseher versank wieder ins Grübeln. Die Burschen hatten sich, während Prätorius mit dem Aufseher sprach, wieder ihren Tätigkeiten zugewandt. Nach kurzem Nachdenken rief der Aufseher den Jungen mit dem Besen zu sich. „Erinnerst du dich noch an den Abend, als der Landgraf angekommen war? Ich hatte dir aufgetragen, den Platz hier zu fegen. Ist da noch jemand zum Brunnen gekommen?"

„Eine Frau kam aus dem Wald. Ich glaube, sie hatte einen Spaziergang gemacht. Sie setzte sich auf die Bank dahinten und betrachtete ein goldenes Medaillon. Ich habe sie ein paar Mal seufzen gehört – vielleicht hatte sie Liebeskummer."

„Es geht nicht darum, wer sich hier ausgeruht hat", knurrte der Brunnenaufseher, „wer hat Wasser geholt?"

„Da war noch ein älterer Herr, ganz unauffällig gekleidet, der hatte es eilig, kam fast im Laufschritt an. Er sagte, er hätte die Stunde völlig verschwitzt und hat mir ein großes Trinkgeld gegeben, damit ich ihm noch einen Becher fülle. Den hat er dann ausgetrunken und mir komische Sachen über Apfelbäume erzählt."

Prätorius verkniff sich ein Grinsen. Er konnte sich vorstellen, wer dieser späte Gast gewesen war.

„Aber er hat das Wasser nicht mitgenommen?", fragte der Brunnenaufseher.

„Nein, er hat es an Ort und Stelle getrunken." Dann fiel dem Burschen noch etwas ein. „Während wir geredet haben, ist ein Lakai mit einem Krug gekommen. Er wirkte, als ob er es eilig hätte, denn er hat sich in unser Gespräch gemischt und lauthals verlangt, dass ich sofort seinen Krug fülle, das Wasser sei für die Landgräfin persönlich bestimmt."

„Bist du sicher?", fragte Prätorius.

Der Bursche nickte. „Der Lakai hat mir die ganze Zeit auf die Finger geschaut, damit ich nur ja den Krug unter dem fließenden Wasser fülle. Als ich das gemacht hatte, hat er verlangt, dass ich den Krug noch einmal ausschütte, spüle und wieder fülle. Nicht einmal ein Trinkgeld hat er mir dafür gegeben."

„Und dann ist er zum Schloss zurückgegangen?"

„Nicht sofort. Er hat die Frau gesehen und dann hatte er plötzlich Zeit. Er redete sie an und setzte sich neben sie."

„Und was hat er weiter getan?"

Der Bursche zuckte mit den Schultern. „Ich hatte noch zu fegen und wollte nach Hause. Außerdem belausche ich die Leute nicht. Vielleicht war er der Liebhaber, auf den die Frau gewartet hatte. Geht mich nichts an. Als ich dann später gegangen bin, saß die Frau immer noch da, der Lakai war aber fort."

Prätorius bedankte sich und gab auch dem Aufseher einige Münzen.

Jakob tauchte aus dem Gebüsch auf, als der Arzt sich zum Gehen wandte. „Ich frage noch die anderen Brunnenburschen aus, wenn sie kommen."

Prätorius nickte geistesabwesend. Konnte die unbekannte Frau eine neue Spur sein? Er war so tief in Gedanken versunken, dass er den Mann anrempelte, der ihm entgegenkam.

„Keine Ursache", sagte der, als sich Prätorius entschuldigte, „passiert mir auch hin und wieder."

Jetzt erkannte der Arzt den Mann. Es war der älteste der drei Musiker, die ihm vor zwei Tagen geholfen hatten, den betrunkenen Baron von Gnekow ins Bett zu verfrachten. Prätorius begrüßte ihn freundlich.

„Ich lausche noch etwas dem Gezwitscher der Vögel und freue mich an der Ruhe", meinte der alte Musiker, „denn nachher müssen wir wieder selbst Musik machen, eine Dame bekommt ein Ständchen zum Geburtstag."

Dem Arzt fiel ein, dass die Musiker auch am Brunnen aufspielten.

„Gestern Abend?", der Musikus runzelte die Stirn. „Es war ein heilloses Gedränge. Manchmal frage ich mich wirklich, ob die Leute unsere Musik hören wollen oder ob sie nur einen Vorwand suchen, um ihrerseits schreien und Lärm machen zu können. Aber den Tagelöhner auf dem Dach, den habe ich leider nicht gesehen."

Er versprach, seine beiden Kollegen zu fragen, ob denen etwas aufgefallen war. Prätorius beschloss, noch einmal den Apotheker aufzusuchen. Irgendwo musste das Gift doch hergekommen sein. Vielleicht konnte ihm Horstius wenigstens in dieser Beziehung weiterhelfen.

Schon von Weitem sah Prätorius die übliche Menschenansammlung vor dem Laden. Er entschied sich, den Nebeneingang zu nehmen und den Apotheker zu bitten, sich diskret mit ihm zu unterhalten.

Als er an der Schlange der Wartenden vorbeigehen und an die Tür klopfen wollte, bemerkte er, dass am Apothekenfenster gerade eine alte Frau an der Reihe war. Sie war wie eine Dienstbotin gekleidet und ihre rechte Hand hatte sie in ein schmuddeliges Tuch eingewickelt. Die professionelle Neugier des Arztes war groß genug, um ihn stehenbleiben zu lassen. Die Frau schlug das Tuch auseinander und zeigte ihre Hand dem Apotheker. Prätorius konnte sehen, dass Zeigefinger,

Daumen und Teile der Handfläche mit nässenden Wunden bedeckt waren. In der Haut waren kleine blutunterlaufene Schnitte zu sehen, von denen ausgehend sich die Entzündungen ausgebreitet hatten.

„Wie haben Sie sich das denn zugezogen?", fragte der Apotheker.

„Das weiß ich nicht", sagte sie mit schwacher Stimme.

Eine jüngere Frau, die die ältere stützte, antwortete statt ihrer. „Ich bin Wäscherin und meine Mutter hilft mir, die Wäsche meiner Kunden am Waschplatz zu sortieren. Unter den Stücken war vorgestern ein Unterrock, in den Glasscherben eingewickelt waren. Mutter hat hineingefasst und sich geschnitten. Aber diese Geschwüre bildeten sich erst später und wir wissen nicht, was das ist." Man hörte, wie besorgt sie war.

Der Apotheker setzte sich umständlich einen Kneifer auf die Nase. „Das sieht wie Verätzungen aus."

Er wies seinen Gehilfen an, eine Salbe zu holen und die Hand zu verbinden.

„Wer weiß, was das für Flecken in dem Unterrock waren, vielleicht hat jemand versucht, sie mit Ammoniak zu behandeln und hat dann doch beschlossen, das Teil in die Wäsche zu geben. Aber Glasscherben in einen Unterrock einwickeln … tss tss tss …" Horstius schüttelte den Kopf.

„Aber es roch nicht wie Ammoniak", beharrte die Wäscherin. „Ich weiß doch, wie Ammoniak riecht. Das verwende ich selbst manchmal. Das hier roch irgendwie nach einem Gewürz!"

„Vielleicht war es ja auch etwas anderes." Der Apotheker hatte Prätorius gesehen und wollte sich nicht weiter mit den Wäscherinnen streiten.

„Ameiseneieröl und Ringelblume und weitere wirksame Zutaten, nach einem überlieferten Rezept von Albertus Magnus. Das hilft ganz sicher", sagte der Apothekergehilfe, der mit einer Dose Salbe an die Theke trat. Dann wickelte er mit geübten Bewegungen eine frische Leinenbinde um die Hand der Alten und kassierte die Kupfermünzen, die ihm die Tochter herüberreichte.

Der Apotheker ließ den Arzt ein, geleitete ihn ins Hinterzimmer des Ladens, holte eine geschliffene Glaskaraffe aus einem Schränkchen und schenkte einen Likör ein. Mit einer Handbewegung scheuchte er seinen Gehilfen wieder ans Fenster. Der sollte weiter die Kunden bedienen.

„Geht es immer noch um diese Sadebaumvergiftungen?" Er rezitierte: „‚Die alten Hexen und Wettermacherinnen üben damit viel Zauberei und Abenteuer, verführen damit die jungen Huren, geben ihnen Sevenbaumschößling gepulvert, dadurch vil Kinder verderbt werden.' Ja, der alte Mattioli wusste, wovon er redete."

„Nur leider hilft uns das Zitieren von Kräuterkundigen in diesem Falle nicht weiter", sagte Prätorius. „Die Täterin kann eine Hure sein, muss es aber nicht – heutzutage gibt es viele Menschen, die dieses Wissen haben."

„Das ist wohl wahr", seufzte der Apotheker, „einschließlich aller, welche die entsprechenden Bücher lesen können."

Prätorius berichtete dem Pharmazeuten von dem vergifteten Tagelöhner. „Ich frage mich immer noch, woher der Täter die Sadebaumtinktur hat."

„Er oder sie könnte die Tinktur einfach mitgebracht haben. In den großen Städten gibt es genügend Apotheken, wo man so etwas kaufen kann. Heutzutage interessiert es doch niemanden mehr, wozu jemand ein Gift braucht", sagte der Apotheker bitter.

„Wo kommt der Sadebaum eigentlich her, den Sie hier im Laden haben?", fragte Prätorius. „Wächst der in der Gegend?"

„Alle Drogen, die wir führen, beziehen wir von einem Händler aus Frankfurt. Ich weiß nicht, ob Sadebaum hier in der Umgebung gedeiht." Der Apotheker drehte das Glas in der Hand. „Aber ich bin auch erst vor wenigen Jahren nach Langenschwalbach gezogen. Sadebaum wurde und wird oft auf Friedhöfen gepflanzt. Da gehört er auch hin. Ob man hierzulande diese Metaphorik pflegt? Ich weiß es nicht." Er stellte das Glas auf den Tisch.

Prätorius runzelte die Stirn. „Gibt es jemanden, der über die Pflanzen, die hier in der Gegend wachsen, wirklich Bescheid weiß?"

Der Apotheker schaute sich um. Sein Gehilfe beugte sich gerade über den Verkaufstresen, wahrscheinlich, um irgendetwas genauer zu mustern. Er war abgelenkt. Trotzdem griff Horstius sich das Döschen, das er benutzte, um Pastillen zu versilbern oder zu vergolden, und begann es zu schütteln. Das rasselnde Geräusch überdeckte das Gespräch der beiden Männer, sodass sie nicht fürchten mussten, dass unberufene Ohren mithörten.

„Nach allem, was man sich so zuflüstert – und ich betone, es sind nur Gerüchte", der Apotheker warf Prätorius einen warnenden Blick zu, „ist eine alte Frau, die alle nur die lahme Liese nennen, die beste Kräuterkundige weit und breit. Aber die werden Sie nicht so einfach finden."

„Wo lebt sie denn?"

Der Apotheker hob die Schultern. „Manche halten sie nur noch für eine Legende, und das ist ihr wahrscheinlich sehr recht." Er schaute Prätorius gerade ins Gesicht. „Was ich Ihnen sage, muss absolut vertraulich bleiben. Verstehen Sie, das Nassauische ist nicht weit, die Hexenverfolgungen dort. Wenn meine Worte diesen Raum verlassen und der lahmen Liese etwas zustößt ... Die Einheimischen wissen über diese Kräuterfrau Bescheid und sie wissen auch, wo Sie sie finden können."

Prätorius nickte langsam. Er wusste schon, wen er fragen würde.

Kapitel 38

Rosalie betrat den ‚Bären'. Heute wollte sie ihre Bekanntschaft mit der Dame Athenais erneuern. Um der Kurtisane zu ihrer Freilassung zu gratulieren, hatte sie etwas süßes Gebäck dabei. Sie steckte kurz den Kopf in die Küche und begrüßte Marianna. Die alte Frau winkte ihr kurz zu, dann musste sie sich wieder den Forellen widmen, die in der Pfanne brutzelten. Beim Wirt, der gerade die Zinnkrüge hinter der Theke zählte, erkundigte sich Rosalie nach der Dame Athenais.

Der Bärenwirt grinste Rosalie an. Natürlich platzte er fast vor Neugierde zu erfahren, was die Kollegin aus den ‚Vier Elstern' von der Kurtisane wollte. „Wenn mich ein Mann nach Athenais fragen würde, dann müsste er schon ein Goldstück springen lassen, bevor er Auskunft bekäme."

„Aber ich bin kein Mann und ich möchte lediglich eine alte Bekannte besuchen."

„Sie werden Athenais doch nicht überreden wollen, hier auszuziehen", scherzte der Wirt. „Viele meiner Gäste kommen schließlich nur her, um einen Blick auf die berühmte Kurtisane zu erhaschen."

Rosalie schüttelte lächelnd den Kopf. „Für diese Menschenmassen wäre mein Gasthaus wohl zu klein!"

Der Wirt wischte mit einem Lappen über die hölzerne Theke. Es war ihm anzusehen, dass er überaus stolz auf sein Haus war.

„Athenais ist gerade oben und hat nichts zu tun", sagte er. „So, wie es aussieht, hat es dem Geschäft doch Abbruch getan, dass zwei ihrer Kunden vergiftet wurden."

Er blickte auf. „Obwohl ich nicht glaube, dass sie es war. Sie täte sich damit ja keinen Gefallen – eine tote Kuh gibt bekanntlich keine Milch. Und ein toter Liebhaber rückt kein Gold heraus."

Der Wirt ging hinüber in die Schankstube und Rosalie stieg die Treppe hinauf. Im ersten Stock angekommen, musste sie nicht lange nach Athenais' Räumen suchen. Hinter einer angelehnten Tür hörte sie eine schimpfende Frauenstimme. Offenbar zankte die Dame gerade jemanden gehörig aus. Auf Rosalies Klopfen hin wurde die Tür ganz aufgerissen und die Zofe stürmte mit rotem Gesicht aus dem Zimmer. Da sie nicht daran dachte, den Besuch anzukündigen, trat Rosalie einfach ein.

Athenais wühlte in einer Truhe mit Kleidern und schaute sich entnervt nach dem Störenfried um. Die Kurtisane trug ein Hemd, das nicht viel von ihren bemerkenswerten Formen verbarg. Durch den dünnen Stoff betrachtet, wirkte ihr Körper noch immer makellos. Ihr blondes Haar war sorgfältig auf papierne Papilloten aufgedreht und leuchtete wie vor zehn Jahren. Die Prellung an ihrer Wange hatte sie geschickt mit Puder überdeckt.

„Was wünschen Sie?" Sie klappte den Deckel der Truhe herunter und legte den Kopf schief. Ihre Besucherin wirkte weder wie die erboste Ehefrau eines Kunden noch wie eine Händlerin, die etwas verkaufen wollte.

„Vor fast einer Woche hat Ihr Mohr uns Ihr Eintreffen verkündet", begann Rosalie, „und ich denke, da ist es nur höflich, wenn ich einmal einen Gegenbesuch mache."

Dass sie Athenais auch bei ihrer Entlassung aus dem Gewahrsam der Gardisten gesehen hatte, verschwieg sie lieber. „Ich bin die Wirtin der ‚Vier Elstern'".

„Das ist ja nett." Athenais wirkte erleichtert, aber auch etwas verwirrt. Sie wurde selten von Frauen aufgesucht, die es auf ein Plauderstündchen abgesehen hatten. Sie kratzte sich am Bauch.

„Außerdem", fügte Rosalie hinzu, „wollte ich sehen, ob Sie sich noch an mich erinnern."

Athenais schüttelte langsam den Kopf. „Tut mir leid."

„Vor zehn Jahren, in Saalfeld."

Die Kurtisane ließ sich auf das hohe geschnitzte Bett sinken.

„Es ist so viel geschehen inzwischen", sagte sie nachdenklich.

Sie schaute Rosalie prüfend an, dann hellte sich ihr Gesicht auf, „aber ich habe Sie tatsächlich gesehen. Ich glaube, es war bei einem Pferdehändler", ein Lächeln erschien in ihren Mundwinkeln. „Sie waren seine Frau."

Rosalie nickte. „Inzwischen bin ich Witwe und betreibe hier ein Gasthaus."

Athenais schwang ihre Beine ins Bett, zog die Decke über die Knie und klopfte auffordernd auf die Bettkante. Rosalie verstand den Wink und setzte sich.

„Clorinde, bring uns Wein!"

Rosalie zweifelte zwar, ob der Ruf befolgt werden würde, aber nach wenigen Augenblicken erschien die Zofe mit einem Tablett, auf dem zwei gefüllte Becher standen. Mit gesenktem Kopf reichte sie die Getränke. Danach huschte sie schnell wieder aus dem Zimmer.

Athenais trank einen Schluck Wein. „Sie sehen besser aus als damals." Sie lächelte durchtrieben. „Älter, aber zufriedener. Hängt das am Ende damit zusammen, dass Sie jetzt Witwe sind?"

Rosalie wurde rot. So direkt hatte das noch niemand formuliert.

„Soweit ich mich erinnere, war Ihr Mann ein recht grober Klotz." Athenais nahm noch einen Schluck, „aber ein Klotz mit Pferdeverstand, das muss man ihm lassen. Das Tier, das er mir damals verkauft hat, war sein Geld wert. Es hat meinen Hauptmann durch mehrere Schlachten getragen und dann noch bis ins Bett einer anderen Frau." Sie leerte den Becher.

In Rosalie keimte der Verdacht, dass das nicht der erste Wein war, den Athenais heute trank.

„Und jetzt bin ich hier, ohne Mann, und muss mich mit dieser Zofe herumärgern." Ihr Tonfall war leicht, aber dahinter konnte Rosalie die Bitterkeit spüren. „Sie gibt mir Widerworte und wagt es, meinen Lebenswandel zu bekritteln."

Athenais griff nach dem Weinbecher, dann fiel ihr ein, dass er leer war und sie ließ die Hand auf ihr Knie fallen. „Mit dem Gold, das ich auf ach so unmoralische Weise verdiene, bezahle ich sie schließlich – und das nicht einmal schlecht!"

Rosalie bemühte sich um einen mitfühlenden Gesichtsausdruck.

„Und was habe ich davon? Sie ist nie da, wenn ich sie brauche, schafft es nicht, sich um meine Wäsche zu kümmern, und sie zieht heimlich meine Kleider an." Die Stimme der Kurtisane zitterte vor Empörung. „Neulich habe ich sie ertappt, wie sie in meinem Blauseidenen vor dem Spiegel stand. Und wissen Sie, was sie sagte, als ich sie zur Rede stellte?"

Rosalie schüttelte stumm den Kopf. Das alles interessierte sie nicht besonders, aber sie sagte sich, dass sie Athenais nicht verärgern dürfte, wenn sie sie nach ihren Kunden ausfragen wollte.

„Sie sagte, sie wolle sich schon einmal an seidene Kleider gewöhnen." Athenais schnaubte. „Ich sollte sie hinauswerfen, aber ich habe ihrer Mutter auf dem Totenbett versprochen, mich um das arme Ding zu kümmern." Sie schüttelte den Kopf, als könnte sie die Erinnerungen vertreiben. „Ich würde ja denken, dass sie mir Konkurrenz machen will, aber nach allem, was ich bisher gesehen habe, macht sich Clorinde nicht das Geringste aus Männern. Sie sieht meine Kunden manchmal an, als wollte sie sie fressen. Das ist auch nicht gerade gut fürs Geschäft."

Rosalie unterbrach das Klagelied über die Zofe und packte die Rosinentörtchen aus, die sie mitgebracht hatte. „Erinnern Sie sich an einen meiner Gäste, der vorgestern hier war? Ein Tuchhändler aus Frankfurt, reich gekleidet, braune Haare und ein Oberlippenbärtchen, das aussieht, als seien die Mäuse dran gewesen?"

„Warum interessiert Sie das?"

„Er fragte mich, wohin er gehen könne und da nannte ich ihm diese Adresse – es interessiert mich natürlich, ob er meinem Ratschlag gefolgt ist."

„Willst du eine Belohnung?" Sobald Athenais eine Geschäftspartnerin witterte, wandelte sich ihre Ausdrucksweise.

Diesen Aspekt der Sache hatte Rosalie noch gar nicht bedacht. „Hat er denn gut gezahlt?"

„Alle meine Kunden zahlen gut."

Das bezweifelte Rosalie nicht. Wenn sie sich an die Einkäufe der Zofe in der Apotheke erinnerte, dann war klar, dass es sich bei Athenais um keine Pfennighure handelte.

Das Zimmer quoll über vor gestickten Kissen und Decken, Pelzen und Wandteppichen. Auf dem Tisch neben dem Bett lagen lässig hingeworfene Ringe und Halsbänder aus Gold, die mit Perlen und Juwelen besetzt waren. Auch ein silberner, mit gehämmerten Blumenranken verzierter Anhänger lag dabei. Das Stück besaß an der Unterseite ein Scharnier, schien also aufklappbar zu sein. Während Rosalie noch rätselte, was das sein sollte, war Athenais dem Blick der Wirtin gefolgt.

„Ah, du hast die Riechdose gesehen. Irgendein Kunde hat sie mir geschenkt. Willst du sie haben?" Athenais griff nach dem Anhänger und warf ihn Rosalie in den Schoß.

„Ich habe noch wesentlich kostbarere Riechdosen, ich könnte jeden Tag, den Gott werden lässt, eine andere tragen."

Während Rosalie noch verblüfft das unverhoffte Geschenk anstarrte, kratzte sich Athenais wieder am Bauch.

„Da hat mir doch tatsächlich einer einen Floh dagelassen", sagte sie. „Oder ich habe ihn mir im Schloss eingefangen." Sie verzog das Gesicht. „Auf jeden Fall bist du die erste Frau, die sich über meine Freilassung zu freuen scheint. Männliche Gratulanten hatte ich wahrlich schon genug."

Diese Besucher hatten wahrscheinlich auch mitgeholfen, Athenais in ihren alkoholisch angeheiterten Zustand zu versetzen.

Die Kurtisane griff sich eines von Rosalies Rosinentörtchen und biss genüsslich hinein. „Das ist gut." Athenais pustete einige Krümel in Rosalies Richtung, als sie gleichzeitig redete und das Törtchen verspeiste. „Du verwöhnst mich, obwohl der Kunde, den du mir geschickt hattest, tot ist. Aber ich habe damit nichts zu tun. Ehrenwort." Sie hob die Finger.

„Das ist mir klar", sagte Rosalie, „obwohl ich keine Ahnung habe, wie das mit ihm zugegangen sein könnte."

Athenais ließ den letzten Bissen zwischen ihren roten Lippen verschwinden. „Ich weiß auch nicht …", sie überlegte, dann lachte sie auf. „Wir sprachen darüber, dass seine Frau so ein modernes Schokoladenfest veranstaltete. Da rief ich die Zofe und bestellte ebenfalls Schokolade – schließlich sollte es ihm bei mir an nichts fehlen. Dieser Tuchhändler war wirklich ein Süß-schnabel. Bevor Clorinde mit der Schokolade kam, hatte er schon mindestens zwei Gläschen von dem Anislikör verdrückt, den sie mir kurz zuvor hingestellt hatte."

Sie wies mit dem Kopf auf ein Tischchen, das momentan recht kahl aussah. Rosalie erinnerte sich, dass die Leibgarden alle Getränke mitgenommen und sie im Schloss untersucht hatten. Das Experiment mit den Hunden hatte sich natürlich im Ort herumgesprochen. Besonders die Sache mit den Liebes-tränken war gehörig ausgeschmückt worden.

Athenais war Rosalies Blick gefolgt. „Ja, da muss ich mir dringend wieder Vorräte anlegen. Manchmal dauert es einfach zu lange, bis ich die Zofe etwas habe holen lassen, und einige meiner Gäste wollen auch von den Dienstboten nicht gesehen werden."

Die Kurtisane war, während sie sprach, wieder aufgestanden und zu ihrer Truhe getreten. Jetzt warf sie einen Arm voll Klei-der auf das Bett und setzte ihr Klagelied über die Zofe fort.

„Seit wir hier sind, ist es noch schlimmer mit ihr geworden. Ich habe den Verdacht, Clorinde treibt sich herum, sie ist nie da, wenn ich sie brauche, und falls ich sie einmal mit einem Auftrag wegschicke, dann dauert es Stunden, bis sie wieder zurück ist." Sie seufzte. „Wahrscheinlich verachtet sie mich, weil ihre Mutter eine Hochwohlgeborene war – obwohl sie wirklich nichts davon hatte. Sie endete noch elender, als ich dereinst enden werde."

Die Truhe war leer und Athenais drehte sich herum. „Wie ich es mir schon gedacht habe. Kein Unterrock da. Ich weiß wirklich nicht, was Clorinde mit denen anstellt."

Sie kicherte, als ihr ein neuer Gedanke kam: „Oder haben ihn etwa die Soldaten aus dem Schloss als Souvenir mitgenommen?"

Es klopfte an der Tür und Carolus streckte seinen schwarzen Kopf durch den Türspalt. Als er sah, dass Athenais eine Besucherin hatte, öffnete er die Tür ganz und verbeugte sich förmlich.

„Was willst du?", fragte Athenais.

„Ich möchte fragen, ob noch etwas anliegt."

Die Kurtisane lächelte. „Geh ruhig, gerade brauche ich dich nicht."

In ihrer Stimme lag so viel Wärme, dass Rosalie ihren Verdacht bestätigt sah. Der Mohr war Athenais' Sohn. Sie rief ihn noch einmal zurück. „Weißt du vielleicht, wo mein bestickter Unterrock hingekommen ist?"

Carolus runzelte die Stirn. „Den hat Clorinde in die Wäsche gegeben." Sein Gesicht verdüsterte sich. „Das war in der Nacht, als die Soldaten kamen. Clorinde regte sich nach deiner Festnahme so auf, dass sie die Karaffe mit dem Anislikör auf den Boden warf. Sie war dermaßen verwirrt, dass sie das erste Stück Stoff zum Aufwischen nahm, das ihr in die Hände kam. Erst später stellte sie fest, dass es ein Unterrock war." Carolus zuckte mit den Schultern. „Nachdem der nun voller Glassplitter und Flecken war, haben wir ihn in die Wäsche gegeben."

Athenais ließ sich mit einem Aufseufzen aufs Bett fallen.

Rosalie hielt ihren Besuch jetzt für beendet, nur ein Letztes wollte sie noch anbringen: „Der Baron von Gnekow säuft sich in meinem Gasthaus langsam zu Tode und ich bezweifle, dass er seine Rechnung zahlen kann. Hast du eine Idee, was ich mit ihm machen soll?"

Die Kurtisane schaute die Wirtin nachdenklich an. „Ich hätte nie geglaubt, dass er mir all die Zeit nachreist. Aber sag selbst, was soll daraus werden? Ich hätte zwar nicht übel Lust, Baronin zu werden, aber was wären wir dann für ein Paar? Gesellschaftlich geächtet und arm wie die Kirchenmäuse!"

Sie schüttelte den Kopf. „Am besten, du drohst ihm an, sein Pferd als Pfand für die Rechnung zu behalten."

Damit ging Athenais zur Tür. „So sehr ich mich über deinen Besuch gefreut habe, ich muss mich jetzt hübsch machen, denn heute Abend erwarte ich noch einige Kunden."

Sie öffnete Rosalie die Zimmertür.

Als die Elsterwirtin durch die Schankstube des ‚Bären' hinausging, traf sie auf Clorinde. Die Zofe trug ein reich besticktes Seidenkleid über dem Arm. Wahrscheinlich hatte sie es gerade vom Schneider abgeholt. Ihr Gesichtsausdruck war abweisend wie üblich. Rosalie grüßte trotzdem. Die Zofe blieb stehen und musterte die Wirtin. Wahrscheinlich passierte es ihr nicht oft, dass eine andere Frau sie wahrnahm. „Gott zum Gruße", sagte sie.

Beim Sprechen wurde man unwillkürlich auf das Muttermal neben ihrem Mund aufmerksam und Rosalie befiel wieder dieses starke Gefühl, dass sie die Frau eigentlich kennen müsste. Aber irgendetwas passte nicht zusammen. Es war wie eine Blockade in ihrem Gehirn.

Verwirrt schlug sie den Heimweg zu den ‚Vier Elstern' ein.

Unterwegs begegnete ihr ein mit schwarzen Tüchern verhängter Leiterwagen. Zwei dunkel gekleidete Reiter folgten ihm. Die Angehörigen der Isabella von Hattenberg holten die Leiche der Hofdame ab, um sie in der Familiengruft beizusetzen.

Rosalie blieb am Straßenrand stehen und senkte den Kopf, bis der Wagen vorüber war.

Kapitel 39

Ich kann Ihnen da nicht weiterhelfen", sagte Anna zu Prätorius und rührte zornig in der Kräutersoße. „Und ich würde es auch nicht tun, wenn ich könnte!" Sie wandte sich zum Küchentisch und griff nach dem Messer. Der Arzt sah zu, wie die Küchenmagd den Salbei mit so zornigen Bewegungen kleinhackte, als hätte das Kraut sie persönlich beleidigt. Dann schubste sie die grünen Stückchen vom Schneidebrett in die Tunke und rührte sie unter. Als sie prüfend den Deckel des Topfes hob, der neben der Kräutersoße auf dem Herd stand, verbreitete sich ein weiterer appetitanregender Duft im Raum. Die beiden Karpfen, die hier der Vollendung entgegengarten, waren nahezu fertig. Rosalie hatte die Fische für das Abendessen der Ottilie Lieffenbruch und des Barons von Gnekow vorgesehen.

Prätorius hoffte, dass das gute Gelingen der Speisen Anna freundlicher stimmen würde. „Ich verstehe ja, dass ihr Einheimischen mich kaum kennt und mir deshalb nicht vertraut. Aber ihr habt mein Ehrenwort, dass ich die lahme Liese nicht verraten werde."

„Ehrenwort ist schön und gut", meinte Jakob, der am Küchentisch saß und an einem Kanten Brot nagte. „Aber wenn Sie es nicht halten, dann können wir auch nichts dagegen tun."

Prätorius wusste, dass Jakob recht hatte. Viele Angehörige seines Standes betrachteten Ehrenworte, die sie gegenüber nicht

Gleichrangigen abgaben, als wertlos. „Was würdet ihr denn vorschlagen?"

Anna zuckte mit den Schultern. „Lassen Sie es." Sie wandte sich wieder zum Herd.

„Das kann ich aber nicht. Wenn ich herausbekomme, wo die Sadebaumtinktur herkam, dann finde ich denjenigen, der den Tuchhändler ermordet hat und der auch den Tagelöhner auf dem Gewissen hat."

„Auf jeden Fall kommt die Tinktur nicht von der Liese", sagte Anna giftig.

„Das behauptet ja niemand", meinte Prätorius, „aber vielleicht weiß sie, woher die Sadebaumzweige, aus denen sie hergestellt wird, stammen."

Jakob brummte. „Wenn es gar so wichtig ist, dass Sie mit ihr reden, dann bringe ich Sie eben hin."

„Bist du wahnsinnig?" Anna fauchte den Wirtssohn an, „das darfst du nicht!"

Jakob winkte ihr, zu schweigen. „Vielleicht lässt sich das ja so arrangieren, dass die Liese sicher ist."

„Wie denn?" Anna hieb den hölzernen Kochlöffel in den Buttertopf, holte einen großen Klumpen heraus und warf ihn in die Kräutersoße, dass es spritzte.

„Sie wollen nur mit der Liese reden", stellte Jakob fest, „wo Sie mit ihr reden, ist egal?"

Prätorius nickte ungeduldig.

„Sie könnten sich irgendwo miteinander treffen?"

„Sicher."

Anna stand mit dem Rücken zum Küchentisch. Scheinbar schaute sie gespannt zu, wie der Butterklumpen in der Soße schmolz. In Wirklichkeit lauschte sie jedoch dem Gespräch der beiden Männer. Bereit, jederzeit einzugreifen.

„Dann bringe ich Sie zu einem Ort im Wald, wo Sie mit der Liese reden können", sagte Jakob.

„Und wenn er später irgendwelche Häscher dorthin führt?" Anna drehte sich abrupt um. „Die Liese ist nicht gut zu Fuß, ich kann nicht von ihr verlangen, dass sie sich meilenweit von ihrer Unterkunft entfernt."

„Das ist ein berechtigter Einwand." Jakob versank wieder in Nachdenken.

„Aber ich habe wirklich kein Interesse daran, dem Weib Schaden zuzufügen", beteuerte Prätorius.

„Das kann schon sein. Ich für meinen Teil glaube Ihnen das sogar." Jakob wühlte mit den Händen in seinen ohnehin verstrubbelten Haaren. „Aber wenn die Leute aus dem Wald glauben, dass es für die Liese nicht sicher ist, sich mit Ihnen zu treffen, dann lassen die sie nicht fort."

„Mit Recht", sagte Anna und zog die Kräutersoße von der Feuerstelle.

„Nun, die einzige Möglichkeit dürfte sein", sagte Jakob, „dass ich Sie mit verbundenen Augen zum Treffpunkt bringe."

Annas Mundwinkel hoben sich.

„Auf diese Weise können Sie sich den Weg nicht merken." Jakob sah den Arzt triumphierend an. „Anna bringt die Liese zu diesem Ort und ich werde Sie dorthin führen. Dann können Sie reden und danach geht es ebenfalls mit verbundenen Augen wieder nach Hause."

Prätorius zögerte. Die Sache wollte ihm keineswegs gefallen. Mit verbundenen Augen wäre er diesen Leuten praktisch ausgeliefert. Aber er ahnte, dass Jakob und Anna nicht mit sich handeln lassen würden. Entweder er vertraute ihnen, oder er bekam die mysteriöse Kräuterfrau nicht zu sehen.

Anna murmelte etwas Unverständliches.

Prätorius streckte Jakob die Hand hin. „Abgemacht."

„Nicht so schnell", sagte Anna. „Ich werde heute Abend die Liese fragen, ob es ihr recht ist. Vorher kann ich nicht zustimmen."

„Und natürlich ist es nicht gratis", fügte Jakob hinzu.

Der Arzt nickte.

Kapitel 40

Ottilie Lieffenbruch hatte sich entschieden. Sie würde in Langenschwalbach bleiben. Als Rosalie von ihrem Besuch bei der Dame Athenais zurückkam, ließ die Tuchhändlerswitwe die Wirtin zu sich rufen und setzte sie von ihrem Entschluss in Kenntnis. Immerhin hatten sich die Lieffenbruchs ursprünglich vorgenommen, den ganzen Sommer hier zu verbringen. Oswalds Tod war tragisch, aber selbst wenn Ottilie Hals über Kopf nach Hause führe, würde das den Tuchhändler nicht wieder lebendig machen. Außerdem verabscheute Ottilie Frankfurt im Sommer. Allein wenn sie an die stickige Luft dachte, die sich an heißen Tagen in den engen Gassen staute. Man fühlte sich beschmutzt, wenn man nur einatmete. Ottilie schauderte.

Heute Morgen war der Fuhrmann, den Rosalie nach Mainz geschickt hatte, zurückgekehrt und hatte den Bleisarg geliefert. Mit aller schicklichen Sorgfalt betteten die Bediensteten der Lieffenbruchs den Toten in den Sarg. Der herbeigerufene Geistliche sprach einige Gebete und Ottilie schluchzte herzzerreißend. Dann lötete der Schmied, der sich auch auf solche Geschäfte verstand, den Sargdeckel luftdicht zu.

„Jetzt kann nichts mehr hinein und nichts mehr heraus", hatte der grobschlächtige Mann gesagt, als er fertig war.

Eine hervorragende Erfindung, fand Ottilie. So konnte sie den Sarg einfach ins Nebenzimmer stellen lassen und die Kur fortsetzen. Als der Geistliche dagegen protestierte, dass der

Tote ohne Not so lange der geweihten Erde fernbleiben sollte, beruhigte die Witwe sein Gewissen mit einer großzügigen Geldspende. Es wäre ohnehin besser, die große Bestattung in Frankfurt erst im Herbst stattfinden zu lassen. Bis dahin dürften sämtliche Freunde, Verwandte und Bekannte von ihren Reisen und Kuren zurück sein und sie selbst hätte sich genug erholt, um die Strapazen eines großen Festes auszuhalten.

Außerdem konnte Ottilie auf diese Weise das Leichenbegängnis in Ruhe und in allen Einzelheiten planen und sich die entsprechenden Kleider anfertigen lassen. Es war wirklich ein Glück, dass ihr Schwarz so gut zu Gesicht stand, stellte sie einmal mehr fest, während sie sich vor dem Spiegel hin und her drehte.

Ein wenig ärgerlich war es natürlich, dass der große Sarg einen erklecklichen Teil des Ankleidezimmers einnahm, aber das konnte sie nicht ändern. Sie würde die Zofe anweisen, eine Decke darüberzubreiten, dann würde man nicht sofort daran erinnert, was dort stand.

Kapitel 41

Rosalie schüttelte den Kopf über ihren Gast erst in der Küche. Allerdings hörte sie auch schnell wieder damit auf. Gewiss, das Verhalten der Tuchhändlerswitwe war pietätlos, aber die Elsterwirtin wusste, dass ihr darüber kein Urteil zustand. Nicht nach dem, was sie selbst getan hatte.

„Wenn der Krieg zu Ende ist, dann gehe ich hin und heirate eine reiche Witwe", hatte Hannes früher bei jeder Gelegenheit geprahlt. „Davon gibt es genug, dafür haben wir in den letzten Jahren gesorgt."

Rosalie ahnte, dass es ihm damit ernst war. Er hatte ihr oft genug unter die Nase gerieben, dass er ihre Eheschließung nicht als bindend betrachtete. Der Feldgeistliche, der die Trauung durchgeführt hatte, war bald darauf einem Fieber erlegen und was mit seinen Büchern und Unterlagen passiert war, das wusste Gott allein. Eine Urkunde oder sonst ein Dokument, das sie als verheiratete Frau auswies, bekam Rosalie nie zu sehen. Und da war Jakob. Seine richtige Mutter hatte Rosalie nie kennengelernt. Hannes war eines Tages mit dem Neugeborenen aufgetaucht, das zu diesem Zeitpunkt nicht einmal einen Namen besaß. Er hatte den Jungen einfach Rosalie in die Arme gedrückt. „Seine Mutter kann ihn nicht aufziehen. Mach du das."

Das hatte sie getan. Wenn die Leute davon ausgingen, dass Jakob ihr leiblicher Sohn war, dann widersprach sie nie.

Natürlich hatte Rosalie sich umgehört. Auch in einem Feldlager blühten Klatsch und Tratsch. Die Geburt eines Kindes war, ebenso wie vieles andere, kaum geheim zu halten, wenn jedermann in fast durchsichtigen Zelten oder Planwagen lebte. Sie fand heraus, dass die Mutter des namenlosen Säuglings kürzlich gestorben war. Man munkelte, dass sie gewissen Nebentätigkeiten nicht abgeneigt gewesen sei.

Als Rosalie und Jakob nach Langenschwalbach zogen, hatten die Leute ganz selbstverständlich angenommen, sie seien eine Witwe und ihr Sohn. Rosalie hatte im Laufe der Jahre fast vergessen, dass sie Jakob nicht selbst geboren hatte. Und Jakob hatte nie erfahren, dass seine Mutter nicht Rosalie hieß.

Der Marketender und Pferdehändler Hannes Mette hatte das Kind damals nicht allein aus Familiensinn zu sich geholt. „Wenn er größer ist, dann kann er mir bei den Pferden und bei allem anderen helfen. Schließlich wird Stefan nicht jünger", hatte Hannes gesagt.

‚Alles andere', das umfasste, wie Rosalie inzwischen wusste, nicht nur Rosstäuscherei und Plünderungen, sondern auch Leichenfledderei und Überfälle auf einsam gelegene Bauernhöfe.

Damals hatte Rosalie begonnen, darüber nachzudenken, wie sie von Hannes loskommen könnte. Natürlich nicht, ohne Jakob mitzunehmen.

Später am Abend kehrte Anna von ihrem Besuch bei der lahmen Liese zurück. Sie brachte die Nachricht, dass die alte Kräuterfrau dem Treffen mit dem Arzt zustimmte. Als Gegengabe für ein altes Schultertuch, mit dem sich Rosalie nicht mehr vor ihren Gästen sehen lassen wollte, hatte die Alte der Küchenmagd einen Korb mit Geißfuß, Sauerampfer und jungen Löwenzahnblättern aufgedrängt. Unter diesen Kräutern lag das Hauptgeschenk: frische Wildschweinknochen. Als alle bis auf Rosalie die Küche verlassen hatten und schlafen gegangen waren, hackten die beiden Frauen die Knochen klein, kratzten das Mark heraus und setzten alles mit Gemüse und Wasser auf den Herd. Morgen würde es eine kräftige Suppe für die Hausangehörigen geben.

Kapitel 42

Am nächsten Tag traf sich Prätorius mit Jakob hinter dem Weinbrunnen. Der Bursche führte das falbfarbene Maultier am Zügel. Den ledernen Geldbeutel, den Prätorius ihm reichte, befestigte er ohne Kommentar und ohne den Inhalt anzuschauen an seinem Gürtel.

Hinter dem Park führte ein ausgetretener Pfad zwischen Buchen und Fichten bergauf. Nachdem die beiden schweigend so weit gewandert waren, dass Jakob keine Begegnungen mit Spaziergängern mehr erwartete, blieb er stehen und zog ein Tuch aus der Hosentasche. „Hier werde ich Ihnen die Augen verbinden. Das Maultier wird von nun an für Sie sehen."

Prätorius war das alles andere als angenehm, aber er wusste, dass es keinen Sinn hatte zu protestieren. Entweder er fügte sich oder Jakob würde ihn wieder nach Hause geleiten.

Er ließ sich das Tuch vor die Augen binden, kletterte ungelenk auf den Rücken des Maultieres und hielt sich an der Mähne fest. Nach einigen Minuten hatte er sich an den Schrittrhythmus des Vierbeiners gewöhnt. Was für eine Figur er auf dem Rücken des ungesattelten Tieres abgab, darüber wollte er lieber nicht nachdenken. Obwohl das Muli ein sehr angenehmes Reittier mit weichen und flüssigen Bewegungen war. Als er eine diesbezügliche Bemerkung machte, taute Jakob auf. „Dieses Maultier stammt noch von meinem Vater. Mutter hat darauf bestanden, alle übrigen Pferde zu verkaufen, bevor wir hierherzogen." Jakob seufzte. „Aber sie hat ja recht, warum sollen wir eigene Pferde durchfüttern? Wir müssen uns schließlich um die Tiere unserer Gäste kümmern."

Prätorius ließ ein verständnisvolles Brummen hören. Inzwischen führte der Weg steil bergauf und Jakob fehlte die Puste zum Reden. Prätorius musste zwar nicht selbst klettern, aber auch er war froh, als die Steigung hinter ihnen lag. Seine Schultern hatten sich verkrampft, weil er sich mit aller Kraft am Hals des Maultieres festklammern musste, um nicht über seine Kruppe zu rutschen. Nach dem Knacken der Zweige und dem Rascheln des Laubes zu urteilen, ging es jetzt quer durch den Wald.

Danach folgte ein fast ebenso langer Abstieg, bei dem der Arzt ständig fürchtete, über den Kopf seines Mulis nach vorne zu fallen, dann änderte sich der Untergrund. Die Hufe des Tieres platschten durch Schlamm oder Sumpf. Danach wurde der Boden wieder fester. Die Tritte klangen nun dumpf auf weichem Waldboden. Prätorius roch den harzigen Tannenduft. Schließlich verlangsamten sich die Schritte seines Reittieres und hielten dann ganz an.

„Wir sind da. Sie können das Tuch jetzt abnehmen", sagte Jakob.

Die Geschwindigkeit, mit der Prätorius seine Augenbinde abstreifte, bevor er von dem Maultier abstieg, zeigte nur zu deutlich, wie unangenehm ihm dieser blinde Ritt gewesen war.

Sie befanden sich in einem Tannenwald. Die Baumwurzeln schlängelten sich wie urtümliche Lebewesen über den mit Nadeln bedeckten Boden. Moos wuchs in Polstern zwischen einzelnen Felsen und an manchen Stellen sah man Farne und große Fingerhutstauden. Atropa *Belladonna*, dachte Prätorius, *auch ein Gift*. Unwillkürlich kam ihm das kleine Fläschchen, das er unter Athenais' Kosmetika gefunden hatte, in den Sinn.

An einer Böschung, die mit dicken Wurzeln durchzogen war, saß Anna neben einer alten Frau. In einiger Entfernung warteten zwei Männer, Waldleute, die misstrauisch zu dem Ankömmling hinüberblickten. Er sollte wissen, dass die alte Kräuterfrau nicht schutzlos war.

Als der Arzt näher trat, stand Anna auf und entfernte sich ein Stück weit. Die zweite Frau blieb sitzen. *Sie hat etwas von einem Gespenst*, dachte Prätorius. Allerdings mehr von einem Dämonen des Waldes als von einem Hausgespenst. Unter dem Kopftuch aus grobem braunen Leinen, das auch ihre Schultern einhüllte und hinten bis zu den Hüften reichte, quollen einige Strähnen gelblich-weißen Haares hervor. Ihr Gesicht erinnerte ihn an einen Stiefel, der schon lange kein Fett mehr gesehen hatte. Die Augen, die tief in ihren Höhlen lagen, richteten sich auf den Besucher. „Der Herr wollte mich sprechen?" Das Kräuterweib klopfte mit der flachen Hand neben sich auf die Wurzel.

Prätorius betrachtete das als Einladung und setzte sich.

Anna warf noch einen skeptischen Blick auf die beiden, folgte dann aber Jakob, der sich mit seinem Maultier bis zu einer grasbewachsenen Lichtung zurückgezogen hatte.

Eine Weile saßen der Arzt und die Liese schweigend nebeneinander. Dann gab sich Prätorius einen Ruck und erzählte von der Sadebaumtinktur und von der Frage, die ihn hierhergeführt hatte. Er war selbst erstaunt darüber, wie ausführlich er der Alten, die er doch gar nicht kannte, von seinen Erkenntnissen und Schlussfolgerungen berichtete.

„Man hat mir gesagt, dass du wissen könntest, ob Sadebaum hier in der Gegend wächst."

„Eine böse Pflanze ist dieser Stinkwacholder, der auch Jungfernpalme oder Sadebaum genannt wird", sagte sie mit ihrer brüchigen Stimme, „aber auch heilsam gegen Warzen und Würmer. Allerdings, wer will schon sein Leben in Gefahr bringen, um ein paar Würmer zu vertreiben?" Sie schüttelte den Kopf. „Ich habe nur noch ein wenig von dieser Tinktur und die gebe ich nicht aus der Hand."

„Wo stammt deine Tinktur her?"

„Es gab einmal einen Strauch Stinkwacholder auf dem Kirchhof von Fischbach. Das war der Einzige weit und breit. Aber ich habe gehört, die Schweden hätten ihn vor vielen Jahren abgehauen. Gott will nicht, dass wir diese Pflanze verwenden."

Dem konnte Prätorius nur beistimmen. Wenngleich er in den vergangenen Jahren eher daran gezweifelt hatte, dass die Schweden Gottes Willen ausführten.

„Könnte er nachgewachsen sein?"

Diese Frage konnte ihm die Alte nicht beantworten. Sie war schon zu lange nicht mehr dort gewesen. „Aber ich werde mich umhören. Ich selbst komme ja nicht mehr viel herum."

Prätorius dankte ihr und wollte sich erheben. Dann fiel ihm noch etwas ein. Er war zwar an einer Universität ausgebildet und kannte die Vorurteile der meisten Ärzte gegen die Heilkünste der Kräuterfrauen. Aber andererseits hatte er es nie verschmäht, etwas dazuzulernen, wenn sich die Gelegenheit ergab. Er räusperte sich. „Gibt es eine Methode, die Sadebaumvergiftung zu behandeln, wenn sich bereits die Beschwerden zeigen?"

Die Alte sah ihn an und schüttelte dann langsam den Kopf: „Beten, junger Mann. Da hilft nur beten."

Prätorius nickte. Als er von der Wurzel aufgestanden war, um zu Jakob und dem Maultier zu gehen, wandte er sich noch einmal um und verbeugte sich vor der Liese. Bevor ihm wieder die Augen verbunden wurden, sah der Arzt noch, wie Jakob den Geldbeutel, den er von ihm bekommen hatte, der Kräuterfrau in die Hand drückte. Auf dem Rückweg fühlte er sich besser. Als wäre er bei einem Priester gewesen, der ihm die Absolution erteilt hatte. Er hatte also nichts bei der Behandlung seiner Patienten versäumt. Denn gebetet, das hatte er.

„Kennst du dich in Fischbach aus?", fragte er Jakob, während er versuchte, nicht über das Hinterteil des Maultieres, das gerade wieder bergauf kletterte, abzurutschen. Der Arzt erzählte dem Wirtssohn von dem Sadebaum, der laut Liese einmal auf dem Friedhof gewachsen war.

„Ich bin wohl kürzlich einmal durch den Ort gekommen, aber die Bäume habe ich nicht angeguckt", sagte Jakob. „Außerdem kenne ich mich mit Kräutern und ihren Wirkungen ohnehin nicht aus. Selbst wenn da ein Sadebaum gewesen wäre, ich hätte ihn wohl kaum erkannt."

Als Prätorius nicht antwortete, redete Jakob weiter über diese Sache, die ihm am Herzen lag: „Anna kennt sich mit Kräutern eigentlich auch nicht aus – die interessiert nur, was im Kochtopf gut schmeckt. Und meine Mutter hat schon gar keine Ahnung von dem Grünzeug. Die versteht höchstens was vom Wein."

Prätorius begriff, was Jakob ihm hiermit vermitteln wollte. Seine Familie sollte keineswegs mit Kräutern oder Hexerei in Verbindung gebracht werden. Zwei Dinge, die oft in die gleiche Ecke gestellt wurden.

„Anna sorgt sich um die alte Liese", fuhr Jakob fort, „weil sie ihre Verwandte ist. Aber genau genommen ist sie nur angeheiratet." Prätorius hörte, wie der Wirtssohn schnaufte. „Die Schwägerin eines Onkels oder so ähnlich."

Als sie wieder den Waldpfad erreicht hatten, erlaubte Jakob, dass der Arzt die Augenbinde abnahm. Bevor sie die Deckung der Bäume verließen, rutschte Prätorius vom Rücken des Maultieres. Ohne richtiges Sattelzeug machte ein Mann seiner Ansicht nach eine etwas komische Figur auf solch einem Vierbeiner. Er dachte unwillkürlich daran, was Greiffenstein zu diesem Ausflug gesagt hätte. Dabei fiel ihm ein, dass er heute noch eine Visite im Schloss machen sollte, um sich von den Genesungsfortschritten des Obersts zu überzeugen.

Bei den ‚Vier Elstern' angekommen, brachte Jakob das Muli in den Stall und Prätorius ging in die Küche.

„Ein Sadebaum in Fischbach?" Rosalie blickte von der Schüssel auf, in der sie gerade einen Teig rührte, und schüttelte den

Kopf. „Habe ich noch nie gehört. In dem Ort wohnt doch niemand mehr. Die sind im Krieg alle umgebracht oder verjagt worden." Dann schaute sie den Arzt genauer an. „Ihr Diener wird seine helle Freude haben. Zum Reiten sollten Sie in Zukunft Stiefel anziehen und einen Sattel verwenden."

Als Prätorius an sich hinuntersah, konnte er ihr nur zustimmen. Der schwarze Wollstoff seiner Kniehose war bestaubt und mit falbfarbenen Pferdehaaren bedeckt. Aber am schlimmsten sahen die Strümpfe aus. Offensichtlich waren sie dem Gebüsch nicht gewachsen gewesen, durch das Jakob sein Maultier geführt hatte. Der Arzt bezweifelte, dass sein Diener etwas Erfolgversprechendes gegen die Löcher und Laufmaschen unternehmen könnte. Bevor er ins Schloss zu Greiffenstein ging, würde er sich umziehen müssen.

Jakob kam durch die Hintertür hereingetrampelt. Während er die kalte Hafergrütze in sich hineinschaufelte, die ihm seine Mutter beiseitegestellt hatte, fragte Rosalie ihn darüber aus, was sich im Wald zugetragen hatte.

Kapitel 43

Die streitenden Stimmen drangen mühelos durch die geschlossene Tür. So, wie es sich anhörte, befand sich Greiffenstein eindeutig auf dem Wege der Genesung. Prätorius klopfte kurz an und trat ins Zimmer.

Das Objekt des Wutausbruchs seines Vorgesetzten war wieder einmal der Leutnant von Niederschnitz, der zusammengesunken neben der Tür stand. Der fast zum Skelett abgemagerte Oberst thronte aufrecht in den Kissen und strahlte eine Autorität aus, die Prätorius nicht einmal im gesunden Zustand zuwege brachte.

„Gut, dass Sie kommen", begrüßte Greiffenstein den Arzt, „erklären Sie diesem übereifrigen Jungfuchs, dass ich weder dienstunfähig noch tot bin und werfen Sie ihn dann hinaus."

Der Leutnant machte ein empörtes Gesicht, sagte aber nichts.

„Stellen Sie sich vor, er will sämtliche Huren dieses Ortes einer Befragung unterziehen und ihre Quartiere durchsuchen." Der Oberst schnaubte. „Diskretion beim Teufel!" Er traktierte seine Bettdecke mit der Faust. „Können Sie sich vorstellen, was das für ein Geschrei geben würde?"

Prätorius konnte. Allerdings lag sein Problem momentan vor allem darin, dass der Oberst, der sich von einer schweren Vergiftung erholte, geradewegs auf einen Herzinfarkt zuzusteuern schien.

„Es geht immerhin um die Aufklärung eines Verbrechens. Unser aller Sicherheit ist bedroht – nicht zuletzt die der landgräflichen Familie, die wir mit unserem Leben zu schützen haben", verteidigte sich der Leutnant.

„Erzählen Sie mir was davon, das Leben einzusetzen …", kollerte der Oberst.

„Was denken Sie sich eigentlich dabei, den Patienten so aufzuregen?", sagte Prätorius zum Leutnant. Er hatte beschlossen, dass es das Beste wäre, die Streithähne erst einmal zu trennen. „Bitte verlassen Sie das Zimmer. Ich bin sicher, Ihr Anliegen kann warten."

Der Leutnant warf ihm einen beleidigten Blick zu und stampfte aus dem Zimmer.

Mit einem Seufzer ließ sich der Oberst in die Kissen zurücksinken. Offensichtlich hatte ihn der Streit doch mehr angestrengt, als er sich anmerken ließ. Die Röte auf seinen Wangen wich einer fast grünlichen Blässe. „Was war das nur für ein Teufelszeug", murmelte er, „ich fühle mich schwach wie ein altes Weib."

„Wenn du nicht eine unverschämt kräftige Konstitution hättest, dann würdest du jetzt im Engelschor mitsingen", sagte Prätorius, „und das wäre bei deiner Stimme keine schöne Vorstellung."

Greiffenstein grinste schwach. „Ich glaube auch nicht, dass mir die Flügel stehen würden."

Prätorius fühlte dem Oberst den Puls und sah sich seine Zunge an. Wenn der alte Haudegen ein bisschen auf sich aufpasste und Aufregungen vermied, dann würde er wieder gesund werden.

Als der Kammerdiener vortrat, der sich während des Disputes mit dem Leutnant hinter den Bettvorhängen unsichtbar gemacht hatte, trug ihm Prätorius auf, seinen Herrn gut mit Fleischbrühe und Rotwein zu versorgen. Das Stichwort Essen ließ die Augen des Obersts wieder aufleuchten.

Der Diener schien die Begeisterung seines Herrn zu teilen. „In der Küche habe ich gekochte Täubchen gesehen." Er warf einen bittenden Blick in Prätorius' Richtung. Als der Arzt nickte, machte sich der Mann im Geschwindschritt auf den Weg zur Schlossküche.

Prätorius blieb allein mit dem Oberst und stellte ihm nun die Frage, die er ihm schon lange stellen wollte.

„Was ich bei Athenais zu mir genommen habe?" Der Oberst prustete. „Guter Mann, wenn ich essen will, dann gehe ich ins Gasthaus. Bei einer Hure mache ich etwas anderes."

Prätorius bestand darauf, dass Greiffenstein ausführlicher wurde. „Nur keine falsche Scham", sagte er. „Auch wenn es vielleicht ein Stärkungstrank gewesen ist, dann muss ich es wissen." Diese Bemerkung konnte er sich einfach nicht verkneifen, „ich bin schließlich Arzt."

Der Oberst schnaubte. „Als ob ich das nötig hätte! Ich habe etwas Likör zu mir genommen und hinterher Wein getrunken."

Prätorius runzelte die Stirn. „Komische Zusammenstellung."

Der Oberst zuckte mit den Schultern. „Das mit dem Likör war so eine Idee von Athenais – als wir endlich im Bett lagen."

„Jetzt bin ich gespannt."

„Sie wollen wohl noch was von mir lernen?" Greiffenstein lachte über Prätorius' entsetztes Gesicht. „Es war eine Weiberidee. Athenais griff sich die Karaffe mit dem süßen Zeugs, die auf dem Nachttisch stand, schüttete etwas davon in ihren Nabel und bat mich, es auszuschlürfen ... irgendwie lecker ..."

Der Oberst hatte, während er erzählte, das Mienenspiel des Arztes belustigt beobachtet. „Du wolltest es wissen."

Prätorius räusperte sich. „Was war das für ein Likör?"

„Anis. Süß und pappig. Typisches Weibergesöff", knurrte der Oberst.

„Süß genug, um den Geschmack von Sadebaumtinktur zu überdecken?"

„Athenais war es nicht. Sie zankte hinterher mit der Zofe, dass die den Anislikör stehen gelassen und mir keinen ordentlichen Wein vorbereitet hatte." Er grinste. „Der wurde aber dann prompt geliefert."

Prätorius überlegte, ob unter den vielen Alkoholika, die er aus dem Zimmer der Kurtisane mitgenommen und getestet hatte, auch ein Anislikör gewesen war. Er konnte sich nicht mehr erinnern.

„Hat die Zofe die Karaffe mit dem Likör weggebracht?"

„Woher soll ich das wissen – war mit anderen Sachen beschäftigt. Aber die Karaffe war sowieso so gut wie leer."

Greiffenstein gähnte. „Meine Güte, was fühle ich mich schlapp!"

Die Unterhaltung mit dem Arzt hatte ihn völlig erschöpft.

Prätorius betrat den Raum neben den Hundezwingern, in dem noch die Flaschen und die anderen Behältnisse standen, die sie aus Athenais' Zimmer mitgenommen hatten. Er hatte Notizen angefertigt über den mutmaßlichen Inhalt jeder Flasche – soweit man es an Geruch und Augenschein erkennen konnte. Wenn ein Anislikör unter den Getränken gewesen war, dann hätte er ihn sicher identifiziert. Aber er fand nichts in seinen Aufzeichnungen. Seufzend nahm sich der Arzt noch einmal die Flaschen vor. Das war schnell erledigt. Bei denen, in denen überhaupt noch etwas drin war, passte der Geruch nicht. Erstaunlicherweise gab es sehr viele leere Behälter. Mehr, als er in Erinnerung hatte. Prätorius hegte den Verdacht, dass sich nach den Hundeversuchen seine Assistenten an den Alkoholika bedient hatten. Aber auch wenn sie die Flaschen und Karaffen geleert hatten, der Anisgeruch war so charakteristisch, dass er trotzdem noch an dem Gefäß haften müsste. Er schnüffelte: Kirsch, irgendwelche Kräuter, Quitte, aber kein Anis.

Prätorius ließ die beiden Gardisten rufen, die ihm geholfen hatten, die Flaschen bei Athenais einzusammeln.

„Wir haben nichts übersehen", sagte der eine, ein baumlanger Kerl, der seinen herabhängenden Schnurrbart bei jeder Gelegenheit streichelte und aussah wie ein Hunne. „Alle Flaschen, Gläser und Karaffen, in denen eine Flüssigkeit drin war, haben wir weisungsgemäß mitgenommen." Sein Kamerad nickte bestätigend.

„Und was ist mit den Gefäßen, in denen nichts drin war?"

„Die sollten wir doch nicht einpacken", sagte der lange Gardist sofort, „Sie haben uns deutlich gesagt: Flaschen mit Flüssigkeiten."

„War ja auch richtig", beruhigte ihn Prätorius, „aber könnt ihr euch noch erinnern, ob es solche Flaschen gab und ob man vielleicht noch erkennen konnte, was zuvor darinnen war?"

„Eine oder zwei Karaffen waren leer", sagte der kleinere Gardist zögernd. „Eine leere Flasche gab es auch", fügte der größere hinzu. „Die hatte sogar ein Etikett, aber ich kann nicht lesen."

Prätorius seufzte, das alles brachte ihn nicht weiter. Außerdem hatte Isabella von Hattenberg mit Sicherheit keinen Anislikör bei Athenais getrunken. Im Falle der Hofdame hatte sich das Gift eindeutig in dem Wasser befunden. Genau wie bei dem Tagelöhner. In beiden Fällen führte die Spur zu einer Frau, die nicht Athenais sein konnte.

Als der Arzt zum Gasthaus ‚Zur Kette' hinüberging, war es bereits dunkel. Aus den Büschen auf der gegenüberliegenden Straßenseite löste sich eine Gestalt, die ihm folgte. Anscheinend hatte der Mann im Verborgenen auf den Mediziner gewartet, denn sobald er im Schein der Gasthauslaterne sicher zu erkennen war, kam der Fremde im Laufschritt auf ihn zu.

Prätorius erschrak. Als der Mann in den Lichtkreis trat, erkannte er ihn jedoch. Es war einer der Waldleute, welche die lahme Liese zu dem Treffen begleitet hatten.

„Herr Medicus!"

Prätorius stieg die Stufen der Eingangstreppe wieder hinunter, denn er ahnte, dass es der Mann vorzog, nicht gesehen zu werden und auch für ihn selbst könnte die Bekanntschaft mit Gesetzlosen kompromittierend sein. Sie gingen über die Straße in Richtung Brunnen. Unter den Bäumen war es dunkel und der nahe Wald bot eine Zuflucht, in die sich der Besucher jederzeit zurückziehen konnte.

„Ich habe Ihnen eine Botschaft von der lahmen Liese zu überbringen", sagte der Mann, „sie hat einen Burschen, der für sie Kräuter sammelt, nach Fischbach geschickt. Dort steht auf dem Kirchhof tatsächlich noch der Sadebaum – er hat wieder ausgetrieben. Allerdings wird er in diesem Jahr nur wenig wachsen, denn jemand hat die Spitzen der frischen Triebe abgeschnitten."

„Weiß man, wann das passiert ist?" Prätorius spürte, wie sein Herz schneller schlug.

„Der Bursche sagt, dass die Zweige erst vor Kurzem entfernt wurden, die Schnittflächen waren noch nicht eingetrocknet."

Prätorius stieß einen leisen Pfiff aus. Er konnte mit Fug und Recht davon ausgehen, dass dies die Triebe waren, die irgendjemand zu dem Gift verarbeitet hatte. Der Mann aus dem Wald hatte ihm eine höchst wertvolle Information gebracht. Prätorius griff in seine Tasche und zog drei Goldstücke heraus.

„Gib eines davon der Liese, eines dem Burschen, der die Nachricht gebracht hat, und eines ist für dich."

Der Mann machte keine Anstalten, die Goldstücke zu nehmen. „Gold nützt uns im Wald nur wenig. Wir haben selten die Möglichkeit, einkaufen zu gehen."

Prätorius zog kurzerhand seine Jacke aus, gab sie dem Mann zum Halten, ebenso wie das Wams. Dann zog er sein Leinenhemd über den Kopf. „Das ist für den Burschen." Er griff nach der Jacke und verhüllte damit seinen nackten Oberkörper, denn die Nachtluft war ziemlich kühl. „Das Wams ist für dich."

Der Mann blickte ungläubig auf das Kleidungsstück aus Wolle und Leder. So etwas Kostbares hatte er noch nie besessen. Er zog es über sein zerrissenes Hemd und strich ungläubig darüber. Prätorius setzte sich unterdessen auf die Steinbank und zog seine Schuhe aus. Die Strümpfe hatte er sich noch in Leiden gekauft, so weiche Seide war in Deutschland nicht zu einem bezahlbaren Preis zu bekommen. Mit einem leisen Bedauern zog er die Strümpfe aus. „Die sind für die Liese."

Der Fremde rollte die Kleider zu einem Bündel zusammen, das er unter den Arm klemmte. Dann verbeugte er sich und verschwand wie ein Schatten in der Dunkelheit.

Prätorius ordnete den breiten Spitzenkragen über der Jacke. Den Kragen hatte er nicht mit dem Hemd abgegeben, denn was sollte einem Waldbewohner ein Spitzenkragen nützen? Außerdem hatte Frederika den Kragen bestickt. Dann ging der Arzt langsam über die Straße zum Eingang der ‚Kette'. Die Schuhe scheuerten an den bloßen Füßen. Er fühlte sich wie eine Figur aus einem der halb vergessenen Märchen, die seine Mutter vor langer Zeit erzählt hatte. Er lächelte vor sich hin, als er sich vorstellte, wie er Rosalie von der Begegnung mit dem Mann aus dem Wald berichtete. Während er sich in sein Zimmer stahl, hoffte Prätorius, dass sein Diener bereits zu Bett gegangen war. Morgen würde er ihm erzählen, er habe sich ein weiteres Paar Strümpfe an Brombeerranken zerrissen und sie weggeworfen.

Kapitel 44

Am nächsten Tag musste sich Prätorius zuerst mit seinem Arbeitgeber beschäftigen. Der Kammerdiener des Grafen von Eenvelde klopfte ihn im Morgengrauen aus dem Schlaf. Als Prätorius die Zimmertür öffnete, verkündete ihm der Lakai, dass sein Herr erkrankt sei. Panik ergriff den Arzt. Er konnte sich nichts anderes vorstellen, als dass nun auch der Graf von Eenvelde eine Sadebaumvergiftung hätte. Er glaubte sich in einem Albtraum gefangen, aus dem er einfach nicht aufwachen konnte.

Isidorus von Eenvelde wälzte sich im Bett zu Prätorius herum, als dieser das Schlafzimmer betrat. Das Gesicht des Grafen war rot. Es wirkte nicht, als hätte er mit den Blutverlusten zu kämpfen, die mit den Vergiftungen einhergingen, die Prätorius fürchten gelernt hatte. Er stöhnte. „Meine Verdauung. Ich habe gar keine mehr. Tun Sie etwas, sonst platze ich!"

Prätorius atmete auf. Also war es nur das übliche. Der Graf von Eenvelde liebte es, oft und ausgiebig zu speisen und zu trinken. Am liebsten hatte er fettiges Fleisch und schwere Weine. Dass dabei seine angeknackste Leber rebellierte und die Verdauung in Unordnung geriet, war kein Wunder.

„Bekomme ich ein Klistier?", fragte der Graf.

Prätorius nickte, ein Einlauf war nach herrschender Überzeugung das beste Mittel, den Darm dazu zu bringen, seine Tätigkeit wieder aufzunehmen. Der Kammerdiener des Grafen hatte bereits die große Klistierspritze auf einem Tischchen bereitgelegt.

„Wir werden wie üblich einen Absud von Bockshornkleesamen verwenden", erklärte Prätorius und wandte sich zur Tür, um das Medikament aus seinen Vorräten zu holen.

Der Graf hielt ihn auf. „Ich habe gehört, dass man neuerdings auch Tabakauszüge zum Klistieren verwendet. Käme das hier nicht infrage?"

Der Graf von Eenvelde war ein tüchtiger Tabakraucher und hatte es sicherlich mit Wohlgefallen zur Kenntnis genommen, dass man sich das Nikotin auch am anderen Körperende zuführen konnte. Prätorius schüttelte jedoch den Kopf: „Solch ein starkes Mittel würde ich Ihnen nur verabreichen, wenn nichts anderes hilft."

Der Graf schaute enttäuscht.

Als das Klistier verabreicht und die Verdauung des Grafen zu seiner Zufriedenheit wiederhergestellt war, war die Zeit für das Mittagsmahl vorüber und Prätorius hatte noch nichts unternommen, um seine Untersuchung der Giftmorde voranzutreiben.

Der Arzt ging hinüber in die ,Vier Elstern'. Hier würde er etwas zum Essen bekommen und insgeheim hoffte er, mit Rosalie reden zu können.

Leider hatte die Wirtin nur wenig Zeit. Eine ganze Gruppe der landgräflichen Leibgardisten war in den ,Vier Elstern' eingefallen. Die Männer waren auf einem längeren Patrouillenritt gewesen, hatten daher das Mittagessen im Schloss versäumt und brüllten nun nach Braten und Wein.

Rosalie nickte dem Arzt zu, während sie ein volles Dutzend Weinkrüge an den langen Tisch schleppte, an dem sich die Soldaten breitgemacht hatten. Jakob folgte ihr mit einer Zinnplatte, auf der ein halbes gebratenes Ferkel lag. Als er die Platte auf den Tisch gestellt hatte und den Braten aufschneiden wollte, schob ihn einer der Gardisten beiseite und griff selbst zum Messer.

Ein anderer sagte: „Hol lieber gleich die zweite Hälfte!" und gab ihm einen Schubs Richtung Küche.

Als Jakob hinter der Tür verschwunden war, tauchte Anna mit einem ganzen Stapel gebratener Hühnchen auf. Die ersten der Vögel waren bereits verschwunden, bevor sie das Servierbrett überhaupt in die Nähe des Tisches gebracht hatte.

„Schöne Magd, bist du die Nachspeise?" Einer der Soldaten näherte seinen fettigen Mund Annas Gesicht und wollte ihr einen Kuss aufdrücken, während seine Hand ihr Hinterteil tätschelte. Mit einer schlangengleichen Bewegung brachte sich Anna aus der Zugriffszone.

„Aber, aber, mach doch die junge Stute nicht kopfscheu", rief ein anderer, „da muss man viel behutsamer vorgehen." Seine Hand streichelte Annas Hüfte. Die Küchenmagd ließ mit einem Poltern das schon arg geplünderte Servierbrett auf den Tisch fallen und wich einen Schritt zurück. Der Soldat, der sie zuerst küssen wollte, winkte mit einem Hähnchenschenkel. „Miez, miez, miez."

Anna warf den Kopf zurück und wollte in die Küche.

Der zweite Soldat hielt ihren Rock fest. „Gegen einen Kuss lasse ich los."

Ein anderer näherte sich der Küchenmagd von hinten und gab ihr einen schallenden Schmatz auf die Wange, um dann wieder schnell zurückzuspringen, als Anna zu einer Ohrfeige ausholte.

„Oh, das gilt nicht", rief er, „ich habe die Backe mit der Narbe drauf erwischt."

Mit Anna schien eine Veränderung vorzugehen. Bisher hatte sie den Mutwillen der Soldaten wie ein amüsantes Spiel betrachtet, aber das war jetzt zu Ende. Sie riss den Rockzipfel, den der eine Mann immer noch festhielt, so heftig an sich, dass ein Stofffetzen in seiner Hand zurückblieb und stürzte zur Küchentür. An diesem Abend trat sie vor den Gästen nicht mehr in Erscheinung.

Als die Soldaten gesättigt waren und weinschwer auf ihren Bänken hingen, hatte Rosalie endlich Zeit für Prätorius.

„Hat sich Anna wieder beruhigt?", fragte er, als sich die Wirtin zu ihm an den Tisch setzte.

Rosalie nickte. „Normalerweise kommt sie mit schwierigen Gästen zurecht." Ihr Blick streifte die Gardisten, die eine gute Zeche gemacht hatten. „Aber wenn jemand ihre Narbe erwähnt, dann ist es mit ihrer Geduld zu Ende. Vor allen Dingen gegenüber Soldaten. Denn ein Soldat ist im Grunde auch an der Narbe schuld." Die Wirtin erzählte Prätorius die Geschichte, wie sie selbst sie gehört hatte: Vor nahezu zwanzig Jahren waren Söldner im Unterflecken einquartiert. In der Nachbarschaft von Annas Familie. Langenschwalbach blieb zwar vor Plünderungen verschont, weil hier Feldherren und Offiziere ungestört ihre Bäder nehmen wollten, aber es gab anderen Verdruss mit den Soldaten. Einer der gelangweilten Männer kam eines Tages auf die Idee, mit seiner Muskete auf eine Krähe zu schießen, die auf dem Dach einer strohgedeckten Scheune saß. Der Vogel flog unbeschadet weg, doch das Dach fing Feuer und fast der gesamte Unterflecken brannte ab. Die Mitglieder von Annas Familie kamen mit dem Schrecken davon. Bis auf die kleine Tochter, die von einem brennenden Holzstück getroffen wurde, bevor die Mutter das Kind an sich reißen und in Sicherheit bringen konnte.

„Tragisch", sagte Prätorius.

„Wir müssen alle mit unseren Erinnerungen leben", Rosalie stand auf.

Der Arzt trank seinen Wein aus und dachte an Frederika. Aber nicht lange. Das aktuelle Problem drängte sich in den Vordergrund. Ihm fielen wieder die beiden Wäscherinnen bei der Apotheke ein. Die Verätzungen gingen ihm nicht aus dem Kopf. War vielleicht noch eine Karaffe mit vergiftetem Wasser zerbrochen?

Prätorius glaubte sich zu erinnern, dass Sadebaum Hautreizungen hervorrufen konnte. Der Himmel wusste, was geschehen würde, falls die Substanz in offene Wunden gelangte. Beispielsweise wenn sich jemand an Glasscherben geschnitten hatte. In seinem Kopf rumorten die Gedanken durcheinander wie Gase in einem verdorbenen Magen.

Er musste die Wäscherinnen finden und herausbekommen, wem der bewusste Unterrock gehörte.

Das Gefühl, möglicherweise auf eine neue Spur gestoßen zu sein, verlieh Prätorius Siebenmeilenstiefel. Die Apotheke war schon geschlossen, aber auf das beharrliche Klopfen des Arztes hin wurde die Tür geöffnet.

„Was soll dieser Lärm?" Der Apothekengehilfe streckte den Kopf heraus. Dann erkannte er Prätorius. Er grinste ihn an.

„Der Apotheker ist im Moment nicht da." Er senkte die Stimme zu einem verschwörerischen Flüstern. „Wahrscheinlich sitzt er in irgendeinem Wirtshaus herum."

Prätorius schluckte eine Bemerkung über diese Unverschämtheit herunter und drückte sein Bedauern darüber aus, dass er Horstius nicht angetroffen hatte.

„Kann ich vielleicht behilflich sein?"

Am liebsten hätte Prätorius diese Frage verneint, aber er wollte nicht bis morgen warten. Schließlich würde er irgendwann Ergebnisse vorweisen müssen. Der Landgraf hatte einen Anspruch darauf, dass die Giftmorde in seiner Umgebung endlich aufgeklärt wurden.

Also unterdrückte er seine Abneigung gegenüber dem Apothekergehilfen und setzte ihm auseinander, dass er Auskunft über die beiden Wäscherinnen suchte.

„Das waren die alte Berte und die Hanna. Die arbeiten meistens für den Gasthof ‚Zum Bären' und für noch ein paar kleinere Logierhäuser."

Wo sie wohnten, wusste der Gehilfe allerdings auch nicht genau. „Ich nehme an, unten an der Aar. Dort, wo auch die anderen Wäscher ihre Häuser haben."

Prätorius bedankte sich knapp. Der Gehilfe sah ihn erwartungsvoll an, da er zu gerne erfahren hätte, was der Arzt mit dieser Auskunft anfangen wollte. Ein Trinkgeld wäre auch nicht schlecht. Aber Prätorius ließ ihn einfach stehen.

Kapitel 45

Später am Abend saßen Rosalie und die alte Grete in der Küche beisammen und nähten. Anna hatte erklärt, sie sei müde und war die Treppe hinauf zu ihrer Kammer verschwunden. Rosalie wusste, dass ihre Küchenmagd immer noch über das Verhalten der Soldaten verärgert war.

Kurz nach Annas Abgang ertönten wieder Schritte auf der Stiege. Hatte sie es sich doch anders überlegt und wollte den Abend in Gesellschaft verbringen? Die Wirtin sah auf, als die Küchentür geöffnet wurde, und stellte fest, dass Anna nicht allein gekommen war. Wie eine Kranke hatte die Magd die Zofe der Ottilie von Lieffenbruch untergefasst, bugsierte die Frau zu Rosalie und Grete an den Küchentisch und drückte sie auf die Bank.

„Ich bin fast über sie gestolpert", sagte Anna, „sie saß im Dunkeln auf der Treppe und heulte."

Wie zur Bestätigung schluchzte die Zofe auf und betupfte die rotgeweinten Augen mit ihrem Rockzipfel.

Rosalie mochte die Frau, die sie sonst so hochnäsig behandelte, nicht besonders, aber sie war immerhin ein Gast des Hauses und offensichtlich in Not. Daher legte sie die Schürze, die sie gerade flickte, beiseite, beugte sich über den Tisch und tätschelte die Hand der Zofe. „Was ist denn los?"

Die Angeredete schluchzte daraufhin noch lauter.

„Bist du etwa schwanger?", fragte die alte Grete unverblümt und musterte die Taille der Frau.

Die Zofe machte ein entsetztes Gesicht und schüttelte heftig den Kopf.

Dann gab es heute eben keinen Skandal. Grete nahm ihr Nähzeug wieder auf und hielt die Naht, an der sie gerade werkelte, gegen das Licht der Kerzenflamme.

Anna trat zum Herd, auf dem noch ein Topf Wasser stand. Sie gab eine Prise getrockneter Lindenblüten in einen Becher und füllte das Gefäß mit heißem Wasser auf. Das Gebräu stellte sie vor der Zofe auf den Tisch: „Der Tee wird dir guttun."

Die Frau nippte gehorsam an dem heißen Getränk und schnäuzte sich in den Rockzipfel. Rosalie betrachtete das als gutes Zeichen. Anscheinend wollte sie nun doch aufhören zu weinen.

„Es ist nur wegen des armen Herrn", schniefte die Zofe. „Er liegt tot in seinem Sarg, da in der Kammer, und kommt nicht in geweihte Erde. Das kann doch nicht gut sein." Sie zog die Nase hoch.

„Du glaubst, er könnte sich regen?", fragte Grete interessiert.

Rosalie erschien der Gedanke einigermaßen abwegig, schließlich deutete nichts darauf hin, dass der biedere Tuchhändler zu Lebzeiten mit dunklen Mächten im Bunde gestanden hatte.

„Er wollte nicht sterben. Er hatte noch etwas zu sagen, aber er brachte es einfach nicht mehr über die Lippen." Die Zofe schluchzte schon wieder.

Die alte Grete hatte ihr Nähzeug wieder zur Seite gelegt und lauschte fasziniert. Das war noch besser als eine Schwangerschaft. Spukgeschichten liebte sie über alles. „Vielleicht kannte er ja seinen Mörder", mutmaßte sie.

„Sicher", flüsterte die Zofe hinter ihrem Rockzipfel, in den sie sich abwechselnd schnäuzte und die Tränen abwischte.

Rosalies Neugier war jetzt auch erwacht: „War denn etwas von dem zu verstehen, was der Tuchhändler sagen wollte, bevor er starb?"

Die Zofe legte ihre Stirn in Falten. „Er murmelte etwas von Schokolade und welschen Gewürzen. Ich habe es nicht richtig verstanden."

„Wir legen ein Kruzifix auf seinen Sarg", entschied Grete. „Das hilft immer."

Die Zofe schlürfte ihren Lindenblütentee. Rosalies Gedanken schweiften ab. Sie würde es nicht zugeben, aber es fuchste sie doch, dass sie selbst keine Ahnung hatte, wie Schokolade schmeckte. Dieser Prätorius wollte ihr tatsächlich eine zubereiten. Sie erlaubte es sich, davon zu träumen, dass der Arzt sein Angebot wiederholte – den Pfeffer würde sie ihm freilich ausreden.

Als die Zofe sich vernehmlich schnäuzte, kam Rosalie wieder in der Gegenwart an. War Athenais am Ende doch in den Mordfall verwickelt? Aber sie konnte sich einfach nicht vorstellen, dass die Kurtisane ihre Kunden ermordete.

Anna wollte jetzt endlich schlafen gehen und auch die Zofe hatte sich leidlich beruhigt. Gretes Vorschlag erschien der Frau überzeugend: Der tote Tuchhändler würde nachts in seinem Sarg nicht rumoren, wenn sie ein Kruzifix darauflegte. Das erleichterte sie ungemein, denn immerhin schlief sie auf dem Boden im Ankleidezimmer der Frau Lieffenbruch.

Nachdem sich die alte Grete verabschiedet hatte, konnte Rosalie sich endlich in ihre Kammer zurückziehen. Die Befürchtungen der Zofe hatten bei ihr alte Erinnerungen aufgeweckt. Während sie ihr Mieder aufschnürte und aus dem Rock stieg, dachte sie daran, wie sie ihren Mann verloren hatte.

Den Plan, sich so bald wie möglich von Hannes zu trennen, hatte Rosalie bereits gefasst, kurz nachdem sie die Verantwortung für Jakob übernommen hatte. Sie liebte das Kind vom ersten Augenblick an. Wie könnte sie dann zulassen, dass der Junge unter den Einfluss des Rosstäuschers geriet? Allerdings fand sie lange keine Lösung für dieses Problem. Natürlich konnte sie jederzeit Hannes verlassen und Jakob einfach mitnehmen. Aber wovon sollten sie dann leben? Wenn

sie nicht verhungern wollte, wie die Bauern, die das Heer ausplün-
derte, dann musste sie beim Tross bleiben. Und wie es hier alleinste-
henden Frauen erging, das hatte sie jeden Tag vor Augen.

Als sie zufällig eine Szene zwischen Hannes und seinem Knecht
Stefan beobachtete, wusste sie, wo sie einen Verbündeten finden konn-
te. Die beiden Männer wollten an jenem Tag ein neu erworbenes
Pferd beschlagen. Hannes war zwar kein gelernter Hufschmied, aber
Eisen anpassen und aufnageln, das konnte er. Das Schlachtross hatte
eindeutig eine Abneigung gegen das Beschlagenwerden – vielleicht
der Grund dafür, warum Hannes es so billig eingekauft hatte. Jetzt
mühte er sich gemeinsam mit Stefan, der den Huf, an dem Hannes
arbeitete, festhalten sollte. Jakob betätigte den Blasebalg, der dafür
sorgte, dass das Schmiedefeuer die nötige Hitze entwickelte.

Als Hannes das heiße Eisen an den Huf hielt und der Geruch nach
verbranntem Horn in die Nüstern des Pferdes stieg, begann der kräf-
tige Hengst zu toben und auszuschlagen.

Hannes beschimpfte Stefan und befahl Jakob, ihm zu helfen, dann
machte er einen neuen Versuch. Wieder wollte das Pferd sein Bein aus
den Händen des Knechtes reißen. Plötzlich schrie Stefan auf, ließ den
Huf fahren und fasste sich mit beiden Händen an den Rücken. Jam-
mernd humpelte er einige Schritte beiseite.

„Was ist denn jetzt schon wieder los?" Mit einer wütenden Bewe-
gung warf Hannes das Hufeisen ins Feuer zurück.

Stefan stöhnte. Langsam und mit schmerzverzerrtem Gesicht rich-
tete sich der Knecht auf. „Mein Kreuz."

„Reiß dich gefälligst zusammen", knurrte Hannes, „wir sind hier
noch lange nicht fertig."

Stefan griff gehorsam nach dem Huf, aber sobald der Hengst erneut
versuchte, sich loszureißen, musste er seinen Griff lockern. Tief at-
mend lehnte sich der Knecht an den dicken Anbindepfosten und ver-
suchte, seinen Rücken wieder gerade zu biegen.

„Meiner Treu", sagte Hannes gehässig, „ausgerechnet jetzt muss
er das Zipperlein bekommen. Wo soll ich denn hier einen neuen
Knecht herzaubern? Hier gibt's doch nur Soldaten und Invaliden.
Und die einen verwandeln sich rapide in die anderen!"

Er warf die Schmiedezange zu Boden, wandte sich ab und ging ins Schankzelt. Rosalie wusste, dass er sich jetzt erst einmal einen Branntwein genehmigen würde. Stefan setzte sich vorsichtig auf einen umgestülpten Tränkeimer, atmete tief und versuchte, den Schmerz unter Kontrolle zu bekommen. Rosalie wies Jakob an, das Pferd wegzubringen. Dann trat sie zu Stefan. „Geht's wieder?"

Der Knecht schüttelte den Kopf und humpelte davon.

„Zum Glück ist Jakob alt genug, um Stefans Aufgaben zu übernehmen", sagte Hannes am nächsten Tag, als ihm Rosalie berichtet hatte, dass der Knecht heute Morgen nicht von seinem Strohsack hochgekommen war.

„Stefan könnte mir dann in der Schenke helfen", sagte Rosalie.

„Warum? Das hast du doch bisher auch alleine geschafft."

„Und was soll er dann tun?"

Hannes hob die Schultern. „Wir können keinen unnützen Esser brauchen. Wenn er nicht mehr arbeitet, dann kann er seine Sachen packen."

Sie war wie vor den Kopf gestoßen. Stefan gehörte für sie zur Familie. Sie kochte und wusch für ihn, flickte seine Sachen und im Gegensatz zu ihrem Mann bedankte sich der Knecht gelegentlich dafür und er half ihr, die schweren Weinfässer auf den Wagen und wieder herunter zu hieven, wenn sie weiterzogen. Er hatte es jedenfalls nicht verdient, dass sie ihn hinauswarfen, nur weil er alt wurde. In ihrem Kopf nahm ein Gedanke langsam Gestalt an. Rosalie konnte sich vorstellen, Stefan unter bestimmten Bedingungen eine Dauerstellung anzubieten. Noch bevor er sich vom Krankenlager erhoben hatte, war es beschlossene Sache, dass er der Wirtin helfen würde. Der Knecht hatte nicht lange gezögert.

Rosalie konnte die Geschichte mit Hannes nicht bereuen. Obwohl sie sich darum bemühte. Schließlich war das, was sie getan hatte, eine der schwersten Sünden, die ein Christenmensch begehen konnte.

Kapitel 46

Während Rosalie sich auf ihrem Strohsack herumwälzte, hatte Prätorius die ärmlichen Katen gefunden, in denen die Wäscher wohnten. Vier oder fünf der Häuschen reihten sich am Ufer der schnell fließenden Aar nebeneinander, umgeben von Wiesen, auf denen man die Wäsche bleichen konnte.

Schon bei der zweiten Tür, an die der Arzt klopfte, hatte er Glück. Die Tochter der alten Wäscherin, die er bereits an der Apotheke gesehen hatte, öffnete ihm. „Was?" Das Licht des Talgstumpens, den die Frau in der Hand hielt, fiel auf den federgeschmückten Hut des Arztes, glänzte auf dem weißen Hemdkragen und wurde vom Schwarz des Rockes verschluckt. „Was wünschen der Herr?", wiederholte die Wäscherin respektvoller und vollführte einen ungelenken Knicks.

Prätorius erklärte der Frau, dass er Arzt sei, sie an der Apotheke gesehen habe und dass er sich für die Verletzung ihrer Mutter interessiere. Die Wäscherin hörte das Klimpern der Münzen in seiner Rocktasche. Sie bat Prätorius hinein und ging voraus in die niedrige Stube.

Um einen Tisch, den ein weiteres flackerndes und rußendes Talglicht trübe erhellte, saßen ein Greis, die alte Wäscherin mit der verbundenen Hand und eine jüngere Frau. Erst auf den zweiten Blick stellte Prätorius fest, dass es sich bei ihr noch um noch ein Kind handelte. Die Blässe und der ausgemergelte Gesichtsausdruck ließen das Mädchen älter wirken. Die Frauen nähten – sie übernahmen wohl auch Ausbesserungsarbeiten – und der Greis sah ins Leere.

Die Wäscherin, die Prätorius hereingelassen hatte, schob ihm einen Schemel hin und blieb selbst mit der Kerze in der Hand stehen.

Prätorius fragte nach dem Wohlergehen der Mutter und erfuhr, dass die Hand „gottserbärmlich juckt". Dann kam er zum eigentlichen Grund seines Besuchs. „Wem gehörte denn nun dieser Unterrock mit den eingewickelten Glasscherben?"

Die Alte zuckte mit den Schultern und die Tochter, die immer noch die Kerze hielt, meinte: „Wir holen die Wäsche nur ab. Die vom ‚Bären' werfen alles zusammen."

Also führte auch diese Spur wieder in Athenais' Richtung. Das konnte kein Zufall sein. Sie musste etwas mit der ganzen Sache zu tun haben.

„War irgendetwas Besonderes an dem Unterrock?", wollte Prätorius wissen. Diesmal zuckte die Tochter mit den Schultern und Prätorius sah, wie ein Tropfen des Kerzentalgs auf seiner Hose landete.

„Er roch gut", sagte die Mutter. „Nicht nach Parfüm, aber nach einem Gewürz."

„Was für einem Gewürz?" Prätorius war irritiert. Seiner Meinung nach würde niemand Sadebaum als wohlriechend bezeichnen. Schließlich war die Pflanze auch als Stinkwacholder bekannt.

„Wir sind arme Leute, wie sollten wir irgendwelche fremdländischen Gewürze kennen?", sagte die Alte, „ich weiß nur, dass es gut roch."

„Auf jeden Fall", fiel die Tochter ein, „war der Unterrock nicht wirklich schmutzig. Bis auf die Glassplitter natürlich. Als wir die herausgeschüttelt hatten, waren nur ein paar schwache feuchte Flecken zu sehen. Wir konnten ja nicht wissen, dass Mutters Hand davon krank wird."

Prätorius nickte. Unterröcke und -hemden wanderten normalerweise erst dann in die Wäsche, wenn sie es wirklich nötig hatten. Schließlich nutzte die raue Behandlung, die das Gewebe erfuhr, wenn es geschlagen, auf dem Waschbrett gerieben und ausgewrungen wurde, das entsprechende Kleidungsstück stark ab.

„Sicher gehörte der Unterrock einer vornehmen Dame", sagte die Alte. „Es war ganz feines Leinen und der Saum war mit Stickereien verziert."

Üblicherweise war ein Unterrock nur ein schlichtes Kleidungsstück, der geheime, der unterste von mehreren Röcken, den niemand zu sehen bekam. Aus diesem Grund wurde er selten verziert. Es sei denn, seine Besitzerin war eine wirklich reiche Frau, die sich an solchen Details erfreute, oder sie gehörte einem Berufsstand an, in dem die Kunden diesen Rock gelegentlich zu Gesicht bekamen.

Als Prätorius sicher war, dass ihm die Wäscherinnen alles erzählt hatten, was es über den Unterrock zu wissen gab, verabschiedete er sich. „Um Salbe für die Hand zu kaufen", sagte er und legte zwei Silbermünzen auf den Tisch. Die Alte nickte ihm zu, das Mädchen hustete in das Wäschestück, an dem es gerade nähte, und der Greis rührte sich immer noch nicht.

Die Frau leuchtete ihm mit dem Talglicht bis zur Tür und erinnerte ihn daran, dass sich die Steinstufe vor dem Haus gelockert hatte.

Draußen war nun vollends die Nacht hereingebrochen. Eine Ratte huschte vor Prätorius' Füßen davon, während er dem matschigen Pfad folgte, der ihn wieder zur Hauptstraße führte.

Auf dem Rückweg zu seinem Quartier kam Prätorius am Gasthaus ‚Zum Bären' vorüber. Er erinnerte sich an die Beschreibung, die der Brunnenbursche von dem späten Wassertrinker gegeben hatte, und sie schien ihm genau auf Cuculus zu passen. Wenn der die Frau, zu der sich der Lakai an jenem Abend auf die Bank gesetzt hatte, beschreiben konnte, dann wären sie ein Stück weiter. Und wenn er sie nicht gesehen hatte, dann konnte man wenigstens zusammen einen Schoppen Wein trinken.

Prätorius hatte Glück, der Freund war zu Hause. Er saß in seinem Zimmer am Tischchen neben einer flackernden Ölfunzel. Als Prätorius eintrat, zupfte der Anatom gerade mit der Lichtputzschere am Docht der Lampe herum und knurrte vor sich hin. „Diese Dinger sind einfach ein Skandal", schimpfte er, bevor der Arzt überhaupt zu Wort kam. „Sie rußen, aber sie machen kein Licht, wie soll man da arbeiten? Man kann ja so schon kaum etwas sehen. An Lesen ist gar nicht zu denken."

Wütend schlug er auf das Buch, das vor ihm lag. Prätorius sah nur, dass die Abbildungen verschiedene Obstbaumblüten zeigten.

„Lassen Sie sich doch Wachskerzen bringen", sagte er.

Cuculus knurrte. „Was das wieder kostet."

Prätorius wusste, wie er ihn von seinem Ärger ablenken konnte.

„Kann Sadebaumtinktur Verätzungen auf der Haut hervorrufen?", fragte er ohne Umschweife.

Heinrich Cuculus nahm umständlich die Augengläser ab. „Ich denke schon. Ist ja ein sehr starkes Gift."

Der Arzt lehnte sich aufatmend gegen die geschlossene Tür.

„Haben Sie eine Spur gefunden?", fragte Cuculus.

Die Gedanken in Prätorius' Kopf liefen immer noch durcheinander wie aufgescheuchte Hühner. Er nahm auf dem Bett Platz und erzählte von den Wäscherinnen und dem mysteriösen Unterrock. Cuculus hatte sich auf den schmalen Stuhl zurückgelehnt und hörte mit halb geschlossenen Augen zu. „Klingt alles recht schlüssig", meinte er dann. „Aber mir scheint, Sie haben zu viele Spuren, die alle in verschiedene Richtungen führen."

„Irgendwo müssen sie sich treffen."

„Gehen wir etwas trinken, das bringt Sie auf andere Gedanken", Cuculus klopfte seinem Freund auf die Schulter. Die beiden Männer gingen zusammen in die Gaststube des ‚Bären' hinunter.

Als sie jeweils einen wohlgefüllten Becher mit Rotwein vor sich stehen hatten, fragte Prätorius den Anatomen, ob er der späte Besucher am Brunnen gewesen war, von dem der Bursche gesprochen hatte.

Cuculus grinste: „Dann war das Trinkgeld wohl zu üppig bemessen, wenn sich dieses Bürschchen immer noch daran erinnert."

Prätorius erzählte ihm, dass von dem Sauerwasser, das der Lakai an jenem Abend holte, nur Isabella von Hattenberg getrunken hatte. „Wahrscheinlich befand sich das Gift in diesem Wasser."

„Aber wie soll Athenais damit etwas zu tun haben?", protestierte Cuculus, „die war sicher nicht in der Gegend. Das wäre mir aufgefallen!"

Prätorius hob ratlos die Schultern.

„Der Lakai war jedenfalls ein Wichtigtuer", fuhr Cuculus fort, „er verkündete lauthals, dass das Wasser für die Landgräfin bestimmt sei, und er machte ein riesiges Aufhebens, damit er sofort bedient wurde. Wahrscheinlich bedauerte er, dass sein Publikum nur aus dem Burschen, einer Frau und mir bestand."

„Können Sie diese Frau beschreiben?"

„Ich weiß sogar, wer sie ist." Cuculus blickte einen Moment lang ins Leere und stieß einen leisen Pfiff aus. „Vielleicht kommen wir der Sache wirklich näher. Die Frau am Brunnen, das war die Kammerzofe der Dame Athenais. Dieses ernste Geschöpf, das nie lacht und herumläuft wie eine Nonne."

„Hat sie Wasser für ihre Herrin geholt?"

„Nein, sie schien nur so dazusitzen. Als ich sie sah, dachte ich mir, dass sie sich vielleicht nach einer Besorgung ausruhte oder dass sie selbst etwas von dem Heilwasser getrunken hätte."

„Und wie ging es weiter?"

„Während der Bursche den Krug des Lakaien füllte und ausspülte und wieder füllte, stand die Frau auf und setzte sich in unserer Nähe auf die runde Bank am Brunnen. Das wirkte ganz zufällig, so, als sei es ihr in der hereinbrechenden Dämmerung auf der Bank unter den Bäumen unheimlich geworden. Sie sah niemanden an. Der Lakai schien ihr Verhalten trotzdem als Aufforderung zu betrachten, sich zu ihr zu setzen."

„Was machte er mit seinem Wasserkrug?"

Cuculus dachte nach. „Er stellte ihn zu seinen Füßen auf den Boden. Auf diese Art konnte er ungehindert immer näher an die Frau heranrutschen, während er auf sie einredete."

Prätorius hob den Zeigefinger. „Hatte die Zofe Gelegenheit, etwas in den Krug zu tun?"

„Möglich", sagte Cuculus. „Ich habe nichts dergleichen beobachtet, aber ich war auch nicht die ganze Zeit da. Ich brauchte dringend noch etwas Bewegung und machte daher einen kurzen Spaziergang in den Wald – ich bin den ganzen Tag nur über meinen Zeichnungen gesessen. Als ich zurückkam, war es bereits dunkel und am Brunnen war niemand mehr zu sehen."

Prätorius nahm einen großen Schluck Wein. Er schmeckte gut, aber den Wein in den ‚Vier Elstern' fand er besser. Seine Gedanken wanderten zu Rosalie.

„Die Herrin oder die Zofe oder beide?", überlegte Cuculus und brachte Prätorius wieder zu seinem aktuellen Problem zurück.

Als der Mediziner weinbeschwingt aus dem Gasthaus ‚Zum Bären' heimwärts wanderte, war es bereits dunkel. Auf den Straßen der Unterstadt herrschte jedoch reges Leben. Viele Gäste machten noch einen abendlichen Rundgang und so mancher Kavalier wollte sich nicht nur an der frischen Luft erfreuen. Auch die Damen der Halbwelt waren unterwegs, schlenderten ziellos herum oder standen in kleinen Grüppchen beisammen. Die mehr oder weniger noblen Herren sichteten das Angebot, verglichen, verwarfen und entschieden.

Außerhalb des Lichtkreises der Schenken und Gasthöfe wurde es stiller. In dem Bereich der Gärten zwischen Ober- und Unterstadt war es richtiggehend einsam. Prätorius hörte das Plätschern des Baches und das Tappen seiner eigenen Schuhe auf der ungepflasterten Straße. Er beschleunigte die Schritte und fühlte, wie sein Kopf wieder klarer wurde. Durch die Blätter der Bäume und Sträucher sah er die schwachen Lichter in den Häusern des Oberfleckens blitzen.

Plötzlich fuhr er zusammen, er hörte Atmen hinter sich. „Guten Abend, Herr Medicus."

Es war Jakob, Rosalies Sohn. Wahrscheinlich war er schon eine ganze Zeit lang hinter ihm gegangen. Da er barfuß war, hatte Prätorius seine Schritte nicht hören können.

„Ebenfalls einen guten Abend." Der Arzt musterte den Burschen.

„Wie geht es dir?"

Jakob verzog das Gesicht. „Gut genug, um mir einige Fragen zu stellen."

„Wie meinst du das?"

„Fragen über das Gift und den Überfall auf mich – und was der schwedische Edelmann damit zu tun hat."

„Hat er damit zu tun?"

Prätorius hielt es nach wie vor für widersinnig, dass Aelluen dem Wirtssohn die Stichwunde beigebracht haben sollte.

„Aber ja!"

Kapitel 47

Während sie weitergingen, erzählte Jakob dem Arzt von seinen jüngsten Erlebnissen. Nachdem er seine Pflichten in den ‚Vier Elstern' erledigt hatte, traf er sich mit dem Mohren Carolus. Die beiden Burschen trieben sich dann mehr oder weniger ziellos im Ort herum, gafften die edlen Gäste an und genossen den freien Abend. Als Carolus nach Hause musste, hatte sich auch Jakob auf den Heimweg gemacht. Es dämmerte bereits und die meisten Gäste und Einheimischen saßen beim Abendessen.

Auf der Straße, die zur Oberstadt führte, überholte ihn ein Reiter. Jakob sah das goldschimmernde Fell des Pferdes und fiel sofort in Laufschritt, um es zu verfolgen. Er war überzeugt davon, dass der Schwede ein zwielichtiges Geheimnis hütete.

Vor der Apotheke zügelte Aelluen seinen Goldfuchs, stieg ab und schaute sich um. Jakob drückte sich schnell in einen Hauseingang. Der Schwede führte sein Reittier in die Hofeinfahrt neben der Apotheke, dort konnte man das Pferd von der Straße aus nicht sehen. Dann ging der Edelmann zu Fuß zum Eingang, klopfte und wurde eingelassen. Im Lichtschein der Kerze erkannte Jakob den Gehilfen des Apothekers. Die Tür klappte hinter Aelluen zu und der Wirtssohn konnte nichts weiter tun als warten, bis der Verfolgte wieder herauskam.

Inzwischen wollte er das Pferd des Schweden genauer unter die Lupe nehmen.

Der Goldfuchs hob den Kopf und schnaubte leise, als Jakob an ihn herantrat. Das Sattelzeug verriet ihm nichts Neues, alles war solide und reich geschmückt. Der silberbeschlagene Sattel allein dürfte ungefähr so viel wert sein wie alles, was die ,Vier Elstern' in zwei Jahren erwirtschafteten.

Jakob überlegte. Er hatte keine Möglichkeit, herauszubekommen, was Aelluen in der Apotheke machte, aber vielleicht konnte er erfahren, wohin er danach wollte.

Damit er ihn verfolgen konnte, musste er allerdings das Vorwärtskommen des Reiters etwas bremsen. Jakob näherte sich wieder dem Pferd, klopfte beruhigend seine Flanke und hob einen Kieselstein vom Boden auf. Dann fuhr er mit der Hand zwischen Satteldecke und Pferderücken und platzierte das Steinchen unter der Sitzfläche. Mit weiterem Streicheln und Klopfen beruhigte er den Goldfuchs wieder. Er grinste im Dunkeln. Der Schwede würde auf seinem weiteren Weg nicht viel Freude an seinem Reittier haben. Als er Schritte auf der Straße hörte, zog sich Jakob in den dunklen Hof zurück. Der Edelmann sah ihn nicht, er band sein Pferd los, schwang sich hinauf und wollte wie üblich im schnellen Trab davonreiten. Sein Tier begann sofort zu bocken und zeigte die eindeutige Absicht, seinen Reiter loszuwerden. Der Schwede fluchte. Er schien zu vermuten, dass sich das Pferd etwas in den Huf getreten hatte, denn er stieg ab und hob nacheinander die Beine des Tieres auf. In der Dunkelheit konnte er jedoch nichts sehen. Er fluchte erneut und machte sich zu Fuß auf den Weg. Das Pferd zog er am Zügel hinter sich her und Jakob folgte ihm wie ein Schatten, der sich immer wieder an Hauswände drückte oder in Hofeingängen verschwand.

Der Wirtssohn hatte richtig geraten. Der Schwede war nicht auf dem Weg in sein Quartier, er folgte der Straße, die an den ,Vier Elstern' vorüber- und aus dem Ort hinausführte. Im Wald ließ ihm Jakob einen großen Vorsprung, denn die Huftritte des Pferdes waren weit hörbar. Als die Straße den Schatten der Bäume verließ, sah Jakob eine weibliche Gestalt. Der Mond war inzwischen aufgegangen und tauchte Bäume und Sträucher in ein fahles Licht.

Sie erwartete Aelluen an dem Pfad, der zur Straße nach Mainz führte. Jakob erkannte sie, als er sich vorsichtig näherte, es war die Dienerin, die er auch am Lindenbrunnen gesehen hatte.

Die beiden wechselten nur einige kurze Worte, der Schwede nahm etwas aus der Rocktasche und gab es der Frau, die das kleine Objekt in ihren Korb gleiten ließ. Jakob konnte nicht mit absoluter Sicherheit erkennen, was da den Besitzer wechselte, aber er hielt es für ein Fläschchen – und was darinnen war, das konnte er sich vorstellen.

Nach dieser Transaktion wanderte der Mann mit seinem Pferd am Zügel wieder den gleichen Weg zurück, den er gekommen war. Jakob ging davon aus, dass er nun sein Quartier aufsuchen würde. Der Wirtssohn war sich sicher, dass das Fläschchen der Grund gewesen war, weswegen der Mann zuerst die Apotheke und danach den Treffpunkt aufgesucht hatte. Dieses Fläschchen hatte nun die Frau. Also war es naheliegend, sie weiter zu verfolgen, als sie im Wald verschwand. Jakob wusste, dass an dieser Stelle der steile Pfad entlanglief, der direkt bergab zum Weinbrunnen führte. Das letzte Mal, als er ihn gegangen war, hatte man ihn überfallen.

Der Bursche unterbrach seinen Bericht. „Ich wette, der Schwede wollte mich damals töten, weil ich gesehen hatte, wie er sich mit der Frau traf. Er wollte nicht, dass jemand weiß, dass sie zusammen etwas aushecken!"

Prätorius brummte. Er war zwar immer noch nicht restlos überzeugt, aber das Verhalten Aelluens war wirklich verdächtig. „Erzähl weiter", sagte er.

Jakob ließ der Unbekannten so viel Vorsprung, dass sie ihn nicht hörte und folgte ihr dann vorsichtig. Dabei musste er immer wieder anhalten und warten, denn die Frau kam im Dunklen auf dem abschüssigen Waldpfad, den sie kaum kannte, nur langsam voran. Immer wieder blieb die Verfolgte stehen und schaute sich um. Jakob erstarrte jedes Mal mitten in der Bewegung. Als sie gegenüber des landgräflichen Schlösschens wieder die Straße betrat, atmete die Frau auf und Jakob folgte ihr etwas dichter. Er wollte keinesfalls riskieren, sie aus den Augen zu verlieren. Im Unterflecken wurde sie von einem Mann angerempelt, der nicht mehr ganz sicher auf den Beinen zu sein schien. Er sagte etwas und Jakob hörte, wie die Frau mit erhobener Stimme antwortete: „So eine bin ich nicht!"

Der Mann schien plötzlich zu taumeln, fiel seinem Opfer um den Hals und brachte es zu Fall. Ein weiterer Mann erschien aus dem Schatten eines Hauseingangs und wollte der Frau den Korb entreißen. Jakob dachte an das Fläschchen, das sich in dem Korb befand. Konnte er es zulassen, dass die Straßenräuber damit entkamen? Er klaubte einige Steine auf und warf sie nach den Dieben. Dann rannte er brüllend auf sie zu. Die beiden Männer flüchteten, als auch die anderen Leute in der Straße auf das Geschehen aufmerksam wurden. Schnell hatte sich eine ganze Gruppe von Spaziergängern und Anwohnern um die auf dem Boden sitzende Frau geschart, die immer noch krampfhaft ihren Korb festhielt.

„Ein Skandal ist das!", ereiferte sich ein dicker Kurgast. Jakob tippte auf einen Kaufmann, der hier das müßige Leben genoss.

„Das waren Auswärtige", sagte ein junger Einheimischer, der mit einer Laterne unterwegs war, um orientierungslosen Zechern auf dem Heimweg beizustehen.

Jakob näherte sich der Frau, um ihr beim Aufstehen behilflich zu sein. Unterstützt wurde er dabei von der Bürgerin, vor deren Haus sich dieser Vorfall ereignet hatte. Eine wohlbeleibte Wollhändlerswitwe, die ihr Einkommen durch die Vermietung von Gästezimmern aufbesserte. „Ich hoffe, Sie haben sich nichts getan! Das ist wirklich zu arg!" Unter solchen und ähnlichen Ausrufen versuchte die Witwe, den Schmutz aus den Röcken der Frau zu klopfen, während Jakob ihr vom Boden aufhalf. Das Klagen der Witwe lenkte sie ab und Jakob nutzte die Gelegenheit. Er griff in den Korb und unter dem Leinentuch, das den Inhalt schützen sollte, ertastete er das Fläschchen. Er zog es hervor und ließ es unter seinem Hemd verschwinden.

„Du hast das Fläschchen?" Diesen Ausruf konnte Prätorius nicht unterdrücken.

Jakob grinste, zog es hervor und reichte es dem Arzt. „Wollen Sie wissen, wie die Geschichte weiterging?"

Prätorius verstaute das Fläschchen sorgfältig in seiner Rocktasche. „Unbedingt!"

Jakob folgte der Frau bis zum ‚Bären' und schlüpfte kurz nach ihr ins Haus. Er sah gerade noch, wie sie die Treppe ins erste Stockwerk emporstieg. Als er ebenfalls oben ankam, war sie bereits hinter einer der Türen verschwunden.

Er blieb unentschlossen stehen und hörte eine Frauenstimme, die sich zu einem lautstarken Schelten erhob. Er konnte jedoch nichts verstehen. Die Türen im ‚Bären' waren nicht nur mit hübschen Schnitzereien verziert, sie waren auch solide.

Jakob hatte sich gerade entschlossen, nach Hause zu gehen, da kam Carolus mit einem Krug Wein die Treppe herauf.

„Was machst du denn hier?"

Jakob erzählte dem Mohren, wie er wieder hierhergelangt war, und beschrieb ihm die Frau, die sich mit dem Edelmann getroffen und von ihm ein Fläschchen bekommen hatte.

„Es klingt, als meintest du Clorinde, unsere Zofe", sagte Carolus, „aber ich kann mir nicht vorstellen, dass die sich bei Dunkelheit mit fremden Männern trifft. Das ist wirklich nicht ihre Art."

„Vielleicht war er kein Fremder für sie."

Carolus wiegte den Kopf. „Da könntest du natürlich recht haben. In letzter Zeit redet sie oft von den mächtigen Freunden, die sie angeblich hat."

Simon Prätorius sah Jakob an. „Ich danke dir", sagte er förmlich.

Schweigend wanderten sie bis zur Oberstadt. Jeder mit seinen eigenen Gedanken beschäftigt.

Jakob betrat die ‚Vier Elstern' und Prätorius ging den Apotheker aus dem Bett zu holen. Der Inhalt des Fläschchens, das ihm der Wirtssohn gegeben hatte, musste so schnell wie möglich untersucht werden.

Kapitel 48

Rosalie konnte nicht schlafen. Sie wusste, dass Jakob noch nicht zu Hause war, und das machte sie immer unruhig. Als sie das Klappen der Hintertür hörte, stand sie auf und ging hinüber in die Küche.

Jakob saß mit dem Topf, in dem sich die Reste des kalten Gerstenbreis befanden, am Küchentisch und schmauste unter Zuhilfenahme der Finger und eines Kanten Brotes. Als Rosalie die Küche betrat, sah er nur kurz auf. Offensichtlich hatte er von seinem abendlichen Ausflug einen gesunden Appetit mitgebracht. Die Wirtin musste lächeln. Sie bereitete sich einen Lindenblütentee und setzte sich dann ebenfalls an den Küchentisch. Als Jakob seinen Hunger gestillt hatte, schob er den Topf von sich und sah seine Mutter ernst an. „Ich weiß jetzt, wer der Täter ist", begann er und erzählte ihr von der Verfolgung Aelluens und der Zofe sowie von dem Zusammentreffen mit Prätorius. „Ich halte die Zofe der Dame Athenais für die Mörderin – aber sie ist nicht allein. Sie arbeitet mit dem Schweden zusammen. Er besorgt das Gift und übergibt es ihr, damit sie es den Opfern verabreicht. Und sie treffen sich an der Stelle, an der ich überfallen wurde."

Rosalie zog die Brauen zusammen. „Was hat Prätorius zu deinen Beobachtungen gesagt?"

„Nichts. Er wollte jetzt sofort zur Apotheke gehen."

„Wenn er mitten in der Nacht den Apotheker wecken will, dann nimmt er die Sache ernst", sagte Rosalie langsam.

„Was wird er tun?"

„Falls in dem Fläschchen wirklich Gift ist, dann werden die Gardisten nicht nur die Zofe, sondern auch Athenais und Carolus festnehmen."

„Die haben doch nichts mit der Sache zu schaffen!"

„Aber es wird heißen, dass Clorinde nicht ohne das Wissen und die Zustimmung ihrer Herrin gehandelt haben kann."

Jakob nickte düster. „Carolus wird das Schicksal der beiden anderen teilen müssen."

Rosalie saß eine Weile stumm da. Im Grunde hatte sie sich jedoch schon entschieden. Seit Hannes' Tod machte sie sich kein Gewissen mehr daraus, wenn sie das, was man die weltliche Gerechtigkeit nannte, behinderte. Schließlich konnte man nur einmal in die Hölle kommen. „Ich weiß, wer dagegen sein wird, dass Athenais etwas Ernstliches zustößt." Sie warf einen vielsagenden Blick Richtung Zimmerdecke. Im zweiten Stockwerk der ‚Vier Elstern' schlief der Herr von Gnekow seinen Rausch aus.

„Ich werde ihn wecken!" Jakob sprang auf.

Der Baron schien einen festen Schlaf zu haben. Rosalie wanderte nervös in der Küche auf und ab. Wie lange konnte Prätorius brauchen, um sich über den Inhalt des Fläschchens Gewissheit zu verschaffen und die Soldaten der Leibgarde in Marsch zu setzen?

Schließlich erschien Jakob wieder mit dem Herrn von Gnekow und Friedrich. Beide angezogen und reisebereit. Der Knappe wirkte noch schläfriger als sein Herr.

„Ich habe ihnen bereits alles erklärt", sagte Jakob und ging zusammen mit Friedrich in den Stall, um die Pferde zu satteln.

„Ich weiß nur nicht, ob sie mir glaubt, dass sie in Gefahr ist", sagte der Baron kleinlaut zu Rosalie. „Vielleicht hält sie es nur für eine List, mit der ich erreichen will, dass sie mit mir fortgeht."

Rosalie ging in ihre Kammer. Auf der Truhe neben ihrem Strohsack lag immer noch die silberne Riechdose, die ihr Athenais geschenkt hatte. Sie drückte das Schmuckstück dem Baron in die Hand. „Wenn Sie ihr die geben, dann weiß sie, dass die Nachricht von mir kommt."

„Ich danke Ihnen!" Der Baron machte eine tiefe Verbeugung vor Rosalie. Dann stürmte er zur Hintertür hinaus.

Als die beiden Reiter vom Hof preschten, dachte Rosalie an ihre Rechnung und seufzte. Wenigstens hatte sie noch den goldverzierten Degen. Vielleicht wollte der Graf eines Tages die Waffe wiederhaben und überredete Athenais, seine Schulden zu bezahlen. Schon aus diesem Grunde hoffte sie, dass es dem Paar gelang, den Verfolgern zu entkommen. Die Chancen dafür standen gut, denn nur wenige Meilen weiter begann bereits nassauisches Territorium. Hier würden die Garden des hessischen Landgrafen nur nach langwierigen Verhandlungen – wenn überhaupt – weiterreiten dürfen.

Rosalie öffnete die Hintertür und schaute hinüber Richtung Stall. Nichts rührte sich. Wahrscheinlich hatte Jakob beschlossen, bei Stefan zu nächtigen, wie er es ab und zu tat.

Für den Fall, dass er es sich anders überlegte, verzichtete Rosalie darauf, den Riegel an der Hintertür vorzuschieben. Im Licht der einzelnen Kerze, die noch auf dem Küchentisch stand, ging die Wirtin auf und ab. Sie fand jetzt erst recht keinen Schlaf mehr.

Stefan stolperte kreidebleich ins Schankzelt: „Der Herr liegt draußen und rührt sich nicht!"

Rosalie hatte ihm sofort einen Schnaps in die Hand gedrückt und gegenüber allen, die sie fragten, behauptet, dass Stefan die letzten Stunden in ihrer Sichtweite verbracht hätte. Sie selbst fragte den Knecht nie, was im Dunkel der Nacht wirklich vorgefallen war.

Rosalie seufzte. Vielleicht wäre es besser gewesen, den Tatsachen damals ins Auge zu schauen. Heute wagte sie es nicht mehr. Wenn die Gespenster schliefen, sollte man es dabei belassen.

Sie holte Mehl und frischen Sauerteig aus der Vorratskammer und begann, einen Brotteig anzusetzen. Dabei überlegte sie, welche Zukunft den Grafen und die Kurtisane wohl erwartete. Da sie sich in adliger Gesellschaft nicht sehen lassen konnten, würden sie wohl nach Pommern gehen und versuchen, die Landwirtschaft auf dem Gut der Gnekows wieder aufzubauen.

Kapitel 49

Simon Prätorius hämmerte gegen die dicke Tür der Apotheke. Nach einer Ewigkeit, wie es ihm schien, wurde geöffnet.

„Was gibt's denn noch?", der Apothekergehilfe wirkte, als hätte man ihn gerade aus dem ersten Schlaf gerissen. Er hielt Prätorius die Kerze so dicht unter die Nase, dass dieser zurückzuckte. Erst jetzt erkannte er den Arzt.

„Ich will den Apotheker sprechen."

„Um diese Zeit?", der Gehilfe schüttelte den Kopf. „Wenn es um ein eiliges Medikament geht, dann kann ich Ihnen auch weiterhelfen."

„Nein, ich muss zu Meister Horstius. Es ist dringend."

Prätorius wurde langsam wütend. Was bildete sich dieser Schnösel eigentlich ein, ihn hier abwimmeln zu wollen?

„Ich werde nachfragen, ob der Apotheker Sie um diese Zeit empfangen will." Der Gehilfe machte Anstalten, die Tür wieder zuzudrücken. Ohne nachzudenken stellte Prätorius einen Fuß über die Schwelle und drückte mit der Schulter gegen das Türblatt. Nachdem er sich so den Eintritt erzwungen hatte, erschien eine weitere Kerze in dem dunklen Hausflur. Die lautstarken Proteste des Gehilfen hatten den Apotheker aus dem Bett gelockt. „Was soll dieser Lärm?"

Dann erkannte er Prätorius.

„Was wünschen Sie, was keine Zeit bis morgen hat?"

Da Prätorius darauf beharrte, dass er Horstius unter vier Augen sprechen müsste, bat ihn dieser in den dunklen Apothekenraum. Der hölzerne Laden, der zur Straße führte, war geschlossen. Mit Hilfe seiner mitgebrachten Kerze zündete der Apotheker die Lichter des Leuchters auf dem kleinen Tisch an und bat Prätorius mit einer Handbewegung sich zu setzen.

„Worum geht es?", der Pharmazeut wirkte nicht gerade erfreut über die Störung seiner Nachtruhe.

Prätorius zog das Fläschchen, das ihm Jakob gegeben hatte, aus der Rocktasche und stellte es vor dem Apotheker auf den Tisch.

Horstius nahm das Fläschchen näher in Augenschein. „Es ist eines von unseren", sagte er und schwenkte es vor den Kerzen. Die Flüssigkeit war durchsichtig und dünnflüssig. „Es ist noch voll."

„Können Sie sich vorstellen, was darinnen ist?", fragte Prätorius. „Es hat kein Etikett."

Der Apotheker holte ein Messer und löste den Siegellack, mit dem der Stopfen gesichert war. Dann zog er den Korken heraus und schnüffelte vorsichtig am Inhalt. Es war kein Geruch, den er mit einem seiner eigenen Medikamente in Verbindung brachte.

„Für welchen Zweck haben Sie es denn gekauft?"

„Ich habe es gar nicht gekauft. Es wurde heute Nacht in Ihrer Apotheke abgeholt und heimlich weitergegeben."

„Unmöglich!", sagte Horstius, „davon wüsste ich doch!"

„Ich habe einen Zeugen."

„Wer soll mitten in der Nacht etwas in meiner Apotheke …?"

„Ist Ihr Gehilfe hier unbeaufsichtigt tätig?"

„Sicher, aber doch nicht nachts."

„Schläft er im Haus?"

„In der Dachkammer."

„Dann hat er also jederzeit Zugang zur Apotheke, den dort aufbewahrten Drogen und den Gerätschaften?"

„Sie wollen damit andeuten, dass mein Gehilfe Geschäfte auf eigene Rechnung macht?"

Prätorius nickte.

Im dunklen Teil des Raumes wurde ein Regal umgestoßen, Glas klirrte, jemand riss die Tür auf und stürmte hinaus. Das Gespräch der beiden Männer war offensichtlich belauscht worden. Bei der Gestalt, die nun das Weite suchte, konnte es sich nur um den Gehilfen handeln. Prätorius wollte ihm folgen, aber er stolperte über die Trümmer des umgefallenen Regals und ging inmitten von Büchern und Glasscherben zu Boden. Der Apotheker saß immer noch wie erstarrt auf seinem Sessel. Er konnte gar nicht glauben, was sich um ihn herum abspielte. Der Arzt rappelte sich wieder auf und rannte zur Tür. Er sah, wie der Gehilfe in der Dunkelheit verschwand. Aussichtslos, ihn alleine zu verfolgen. Er brauchte Verstärkung.

Der Leutnant von Niederschnitz kam mit bemerkenswerter Schnelligkeit aus dem Bett und in die Stiefel. Als ihm Prätorius erklärt hatte, worum es ging, schickte er sofort eine Abteilung Gardisten los, um den Apothekergehilfen zu suchen und festzunehmen. „Alle Haushaltsangehörigen der Kurtisane Athenais sollten ebenfalls festgehalten werden", sagte der Arzt.

Der Leutnant grinste. „Also hatte ich doch recht!"

Er öffnete das Fenster der Wachstube und brüllte Befehle in den Hof. Dann schnappte er Hut und Degen, eilte hinaus und bestieg eines der bereitstehenden Pferde. Offensichtlich wollte er es sich nicht nehmen lassen, die Verhaftung der Kurtisane selbst zu leiten.

Kapitel 50

Während Prätorius den davongaloppierenden Garden nachschaute, trat der Kammerdiener des Obersts von Greiffenstein zu ihm. Mit besorgter Stimme informierte der Diener den Arzt, dass es sein Herr „partout nicht mehr im Bett aushält."

Prätorius eilte in das Zimmer des Freundes. Greiffenstein hatte sich bereits in Hemd und Hose geworfen, stand mit gespreizten Beinen schwankend, als befände er sich an Bord eines Schiffes, mitten im Zimmer und hielt Ausschau nach seinen Stiefeln, die der Kammerdiener vorsorglich entfernt hatte.

„Wenn meine Leute ausrücken, dann werde ich sie befehligen – niemand anderes!", verkündete Greiffenstein. „Ein tüchtiger Galopp wird mir guttun, danach bin ich wieder wie neu."

„Das kommt überhaupt nicht infrage. Wollen Sie vor Schwäche vom Pferd kippen und sich eine Gehirnerschütterung holen?"

„Papperlapapp, ich bin noch nie vom Pferd gefallen." Der Oberst schaffte es, Prätorius von oben herab anzusehen, obwohl er einen halben Kopf kleiner war als der Arzt. „Ich bin zwar dreimal in der Schlacht zu Boden gegangen, aber der Grund war bei allen drei Malen, dass das brave Tier unter mir erschossen wurde." Er schaute sich wieder um. „Jetzt bringt mir endlich meine Stiefel, sonst werde ich in Pantoffeln ausreiten." Prätorius schickte den Kammerdiener hinaus.

„Du kannst schon einmal dafür sorgen, dass mein Pferd ge-sattelt wird", rief ihm der Oberst hinterher.

„Gehen Sie ins Bett", sagte Prätorius, „die Soldaten und Nie-derschnitz sind schon längst fort und ich brauche hier Ihren Rat." Dem Arzt war klar geworden, dass er reden konnte, bis er schwarz würde, wenn er dem Oberst körperliche Schwäche unterstellte. Es war erfolgversprechender, ihn zu überzeugen, dass er sich auf andere Weise nützlich machen konnte.

Der Oberst war immer bleicher geworden, während er im Zimmer stand. Jetzt setzte er sich schwer auf die Bettkante.

„In Ordnung, ich lege mich wieder hin", erklärte er mit leiser Stimme, „aber nur, weil es so bequemer ist, mit Ihnen zu re-den."

Der Arzt berichtete dem Oberst ausführlich, was Jakob beo-bachtet hatte.

Greiffenstein unterbrach ihn. „Edvin Aelluen, den Namen habe ich schon einmal gehört. Das ist der Ratgeber der Land-gräfin von Eschwege. Der ist hier?"

„Aus Eschwege ist er, aber dass er eine so einflussreiche Stel-lung am dortigen Hof bekleidet, wusste ich nicht."

„Ich habe ihn bisher einmal gesehen und da war er mir schon unsympathisch. Ein Jammer, dass ich ihn jetzt nicht festnehmen kann."

„So weit sind wir noch nicht", sagte Prätorius, „wir brauchen Beweise, dass er etwas mit den Morden zu tun hat. So, wie ich die Sache einschätze, kann ihm niemand etwas anhaben, wenn er einfach alles ableugnet. Die Anklage durch einen Gastwirts-sohn wird kein Richter ernst nehmen. Außerdem wissen wir immer noch nicht, was eigentlich für ein Plan hinter der ganzen Geschichte steckt."

Greiffenstein grunzte. „Wahrscheinlich will er sich bei seiner Gräfin noch beliebter machen, als er das ohnehin schon ist. Man tratscht so allerlei über das Verhältnis der Schwedin zu dem Schweden."

Prätorius runzelte die Stirn. „Wie will sich jemand mit Mor-den bei der Landgräfin von Eschwege einschmeicheln?"

„Das liegt doch auf der Hand."

„Für mich nicht!"

Der Oberst seufzte und schickte sich an, weiter auszuholen. „Sind Sie in der hiesigen Geschichte bewandert?"

„Nur aus der Ferne. Sie wissen doch, dass ich die letzten Jahre in den Niederlanden verbracht habe."

„Dann ist Ihnen allerlei entgangen." Der Oberst angelte sich den Rotweinbecher vom Nachttisch. „Dieses Schlösschen hier ließ Landgraf Moritz von Hessen-Kassel erbauen. Das war anno 02. Später schenkte er es seiner zweiten Ehefrau."

„So weit bin ich informiert."

„Der Landgraf hatte sowohl mit der ersten als auch mit seiner zweiten Ehefrau Kinder", fuhr Greiffenstein fort, „und damit fingen die Probleme an." Er nahm einen Schluck Wein. „Anno 27 schlossen Wilhelm V. von Hessen-Kassel, der Sohn des Landgrafen Moritz aus erster Ehe, und seine drei Halbbrüder einen Erbvertrag, der Wilhelm zum alleinigen Thronfolger machte. Soweit war das eine gute Idee, vermied von vornherein Streitigkeiten. Zum Ausgleich dafür, dass sie auf alle weiteren Ansprüche verzichteten, sollten die Halbbrüder den vierten Teil des Landes erhalten und unter sich aufteilen. Die sogenannte Rotenburger Quart."

„Diese drei Brüder sind unser Landgraf Ernst, der Landgraf Friedrich von Hessen-Eschwege und Landgraf Hermann von Hessen-Rotenburg", sagte Prätorius. „Aber ich verstehe immer noch nicht, worauf Sie hinauswollen."

Greiffenstein wischte sich den Mund mit dem Handrücken ab.

„Haben Sie sich schon einmal Gedanken darüber gemacht, was passiert, wenn einer der Brüder stirbt?"

„Dann erbt sein ältester Sohn die Grafschaft", sagte Prätorius langsam. In seinem Kopf formte sich eine Ahnung, worauf Greiffenstein hinauswollte, aber sein Verstand weigerte sich, so etwas Ungeheuerliches in Betracht zu ziehen.

„Und wenn keine Söhne da sind?", bohrte der Oberst weiter.

„Dann dürfte die Grafschaft an den nächsten Verwandten gehen."

„Und das sind in diesem Falle die Brüder. Sie können sich untereinander beerben – ohne dass Hessen-Kassel reinreden darf. Und wie sieht es bisher mit den Erben aus: Mein Herr, der Landgraf Ernst, hat zwei kleine Söhne, Landgraf Hermann von Hessen-Rotenburg ist alt und kinderlos und Landgraf Friedrich von Hessen-Eschwege hat zwei Töchter." Er nickte, als sei er mit sich selbst zufrieden, dass er alle diese Fakten aus dem Gedächtnis aufzählen konnte. „Aus diesem Blickwinkel gesehen ist unser Landgraf Ernst in der besten Position. Hermann können wir vergessen, sein Land wird zweifellos einmal an einen seiner Brüder fallen. Aber der Herr von Hessen-Eschwege ist mit der Schwester des schwedischen Königs verheiratet. Eleonora Katharina ist zwar nicht hübsch, aber sie hat Ambitionen. Und es ist ziemlich sicher, dass sie in Zukunft noch vielen Söhnen und Erben das Leben schenken wird." Greiffenstein zögerte kurz. „Wer weiß schon so genau, wer der Vater der Kinder ist. Immerhin weilt der Landgraf selten zu Hause."

„Wollen Sie damit unterstellen …"

„Ich unterstelle gar nichts", sagte Greiffenstein, „das wäre mir in dieser Sache viel zu riskant."

Prätorius runzelte die Stirn.

„Der erste Anschlag hätte uns auf die richtige Spur führen sollen." Greiffenstein trank den Becher leer.

„Die Landgräfin sollte das vergiftete Wasser bekommen", Prätorius sah die Dinge nun klar, „sie sollte sterben und danach auch ihre Kinder und ihr Mann."

Der Oberst grinste wie ein Zauberer, der ein Kaninchen aus dem Hut gezogen hat. Aber es war kein fröhliches Grinsen.

Prätorius hatte während des gesamten Gesprächs das Gefühl, immer mehr den Boden unter den Füßen zu verlieren. Er war zwar auch nicht davon ausgegangen, dass die Pläne für die Mordanschläge dem Hirn einer Zofe entsprungen waren, aber dass es sich um eine derart weitreichende Intrige handelte, das hatte er nicht erwartet. „Werden wir das beweisen können?"

Der Oberst zuckte mit den Schultern. „Wohl kaum – wir können uns die Täterin schnappen, verurteilen und bestrafen, aber diejenigen, die diesen Plan eingefädelt haben ..." Er schaute in den leeren Zinnbecher in seiner Hand. „Landgraf Ernst wird kaum ein Interesse daran haben, seine eigene Familie zu kompromittieren."

Prätorius stand auf. „Danke, dass Sie mir die Augen geöffnet haben."

Greiffenstein zuckte mit den Schultern. „Nachdem ich mich zurzeit sonst nicht nützlich machen kann, muss ich es eben mit Denken versuchen." Er überlegte kurz, dann fügte er hinzu:

„Versuchen Sie, die Zofe festzunageln. Den Rest müssen Sie dem Landgrafen überlassen."

Prätorius ging zur Tür. Als seine Hand bereits auf der Klinke lag, drehte er sich noch einmal um. „Aber was ist mit dem Tuchhändler und dem Tagelöhner, warum wurden die vergiftet?"

Zur Antwort bekam er nur ein Schnarchen. Der Oberst war erschöpft eingeschlafen.

Als Prätorius über den Schlosshof zum Tor ging, traf er auf einen Gardisten, den Niederschnitz zurückgeschickt hatte, weil sein Pferd lahmte. „Die Vögel waren bereits ausgeflogen", knurrte er und stieg aus dem Sattel. „Sie wurden gesehen, als sie die Straße in Richtung Bleidenstadt einschlugen. Der Leutnant verfolgt sie. Aber ich fürchte, er wird nicht weit kommen."

Prätorius nickte. Er wusste, was der Soldat meinte. Bleidenstadt lag bereits auf dem Gebiet der Nassauer Grafen.

Prätorius machte sich auf den Rückweg in sein Quartier. Er konnte jetzt nichts Weiteres unternehmen. Morgen würde er sehen, was Niederschnitz erreicht hatte, und dem Landgrafen Bericht erstatten. Was er von Greiffenstein erfahren hatte, erschien ihm ungeheuerlich. Die letzten Stunden hatte er wie eine Fieberhalluzination erlebt. Sollte es wirklich darauf abgesehen sein, den Landgrafen und seine Familie zu töten? Er ertappte sich dabei, wie er seine Stirn befühlte.

Plötzlich schreckte Prätorius aus seinen Grübeleien auf. Er stand vor den ‚Vier Elstern‘. Es war ihm gar nicht bewusst gewesen, dass er sich hierhin gewendet hatte. Er blickte zum Himmel. Im Osten wurde es bereits heller. Bald würden sich die ersten Vögel hören lassen. Die Nacht war praktisch vorbei, aber ihm war nicht nach Schlafen zumute.

Das Tor zum Hof des Gasthauses stand offen. Eigenartig. Nachts sollte es doch geschlossen sein. Prätorius trat näher. Vielleicht war schon jemand wach. Er ging durch die Einfahrt und sah sich um. Durch das vergitterte Küchenfenster fiel ein schwacher Lichtschein in den Hof. Prätorius trat an die Öffnung, stellte sich auf die Zehenspitzen und lugte in den Raum.

Die Wirtin saß am Tisch. Ihr Kopf lag auf der Tischplatte und die fast heruntergebrannte Kerze flackerte im Rhythmus ihres Atems. Rosalie trug nur ein formloses Leinenhemd und das kastanienbraune Haar hing ihr in einem locker geflochtenen Zopf über den Rücken. Sie wirkte verletzlich und viel jünger, als sie war. Warum schlief sie in der Küche?

Kapitel 51

Rosalie erwachte mit einem Ruck. Sie bemerkte, dass schon der Morgen dämmerte und blies die Kerze aus. Dann sah sie die Gestalt am Fenster und erschrak.

„Keine Angst, ich bin es."

Rosalie stand vom Tisch auf und trat ans Fenster. „Was machen Sie denn hier um diese Zeit?"

„Ich konnte nicht schlafen und habe einen kleinen Spaziergang gemacht. Da sah ich, dass Ihr Hoftor offen ist."

„Ja", Rosalie zögerte, „einige meiner Gäste sind früh aufgestanden."

Sie hoffte, dass Prätorius nicht weiterfragte. Als sie den Arzt genauer betrachtete, fand sie, dass er blass aussah und in seinen Augen ein gehetzter Ausdruck lag. Etwas musste vorgefallen sein. Erst als sie zur Hintertür ging, um ihn einzulassen, wurde ihr klar, dass sie eigentlich nicht dazu gekleidet war, Besucher zu empfangen. Aber es war auch nicht die Stunde, Besuche zu machen. Dennoch sagte sie: „Kommen Sie herein und ruhen Sie sich etwas aus."

Prätorius setzte sich an den Küchentisch und streckte stöhnend die Beine aus.

Rosalie musterte ihn besorgt. „Ich werde Ihnen einen warmen Würzwein zubereiten, der bringt Sie wieder in Form."

Prätorius wollte schon zustimmen, aber da fiel ihm etwas Besseres ein.

Er trug immer noch das Tütchen mit den Kakaobohnen in der Tasche herum, das er vor wer weiß wie vielen Tagen in der Apotheke gekauft hatte. Er zog es hervor.

„Was halten Sie von einer Schokolade für uns beide?"

Rosalie bekam ganz runde Augen. „Für uns beide?"

„Aber sicher", sagte Prätorius, „mit Pfeffer!"

Rosalie wollte protestieren, aber sie kam nicht dazu.

Die Hintertür wurde aufgestoßen. Clorinde drückte sich herein und verriegelte die Tür hinter sich.

Zumindest einen Teil der Nacht hatte sie draußen verbracht, in ihrem Kleid hingen Blätter und der Rocksaum war feucht und mit Kletten gespickt, so, als sei sie durch Wiesen gelaufen. Langsam zog sie die lange Pistole hervor, die sie unter ihrer Schürze versteckt hatte.

„Wo ist Jakob?", fragte sie drohend. „Er hat etwas gestohlen, das mir gehört."

Rosalie erbleichte.

Prätorius stand langsam auf. Diese aufgeregte Frau würde die schwere Radschlosspistole nicht lange auf ihn richten können. Er sah ja schon jetzt, wie sie zitterte.

„Wenn Sie mir nicht sagen, wo er ist, dann haben Sie sich das alles selbst zuzuschreiben." Die Zofe war mit zwei schnellen Schritten bei Rosalie, packte sie an der Schulter und presste die Pistolenmündung gegen ihren Kopf. „Wo ist dein Sohn?"

Rosalie war vollständig erstarrt. Sie konnte sich nicht rühren, sie konnte nicht sprechen und auch ihr Verstand schien nicht richtig zu funktionieren, denn er wiederholte immer nur den einen Gedanken: Jakob darf jetzt nicht hereinkommen, Jakob soll bleiben, wo er ist …

„Damit kommst du nicht durch", sagte Prätorius, „sämtliche Garden des Landgrafen sind auf der Suche nach dir."

„Ich will das Fläschchen wiederhaben, das mir Jakob gestohlen hat. Dieser Besserwisser hat gedacht, ich hätte nicht gemerkt, wie er es aus dem Korb genommen hat, aber da täuscht er sich."

Die Zofe schüttelte Rosalie. „Zum letzten Mal: Wo ist dein Sohn!"

Sie richtete die Pistole zur Abwechslung auf den Arzt. „Ich muss meinen Auftrag vollenden. Und das werde ich auch. Athenais hat mir schon vor Jahren gezeigt, wie man mit der Pistole umgeht, und sie hat nicht einmal gemerkt, dass ich die Waffe irgendwann einfach an mich genommen und behalten habe."

„Jakob hat das Fläschchen nicht mehr", sagte Prätorius so ruhig wie möglich, „er hat es mir gegeben und ich habe den Inhalt vernichtet."

„Das ist nicht wahr!"

„Es ist wahr", log der Arzt. „Ich wollte sicherstellen, dass es nicht in die falschen Hände fällt."

„Aber ich brauche das Fläschchen." Die Zofe schien in sich zusammenzusinken. „Nur wenn ich meinen Auftrag erfülle, erhalte ich das zurück, was mir von Geburt an zusteht. Denn ich bin von vornehmer Herkunft." Sie richtete sich wieder auf.

„Wer sagt das?" Prätorius wunderte sich über sein eigenes Verhalten. Er stand hier und diskutierte mit einer offensichtlich nicht zurechnungsfähigen Frau, die eine Pistole auf seinen Bauch richtete. Aber das war besser, als wenn sie die Waffe Rosalie an den Kopf hielt.

Seine Frage bewirkte, dass der Blick der Zofe wachsamer wurde und die Mündung der Pistole aufwärts wanderte. „Du willst wissen, wer mein Gönner ist? Das sage ich dir nicht!"

„Warum hast du den Tuchhändler und den Tagelöhner vergiftet?"

Dieses Rätsel ging Prätorius noch immer im Kopf herum und er wollte endlich eine Antwort darauf, auch wenn Rosalie in tonlosem Erstaunen den Mund öffnete und die Zofe scharf die Luft einzog. „Woher willst du wissen, dass ich es war?"

„Du warst es! Du hast sie ermordet!" Prätorius hatte keine Beweise, aber in diesem Moment war er sich sicher.

„Und wenn schon." Die Zofe zuckte mit den Schultern. „Der

Tuchhändler wollte mich anfassen – das kann ich nicht ertragen. Also zweigte ich etwas von dem Gift für meine eigenen Zwecke ab und tat es in den Anislikör. Das mit dem Tagelöhner ...", Clorinde verzog den Mund, „das war Sentimentalität. Ich wollte nicht, dass Athenais im Gefängnis sitzt. Sie war die Einzige, die sich um mich gekümmert hat, als ich noch ein Kind war."

Prätorius konnte sehen, dass der Zofe Tränen in die Augen gestiegen waren. „Und der Oberst?"

Sie schüttelte den Kopf. „Das war ein Unfall. Als der Tuchhändler gegangen war, hatte ich keine Zeit mehr, den Likör wegzuräumen. Ich wollte den Oberst nicht vergiften."

Im Nachbarhof krähte ein Hahn, das brachte die Zofe wieder in die Gegenwart zurück. Clorinde schaute sich in der Küche um. Ihr Blick blieb an der Kellertür hängen.

„Wo geht's da hin?" Sie schüttelte die Wirtin grob, als die nicht gleich antwortete. „Sag schon."

„Der Weinkeller", flüsterte Rosalie.

„Bestens!" Die Zofe richtete die Pistole wieder auf Rosalie, behielt aber Prätorius im Auge.

„Was wollen Sie von uns?" Rosalie hatte das Gefühl, dass ihre Füße zu Stein geworden waren.

„Beweg dich. Ich lasse mir doch von euch nicht alles kaputtmachen."

Langsam ging Rosalie zur Kellertür. Die Zofe warf ihr den Schlüsselbund zu, der auf dem Küchentisch gelegen hatte.

„Schließ auf und lass die Schlüssel stecken!"

Prätorius sah Rosalies bleiches Gesicht und ihren panischen Blick. Ihre Hände zitterten. Schließlich zog sie die Tür auf. Die Dunkelheit lauerte dahinter wie ein Tier, das nur auf den richtigen Augenblick wartet, in die Küche zu springen.

„Der Arzt kommt mit dir." Clorinde richtete die Pistole auf Prätorius. „Runter in den Keller!"

Als er voranging, gab die Zofe der zögernden Rosalie einen Stoß, sodass die mit einem leisen Aufschrei gegen Prätorius fiel und beide die Kellertreppe hinabstürzten. Clorinde schlug die Tür zu.

Rosalie hatte sich an der rauen Treppenwand festklammern und so den Sturz in die Dunkelheit bremsen können. Sie hörte, wie über ihr der Schlüssel herumgedreht wurde.

„Keinen Mucks", drohte Clorinde durch die geschlossene Tür.

Rosalie tastete um sich. Von weiter unten hörte sie ein Stöhnen. Prätorius war durch den Stoß der Zofe die unbekannte Treppe vollständig hinuntergefallen.

„Haben Sie sich etwas getan?"

„Ich glaube, die Knochen sind noch ganz."

Dem Klang seiner Stimme nach zu urteilen, hatte sich der Arzt am Fuß der Treppe wieder aufgerappelt. „Gibt es eine Lampe hier unten?"

Rosalie verneinte. Sie brachte doch stets eine Kerze mit, wenn sie in den Keller stieg. „Was hat die Frau bloß vor?"

Prätorius tastete sich wieder die Treppe hinauf. „Wahrscheinlich will sie fliehen", flüsterte er neben der Wirtin. „Sicher kommt bald jemand und lässt uns hier wieder hinaus."

Rosalie hatte sich auf eine Stufe gesetzt und die Arme um ihre Knie geschlungen. „Ich hasse Keller", sagte sie mit unsicherer Stimme. In einem Keller hatte sie den Krieg kennengelernt.

Das Haus, in dem Rosalie ihre Kindheit verbracht hatte, war schmal und hoch mit dunklem Fachwerk und drängte sich zusammen mit anderen Häusern an einer kopfsteingepflasterten Gasse. Es war so weit über dem Rhein gelegen, dass es nie vom Hochwasser erreicht wurde. Von der Straße aus trat man in den Schankraum, dahinter lag die Küche. Vater hatte keine vornehmen Gäste gehabt, aber ein gutes Auskommen. Rheinschiffer, Fuhrleute und Weinhändler waren es meist, die zu ihm kamen, um zu essen, zu trinken und Neuigkeiten zu erzählen und zu hören. Wenn er die Gäste und ihre Geschichten nicht schon kannte, dann hatte sich der Vater zu ihnen an den Tisch gesetzt und sie nach ihrem Woher und Wohin gefragt. Mutter schob dann die Küchentür einen Spaltbreit auf und hörte zu, während sie Suppe kochte, Brot buk oder Würste briet. Die kleine Rosalie spielte zu Füßen der Mutter mit ihren Tonmurmeln und auch als sie schon etwas größer war, fand sie stets eine Möglichkeit, sich mit Handarbeit oder Rührschüssel in Hörweite der Gespräche in der Schankstube aufzuhalten. So hatten sie immer das Neueste vom Krieg erfahren, der im Osten des Reiches Angst und Schrecken verbreitete. Mit wohligem Schauer hörten sie von den Verwüstungen, die die Katholische Liga und die Truppen der Union, die sich zum evangelischen Glauben bekannte, in Süddeutschland und in Böhmen anrichteten, und von den Schlachten um mächtige Städte wie Wien oder Prag. Hier in St. Goar, im Schutz von mächtigen Festungen, fühlten sie sich sicher und gleichzeitig unwichtig.

Es war 1626, als der Krieg zu ihnen kam. Die Truppen der Liga unter General Verdugo hatten fast einen Monat lang die Burgen Rheinfels und Katz belagert. Rosalie erinnerte sich noch genau an den schrecklichen Sonntag Anfang August, als die Beschießung begann. Das Donnern der Kanonen gab ein unheimliches Echo an den steilen Hängen des Rheintales. Die Bewohner der Häuser, über deren Dächer die eisernen Kugeln hinwegheulten, verkrochen sich in den Kellern oder flüchteten sich in die Kirche – die dann als eines der ersten Gebäude getroffen wurde. Als sich nach einem Monat die Burgbesatzungen in Rheinfels und Katz ergaben, glaubten die zermürbten Bürger von St. Goar, dass jetzt das Schlimmste überstanden sei. Aber der Albtraum begann erst, als die siegreichen Truppen über die Stadt kamen. Sie plünderten, raubten, vergewaltigten und mordeten.

Die verängstigte Rosalie, die sich mit der Magerkeit ihrer sieben Jahre im Keller der Schenke in den Spalt zwischen den aufgestapelten Weinfässern und der Wand geschoben hatte, hörte die Schreie ihrer Mutter, das Splittern von Tischen und Bänken und das Scheppern des irdenen Geschirrs auf dem Fußboden. Schließlich polterten einige Soldaten die Treppe hinunter und sahen sich im düsteren Gewölbe um. Rosalie zitterte so sehr, dass sie glaubte, die Fässer müssten ebenfalls beben. Die Männer grölten in einer fremden Sprache und begannen Wein aus den verschiedenen Fässern zu zapfen, zu kosten und auf den Boden zu schütten.

*Schließlich hatten sie ihre Wahl getroffen und wuchteten einige klei-
nere Fässer die Treppe hinauf. Mit dem Holzhammer, den Vater immer benutzte, um den Zapfhahn in neue Fässer zu treiben, schlugen
die Männer die Dauben der Weinfässer ein, die sie nicht mitnahmen.*

*Dann ließen sie Rosalie in der Dunkelheit und beim Glucksen des
auslaufenden Weines allein. Sie wusste nicht genau, wie lange sie in
ihrem Versteck ausgeharrt hatte. Irgendwann ließen das Rufen und
Schreien nach und das Mädchen krabbelte über die steile Rampe, über
die sonst die Weinschröter die großen Fässer in den Keller hievten,
hinaus. Es war bereits Nacht geworden, aber Rosalie brachte es nicht
über sich, den Schankraum zu betreten. Sie bildete sich ein, dass sie
vielleicht ungeschehen machen könnte, was passiert war, wenn sie es
nicht zur Kenntnis nahm. Das Mädchen irrte durch die nächtlichen
Straßen, die sie kaum wiedererkannte. Glasscherben, Rauch, zerbrochene Möbel und rote Lachen auf dem Pflaster, von denen sie sich
einredete, es wäre Wein.*

*Sie wusste nicht, wie lange sie gelaufen war, geschweige denn wo-
hin, als sie plötzlich festgehalten wurde. Ein nach Schweiß stinkender
Soldat mit schmutzverschmiertem Gesicht hatte das Ende ihres langen
Zopfes ergriffen und zog Rosalie zu sich heran. Entsetzt sah das Mädchen, dass er mit der gleichen Faust wie den Zopf bereits die Hälse
zweier toter Hühner umklammerte. Mit der anderen Hand hielt er
einen unförmigen Sack auf der Schulter fest. Zwei Söldner, die vorbei-
schwankten, stießen sich grinsend an. Bartel zerrte seine Beute hinter
sich her bis zu seiner Unterkunft, einem Zelt, in dem die hochschwan-
gere Josefa residierte.*

Kapitel 52

Prätorius wurde plötzlich bewusst, dass die Frau neben ihm zitterte. Er zog seinen linken Arm aus dem Jackenärmel und legte das Kleidungsstück so um Rosalie, dass sie beide darin eingehüllt waren.

„Danke", sagte Rosalie mit bebender Stimme, „aber es ist nicht die Kälte."

Der Arzt ging davon aus, dass die Wirtin immer noch Angst vor Clorinde hatte. Daher sagte er. „Ich glaube nicht, dass sie hier herunterkommt." Prätorius erinnerte sich an die Nacht, die er in der Gaststube zugebracht hatte. „Anna steht früh auf, sie wird uns sicher bald befreien."

„Ja, das denke ich auch." Rosalies Stimme klang angespannt, so, als brauche sie alle Kraft, um nicht in Schreien oder Weinen auszubrechen.

Prätorius wusste nicht, was er sagen oder tun sollte, um sie zu beruhigen. Er tastete nach ihrer kalten Hand. „Alles wird gut."

„Es ist der Keller", flüsterte Rosalie.

Prätorius verstand nicht, was sie damit meinte, aber er streichelte weiter ihre Hand, die sich eiskalt anfühlte.

Plötzlich begann Rosalie zu weinen und Prätorius zog sie an sich, sodass ihr Kopf auf seiner Brust ruhte. Es war eine spontane Reaktion, die sich trotzdem so richtig anfühlte, dass er sich über sich selbst wunderte. Rosalie schmiegte sich an ihn und ihre Schluchzer klangen schon nicht mehr so krampfhaft. Es schien sich etwas in ihr zu lösen.

Nach einer geraumen Zeit hatte sie sich ausgeweint. Aber sie blieb, wo sie war, und legte die Arme um ihn. So verharrten sie und keiner wagte es, sich zu rühren.

Kapitel 53

Als Anna gähnend die Küche durchquerte, beschien die Sonne bereits die Hügelkuppen auf der anderen Seite des Tales. Jetzt im Frühsommer waren die Nächte kurz. Wie an jedem Morgen führte der Weg der Magd zuerst in den Hühnerstall. Eier einsammeln und die Tiere auf den Hof scheuchen, das erledigte sie im Halbschlaf. Wieder zurück in der Küche, räumte sie die frischen Eier in den Schrank, schürte das Feuer und legte Holz auf. Aus der zugedeckten Teigschüssel auf dem Regal über dem Herd und der heruntergebrannten Kerze auf dem Tisch schloss sie, dass die Wirtin wieder einmal keinen Schlaf gefunden und schon den heutigen Arbeitstag vorbereitet hatte. Was sie sich nicht erklären konnte, das waren die Kakaobohnen auf dem Tisch. Wo kamen die her? Die hatten sie doch eigentlich nicht vorrätig, weil die so teuer waren und nur selten gebraucht wurden. Anna runzelte die Stirn, dann stellte sie das Tütchen ins Regal, neben das Kästchen mit den anderen Gewürzen. Sie schaute unter das Tuch, mit dem der Brotteig abgedeckt war, und nickte beifällig, nachher konnte sie gleich mit dem Backen beginnen. Vorher wollte sie allerdings noch einige Kräuter aus dem Garten holen. Die waren besonders aromatisch, solange der Morgentau noch darauf lag. Das hatte schon ihre Mutter gewusst und Anna sah keinen Grund, daran zu zweifeln.

An der Hintertür hielt sie inne und inspizierte die rechte Sohle ihrer bloßen Füße. Da waren Steinchen. Sie musterte den Küchenboden. Die Wirtin verstand keinen Spaß, wenn es um ihre Fußböden ging. Jeden Abend musste Betti oder sie selbst den Besen schwingen, damit die Steinfliesen in der Küche am nächsten Morgen so weich wie Samt waren. Anna war gestern Abend mit dem Fegen dran gewesen und deshalb wusste sie, dass ihr diese Steinchen nicht entgangen wären. Ebenso wenig wie das Buchenblatt, das da halb unter dem Tisch lag, oder das Lehmklümpchen vor der Kellertür. Jemand war letzte Nacht hier gewesen, jemand, der von draußen kam. Anna schüttelte den Kopf. Gleichgültig wie es gekommen war, so konnte es nicht bleiben. Wenn die Wirtin in die Küche käme und den Schmutz sähe, dann würde es nur Ärger geben. Anna holte den Reisigbesen aus der Nische bei der Hintertür und begann zu fegen.

Plötzlich hörte sie ein Gepolter hinter der Kellertür. Dann hämmerte jemand gegen das Holz. „Mach die Tür auf! Schnell!"

Die Stimme der Wirtin.

Anna ließ den Besen fallen und eilte zur Tür.

„Lass uns hier raus!"

Anna rüttelte an dem geschmiedeten Ring, der dazu diente, die Tür aufzuziehen.

„Dreh doch einfach den Schlüssel herum!", rief Rosalie von drinnen.

„Da ist keiner."

„Schlag die Tür ein. Neben dem Herd steht ein Beil." Rosalies Stimme klang so verzweifelt, dass Anna sofort zum Holzstapel stürzte. Das kleine Handbeil, das hier stand, diente normalerweise dazu, das Anmachholz für den Herd zu zerkleinern.

„Geh von der Tür weg!"

Das Splittern und Krachen lockte Jakob aus dem Stall. „Was um Himmels willen soll das werden?", der Bursche sah, wie Anna mit dem Handbeil auf die schwere Kellertür einhieb.

„Es ist zugeschlossen und die Wirtin ist dort unten!"

Jakob hörte Rosalie rufen und rannte in die Scheune, um ein Brecheisen zu holen.

Als sie die Tür endlich aufgehebelt hatten, stürmte Rosalie als Erste hinaus und warf sich Jakob in die Arme.

„Wie bist du in den Keller gekommen?", fragte er erstaunt.

Anna starrte offenen Mundes in die Dunkelheit, aus der Rosalie aufgetaucht war. Sie hatte dort nicht allein die Nacht zugebracht.

„Clorinde war hier. Sie hat uns mit einer Pistole bedroht und da unten eingesperrt", Simon Prätorius trat ebenfalls aus der Kellertür und zog Jacke und Kragen zurecht. Er legte Jakob die Hand auf die Schulter. „Bitte kümmere dich gut um deine Mutter."

„Was hat das alles zu bedeuten?", fragte der Bursche fassungslos.

„Ich muss schnell ins Schloss hinüber und Bescheid sagen, dass Clorinde hier war und dass sie bewaffnet ist", Prätorius war schon halb zur Tür hinaus. „Wir müssen sie suchen und verhaften."

Auf Jakobs Gesicht wechselten sich die unterschiedlichsten Emotionen ab: Zorn, weil er wissen wollte, was dieser Arzt gemeinsam mit seiner Mutter zu schaffen gehabt hatte, Erleichterung, weil niemand verletzt zu sein schien, und Neugier, weil er wissen wollte, was es mit Clorinde auf sich hatte.

„Ich komme mit!" Jakob schob Rosalie kurzerhand zu Anna. „Ich glaube, ich weiß, wo die Zofe hin ist."

Anna brachte die Wirtin dazu, sich auf die Küchenbank zu setzen und bereitete ihr einen Lindenblütentee zu. Als sie das Getränk vor ihr auf den Tisch stellte, musterte sie Rosalie misstrauisch. Sie hatte den Eindruck, dass die Wirtin in der ganzen Zeit, die sie gebraucht hatte, um das Wasser zu erhitzen und die Lindenblüten zu überbrühen, sich nicht ein bisschen gerührt hatte. Blinzelte sie überhaupt? Anna beugte sich besorgt hinunter und schaute Rosalie in die Augen.

Sie wusste ja, dass ihre Arbeitgeberin Angst davor hatte, in den Keller zu gehen, aber bisher hatte sie es als bloße Marotte betrachtet. Jetzt machte sie sich Sorgen. Und diese Geschichte mit dem Arzt, der anscheinend mitten in der Nacht zu Gast gewesen war. Was hatte das zu bedeuten?

Sie rief Betti und schickte sie hinüber zum Nachbarhaus, um die alte Grete zu holen. Die wusste immer Rat.

Grete kam und nach einem Blick auf die Wirtin schüttete sie eine sehr großzügig bemessene Portion des Branntweins, der im obersten Regalfach stand, in den Lindenblütentee. Balthasar hatte den Schnaps verlangt, um Saucen damit abzulöschen, aber der brauchte ihn ja nun nicht mehr. Grete überredete Rosalie, die Mischung bis zum letzten Tropfen auszutrinken.

Danach konnte sie ihre Neugier nicht mehr im Zaum halten. Anna hatte ihr erzählt, mit wem die Wirtin die Nacht im Keller verbracht hatte, und nun gierte sie nach Details. „Also an deiner Stelle würde ich allen erzählen, dass ich krank war", begann sie.

Rosalie blickte auf.

Grete betrachtete das als Aufforderung, den Gedanken weiter auszuführen. „Das ist doch der einleuchtendste Grund, warum eine Frau im Nachthemd einen Arzt empfängt. Wie sollte irgendjemand da etwas anderes vermuten?"

Anna hielt vor Spannung den Atem an. Was würde Rosalie darauf erwidern?

Die Wirtin schenkte sich noch einen Schluck Branntwein in den Becher ein und trank ihn aus. Dann stand sie auf. „Danke, Grete. Das ist wirklich die beste Erklärung." Damit verschwand sie in ihrem Zimmer.

Anna war ausnahmsweise froh darüber, dass die alte Nachbarin da war und mithelfen wollte, denn alleine wäre sie nicht zurechtgekommen.

Der Baron von Gnekow und sein gefräßiger Knappe waren zwar verschwunden, aber Ottilie Lieffenbruch und ihr Haushalt würden ganz sicher auf ihre gewohnten Mahlzeiten warten, ebenso wie eine Anzahl Gäste in der Schenke. Heute Morgen hatte Betti auch noch zu allem Überfluss festgestellt, dass Balthasar fort war. Er hatte sich wohl schon am Abend heimlich davongeschlichen. Das war niemandem aufgefallen, weil der Küchenjunge, der den Verschlag mit ihm teilte, die Nacht im Stall bei Stefan und Jakob verbracht hatte.

„Wir müssen zuerst die Pastinaken schälen und ein Fleischgericht vorbereiten", entschied Grete, „ich denke, wir machen Hühnchenpasteten – die kann man notfalls auch am Freitag anbieten."

Als Anna die Teigdeckelchen auf die gefüllten Pasteten setzte, kam auch Rosalie wieder zum Vorschein. Sie war immer noch fürchterlich blass, aber vollständig angezogen. Ohne ein weiteres Wort über die Ereignisse der vergangenen Nacht zu verlieren, ging sie an die Arbeit.

Kapitel 54

Prätorius und Jakob waren hinüber zum Schloss geeilt und dort fast gleichzeitig mit dem zurückkehrenden Leutnant und den Gardisten eingetroffen. Während Niederschnitz von seinem müden Pferd stieg, ließ er sich lauthals über die ergebnislos verlaufene Aktion aus. „Die halbe Nacht habe ich damit zugebracht, mich mit den nassauischen Grenzposten zu streiten", schimpfte er. „Das Einzige, was ich von diesen Flachköpfen erfahren konnte, ist, dass die Hure entwischt ist, Zusammen mit dem Mohren und zwei unbekannten Männern."

Der Stallbursche führte das Pferd weg und Niederschnitz blickte Prätorius ärgerlich an. „Ich nehme an, Ihre Nacht ist ebenfalls nicht ganz ereignislos verlaufen, sonst würden Sie jetzt friedlich schlafen und nicht so rastlos hier herumtrippeln."

Der Arzt wurde rot und Jakob konnte sich ein Grinsen nicht verkneifen. Niederschnitz drehte sich um und ging zur Wachstube, während Prätorius ihm folgte und von seiner Begegnung mit Clorinde erzählte.

„Deshalb war die Zofe also nicht unter den Flüchtigen, die mir entgangen sind", stellte der Leutnant fest, während er sich einen Becher Wein eingoss. „Sehr gut, dann besteht noch eine Chance, dass wir sie erwischen."

Er scheuchte seine Gardisten wieder auf, die sich eigentlich auf ein üppiges Frühmahl gefreut hatten, und jagte sie erneut los, um die Zofe zu suchen. Dabei sollten sie sich auf das Gebiet östlich von Langenschwalbach konzentrieren. Der Leutnant ging davon aus, dass die Frau versuchen würde, ihrer Herrin zu folgen und deshalb wahrscheinlich entlang der Wege und Straßen Richtung Bleidenstadt aufgegriffen werden würde.

„Das denke ich nicht", sagte Jakob, der bisher vergeblich versucht hatte, die Aufmerksamkeit des Leutnants auf sich zu ziehen, und nun keine andere Möglichkeit mehr sah, als ihm einfach ins Wort zu fallen. „Ihr liegt doch wenig an ihrer Herrin, sie will sich mit dem Schweden treffen."

Niederschnitz schien ihn gar nicht zu hören. Er wandte sich an Prätorius. „Wenigstens einen Erfolg gibt es zu vermelden: Der Apothekergehilfe konnte heute Nacht festgenommen werden. Wir haben ihn ebenfalls auf der Straße nach Bleidenstadt aufgegriffen."

Der Arzt nickte knapp. Das war gut, aber wichtiger war es, die Zofe festzuhalten, denn nur sie konnte Aufklärung darüber geben, was sie mit dem Gift machen sollte. Wenn sie gestand, den Auftrag, den Landgrafen zu ermorden, von Aelluen bekommen zu haben, dann war der Schwede erledigt.

„Ich werde persönlich die Suche nach dieser Clorinde leiten", sagte der Leutnant an Prätorius gewandt. Die Erwägungen eines Wirtsburschen zu diesem Thema interessierten ihn herzlich wenig. Er stürzte seinen Wein hinunter, ließ sich ein frisches Pferd bringen und galoppierte kurz darauf an der Spitze seiner Soldaten vom Hof.

„Die werden Clorinde nicht finden", klagte Jakob. „Ich weiß, wo sie ist, aber ich kann sie ja nicht alleine festnehmen."

„Komm mit!" Prätorius war zwar nicht begeistert von der Aussicht, selbst aktiv werden und womöglich eine Waffe ziehen zu müssen, aber er sah keine Alternative. Er glaubte dem Jungen, und die Zofe dingfest zu machen, war wichtiger als seinen Standesdünkel zu pflegen. Mit Jakob auf den Fersen eilte er ins Krankenzimmer des Oberst von Greiffenstein. Der alte Haudegen hatte das ganze Hin und Her auf dem Hof natürlich mitbekommen und sein Kammerdiener hielt ihn über die Ereignisse in groben Zügen auf dem Laufenden, aber Niederschnitz hatte es nicht für notwendig erachtet, seinen Vorgesetzten über seine Aktionen zu informieren. Das wurmte den Oberst gewaltig.

Als Prätorius ins Zimmer stürmte, wurde er deshalb gleich angedonnert: „Was geht hier vor?"

Der Arzt fasste sich kurz. Er bat den Oberst um Leute und Pferde, um Jakobs Vorschlag umzusetzen und die Zofe an dem Treffpunkt festzunehmen, an dem sie vermutlich auf Aelluen wartete. „Ich halte das für das erfolgversprechendste Vorgehen".

Greiffenstein verzog das Gesicht, als ob er Zahnschmerzen hätte. „Ich kann keine weiteren Männer hier abziehen. Nach meinen Informationen hat Niederschnitz nahezu die gesamte gräfliche Leibgarde mitgenommen." Greiffenstein tauschte einen Blick mit seinem Kammerdiener. „Wir haben zuallererst die Pflicht, das Schloss und den Landgrafen zu bewachen."

Prätorius senkte den Kopf und hörte, wie Jakob hinter ihm enttäuscht schnaufte.

Greiffenstein grinste. „Aber ich werde mich selbst der Sache annehmen."

„Was haben Sie vor?", fragte Prätorius alarmiert.

„Solange ich krank bin, hat dieser Niederschnitz offiziell den Befehl über die Leibgarde. Als Privatmann kann ich mit euch kommen und die Zofe festnehmen."

„Das geht nicht! Sie müssen sich immer noch erholen."

„Papperlapapp!" Während er mit Prätorius diskutierte, zog sich der Oberst mit den schnellen Bewegungen des Militärs, der gewohnt war, zu den unmöglichsten Zeiten aus dem Bett geholt zu werden, an. Er schnallte den Degen um, griff zum Hut und steuerte zur Tür. Prätorius trat verblüfft einen halben Schritt zur Seite, als der Oberst an ihm vorbeimarschierte.

Im Hof erschien der Stallknecht in Rekordzeit und brachte den Schimmel des Obersts herbei. Es brauchte nur einen kurzen

Befehl, dann wurden auch Pferde für Prätorius und Jakob gesattelt. Der Knecht führte dem Arzt einen riesigen Braunen vor, katapultierte ihn geradezu in den Sattel und war wieder verschwunden, bevor Prätorius die Füße in den Steigbügeln hatte. Jakob schwang sich selbst auf den Fuchs, den er bekommen hatte. Um seine Reitkünste brauchten sie wohl am wenigsten besorgt zu sein, stellte Prätorius fest, dem nicht entgangen war, dass der Stallknecht, der den Oberst in den Sattel seines Schimmels hievte, sich heute mehr anstrengen musste als sonst.

Nachdem Greiffenstein aber hoch zu Ross saß, konnte ihn nichts mehr aufhalten. Auf einen Blick von ihm öffneten die Wachen das Tor und gefolgt von Jakob und Prätorius galoppierte er aus dem Schlosshof.

Ohne Rücksicht auf Fußgänger und Reiter, Fuhrwerke, Gänse oder Enten donnerten sie die Straße zum Weinbrunnen hinauf. Aus dem Augenwinkel sah Prätorius Passanten, die sich an Wände drückten oder ihre einzige Rettung in einem Sprung in den Bach sahen. Damen, die sich im Laufschritt in Hauseingänge retteten, und Schweine, die vor den Reitern herrannten, bis sie ein offenes Hoftor fanden. Kinder wurden in aller Eile in Sicherheit gebracht und Hühner ihrem Schicksal überlassen. Er konnte dabei nichts anderes tun, als sich gut festzuhalten und zu hoffen, dass niemand zu Schaden kam, denn das Pferd, auf dem er saß, nahm von ihm offenbar keine Befehle entgegen. Schließlich hatten sie den Ort hinter sich gelassen und stürmten die Straße nach Mainz hinauf.

Sie fanden die Zofe dort, wo Jakob sie vermutet hatte.

Als sie die Reiter erkannte, versuchte sie sich zu verstecken. Der Oberst galoppierte auf den Waldrand zu, an dem die Frau verschwunden war. Prätorius und Jakob sprangen von ihren Pferden und drangen zu Fuß ins Gebüsch ein.

Als Clorinde sah, dass der Oberst seinen Schimmel in ihre Richtung steuerte, wollte sie über den Waldpfad davonhuschen. Da traten Prätorius und seitlich von ihm Jakob aus dem

Unterholz hervor. Die Zofe blieb stehen und fuhr mit der Hand unter ihre Schürze. „Gehen Sie weg!"

Der Oberst ignorierte die Drohung und ließ seinen Schimmel nahe an sie herantreten. „Wir haben einige Fragen an dich."

„Ich werde sie nicht beantworten. Ich habe mächtige Gönner, die mir helfen werden." Die Zofe blickte sich hektisch um, als erwarte sie, dass diese Beschützer plötzlich hinter den Bäumen hervorkämen.

„Wer sind diese Gönner?" Prätorius erkannte, dass die Zofe in ihrer Aufregung vielleicht etwas über ihre Auftraggeber sagen würde.

„Einflussreiche Edelleute, die mir wieder zu meinem Recht verhelfen werden! Meinem Recht als Tochter einer Gräfin." Greiffenstein stieß einen höhnischen Lacher aus, als er das hörte. Die Zofe hob ihre Pistole.

Das erschütterte den Oberst nicht. Da hatten schon ganz andere Leute Waffen auf ihn gerichtet. „Nimm die Pistole herunter", knurrte er. „Komm mit und leiste keinen Widerstand, das verschlimmert deine Lage nur."

Clorinde wich einige Schritte zurück und zeigte mit der Pistole stattdessen auf Jakob. „Der hat euch aufgehetzt. Er verfolgt mich und er bestiehlt mich. Der hat mir die Möglichkeit genommen, meinen Auftrag auszuführen."

„Was war dein Auftrag?", fragte Prätorius. Die Zofe blickte in seine Richtung und schien ihn erst jetzt zu erkennen. „Sieh da, der neugierige Arzt, der schon wieder aus dem Keller heraus ist."

„Du wolltest die Familie des Landgrafen töten!" Der Oberst konnte sich nicht mehr zurückhalten. Er ließ den Schimmel weiter vorwärts gehen.

„Ja, das wollte ich und es ist mir nicht gelungen. Womöglich werden meine Gönner mir jetzt ihre Unterstützung entziehen. Und der da ist schuld." Sie fuchtelte wieder mit der Pistole in Jakobs Richtung.

Prätorius wusste später nicht genau, wie es geschehen war. Hatte der Oberst das Pferd angetrieben oder war der Schimmel durch Clorindes schnelle Bewegungen erschrocken? Das Tier machte plötzlich einen Sprung vorwärts und stieß mit seiner breiten Brust die Zofe zu Boden. Ein Schuss löste sich.

Nach einigen Galoppsprüngen zügelte der Oberst sein Reittier und wendete. Clorinde lag mitten auf dem Weg und rührte sich nicht. Die Pistole hatte sie fallengelassen.

Die Ereignisse hatten Prätorius völlig überrumpelt, aber seine Pflichten als Arzt trieben ihn zum Handeln. Er lief zur Zofe, kniete sich neben sie und suchte nach ihrem Puls. Die Halsschlagader müsste doch zu fühlen sein. Panisch tastete er unter ihrem Kiefer herum. Da war nichts! Seine Hand lag immer noch am Hals der Zofe, da sah er, wie sich unter ihrem Kopf wie ein Heiligenschein eine rote Lache ausbreitete. Als er den Körper vorsichtig drehte, stellte er fest, dass sie beim Sturz mit dem Hinterkopf auf einem spitzen Stein aufgeschlagen sein musste. Behutsam ließ er sie wieder in die vorherige Lage zurücksinken und blickte auf. Jakob stand neben ihm, grau im Gesicht. „Sie hat auf mich geschossen", flüsterte er. „Ich habe den Luftzug gespürt, als die Kugel mich verfehlte.

Der Oberst sah Prätorius vom Pferd herab fragend an.

Der Arzt erhob sich. „Sie ist tot."

„Ein Gottesgericht." Der Oberst von Greiffenstein war gleichfalls bleich. Die Röte, die sein Gesicht nach dem schnellen Ritt überzogen hatte, war verflogen. Jetzt, nachdem die Jagd beendet war, machte sich seine Schwäche bemerkbar. Als der Schimmel einen Schritt zur Seite trat, musste der Oberst kurz an den Sattel greifen, um sich im Gleichgewicht zu halten. Prätorius warf ihm einen besorgten Blick zu.

„Wir nehmen die Tote mit ins Schloss", befahl der Oberst.

Jakob hob die Pistole vom Boden auf, reichte sie Greiffenstein und ging die beiden Pferde holen, die sie zurückgelassen hatten. Der Arzt half dem Burschen, die Leiche der Zofe in eine der Decken zu wickeln, die an den Militärsätteln ihrer Pferde festgeschnallt waren. Dann luden sie die Tote auf Jakobs Reittier. Der Oberst beteiligte sich nicht.

Er war auf seinem Schimmel sitzen geblieben und sein Gesicht hatte eine durchscheinende Blässe angenommen.

Prätorius sah Jakob an. „Du bringst das Pferd mit der Toten durch den Wald zum Schloss. Lass dich möglichst nicht sehen. Ich reite mit dem Oberst über die Straße zurück."

Jakob nickte und machte sich auf den Weg.

Der Arzt stellte sich nun, als ob er Schwierigkeiten mit seinem Pferd hätte, ließ die ätzenden Bemerkungen des Obersts über sich ergehen und bestand darauf, im Schritt zum Schloss zurückzureiten. Im Hof ging Greiffenstein fast zu Boden, nachdem er wie gewohnt vom Pferd abgesessen war. Prätorius fasste ihn geistesgegenwärtig am Arm und schleppte ihn gemeinsam mit dem sorgenvoll dreinschauenden Kammerdiener in sein Bett. Danach ging er wieder hinunter in den Schlosshof.

Während er auf Jakobs Ankunft wartete, trat Josephus Hirundulus zu ihm. Natürlich betonte der landgräfliche Leibarzt, „rein zufällig" hier zu sein, aber Prätorius glaubte ihm nicht. Dazu war er viel zu interessiert an der Toten. Als Jakob das Pferd mit seiner traurigen Last in den Hof führte, wies Hirundulus sofort zwei Diener an, die Leiche der Zofe abzuladen und in seine Räume zu bringen. Offensichtlich wollte er die Leiche inspizieren, um nicht wieder nachlässig zu wirken. Prätorius wurde nicht aufgefordert, sich anzuschließen.

„Wir wissen doch ohnehin, wie sie zu Tode gekommen ist", sagte Jakob zu ihm.

„Wahrscheinlich hofft er, noch etwas zu finden, womit er den Landgrafen beeindrucken kann", meinte Prätorius, „uns kann es nur recht sein, wenn er beschäftigt ist, denn hier gibt es etwas Wichtigeres." Er griff in seine Rocktasche und holte das Fläschchen hervor, das er seit gestern mit sich herumtrug. Glücklicherweise war das Glas so solide, dass es den Sturz auf Rosalies Kellertreppe unbeschadet überstanden hatte. Er hatte immer noch keine Gelegenheit gefunden, sich über den Inhalt endgültig Klarheit zu verschaffen. Das wollte er jetzt nachholen.

Die Hunde, an denen der Arzt die Experimente mit den bei Athenais konfiszierten Flaschen durchgeführt hatte, waren inzwischen wieder freigelassen worden, aber in der Voliere neben dem Eingang zur Schlossküche flatterte, gackerte, schnatterte und gurrte das für den Kochtopf bestimmte Geflügel. Prätorius entschied, dass eines dieser Tiere nicht in den Mägen der Hofangehörigen landen würde.

Er bat Jakob, eine der fetten Tauben einzufangen und in den verwaisten Hundezwinger zu sperren. Währenddessen ging der Arzt in die Küche und ließ sich einen Kanten altbackenen Brotes geben. Dieses Brot tränkte er dann mit einem kräftigen Schluck des Fläschcheninhaltes. Dabei achtete er sorgfältig darauf, dass nichts von der Flüssigkeit seine Finger benetzte. Als das Brot die Feuchtigkeit aufgesogen hatte, warf er es in den Zwinger zu der Taube. Wie erwartet stürzte sich der Vogel sofort auf den unverhofften Imbiss, pickte hastig und schlang als ob er damit rechnete, dass ihm jemand das Brot streitig machen würde. Die Wirkung des Giftes zeigte sich bereits nach wenigen Minuten. Die Taube verlor jedes Interesse an dem Brotrest, plusterte sich auf, saß eine Weile lethargisch in einer Ecke des Zwingers und kippte zur Seite, als sie aufhörte zu atmen.

„Mein Gott", sagte Jakob mit flacher Stimme.

Prätorius musterte ihn von der Seite und stellte fest, dass der Bursche seine Augen nicht von der toten Taube abwenden konnte. „Ich wusste zwar, dass das Zeug in dem Fläschchen giftig ist, aber dass es so schnell wirkt ..." Er sah aus, als sei ihm übel. „Und das habe ich unter meinem Hemd spazieren getragen."

„Du hast uns allen damit einen großen Dienst erwiesen", sagte Prätorius ernst. „Wer weiß, was Clorinde noch mit dem Gift angestellt hätte, wenn du es ihr nicht weggenommen hättest."

Er ging in den Zwinger und hob zuerst den Vogel und danach den Rest des Brotkantens vorsichtig auf, wobei er die

Hand mit einem Papierfetzen schützte, den er in der Rocktasche gefunden hatte.

Ein Diener trat zu dem Arzt. „Die Herren wollen jetzt den
Apothekergehilfen befragen und wünschen Ihre Gegenwart."

Prätorius schickte Jakob nach Hause und folgte dem Bediensteten.

Kapitel 55

Der Apothekergehilfe hatte die Nacht in der Arrestzelle verbracht, die sonst zur Ausnüchterung von betrunkenen Angehörigen der Leibgarde genutzt wurde. Auf dem Boden der engen Zelle lag muffiges Stroh und an den feuchten Wänden wuchs Schimmel. Ein Krug mit unbestimmbarem Inhalt stand in einer Ecke. Als der Gehilfe nun ins Nebenzimmer zum Verhör geschleppt wurde, war er schon mürbe. An einem langen Tisch unterhalb der kleinen, tief in die Mauer eingelassenen Fenster saß Simon Prätorius, der das bewusste Fläschchen vor sich stehen hatte, neben dem der Brotrest und die tote Taube lagen. Bleich, abgezehrt und grimmig thronte neben ihm der Oberst von Greiffenstein, der sich dieses Verhör natürlich nicht entgehen lassen konnte und deshalb nach einem kurzen Nickerchen wieder das Krankenlager verlassen hatte. Ebenfalls anwesend waren der Leutnant von Niederschnitz und der Doktor Hirundulus. Der Leutnant hatte auch dafür gesorgt, dass der Apotheker neben der Tür stand. Er hatte ihn durch zwei Gardisten abholen lassen. Ein Vorgang, der unter den Kurgästen zu wildesten Spekulationen Anlass gab.

Natürlich gestand der Gehilfe alles. Gab zu, dass er die Sadebaumtinktur hergestellt hatte, die der schwedische Edelmann von ihm wollte. Nachts im Labor, mit den Utensilien seines Arbeitgebers.

319

„Die Zweige habe ich an meinem freien Nachmittag aus Fischbach geholt", sagte er, „dort wächst ein Sadebaum."

„Nicht mehr lange", murmelte der Oberst.

Über den Zweck, für den Aelluen die Tinktur bestellt hatte, wollte der Gehilfe erst nichts sagen. Dann gab er an, dass der Schwede ihm etwas von einer schwangeren Geliebten vorgeflunkert habe, die nicht kompromittiert werden dürfe, und räumte ein, dass er einige Goldstücke hatte springen lassen.

„Aber warum verkauftest du ihm zwei Fläschchen mit der Tinktur?", wollte Prätorius wissen, „für den Zweck, den er vorgegeben hat, hätten ein paar Tropfen genügt."

„Er sagte, das erste Fläschchen sei versehentlich heruntergefallen und zerbrochen, deshalb bräuchte er ein neues." Mehr wusste der Apothekergehilfe nicht zu berichten.

Greiffenstein entschied, ihn zusammen mit einem Bericht über die Ereignisse am nächsten Tag nach Rheinfels zu schicken, wo ihm der Prozess gemacht werden sollte. Dieses Verfahren würde mit Sicherheit auf dem Schafott oder dem Scheiterhaufen enden.

Prätorius verdrängte den Gedanken. Als der Gehilfe weggebracht worden war, wandte er sich an Greiffenstein. „Reicht das, um Aelluen festzusetzen?"

„Wohl nicht. Jetzt, wo die Zofe tot ist, kann er alles abstreiten." Greiffenstein stützte die Hände auf den Tisch und stand entschlossen auf. „Wir werden das Ganze jetzt dem Landgrafen vortragen, der soll entscheiden, wie wir in der Sache weiter verfahren."

Die Audienz fand wieder im Arbeitszimmer des Ernst von Hessen-Rheinfels statt. Diesmal hatte er allerdings nicht gearbeitet. Allem Anschein nach war er gerade erst von der Jagd nach Hause gekommen. Er trug einen ledernen Rock, dem Äste und Dornen wenig anhaben konnten, und eine seiner hochgerollten Stiefelstulpen war mit einem Blutfleck verziert, so, als hätte er neben dem erlegten Hirsch oder Wildschwein gekniet. Prätorius dachte unwillkürlich an die Zofe.

Der Landgraf hatte durch das geöffnete Fenster hinausgesehen. Als die Männer eintraten, drehte er sich um und lehnte sich an die Fensterbank. Auf diese Weise konnten sie im Gegenlicht sein Gesicht nicht deutlich erkennen.

„Nun?"

„Exzellenz, wir haben die Vergiftungsfälle weitgehend aufgeklärt", sagte Prätorius.

„Weitgehend?"

Der Arzt erinnerte sich daran, dass der Landgraf eine vollständige Aufklärung gefordert hatte. „Da eine der Beschuldigten tot ist, wird es nicht möglich sein, von ihr eine Aussage zu bekommen."

Greiffenstein kam seinem Freund zur Hilfe. „Zumal eine Verwicklung des landgräflichen Hofes zu Eschwege nicht ausgeschlossen werden kann."

Ernst ging zu seinem Schreibtisch und setzte sich dahinter. „Wenn die Herren etwas ausführlicher werden könnten ..."

Prätorius erzählte die Geschichte von Anfang an.

„Die Taten hat also eine Zofe begangen, die im Auftrag des Barons von Sønderham handelte." Der Landgraf lehnte sich zurück.

Prätorius nickte.

„Wir haben aber keine direkten Beweise gegen diesen Schweden, und wir können ihn nicht mehr mit dieser Zofe konfrontieren", ergänzte Greiffenstein.

„In Ordnung." Der Landgraf stand wieder auf. „Prätorius, Sie haben gute Arbeit geleistet. Ich werde das auch dem Herrn von Eenvelde mitteilen – von nun an stehen Sie wieder ihm allein zur Verfügung."

Er wandte sich an den Oberst. „Greiffenstein, wenn ich mich recht erinnere, dann sind Sie krank gemeldet."

Mit einer Handbewegung bedeutete er den beiden Männern, dass sie entlassen waren. Als sie nach einer Verbeugung den Raum verließen, hörten sie das Läuten der Glocke, die auf dem Schreibtisch des Landgrafen stand. Ernst von Hessen-Rheinfels rief seine Berater zusammen.

„Und jetzt?" Prätorius war erleichtert, aber auch etwas ratlos, als sie im Vorzimmer standen. Die ganze Geschichte war abrupt und unspektakulär zu Ende gegangen. Ein Sekretär eilte geschäftig an ihnen vorbei in das Arbeitszimmer des Landgrafen.

„Jetzt betrinken wir uns!", schlug Greiffenstein vor.

Kapitel 56

Der Leutnant von Niederschnitz hatte zwei Gardisten als Eskorte mitgenommen. Er ging zwar nicht davon aus, dass das Treffen, zu dem er unterwegs war, in Gewalttätigkeiten ausarten würde, aber eine Eskorte unterstrich die Wichtigkeit seines Auftrages: Der Landgraf hatte ihm befohlen, dem Baron von Sønderham einen Brief zu überbringen. Die Tatsache, dass damit kein Lakai betraut wurde, sondern der stellvertretende Kommandant der Leibgarde, sagte jedem Kundigen, dass es sich um einen sehr wichtigen Brief handeln musste. Und wer nicht so genau Bescheid wusste, dem sagten das die beiden Soldaten, die den Leutnant begleiteten. Im flotten Trab ging es zum Gasthaus, in dem der Schwede residierte. Bei der ‚Stadt Frankfurt' angekommen, beauftragte der Leutnant in barschem Ton einen Stallknecht des Hauses, die Pferde zu halten und trat, gefolgt von den Gardisten, ein.

Mit einer unterwürfigen Verbeugung fragte ihn der Wirt nach seinem Begehr.

„Führe mich zum Baron von Sønderham!"

Der Wirt blinzelte nervös. „Bedaure …"

„Wo liegt das Problem?", fuhr ihn Niederschnitz an, „bist du hier festgewachsen?"

„Nein, keineswegs." Der Wirt hob einen Fuß, als ob er beweisen wollte, dass es ihm keineswegs an gutem Willen und

Beweglichkeit fehlte. „Aber der Herr, den Sie sehen wollen, ist nicht da."

„Wie das?" Niederschnitz zwirbelte ungeduldig seinen Schnurrbart.

„Er ist abgereist, Herr."

„Wann?"

„Heute Morgen. Früh. Kurz nach Sonnenaufgang." Der Wirt verbeugte sich nochmals. „Er verzichtete sogar auf sein Morgenmahl. Er sagte, er habe eine Nachricht bekommen, die ihn unverzüglich nach Eschwege zurückrufe."

Niederschnitz fluchte. Aelluen befand sich mit Sicherheit inzwischen jenseits der Landesgrenzen. Ohne ein weiteres Wort an den Wirt zu richten, polterte er wieder hinaus. Draußen beauftragte er die beiden Gardisten, Aelluen zu verfolgen. Vielleicht konnten sie wenigstens in Erfahrung bringen, wohin sich der Gesuchte gewendet hatte. Er selbst musste ins Schloss zurückkehren und seinem Herrn von der unbefriedigenden Entwicklung der Dinge Meldung machen. Voller Wut auf die Welt im Allgemeinen und die Schweden im Besonderen spornte Niederschnitz sein Pferd auf der belebten Straße zum Galopp an. Als er einer Kutsche ausweichen musste, überholte er eine Fußgängerin so knapp, dass sein Pferd auf ihren hinten nachschleppenden Rock trat. Nähte knirschten und mit einem erschrockenen Ausruf fuhr die Dame herum. Auf dem schwarzen Samt der Schleppe prangte ein schmutziger Hufabdruck.

„Was haben Sie getan?"

Niederschnitz hatte aufgrund ihres Schreckensrufes sein Pferd zurückgerissen. Jetzt wandte er sich im Sattel um und blickte in ein rundes Gesicht mit einer Haut, die an Mandelkonfekt erinnerte. Blassblaue Augen, vor Schreck weit aufgerissen, und sorgfältig gedrehte Korkenzieherlocken in der Farbe dunklen Goldes. Sein Ärger löste sich auf wie ein Pulverwölkchen an einem Sommermorgen. Dass die Dame in Trauer war, sah der Leutnant erst auf den zweiten Blick, und auf eine rätselhafte Weise erfreute ihn diese Information. „Gnädige Frau", er zog seinen Hut, „ich bitte vielmals um Verzeihung."

Die Begleiterin der Dame machte sich mit einem Tuch an dem verschmutzten Rock zu schaffen. Aber die Augen der Herrin, die ihn an Aquamarine denken ließen, ruhten immer noch auf dem Leutnant von Niederschnitz.

„Dieser Schock", sagte die Dame mit schwacher Stimme und atmete plötzlich schwer. Der Leutnant sprang vom Pferd und eilte zu ihr hin. Die Dame stützte sich mit der Hand an seiner Brust ab. „Wie peinlich mir das ist", flüsterte sie.

Niederschnitz stieß ein beruhigendes Brummen aus.

Ottilie Lieffenbruch richtete sich wieder auf. „Und das, wo ich Sie nicht einmal kenne."

Der Leutnant verbeugte sich: „Bartholomäus, Baron von Niederschnitz und stellvertretender Kommandant in der Leibgarde des Landgrafen."

Ottilie machte einen Knicks und Niederschnitz glaubte, noch nie etwas so Graziöses gesehen zu haben. Die Tuchhändlerswitwe stellte sich mit ihrem Mädchennamen vor – in dem ein ‚von' vorkam – und Niederschnitz wiederholte seine Verbeugung.

„Es geht mir schon wieder etwas besser", flüsterte die Dame.

„Wenn ich mich jetzt ausruhe, dann habe ich mich bis heute Abend so weit erholt, dass ich wieder einen kleinen Spaziergang unternehmen kann."

Die melodische Stimme machte Niederschnitz ganz konfus und obwohl er bisher nicht im Traum daran gedacht hätte, den Abend zu Fuß und im Park zu verbringen, nickte er. „Es wäre mir eine Ehre, mein Ungeschick damit gutzumachen, dass ich Sie begleite."

Die Witwe Lieffenbruch lächelte dem Leutnant kurz zu und ließ dann ihren roten Mund hinter dem Fächer verschwinden. Gefolgt von ihrer Zofe schritt sie davon.

Niederschnitz schwang sich wieder auf sein Pferd und galoppierte schwungvoll zum Schlosstor hinein. Der Soldat der Wache konnte ihm gerade noch ausweichen.

Kapitel 57

In der Küche der ‚Vier Elstern' starrte Rosalie das Medaillon an, das ihr Jakob gegeben hatte. „Das stammt von Clorinde?"

Jakob nickte. „Sie trug es um den Hals. Als ich ihre Leiche durch den Wald zum Schloss transportierte, da erschrak das Pferd vor einem Vogel und machte einige Bocksprünge. Dabei ist wohl die Schnur an der es hing, von ihrem Hals gerutscht. Das Medaillon fiel zu Boden und ich steckte es ein. Clorinde braucht es ja nun nicht mehr."

Jetzt begriff Rosalie endlich, an wen sie die Zofe die ganze Zeit erinnert hatte, und sie verstand auch, warum sie nicht schon früher dahintergekommen war. Vor ihrem geistigen Auge erschien die junge Gräfin auf der Flucht aus Leipzig. Ein Gesicht, das sie zuletzt vor vielen Jahren im Halbdunkel einer Kutsche gesehen hatte. Claire von Felseney. Der Name war in zierlichen Buchstaben unter dem Miniaturporträt im Medaillon eingraviert. Die Zofe sah aus wie diese Dame, aber sie konnte es nicht sein, weil das Alter nicht stimmte.

Die Wirtin hielt unwillkürlich den Atem an, als es ihr klar wurde: Die Zofe musste die Tochter der Gräfin von Felseney sein. Dann hatte die Mutter wirklich ein elendes Ende genommen, wenn sich ihre Tochter in einer Stellung als Kammerzofe einer Kurtisane durchbringen musste.

Rosalies Gedanken wanderten weiter.

Sie erinnerte sich, wie sie den Mann, der ihr damals in Leipzig die Goldmünze zugeworfen hatte, Jahre später wiedertraf.

Hugo von Beiderberg war Claires verlorener Bräutigam. Er kam eines Tages, das Heer lag immer noch vor Saalfeld, zu Rosalie in die Schenke spaziert. Sie erkannte ihn sofort. Während sie ihm den Wein einschenkte, fragte sie den Mann, wie er hierhergeraten war. Denn das war es, was sie am meisten verwunderte: Als sie Beiderberg zuletzt gesehen hatte, kämpfte er für die Truppen des Feldmarschalls Tilly auf der Seite der Katholischen Liga. Wie und warum hatte er den Herrn gewechselt?

Beim dritten Becher Wein erzählte er es der Wirtin. Hugo von Beiderberg war in der Schlacht bei Breitenfeld schwer verwundet und nach Leipzig gebracht worden. Während er sich dort erholte, handelte der Stadtkommandant für sich und den katholischen Teil seiner Truppen den freien Abzug nach Böhmen aus. Beiderberg wurde dabei vergessen. Als er erkannte, in welcher Gefahr er schwebte, als die Schweden in Leipzig eingezogen waren, wechselte er kurzerhand die Konfession. Nach seiner Genesung trat er in die schwedische Armee ein.

Erst später erfuhr er, dass seine Braut Leipzig verlassen hatte und den Resten der kaiserlichen Truppen nach Halberstadt und von dort aus vermutlich nach Nördlingen gefolgt war.

„Aber ich konnte nicht in Erfahrung bringen, was mit ihr passiert ist. Die Nachforschungen durfte ich ja nur im Verborgenen betreiben, denn immerhin stand ich nun auf der Seite des Feindes. Das Einzige, was ich erfuhr, ist, dass die Leiche ihres Vaters in der Nähe der Straße von Leipzig nach Halberstadt gefunden wurde. Aber von ihr selbst fehlte jede Spur."

Rosalie hatte ihm damals erzählt, was sie miterlebt hatte. Den Überfall auf die Kutsche. Beiderbergs Gesicht war dunkel und unbewegt, als er die Schenke verließ. Er tat ihr leid.

„Aber warum wusste Aelluen über Claire von Felseney und ihre Tochter Bescheid?", fragte Jakob, als ihm Rosalie die Geschichte erzählte.

„Wahrscheinlich hat er durch Zufall davon erfahren", sagte Rosalie, „vielleicht gelangte er auf irgendeine Weise an das Medaillon und hat Clorinde erkannt, als er ihre Herrin besuchte. Auf jeden Fall hatte er mit ihr ein ideales Werkzeug gefunden."

Jakob nicke langsam. „Wahrscheinlich ist es gut, dass sie jetzt tot ist."

„Vielleicht." Rosalie seufzte und steckte das Medaillon in den Beutel, den sie am Gürtel trug. Sie hatte keine Ahnung, was sie damit anfangen sollte. Das goldene Schmuckstück stellte zwar einen gewissen materiellen Wert dar, aber gleichzeitig hatte sie das Gefühl, auf dem Medaillon würde ein Fluch liegen.

Rosalie beschloss, bei Gelegenheit Prätorius die Geschichte zu erzählen und ihm den Anhänger zu geben. Vielleicht wusste er einen Weg, ihn den Angehörigen der Gräfin zukommen zu lassen. Falls noch welche am Leben waren.

Um sich auf andere Gedanken zu bringen, stürzte sich die Wirtin in die Vorbereitungen für das Abendessen, füllte Karaffen mit Wein, stellte Zinnbecher bereit und schnitt den Käse in Scheiben. Anna und Peter buken Pastetchen und richteten Platten mit verschiedenen Sorten von kaltem Braten und Würsten an. Die alte Grete stand am Herd und rührte in einer Suppe.

Schritte in der Schankstube signalisierten, dass ein Gast eingetroffen war. Rosalie ging, um ihn nach seinen Wünschen zu fragen. Der Mann war ihr unbekannt, ihm fehlte ein Arm und sein Lederwams war abgeschabt. Offensichtlich ein früherer Söldner, der sich jetzt seinen Lebensunterhalt mit Kurierdiensten verdiente. „Sind Sie die Wirtin der ,Vier Elstern'?"

Als Rosalie bejahte, nahm er die Tasche ab, die er über der Schulter trug, legte sie auf den Tisch, öffnete sie und entnahm ihr einen schweren bestickten Beutel. „Eine Dame sendet Ihnen dies und lässt fragen, ob ein Herr bei Ihnen etwas liegen gelassen hat."

Rosalie sah kurz in den Beutel hinein. Gold blitzte ihr entgegen. „Eine Dame mit einem Mohren?"

Der Mann grinste vielsagend. Die Wirtin lächelte zurück. Athenais hatte also die Zeche ihres Barons nicht vergessen.

Sie brachte dem Kurier einen Becher Wein und holte den Degen des Herrn von Gnekow.

Am nächsten Morgen ging Rosalie in den Garten, um für das Frühmahl der Gäste einige Erdbeeren zu pflücken. In Sahne eingerührt und mit Honig gesüßt würden die Früchte auch bei den Besitzern verwöhnter Gaumen Anklang finden.

Mit einem Korb in der Hand überquerte die Wirtin den Hof und öffnete das Tor aus Weidengeflecht. Der Garten der ‚Vier Elstern' zog sich auf der Rückseite des Pferdestalles den sogenannten Brunnenberg hinauf. Gleich hinter dem Tor lag der Kräutergarten mit Salbei, Löwenzahn und Gutem Heinrich, dann kamen Gemüse wie Kohl, Bohnen und Rüben, danach die Reihen der Obststräucher und –bäume. Die Walderdbeeren wuchsen überall dort, wo es schattig war. Sie gediehen sogar an Plätzen, an denen alle anderen Pflanzen Probleme hatten. Den Blick auf den Boden gerichtet, kletterte Rosalie den steilen Hang hinauf. Ihr weiter Rock verfing sich immer wieder in den Dornen der halbwilden Brombeerbüsche, die hier wuchsen. Sie schimpfte vor sich hin. Aber die Sträucher vollends zu roden, kam nicht infrage. Dazu liebte sie die Früchte viel zu sehr, und aus dem Saft konnte man aromatische Soßen machen. Die Wirtin schaute sich um. Unter den Bäumen, dort, wo das Gras nur in einzelnen weichen Halmen wuchs, war das Laub der Walderdbeeren zu sehen. Aber hier waren die Beeren noch nicht ganz reif. Sie musste eine Stelle finden, an der die Pflanzen mehr Sonne bekamen. Sie stieg weiter den Hang hinauf. Der Garten endete an einem windschiefen Holzzaun, hinter dem ein schmaler Weg entlangführte.

Auf der Böschung jenseits des Weges sah Rosalie unter einem Schlehengebüsch das Laub von Walderdbeeren, und rote Punkte zwischen den Blättern signalisierten ihr, dass es aussichtsreich sein könnte, hier nach reifen Früchten zu suchen. Sie kniete sich ins Gras und begann zu pflücken.

Plötzlich hörte sie Stimmen und Schritte und schaute auf. Zwei Männer spazierten durch den Sonnenschein. Als sie näher kamen, erkannte sie Simon Prätorius und seinen grauhaarigen Freund mit dem lustigen Akzent, der einige blühende Obstbaumzweige so sorgfältig in der Hand trug, als seien sie aus Gold.

Rosalie erhob sich und lächelte ihnen zu. Prätorius lächelte zurück und aus irgendeinem Grund klopfte ihr Herz, als sei sie schnell gelaufen. Sie stopfte ein paar widerspenstige Haarlöckchen unter die Haube, um ihre Verwirrung zu überspielen.

Der ältere Mann betrachtete sie amüsiert. „Gehört dieser Garten zu den ‚Vier Elstern‘?", er zeigte den Hang hinunter. Rosalie nickte.

„Dürfte ich mir die Apfelbäume näher ansehen?"

Mit einer Handbewegung gab Rosalie ihm die Erlaubnis und Cuculus schlüpfte behände durch einen Spalt zwischen den Holzlatten und kletterte abwärts.

Die Wirtin und der Arzt waren allein. Rosalie hörte, wie ein Bussard schrie, der irgendwo unter dem blauen Himmel kreiste.

„Gibt es etwas Neues von Aelluen?", fragte Rosalie schließlich.

Prätorius schüttelte den Kopf. „Auch wenn Greiffenstein tobt. Der Schwede ist uns entkommen. Der Landgraf hat jedoch nach Eschwege geschrieben und verlangt, dass er zurückkommt und sich hier verantwortet."

„Das klingt nicht sehr erfolgversprechend."

„Das ist alles, was er tun konnte."

„Ja."

Beide schwiegen wieder. Prätorius räusperte sich.

„Ich werde nach Leiden zurückkehren und dort meine Angelegenheiten ordnen. Eenvelde kann mich eine Zeit lang entbehren."

„Und dann?" Rosalies Mund war trocken.

„Es gefällt mir hier. Ich werde gerne zurückkommen."

„Tun Sie das."

Sie standen dicht voreinander. Prätorius hob die Hand und strich zärtlich über Rosalies Wange.

Als sie hörten, wie Cuculus durch das Gras des Obstgartens stapfte und die Brombeeren verfluchte, war der Zauber wieder vorbei.

„Ich sollte Ihnen Ihre Kakaobohnen zurückgeben."

Prätorius lächelte schwach. „Nein, bitte behalten Sie sie. Kochen Sie sich eine Schokolade."

„Nur für mich?"

„Ich bitte Sie darum."

„Ihnen zu Ehren werde ich eine Prise Pfeffer hineintun."

„Wenn ich zurückkomme, dann erzählen Sie mir, wie es Ihnen geschmeckt hat."

Prätorius verbeugte sich und ging davon.

Quellen und historische Personen

Die Handlung des Romans mit seinen Morden, Intrigen und Affären ist reine Fiktion, ebenso wie die Hauptpersonen und das Gasthaus ‚Vier Elstern' samt seinem Personal.

Grundlage meiner Beschreibung von Langenschwalbach (dem heutigen Bad Schwalbach) bilden die sehr detaillierten Kupferstiche des Matthäus Merian, der von 1623 bis zu seinem Tod 1650 immer wieder den Ort aufsuchte. Einige der historischen Gebäude sind heute noch erhalten, beispielsweise das Rotenburger Schlösschen, die Martin-Luther-Kirche, das frühere Gasthaus ‚Zum Weißen Schwan' und die ‚Stadt Frankfurt' – heute das Restaurant ‚Glaswerk'.

Auch die geschilderten Herrschaftsverhältnisse in der Niedergrafschaft Katzenelnbogen mit der Konstruktion der „Rotenburger Quart" entsprechen der damaligen Realität. Ebenso wie der Landgraf samt Familie – für den Hofstaat und die Bediensteten, die ich ihm untergeschoben habe, kann er nichts.

Historisch sind auch die Schlachten des Dreißigjährigen Krieges und seine Auswirkungen auf Langenschwalbach.

Besonders informativ war in mehrerer Hinsicht das Buch von Adolph Genth „Kulturgeschichte der Stadt Schwalbach". Hier fand ich einige der heute skurril anmutenden Gesetze und Gebräuche, wie beispielsweise den Burgfrieden im Kurbereich und den gasgefüllten Keller, der der Belustigung der Kurgäste durch fragwürdige Experimente diente.

Als sehr hilfreich erwiesen sich auch die Veröffentlichungen des Bad Schwalbacher Kur-, Stadt- und Apothekenmuseums.

Die lahme Liese gehört zum örtlichen Legendeninventar – ich konnte der Versuchung nicht widerstehen, sie auftauchen zu lassen.

Da es mir darum ging, die Epoche auch in ihrer Denkweise und ihrem Sprachgebrauch möglichst authentisch zu beschreiben, bin ich einige Male vom heute korrekten Sprachgebrauch abgewichen und habe das Wort „Mohr" verwendet. Vor dem Hintergrund der historischen Handlung erschien mir das legitim.

Ebenfalls dem Zeitkolorit geschuldet ist der geschilderte Umgang mit Tieren (wobei ich das eine oder andere gegenüber den historischen Quellen sogar entschärft habe) sowie der für unsere heutigen Begriffe an Alkoholmissbrauch grenzende Weinkonsum.